Von Colette Gale erschien zuletzt
«Phantom der Lust» (rororo 24758).

Colette Gale

ENTFESSELTE LUST

Die erotische Geschichte des Grafen von Monte Christo

Deutsch von Johannes Sabinski

ROWOHLT TASCHENBUCH VERLAG

Die Originalausgabe erschien 2008
unter dem Titel «Master»
bei Signet Eclipse/Penguin Group,
New York.

Deutsche Erstausgabe
Veröffentlicht im Rowohlt Taschenbuch Verlag,
Reinbek bei Hamburg, Mai 2009

Redaktion Anne Alter
Umschlaggestaltung any.way, Cathrin Günther
(Foto: Hans Neleman/zefa/Corbis)
Satz Janson Text bei
Dörlemann Satz, Lemförde
Druck und Bindung CPI – Clausen & Bosse, Leck
Printed in Germany
ISBN 978 3 499 24965 5

Allen Frauen gewidmet,
die in Haydée eine bloße
Midlife-Crisis erkannten.

ANMERKUNG DER BIOGRAPHIN

Nicht lange nach Abschluss der Dokumentensammlung, aus der mein Roman *Phantom der Lust* wurde und die wahre Geschichte des *Phantoms der Oper* hervorging, hatte ich das Glück, einige persönliche Aufzeichnungen zu erwerben, die eine weitere weithin bekannte Erzählung in ein neues Licht tauchen: jene des *Grafen von Monte Christo*.

Alexandre Dumas' Roman um Verrat und Rache erzählt die Geschichte von Edmond Dantès, dem furchtbares Unrecht widerfuhr, und seiner Vergeltung an den Schuften – seinen Freunden, die ihn für vierzehn Jahre ins Gefängnis brachten. Seit ihrer Erstveröffentlichung Mitte der vierziger Jahre des neunzehnten Jahrhunderts als Fortsetzungsroman ist die Erzählung für Film und Fernsehen bearbeitet, übersetzt und nachgedruckt, gekürzt und auf vielfältige Weise zergliedert worden.

Durch meinen Erwerb der Tagebücher und Briefe einer der wichtigsten Schlüsselfiguren des Romans habe ich jedoch entdeckt, dass die von Dumas erzählte Geschichte – gemeinsam mit ihren Abwandlungen – unvollständig und irreführend ist.

Ich hatte das Vergnügen, die Tagebücher der Mercédès Herrera, erste und wahre Liebe von Edmond Dantès, zu erforschen und zu einer ausführlichen, chronologischen Erzählung zu ordnen. Zu meiner Verblüffung habe ich im Zuge dieser Nachforschungen festgestellt, dass sie ebenso sehr wie Dantès selbst ein Opfer der von Dumas geschilderten Vorgänge war. Vielleicht sogar in größerem Maße.

Gemeinsam mit den an sie gerichteten Briefen von Valentine Villefort und einem Tagebuch, das Haydée gehörte, der Dienerin Monte Christos, bringen diese Tagebücher eine ganz andere und weitaus genauere Aufzeichnung dessen ans Licht, was sich in Mercédès' Leben während der Jahre von Dantès' Gefangenschaft zutrug. Insbesondere aus den Briefen und dem Tagebuch Haydées gehen zumal gewisse Ereignisse aus jener Zeit hervor, da er als reicher, gelehrter und mächtiger Graf von Monte Christo nach Paris zurückkehrte.

Somit enthält dieser Band meinen Versuch, die wahre Geschichte des Edmond Dantès und der Mercédès Herrera – in allen unmittelbar ihren persönlichen Aufzeichnungen entnommenen, unverhüllten Einzelheiten – an die Öffentlichkeit zu tragen, eines von Gier, Eifersucht, tragischen Verwicklungen und Rachedurst entzweiten Liebespaars.

Es ist die Geschichte des *Grafen von Monte Christo*, wie sie nie zuvor erzählt worden ist.

Colette Gale
Mai 2008

PROLOG

Gefangener Nr. 34

1819
Château d'If
Vor der Küste von Marseille, Frankreich

Er kannte jeden einzelnen grauen Stein in seiner Kerkerzelle, jede mit Mörtel gefüllte Ritze dazwischen, jede Veränderung in der Landschaft des Lehmbodens unter seinen dreckigen, kalten und nackten Füßen.

Als eintausend davon verstrichen waren, hatte er die Tage seiner Gefangenschaft zu zählen aufgehört, da ihm nichts mehr daran lag zu überblicken, was zu einer Ewigkeit aus madengespicktem Schwarzbrot, brackigem Wasser und entsetzlicher, dunkler Einsamkeit geworden war.

Endlos lange hatte er schon mit niemandem mehr gesprochen, nicht mehr seit dem Tag, da er seinen Wärter angefallen und zu erfahren verlangt hatte, warum es ihn hierher verschlagen hatte, eingekerkert – was er getan, welches Verbrechen er begangen, wer ihn hierher geschickt hatte, welcher furchtbare Irrtum geschehen sei. Doch als einzige Antwort war er in diese Zelle geworfen worden, eine noch kleinere und dunklere als seine vorherige.

Beinahe hatte er schon aufgehört, sich den eigenen Namen ins Gedächtnis zu rufen.

Edmond Dantès.

Seine Lippen bewegten sich lautlos, denn es war niemand da, der hätte zuhören können.

Doch der Name, der ihm dann als leises, sanftes Murmeln über die Lippen kam, war ein Talisman, war wie die Rettungsleine für einen ertrinkenden Seemann, an die er sich über all diese Tage, diese *Jahre* hinweg geklammert hatte.

«Mercédès.»

Er sagte ihn erneut, nicht mehr als ein Atemhauch in seiner schweigenden Welt. «Mercédès.»

Wie viele Male mochte er ihren Namen ausgesprochen haben?

Anfangs unter Qualen … er war von ihr, der Frau, die er heiraten wollte, ohne Gelegenheit zu einem Lebewohl fortgeholt worden.

Dann in Verzweiflung. Würde er sie je wiedersehen? Sie berühren?

Unter Schmerzen. Würde sie auf ihn warten? Hatte sie versucht, ihn zu finden?

Eine Zeitlang waren die einzigen Geräusche, die er von sich gab, die Silben ihres Namens, wenn er ihn verzweifelt in die fadenscheinige, von Staub durchwobene Decke schluchzte, die Lippen trocken, aufgesprungen und auf ihnen der Geschmack von Schmutz. Würde sie sich seiner erinnern?

Zuletzt … voll Ehrfurcht. Als seien ihr Name, ihr Andenken ein Licht in der Schwärze seines Lebens. Etwas, um sich daran zu heften, danach zu verzehren, dafür zu leben. Ein Talisman. Um geistig gesund zu bleiben.

«Mercédès.»

Wenn sein Verstand an den Rand des Wahnsinns geriet, er sich danach sehnte, sein Leben zu beenden, und nur nicht die Waffe dafür hatte … wenn er alle Hoffung aufgab, entsann er sich ihrer lebhaften, von Klugheit und Witz erfüllten dunklen Augen. Der glatten, lieblichen Rundung ihrer goldbraunen Arme, der ovalen Form ihres wunderschönen Gesichts, das ihn an das Gemälde der heiligen Jungfrau Maria aus der Église des Accoules erinnerte, der Kirche, in der sie hatten heiraten wollen.

Ihre Lippen … Gott hatte sie voll und rot gemacht, und zweifelsfrei waren sie dazu geschaffen, auf Dantès eigenen Mund zu passen. Er sah sie weit offen vor Glück an dem Tag, als er von der See zurückgekehrt war und ihr mitteilte, er sei zum Kapitän seines eigenen Schiffes ernannt worden … dann weich und anschmiegsam unter seinem eigenen Mund später am selben Nachmittag.

Wie hätte er wissen können, dass er nur zwei Tage später von ihr genommen werden würde?

Wer hatte ihm dies angetan? Wer hatte ihn verraten?

Er dachte daran zurück, wie seine auf See von den Tauen rau gewordenen Hände ihre warmen Arme emporgeglitten waren, sie auf dem versteckten Hang an seinen Leib gezogen und so ausgerichtet hatten, dass er sich an ihrem Mund laben und diesen sinnlichen, vielversprechenden Lippen Lustschreie entlocken konnte. Sie zärtlich necken konnte, um das Licht der Liebe in ihren braunen Augen zu sehen, ehe der Schwung ihrer kräftigen Wimpern herabhuschte, sittsam wie die vorgezogenen Fensterläden an ihrem verwitterten Häuschen.

Selbst jetzt, Gott weiß wie viele Jahre später, klammerte sich Dantès daran, sich des schlüpfrigen Gleitens ihres Kusses zu entsinnen, des Rhythmus seiner sich mit der ihren vereinigenden Zunge in jener warmen, feuchten Höhle, ein Echo zugleich der engen, nach Moschus duftenden zwischen ihren Beinen.

Er war wieder dort, als seine Hände die schlichte Bauernbluse fortzogen, das ungefärbte Leinen sahnig gegen ihre sonnengebräunte Haut, und ein einfaches Goldkreuz und zwei herrliche Brüste freilegten zusammen mit dem schwachen Geruch nach Küchenherd vermengt mit Zitrone. Ihre Brüste, groß wie Apfelsinen, deren pralles Fleisch sich unter seinen Handflächen straffte, dunkle Nippel, die zur Sonne aufragten, während er sie dort in dichtem warmem Gras und zerdrückten Kamillen liebte.

Sie reckte sich ihm entgegen, als seine Hände ihren schmalen Rücken hinunterglitten, und ihr Kinn richtete sich auf, während das Bündel walnussbraunen Haars an ihrem Hinterkopf sich löste. Als er sich vorbeugte, um die Lippen um einen dargebotenen Nippel zu schließen, wallte Dantès' eigene Sehnsucht auf, da er ihren leisen Lustschrei in einen tiefer klingenden des Begehrens umschlagen hörte. Ihre Beine regten und spreizten sich neben ihm ein wenig, und ihr bloßer Schenkel streifte seine salzverkrustete Seemannshose. Er hatte sich nicht einmal die Mühe gemacht, sich umzuziehen, bevor er sie zu ihrer Wiedervereinigung auf diesem abgelegenen Hügel holen kam.

Er lutschte und leckte, umkreiste mit seiner kräftigen Zunge langsam die Spitze ihres Nippels, nahm sich alle Zeit, die er brauchte und wollte, spürte die angenehme Schwere seines Glieds, als es sich füllte und schwoll. Eine ihrer Hände hatte den Riemen gelöst, der sein dunkles Haar zurückhielt, und nun fiel es ihm wie ein Vorhang ins Gesicht, als er sich zu ihr hinunterbeugte.

Mercédès löste die Ösen an seinem Hemd, und ihr Atem wurde schneller, als sich seine Hand über ihre andere Brust schlich. Er spreizte die Finger darüber und streifte dann sanft mit den Rückseiten seiner Nägel über einen

Nippel, während er den anderen zugleich kräftig in die Länge zog. Sie bewegte sich unruhig, erschauerte über sein Spiel an ihr, während die Sonne ihm heiß auf den Hinterkopf und den auf einmal bloßen Rücken brannte.

«Edmond», murmelte sie, zog ihn an sich, fort von ihren Brüsten, damit sie ihm in die Augen sehen konnte. Der Ausdruck darin, als sie sein Gesicht zurück an das ihre führte, erfüllte ihn mit solchem Glück, solcher Erwartung und Liebe, dass er beinahe weinte. Sie erhob sich unter ihm, hob den Mund an, ihre vollen Lippen, die sich glutvoll auf seine schmiegten, über sie schlüpften und daran lutschten, und ihre Hand überraschte ihn damit, hinunter an seinen Hosenschritt zu gleiten.

Dann löste sich die Zeit für ihn in einem Strudel der Sinnesreize auf – ihre seinen heißen Schwanz streifenden Finger, ihre beiden aufeinandergepressten Lippenpaare, ihr leises, tiefes Stöhnen, die seidige Wärme ihrer bloßen Haut.

Dann rollte er sich auf den Rücken, und oben schnitt ein Olivenbaum in den strahlend blauen Himmel. Mercédès richtete sich über ihm auf, den schlanken Rumpf und die herrlichen Brüste halb von ihrem herabfallenden dichten dunklen Haar verdeckt. Ihre roten Lippen lösten sich voneinander, um weiße Zähne zu entblößen, allesamt gerade bis auf einen schiefen zuoberst, der ihre Vollkommenheit wohltuend ergänzte.

Er half ihr, sich zu bewegen, mit gespreizten Beinen auf ihn zu hocken, und fühlte die schlüpfrige Enge, als sie sich um seine wartende Erektion schmiegte. Sah zu, wie sich ihre Augen halb schlossen und ihr aufreizendes Lächeln sich in Verwunderung und Lust verlor.

Oh, diese Lust.

Und er bewegte sich unter ihr, erst gemächlich, die Hände auf ihren Hüften, ihre Beine an seinen Flanken angewinkelt. Sie reckte die Arme empor, ihre Brüste hoben sich, ihre Finger streiften die tief hängenden Olivenblätter, während sich ihr Antlitz hob, ihre Lippen sich teilten und ihr Atem sich beschleunigte. Seine Welt drehte sich um die Stelle, an der sie sich schlüpfrig, heiß und rhythmisch vereinigt hatten. Er bewegte sich, sie bewegte sich ebenfalls, und die Schönheit all dessen entwickelte sich nach und nach wie ein Ankerseil, das in die Meerestiefen hinabgleitet, bis sie plötzlich beide aufschrien, beide erschauerten, verschwitzt und warm, und gemeinsam auf dem Gras zusammensanken.

«Mercédès», erinnerte er sich, geflüstert und ihr dabei das Haar aus dem Gesicht geschoben zu haben, «ich liebe dich.»

Sie erhob sich, um ihn erneut zu küssen, ihr fülliger Busen an seiner Brust, ihre von Arbeit gezeichneten Hände ein Streicheln auf seiner Schulter. «Ich werde dich immer lieben, Edmond.»

Wie oft er schon während der dunklen Jahre in seinem Verlies diese himmlischen Augenblicke nacherlebt hatte. Die Erinnerung, die Imagination war alles gewesen, was ihn in jenen frühen Tagen bei Verstand gehalten hatte … und jetzt … jetzt zogen sie ihn womöglich in den Wahn, einen tiefen Brunnen, den er willkommen hieß, denn sicher wäre es eine Labsal, verrückt zu sein, statt sich auszumalen, nie wieder das Licht des Tages zu sehen.

Er betete um seinen Tod.

Er aß nicht mehr.

Am vierten Tag nach seinem Entschluss, Selbstmord zu begehen, starrte er den Teller Schwarzbrot und den Becher brackiges Wasser an. Sein verschwommener, erkrankter Geist meinte, zwei Becher zu sehen, dann drei. Und mehrere Kanten Brot stichelten ihn. Er hätte schwören können, ein Licht in seiner Zelle zu sehen. Er spürte Mercédès' Berührung, sah das Gesicht seines geliebten *père*.

Und dann hörte er von irgendwoher ein schwaches Scharren.

Und dann, viele Stunden später, bröckelte ein kleiner Teil der Steine, die sein Verlies ausmachten, zu Boden, und der Kopf eines älteren Mannes lugte herein.

«Ich bin Abbé Faria», sagte er. «Und anscheinend ist dies nicht der Weg nach draußen.»

ERSTES KAPITEL

Ein roter Samtbeutel

Zehn Jahre später
Marseille, Frankreich

Mercédès Herrera Mondego, Comtesse de Morcerf, bog in den breiten Fußweg ein, der zum Haupteingang des Hauses Morrel führte, einer weithin bekannten Reederei.

Vielleicht konnte sie nichts tun, um der Familie zu helfen, aber Monsieur Morrel war so gütig zu Edmond gewesen, als dieser auf Morrels Schiffen fuhr, und dann zu ihrem Vater und Mercédès selbst, nachdem Edmond vor mehr als vierzehn Jahren fortgeholt worden war, dass sie sich genötigt fühlte, an diesem tragischen Tag anwesend zu sein.

Die Familie würde eine Freundin brauchen.

Am Arm trug sie einen Korb frisch auf dem Markt gekaufter Apfelsinen und einige Bänder und Spitze, die sie aus Paris mitgebracht hatte und die Julie gefallen könnten. Schlichte Geschenke, aber solche, die von der Familie geschätzt werden würden. Die Morrels waren viel zu stolz, um etwaige Geldangebote anzunehmen.

Pech und Unglück hatten dem Geschäft die letzten Jahre über zugesetzt, und es zeigte sich in den leeren Fluren und dem Schweigen, das nun in dem einst so umtriebigen

Unternehmen herrschte. Vier der fünf Schiffe Morrels waren auf See verloren gegangen, und nun war die Zukunft der fünfundzwanzig Jahre alten Firma in Gefahr. Wie schlecht die Morrels von den Jahren behandelt worden waren, seit Edmond auf ihren Schiffen gefahren war!

Wie schlecht Mercédès selbst von den Jahren behandelt worden war.

Sie war nicht mehr die einfache junge Frau, die auf die Rückkehr ihres Liebsten von großer Fahrt gewartet hatte. Mercédès war dreißig Jahre alt und nun eine Comtesse. Sie hatte Lesen, Zeichnen und das Klavierspiel erlernt. Sie hatte Lehrer eingestellt, um sich besseres Französisch ebenso wie Italienisch, Griechisch und Latein beibringen zu lassen. Sie hatte Mathematik und Geographie studiert und sich in die Literatur vertieft – eher männliche Bestrebungen, doch ihre Ausbildung hatte sie von den Jahren des Kummers, des Zorns und der Dunkelheit abgelenkt.

Nachdem sie vor bald vierzehn Jahren von Edmond Dantès' Tod im Gefängnis erfahren hatte, hatte sie in die Ehe mit ihrem Vetter Fernand Mondego eingewilligt, der in der französischen Marine aufgestiegen und ein Comte de Morcerf geworden war. Sie wohnten in Paris in einem wunderschönen Haus in der Rue du Helder, prächtiger als alles, was sie als Gattin von Edmond hätte besitzen können.

Sie hätte *Père* Dantès' Haus hier in Marseille vorgezogen mit seinem einen schiefen Fensterladen und dem winzigen Garten oder die Seefahrt auf dem Schiff ihres Mannes, so wie sie und Edmond es sich immer vorgenommen hatten. Um die Welt zu sehen. Gemeinsam.

Julie Morrel, die Tochter des Reeders, spähte zu einem Fenster heraus, als Mercédès den gepflasterten Fußweg hinaufkam. Aufgeregt winkend bedeutete sie Mercédès zu warten und verschwand dann vom Fenster.

Augenblicke später kam sie hinter dem Gebäude wieder zum Vorschein und ging rasch, ohne Kopfbedeckung oder Handschuhe, den Fußweg herunter. Es war viel zu warm für einen Spenzer oder Umhang; Mercédès trug einen fransenbesetzten weißen Sonnenschirm, der anstelle einer Haube die Strahlen abhielt.

«Mercédès – Madame de Morcerf – was verschlägt Sie hierher? Und ohne einen Kutscher?», fragte Julie, schob einen Arm unter Mercédès' weiten Puffärmel und lenkte sie den Fußweg zurück.

Julie war eine wunderschöne junge Frau mit blitzenden dunklen Augen und sanft gerundeter Figur; heute blickten diese Augen jedoch trüb und sorgenvoll.

«Mir fiel ein, dass am heutigen Tag die Schulden deines Vater fällig werden», erwiderte Mercédès, während sie neben der jungen Frau einherging und ihrer beider bauschigen Röcke im gleichen Takt wippten. Trotz der zehn Jahre Altersunterschied, die sie voneinander trennten, waren die beiden Frauen Freundinnen und Vertraute geworden, und nur weil Julie unlängst die bedrückende Lage ihrer Familie in einem Brief erwähnt hatte, war sich Mercédès des drohenden Unglücks bewusst.

Dieser Brief war es gewesen, der Mercédès von Paris hierher nach Marseille führte. «Wie geht es Monsieur Morrel?»

«Er hat sich in seinem Büro eingeschlossen und weigert sich, irgendwem zu öffnen, nicht einmal Maximilien. Die Schuld ist heute Mittag zu begleichen, und wir haben schon nach elf. Es gibt keine Hoffnung.»

«Aber wo gehst du hin?», fragte Mercédès und rätselte,

warum eine so liebende Tochter ihren Vater in einer derartigen Stunde verlassen mochte. «Und wo ist dein Bruder, wenn nicht bei Monsieur?»

«Maximilien geht vor Papas Bürotür auf und ab, aber es gibt nichts, was er tun könnte. Doch ich … ich habe noch ein winzige Hoffnung. Komm, wir müssen uns sputen.»

«Wohin gehen wir?»

«Zu den Allées de Meilhan, in ein bestimmtes Haus dort.»

Mercédès sah die junge Frau bestürzt an, schritt aber weiter aus. «Julie, was hast du vor?»

«Du weißt, dass die Schulden meines Vaters heute fällig werden, aber ich habe dir nicht die ganze Geschichte erzählt. Tatsächlich sollte die Schuld schon heute vor drei Monaten bezahlt werden, doch an jenem Tag trug sich etwas ziemlich Außerordentliches zu. Mein Vater hatte einen Besucher – einen Mann, der sich als Lord Wilmore vorstellte, der die Nachricht überbrachte, er habe Papas Schuldschein erworben. Während er im Kontor war, traf die Kunde von der *Pharaon* ein.»

Mercédès fühlte Kummer in sich aufwallen. Die *Pharaon* war das letzte Schiff gewesen, das Edmond gesegelt hatte, und als es seinerzeit vor vierzehn Jahren in den Hafen zurückgekehrt war, hatte Morrel ihn zu dessen Kapitän ernannt. Am selben Tag hatten sie und Edmond sich auf dem Hang geliebt, und zwei Tage später wurde ihr Liebhaber von den Behörden fortgeholt – während ihrer Verlobungsfeier.

«Was ist mit der *Pharaon* geschehen?»

«Sie ging in einem Wirbelsturm unter, und während Lord Wilmore bei meinem Vater war, kamen die drei überlebenden Seeleute und überbrachten die Nachricht von dem

Unglück.» Julie schaute zu Mercédès auf und schirmte mit ihrer rundlichen Hand ihre Stirn ab. Mein Papa aber, obwohl es sein letztes Schiff war und seine einzige Hoffnung, die Reederei zu retten, scherte sich nicht um den Verlust des Schiffes, sondern um die Menschen, deren Leben bei dem Untergang verlorengingen. Er zahlte seinen treuen Matrosen von unserem letzten bisschen Geld die Heuer und den Witwen der auf See Gebliebenen eine kleine Rente. Dann wandte er sich Lord Wilmore zu.»

«Aber er hat die Schuld nicht eingefordert, oder? Wenn sie heute fällig wird, muss er deinem Vater einen Aufschub gewährt haben.»

Julie nickte und bedeutete Mercédès, mit ihr in die Via Meilhan einzubiegen. Die Häuser hier standen eng, hatten verputzte Fronten mit schmalen Absätzen davor und unregelmäßige Zugangswege. Der Duft frischgebackenen Brots wehte aus einem nahen Fenster. «Mein Vater hat sich nicht erniedrigt, einen Aufschub zu erbitten, doch Lord Wilmore räumte ihm den von sich aus ein, und Papa nahm dankbar an. Viel tun konnte er aber nicht. Er fuhr nach Paris, um Baron Danglars zu treffen – kennst du ihn?»

Mercédès kannte Danglars allerdings. Er war zu Zeiten Edmonds Zahlmeister auf der *Pharaon* gewesen und machte nun Geschäfte mit ihrem Gatten. «Fuhr er nicht auch einmal für deinen Vater zur See?»

«Sehr richtig, aber nun ist er ein erfolgreicher Bankier geworden, und mein Vater dachte, aufgrund ihrer vormaligen Geschäftsbeziehungen würde er ihm ein Darlehen gewähren. Doch Danglars wies ihn ab. Und sonst gibt es niemanden.»

Mercédès presste die Lippen zusammen, während sie voraneilte. Es überraschte sie nicht im mindesten, dass der verschlagene Mann mit den verkniffenen Augen und grapschigen Fingern jemandem in Not seine Hilfe verweigern würde – zumal jemandem, für den er einst gearbeitet hatte. Er war sichtlich neidisch gewesen, als Edmond statt seiner zum Kapitän der *Pharaon* ernannt wurde. «Dann ist der dreimonatige Aufschub vergebens?»

«Vielleicht. Aber die Geschichte geht noch weiter», sagte Julie. «Und, *voilà*, wir sind da.» Mercédès folgte ihrer jungen Freundin den kurzen Fußweg hoch und war erstaunt, als Julie die Haustür öffnete und eintrat.

Mercédès folgte mir größerer Vorsicht, doch als sie einen leisen Aufschrei Julies hörte, die ins Nachbarzimmer gegangen war, lief sie ihr so hastig hinterher, dass ihre weichen, zierlichen Schuhe über die gebohnerten Dielen schlitterten. Im angrenzenden Raum sah sie Julie vor einem Kaminsims stehen, sie hielt einen Beutel aus rotem Samt in der Hand.

Sie schluchzte.

Mercédès legte einen Arm um ihre Freundin und holte ein kostbares, spitzenumsäumtes Taschentuch hervor, um die Tränen zu trocknen. Gewiss würden noch weitere folgen.

Doch als Julie das Gesicht hob, um sie anzuschauen, sah Mercédès Freudentränen, keine des Kummers. Sie lächelte verzückt. «Wir sind gerettet!»

«Ich verstehe nicht.»

Julie hielt ihr den Beutel hin, und Mercédès nahm ihn an sich. «Ich habe diesen Beutel schon einmal gesehen! Dein Vater hatte ihn *Père* Dantès gegeben, mit Geld gefüllt, als Edmond fortgeholt wurde. Wie ist er hierher gelangt?»

«Sindbad der Seefahrer», sagte Julie geheimnisvoll und lächelte unter ihren Schluchzern. «Erst vor einer Stunde hat er mir eine Nachricht geschickt! Komm, wir müssen vor Mittag zurück sein. Ich muss es meinem Vater zeigen, bevor – bevor er etwas Tragisches tut.»

Mercédès öffnete den Beutel, und darin befanden sich zwei Blatt Papier … und ein Diamant! Groß wie eine Walnuss. *«Dios mio!»*, entfuhr es ihr in ihrer Muttersprache.

Sie zog die Papiere heraus. Eines war ein Wechsel über zweihundertsiebenundachtzigtausendfünfhundert Franc – und mit *bezahlt* gekennzeichnet. Und das andere war ein von Hand mit den Worten *Für Julies Mitgift* beschriebener Zettel.

«Jetzt werde ich Immanuel heiraten können!», sagte Julie und zerrte Mercédès beim Arm aus dem Haus, um regelrecht über den Fußweg zu tanzen.

Den roten Beutel fest im Griff, hastete Mercédès neben der verzückten jungen Frau her und konnte kaum glauben, was sie da umklammert hielt. Wie konnte das sein? Und wer war Sindbad der Seefahrer?

Sie überschüttete ihre Freundin mit Fragen, während beide mit flatternden Röcken zurück zum Haus der Morrels stürmten. Aber sie erfuhr nur Bruchstücke der Geschichte, die Julie ihr in großer Eile über die Schulter zurief.

Soweit Mercédès schlau daraus wurde, hatte Lord Wilmore am Tag seines Besuchs kurz mit Julie gesprochen und ihr gesagt, sie werde von einem Mann namens Sindbad der Seefahrer hören und solle dessen Anweisungen ganz genau befolgen.

«Und dieser Sindbad trug dir auf, zu diesem Haus in den Allées de Meilhan zu gehen?», fragte Mercédès ungläubig. «Und du wärst allein hierhergekommen?» Hätte sie selbst je etwas derart Törichtes und Blindes getan, als sie in Julies Alter war?

Und da fiel ihr ein, wie sie sich davongeschlichen hatte,

um Edmond zu treffen, als er ihr den Hof machte, wie sie die scharfen Augen ihrer Mutter mied und ihren Vetter Fernand belog, wenn er sich ihr an die Fersen heftete. Denn die spanisch-maurischen Katalanen blieben für sich und hielten sich von den französischen Einwohnern Marseilles fern, obwohl sie gleich am Stadtrand lebten. Sie wohnten und heirateten unter ihresgleichen und bewahrten sich ihre eigenen Überlieferungen und Bräuche. Ihr Stelldichein mit einem Nichtkatalanen hätte Anlass zu einer schweren Rüge gegeben.

Sí, sie hätte das Gleiche getan. Damals war sie jung und wagemutig gewesen. Die ganze Welt mit ihren Möglichkeiten hatte ihr offengestanden.

Die beiden Frauen fielen in einer Weise in das Haus Morrel ein, die jeden Zuschauer hätte überrascht innehalten lassen – zumal er eine vornehme Comtesse in ihrem erlesenen Pariser Putz hinter einer jüngeren, weniger modisch gekleideten Frau hersausen sähe.

«Papa! Papa!», rief Julie und polterte die Stufen zu den oberen Büroräumen hinauf. «Papa, wir sind gerettet!»

«Wovon redest du?», fragte Maximilien Morrel, der auf dem obersten Treppenabsatz stand. Er war ein Jüngling von siebzehn Jahren an der Schwelle zur Mannbarkeit, und Mercédès sah, dass sein gutgeschnittenes Gesicht nicht mehr nur eine sorgenvolle Miene trug, sondern verhärmt und verschwitzt war. «Er will mich nicht einlassen, und es ist eine Minute vor Mittag! Ich schwöre, das Klicken eines Pistolenhahns gehört zu haben, denn Papa hat gesagt, er werde sterben und uns als glückloser, aber ehrbarer Mann im Gedächtnis bleiben.»

«Papa! Du musst die Tür öffnen! Wir sind gerettet!», schrie Julie und trommelte auf die schwere Holztür ein.

«Sieh nur», sagte Mercédès und gab Maximilien den roten Samtbeutel. «Sie hat recht – ihr seid gerettet.»

Monsieur Morrel hatte die Tür einen Spaltbreit aufgemacht. Der liebenswürdige Herr, das graue Haar säuberlich zurückgebürstet und das Gesicht glatt rasiert, als wollte er der Messe beiwohnen und nicht dem eigenen Freitod, schaute heraus. «Julie –»

Doch Maximilien stieß die Tür vollends auf. «Papa, leg diese Waffe fort! Julie hat recht. Wir sind gerettet. Sieh dir das an!»

Als Monsieur Morrel den Beutel geöffnet hatte und begriff, was er enthielt, und die Familie Freudentränen vergoss, wusste Mercédès, dass es für sie Zeit war zu gehen. Sie stellte den Korb mit Apfelsinen und das Päckchen mit den Bändern auf einen kleinen Tisch am Fuß der Treppe und trat auf die sonnenbeschienene Straße hinaus.

Welch ein Wunder! Wie wunderbar, dass dies einer so guten Familie widerfahren war!

Als Edmond von den Gerichtsbeamten mitten aus seiner eigenen Verlobungsfeier geholt worden war, hatte sich Monsieur Morrel umgehend zum Büro des Kronanwalts begeben, um Edmonds Unschuld zu beteuern, Kaution für ihn zu stellen und Auskunft über die Anklage und sein Verschwinden zu verlangen.

Der Kronanwalt, Monsieur Villefort, konnte – oder wollte – Monsieur Morrel nur wenige Angaben zu Edmond machen, trotz wiederholter Besuche des Reeders. Mitgeteilt hatte er Morrel einzig, dass Edmond unter der Anklage festgenommen sei, ein fanatischer Bonapartist zu sein, und Morrels beharrliches Engagement in der Sache kein schmeichelhaftes Licht auf ihn und seine Reederei werfe.

Monsieur Morrel hatte Mercédès und Edmonds Vater besucht und dem alten Mann eben jenen roten Samtbeutel zukommen lassen, gefüllt mir genügend Francs, um monatelang davon leben zu können. Doch *Père* Dantès wollte nichts zu sich nehmen und starb binnen weniger Wochen nach der Nachricht von der Gefangennahme seines Sohns an Auszehrung.

Es war eine dunkle Zeit gewesen.

Das Leben Mercédès' jedoch war noch dunkler geworden, seit sie selbst zu Kronanwalt Villefort gegangen war und ihn um Auskunft ersucht hatte.

Sie wurde auf Rufe aufmerksam und merkte, dass sie das kurze Stück Weg vom Haus Morrel zum Kai eingeschlagen hatte. Masten schienen den Horizont zu streifen, ragten von den im Hafen versammelten Schiffen auf, und der vertraute, scharfe Geruch nach Meersalz in der Luft erinnerte sie daran, wie sehr sie die Lässigkeit dieser geschäftigen Küstenstadt vermisst hatte. Paris war in ihren Augen voller Blendwerk, Mode und Falschheit, und nie hatte sie sich wirklich wohl gefühlt, seit sie und Fernand dorthin gezogen waren.

Zum Teil war dies auch der Grund, weshalb sie sich in ihre Studien vertieft hatte – so konnte sie Abstand zu einem Leben halten, für das sie nicht geboren war und das sie nicht wirklich verstand. Sie wäre es vollkommen zufrieden gewesen, in ihrem Häuschen in Marseille zu bleiben und ihr eigenes Gemüse und ihre eigenen Kräuter zu ziehen … oder mit Edmond zur See zu fahren.

Die Rufe klangen nun aufgeregter, und Mercédès neigte den Kopf und lauschte angestrengt darauf, was die Männer von sich gaben.

«Die *Pharaon*! Die *Pharaon* ist zurück!»

Stirnrunzelnd raffte sie ihre schweren Röcke, die Krinolinen und alles, was dazugehörte, und lief auf den Hafen zu. Gerade hatte Julie ihr erzählt, das Schiff sei gesunken … Wie konnte das sein?

Doch als sie den Kai erreichte, bot sich ihr der vertraute Anblick von Edmonds letztem Schiff – in einem Glanz, als sei es nagelneu –, goldverziert und mit stolz erhobenen Masten im Hafen. Leute rannten herbei, ein lautstarkes Rufen und ungläubiges Gaffen.

«Sagt Morrel Bescheid!», schrie einer. «Es ist ein Wunder!»

Noch ein Wunder für die Morrels. Gewiss hatte ein Engel endlich doch auf sie herabgelächelt.

Mercédès fühlte eine Träne der Überraschung in ihrem Augenwinkel. Wo war ihr Engel?

Sie freute sich aufrichtig für die Morrels und deren Glück, wurde aber jäh von den eigenen Problemen und Ängsten überwältigt. Sie vermisste ihren Sohn Albert, der sicher in ihrem prächtigen Zuhause in Paris aufgehoben war, während sie einen Weg suchte, ihn hierher zu sich zu holen. Aber Fernand würde das niemals erlauben – dafür liebte er sein einziges Kind zu sehr.

Könnte sie das nur arrangieren, würde sie nie mehr zu Fernand zurückkehren.

Mercédès sah Julie und ihre Familie dem Hafen entgegeneilen, wobei Monsieur Morrel voranstolperte, als sei er gerade aus einem Traum erwacht. Während er sich durch die Menge drängte, die über die wundersame Neuigkeit stetig angeschwollen war, fiel ihr Blick auf einen großgewachsenen dunkelhaarigen Mann vor ihr.

Sie blieb stehen, ihr Herz setzte einen Atemzug lang aus, dann schlug es schmerzhaft und schnell weiter.

Edmond.

Von hinten hatte er einen Moment lang beinahe wie Edmond ausgesehen.

Der Mann drehte sich um, und sie konnte sich nicht von seinem Anblick losreißen, während er sich gewandt durch die Menge bewegte. Seine Augen wurden von dem Hut beschattet, den er sich tief in die Stirn gezogen hatte, und er trug einen dunklen, sorgfältig gestutzten Bart und Schnurrbart. Seine Kleidung war nicht die eines gewöhnlichen Seemanns, sondern ein lose sitzendes Gewand aus dem Orient: Ärmel und Hose aus hellblauer Seide, an Handgelenken und Fußknöcheln angekraust. Dunkles, zu einem langen Zopf geflochtenes Haar fiel ihm vom Nacken bis weit unter die Schulterblätter.

Vielleicht spürte er ihren lastenden Blick, denn er hielt inne und blickte in ihre Richtung. Auch sie fühlte seine Aufmerksamkeit auf sich ruhen, wie um festzustellen, weshalb sie ihn so kühn angestarrt hatte. Ehe sich ihrer beider Blicke trafen, obsiegten Mercédès' gute Manieren, und sie lenkte ihr Augenmerk auf die überglückliche Familie Morrel und schob sich durch das Gedränge der Gratulanten näher an sie heran.

Dies war eigenartig für sie, eine vornehme Comtesse: Sich durch eine Menge gewöhnlicher Leute zu drängeln, ihre Röcke zu zerknittern, die bauschigen Ärmel, der ganze Stolz der Modebewussten, zu stauchen und ihre Schuhe im Schmutz zu zerkratzen.

Vor vierzehn Jahren hätte sich Mercédès nichts dabei gedacht, sich allein oder mit nur einem Begleiter in der Öffentlichkeit zu bewegen, doch ihr Reichtum und ihre Macht hatten auch Schicklichkeit und Zurückhaltung mit sich gebracht.

Ein Gefühl der Freiheit, wie sie es seit Jahren nicht mehr kannte, überkam sie. Hier war sie in Marseille, Stadt der glücklichsten – und traurigsten – Stunden ihres Lebens. Sie war allein, ohne Beschränkungen, ohne Zeitplan, ohne Erwartungen.

Allein.

Als sie kurz darauf wieder hinüberschaute, war der Mann verschwunden.

Und wieder zog sich ihre Brust zusammen, brach die Wunde ihres Kummers über den Verlust von Edmond auf, als wäre sie noch frisch.

Während sich die Ausgelassenheit über die Rückkehr der *Pharaon* legte – stürzten sich doch Seeleute wie Stadtbewohner gleichermaßen an einem schwülen Sommerabend auf jede Gelegenheit zum Feiern –, ließ sich Mercédès vom Kai forttreiben, ihre Füße einem vertrauten Pfad folgen.

Ehe sie es recht gewahr wurde, war sie eine gute Weile gegangen und hatte den Weg die schmale Straße bergauf genommen, die an *Père* Dantès' Haus vorbeiführte. Hier hatte Edmond um sie geworben, sie aus ihrer engen katalanischen in seine Welt gebracht. Mehr als zwölf Jahre lang war sie nicht mehr diese Straße entlanggelaufen.

Mit einem Mal wurde ihr klar, dass die Sonne hinter der unregelmäßige Häuserzeile zwischen diesem Hügel und der Bucht untergegangen war, und ein schmaler Durchgang, eben noch in weiches goldgelbes Licht getaucht, verdüsterte sich nun bräunlich. Lange, viereckige Schatten fielen auf das Kopfsteinpflaster und hüllten Türeingänge und kleine Gärten in Dunkelheit.

Die Straße war eigentümlich still und leer, und Mercédès spürte, wie sich ihre Nackenhärchen aufrichteten. Ein leises Schlurfen hinter ihr ließ ihr Herz schneller schlagen und sie ihren Sonnenschirm in Bereitschaft halten. Sie wandte sich um und sah auf einmal drei Gestalten nur zwei Häuser entfernt hinter sich. Ein Mann lehnte lässig an einer niedrigen, mit Efeu berankten Mauer. Ein weiterer stand neben ihm, die Hutkrempe tief ins Gesicht gezogen.

Und der dritte, mitten auf der leeren Straße, stemmte die Hände in die Hüften.

Selbst aus der Entfernung konnte Mercédès erkennen, dass sie derb gekleidet und wahrscheinlich entweder gerade von einer Seereise zurückgekehrt waren oder an den Nachwirkungen einer durchzechten Nacht litten.

Doch wo waren alle anderen? Die Straße war leer.

Ihr Herz schlug schneller, und sie schloss die Finger fest um ihren Sonnenschirm. Seine Spitze würde eine brauchbare Waffe abgeben, aber es war auch ihre einzige.

Und es war offensichtlich, dass sie eine brauchen würde.

Der Mann, der mitten auf der Straße stand, kam nun mit festen Schritten auf sie zu, und Mercédès raffte ihre Röcke und rannte los. Doch da löste sich eine weitere Gestalt aus den wachsenden Schatten und trat vor ihr auf die Straße.

Strauchelnd kam sie zum Stehen, wich dann aber ein, zwei Schritte zur Straßenseite hin aus.

«Wozu solche Hast?», gab der Mann hinter ihr gedehnt von sich. «Willst uns nicht ein wenig Gesellschaft leisten?»

«Ein hübsches Sümmchen möcht uns das Miststück bringen», bemerkte derjenige vor ihr. «Geht man nach ihren Kleidern.» Er griff nach ihr und bekam eine Handvoll ihres großzügig geschnittenen Ärmels zu fassen.

«Loslassen», sagte Mercédès mit weit ruhigerer Stimme, als ihr zumute war. «Ihr werdet kein Lösegeld bekommen, sondern Besuch von den Behörden, wenn ihr mich nicht meines Weges ziehen lasst. Mein Gatte ist ein sehr mächtiger Mann.»

Der Mann hinter ihr war inzwischen viel dichter an sie herangetreten. Er lachte und bedeutete seinen Kumpanen, näher zu kommen. «Nun denn, schöne Frau, wollt Ihr nicht gern die Welt sehen? Vom Deck eines Schiffs vielleicht? Auf unserm ist Platz, und zum Morgen laufen wir aus.»

Die anderen lachten, und auf einmal zogen alle an ihr, warfen ihr etwas Schweres und Verhüllendes über den Kopf, und eine flache Hand schlug ihr vor das Gesicht, um ihre Schreie zu dämpfen und ihr bald schon den Atem zu rauben. Ein ordentlicher Hieb gelang ihr noch mit dem Sonnenschirm, ehe er ihr aus den Händen gerissen wurde und sich die Tuchhülle fest um ihre Arme wickelte. Ihr wild zappelnder Fuß rammte etwas Weiches, schwelgen aber konnte sie in diesem kleinen Erfolg nicht, denn sie wurde bäuchlings über jemandes Schulter geworfen und hatte kratzige Wolle überall im Gesicht.

Mit einem Mal hörte sie das Stampfen von Pferdehufen und spürte, wie der Körper des Mannes, der sie trug, sich verspannte. Zwar konnte sie nichts sehen, aber die Geräusche verrieten ihr, was geschah: Der Reiter galoppierte herbei und erreichte mit seinem Ross unter lautem Geklapper ihre Entführer. Das scharfe Klicken von Metall und dann eine leise Stimme, die mit hörbarem Akzent sagte: «Für euch wäre es das Beste, die Frau freizulassen, sonst werde ich Luigi Vampa wissen lassen, dass ihr eure Grenzen überschritten habt.»

Dann fühlte sie sich von anderen Händen ergriffen, der Mann – ihr Retter – packte sie bei der Taille und hob sie an seine Hüfte und seinen Schenkel. Mit einem Satz sprengten sie davon, die Straße hinunter, Mercédès noch immer in das scheußliche Tuch gewickelt, ihr Sonnenschirm zurückgeblieben.

Er schien sie ohne Mühe mit nur einem Arm an sein Bein gedrückt zu halten, ihre Hüfte halb in seine gekeilt. Falls sie damit rechnete, er würde bald anhalten und sie von dem Tuch befreien und um seinen Arm zu entlasten, so sollte sie enttäuscht werden, denn sie nahmen noch mehrere Kurven und Biegungen und mussten bald einigen Abstand zu der Stelle des Überfalls haben.

Wie sie dort so unbeholfen hing, drängte sich Mercédès allmählich die Frage auf, ob sie errettet worden war, nur um erneut gefangen zu werden! Sie fürchtete sich, zu strampeln und am Ende unter die Pferdehufen oder in eine andere gefährliche Lage zu geraten.

Doch schließlich, als sie es beinahe darauf ankommen lassen wollte, wurde ihr Ross langsamer und blieb dann stehen. Sie spürte den Stoß, als er abstieg, und den Ruck, mit dem er sie sich über die Schulter warf wie einen Sack Gerste – was sicher ihrem Aussehen entsprach, da sie noch immer in die abscheuliche Wolle gewickelt war.

Im selben Augenblick fing sie wieder an, sich zu wehren und zu treten, und wurde damit belohnt, brüsk abgeworfen zu werden … nicht auf den Boden … auf etwas Weiches. Umgehend kämpfte sie sich aus dem Wolltuch.

«Ich hatte nicht vor, Sie zu erschrecken», sagte er mit diesem seltsamen Akzent; es war kein englischer oder italienischer oder sonst einer, den sie kannte. Sie spürte ihn, als er sich ihr näherte, seine selbstsicheren, warmen Hände, die sie aus ihrer Umhüllung wickelten.

Sie schaute hoch, schob sich Haarsträhnen aus dem Gesicht und keuchte auf. Trotz des Zwielichts erkannte sie in ihm den bärtigen, persisch gekleideten Mann vom Hafen. Jener, der sie an Edmond erinnert hatte.

Er blickte ebenso keck auf sie herab, wie sie zu ihm emporstarrte.

«Sie», setzte sie an. «Sie sah ich doch vorhin … am Hafen.»

«Und ich sah Sie.» Seine Stimme klang unstet. «Es war töricht von Ihnen, allein davonzugehen. Wo ist Ihr Mann?»

Nun erst wurde sich Mercédès klar, dass sie auf ein mit großen Kissen bedecktes Bett geworfen worden war, und sie erhob sich in eine aufrechte Sitzhaltung. «Er ist nicht hier», erwiderte sie bestimmt.

«Nicht hier? Er erlaubt seiner Frau, der Comtesse de Morcerf, allein in Marseille umherzustreifen?» Jetzt war seine Stimme glatter, und ein entschieden spöttischer Ton hatte sich in den Singsang des Akzents eingeschlichen. Dennoch spürte sie, dass eine gewisse Anspannung unter dem Hohn lag.

«Woher wissen Sie meinen Namen?»

Er zuckte die Achseln und breitete leichthin die Hände aus. Sie bemerkte, dass seine Seidenärmel bis zu den Ellbogen aufgerollt waren und er an beiden Handgelenken massive Goldreifen trug. Seine Hände waren breit und gebräunt, von Adern und Sehnen durchzogen und von Arbeit abgehärtet, ganz anders als die weichen, lilienweißen Fernands. Und so sehr den Seemannshänden ihres vermissten Edmond gleich.

Wie es wohl wäre, führen solch derbe Hände noch einmal über ihre Haut?

«Es war gar nicht so schwer, Ihren Namen zu erfahren. Sie sind eine Freundin der Morrels, und ich bin selbst leidlich mit ihnen bekannt.» Seine Augen, von dunkler Farbe und rings um die Wimpern durch einen schmalen schwarzen Strich betont, ruhten unverwandt auf ihr. Die Atmosphäre in diesem Zimmer schien schwer zu lasten, als würden beide aufeinander zugeschoben.

«Dann könnten Sie mir vielleicht mit Ihrem Namen dienen», entgegnete Mercédès frostig. Ihr Herz schlug noch immer heftig, doch ihre Angst legte sich bereits. Ihr Mund war trocken, und sie fühlte ein leichtes Flattern im Bauch.

«Man nennt mich Sindbad. Sindbad den Seefahrer.»

Vielleicht hätte sie nicht überrascht sein sollen, aber sie war es; immerhin sah der Mann dem sagenhaften arabischen Sindbad ähnlich. Er trug einen Bart, und seine Haut wirkte, als sei sie erst von der Sonne verbrannt und dann gebräunt worden. Während sie mit dem Durcheinander von Gedanken zu kämpfen hatte, das ihr durch den Kopf wirbelte, stammelte sie den ersten hervor, den sie festhalten konnte. «Sie … wie sind Sie an den roten Samtbeutel gelangt? Mit dem Vermögen für die Morrels darin? Er gehörte *Père* Dantès.»

Sindbad baute sich bedrohlich groß über ihr auf, und sie nahm die straffen Muskeln seiner Unterarme wahr. «Er wurde mir von einem alten Abbé namens Busoni gegeben. Alsdann, Comtesse … wo ist Ihr Mann?»

«Er ist …» Mercédès hielt inne. Wenn sie ihm sagte, dass sie Fernand in Paris zurückgelassen hatte und er nicht wusste, wo sie war, was würde ihr Gegenüber tun? Erführe er, dass sie allein und ihr Verbleib unbekannt war, würde sie das neuen Gefahren aussetzen? «Er wird morgen aus Paris eintreffen, mit unserem Sohn.»

«Ihrem Sohn? Und wie alt ist dieser künftige Graf?»

«Zwölf», antwortete sie unwillkürlich. «Er ist zwölf.»

«Und nur ein einziges Kind aus wie vielen Ehejahren mit diesem Ihrem Grafen?»

Mercédès glaubte, einen Anflug von Bosheit aus seiner Stimme herauszuhören, doch den Grund dafür verstand sie nicht. «Bald dreizehn Jahre», gab sie zurück. Dreizehn Jahre Elend, Demütigung und Misshandlung. Nein, vielleicht nur zwölf Jahre. Das wirklich Schlimmste hatte erst einige Zeit nach ihrer Heirat eingesetzt. Doch mit Schmerz und Elend war sie schon vertraut gewesen, ehe sie überhaupt in die Ehe mit Fernand eingewilligt hatte.

Aber das taugte nicht dazu, es diesem Fremden zu offenbaren, der sie mit einem Ausdruck in den Augen betrachtete ... einem Ausdruck, der zwischen Erregung, Zorn und Unsicherheit zu schwanken schien und sich schließlich hinter der Maske des Spotts verbarg.

«Was wollen Sie von mir?», fragte sie plötzlich und fühlte erneut die Spannung im Zimmer auf sich lasten.

«Wollen?», fragte er mit hellem Klang in der Stimme. Seine Finger schlossen sich; Mercédès sah sie die dünne Seide seiner Hose zusammenknüllen. «Von Ihnen? Nichts, meine liebe Comtesse. Ich will nichts von Ihnen.»

Aber seine Stimme war eisern geworden und der Ausdruck in seinen Augen schroff. Auf einmal wurde Mercédès wieder ängstlich zumute, ängstlich und doch ... erwartungsvoll. Besorgt und ... atemlos.

Ja, ihre Brust weitete und schnürte sich zusammen, und sie konnte eine kurze Weile nicht atmen. Und dann wandte sie ihren Blick ab, das Herz hämmerte in ihrem Busen, ihre Finger bebten zwischen den Falten ihres zerknitterten Rocks.

«Dann werde ich mich auf den Weg machen», erwiderte sie knapp, stand auf und trat mutig auf die Tür des Zimmers zu, in dem sie sich befanden.

Sindbad machte einen Schritt zur Seite und verstellte ihr den Weg. Er war weit größer als sie. Stämmig, muskulös, und er roch nach Meer.

«Wenn Sie nichts von mir wollen, so lassen Sie mich vorbei», sagte sie mit einer Ruhe, die sie nicht empfand. Ihr Herz raste, ihre Handflächen waren feucht, ihr flatterte der Magen.

«Sie möchten ihrem Retter keinerlei Dankbarkeit erweisen?»

Sie schluckte, sträubte sich aber, zu ihm aufzuschauen. Vielmehr richtete sie ihr Augenmerk auf die breite Schulter vor sich, bedeckt von hellblauer Seide, die sich auf eine Art an die Muskeln seiner Brust heftete, wie es Baumwolle oder Leinen nicht taten. Das kragenlose Hemd war bis zum Hals mit einfachen Seidenschleifen zugebunden. «Ich habe ein paar Francs bei mir, aber mehr im –»

«Meine liebe Comtesse, Ihr Geld habe ich nicht nötig. Es ist tatsächlich das Letzte, was ich von Ihnen will.»

Mercédès krampfte die Hände in die Falten ihres Rocks und fühlte ihren Herzschlag bis tief hinunter in ihren Körper wie das Dröhnen einer Begräbnistrommel. Auf seine Worte hin hatte sie aufgeschaut, aber der Spott in seinen Augen verscheuchte ihren Blick, den sie auf einmal von seinem Schnurrbart und der Andeutung schmaler Lippen darunter gefesselt fand.

Er schmunzelte, und seine Lippen dehnten sich, zuckten und zogen die dunklen Borsten in einer faszinierenden, sinnlichen Bewegung nach oben.

«Vielleicht», fuhr er mit leiser Stimme fort, «sollte ich Sie danach fragen, was Sie von mir wollen.»

«Nichts. Nichts als an Ihnen vorbei- und davonzukommen.»

«Dann gehen Sie vorbei. Stehen Sie nicht wie eine verängstigte Katze da. Wenn das wirklich Ihr Wunsch ist, dann gehen Sie vorbei, Comtesse.»

Sie zögerte nur einen Augenblick, dann trat sie auf ihn zu. Er hatte sich unmittelbar vor der Tür aufgebaut; vorbei käme sie nur, würde sie ihn streifen, diesen Seidenärmel berühren, ihr glockenförmiger Rock über seinen Pantoffel rascheln.

«Nur glaube ich nicht, dass es wirklich Ihr Wunsch ist …», flüsterte er, als sie sich ihm näherte.

Nun berührte sie ihn. Ihr rosafarbener Leinenärmel, dreimal so weit gebauscht wie ihr Oberarm breit war, wurde gestaucht, als er an der blauen Seide vorbeischlüpfte, und ihr Rock an seinem Bein zusammengeschoben.

Er streckte einen Arm zwischen ihr und der Tür aus, zwang sie so zum Stehenbleiben. «Oder?» Er drehte sich ihr zu, sodass sie Zehe an Zehe, Brust an Busen standen, Seide über Leinen streifte.

Sie spürte seine Wärme, roch das Meersalz auf seiner Haut und den schwachen Duft nach Mann, gemischt mit etwas wie Muskat. Edmond. Ganz so wie bei Edmond.

«Küssen Sie mich, Comtesse», sagte er leise. Seine gekrümmten Finger bebten an der Wand. «Sie wollen es.»

Und ob sie wollte … Gnade ihr Gott, sie wollte.

Eine Frau, die niemals, trotz allem, was er ihr angetan hatte, ihren Mann betrogen hatte, wollte diesen in Seide gekleideten, nach Salz und Schweiß riechenden Seemann küssen, der da vor ihr stand. Sie wollte sich in den Erinnerungen verlieren, in der vagen Vertrautheit, die er mit sich brachte.

«Lassen Sie mich vorbei», sagte sie noch einmal. «Bitte.»

Er ließ den Arm wieder fallen. Trat zurück und gab die Tür frei. «Sie sind eine ergebene Gattin, Comtesse. Welches Glück doch Ihr Gemahl hat.»

Sie raffte ihre Röcke, hastete an ihm vorbei, ihr Herz noch immer ein einziges Hämmern in der Brust, und fand sich im selben Raum wieder, den sie und Julie am Vormittag betreten hatten – wo Julie auf dem Kaminsims einen roten Samtbeutel gefunden hatte, darin das Wunder, das die Morrels gerettet hatte.

Offensichtlich war dieser Mann, wer er zu sein behauptete – Sindbad.

Mercédès wandte sich um und sah, dass er ihr gefolgt war und in der Tür zwischen den beiden Zimmern stand. An den Rahmen gelehnt, Arme in Körpermitte über Kreuz, die Augen dunkel und Lider halb geschlossen. Ein Feuer im Kamin gab zu viel Wärme und, bis auf eine kleine Öllampe, die einzige Beleuchtung im Zimmer ab.

Ehe sie begriff, was sie tat, ging Mercédès auf ihn zu, zurück zu Sindbad und der Versuchung, die er verkörperte: einen geheimnisvollen Sog, eine stete Anziehung, die Sehnsucht, in ihrem Kummer und Gram und ihren Erinnerungen zu schwelgen.

Er richtete sich auf, als sie vor ihn trat, verständiges Funkeln in den Augen, sagte aber nichts. Wartete bloß.

Dann bebten seine Schultern unter ihren ausgebreiteten Händen, gerade dass sich ihre Finger darüber hinwegbogen und den Stoff ein Stück weit auf seiner warmen Haut verschoben. Er regte sich nicht, sah nur auf sie herab, und unergründlich blieb ihr der Ausdruck in seinen Augen – in Wahrheit erforschte sie ihn gar nicht erst. Sie hob einfach das Gesicht, schloss die Augen und führte ihren Mund an seinen.

Anfangs streifte sie kaum die weichen Borsten seines Barts und die Glätte seiner Lippen, nur um ein erstes Gefühl zu bekommen. Sie staunte über das Schaudern seines Körpers, da sie ihn berührte. Dann presste sie ihren Mund auf seinen, drehte sich seitwärts in eine für beide günstigere Stellung, nahm die Lippen eben so weit auseinander, dass seine Oberlippe dazwischenschlüpfte und sie ihn schmecken konnte.

Etwas geschah, und ein heftiger Hitzestoß, ein jäh entfesselter Ansturm von Gefühl und Begehren fuhr ihr durch Mark und Bein. Der würzige Geruch des Meeres war in seinem Haar, auf seiner salzigen Haut; seine Lippen bewegten sich nun unter ihren, nicht länger tastend, sondern hungrig und verlangend. Sie verlor sich in dem Kuss, versank im Strudel der Sinnesreize: ihre über die Seide gleitenden Finger, die die Wärme der Reibung spürten, darunter muskulöse Wölbungen und Vertiefungen ... der schlüpfrige, hitzige Tanz ihrer Zungen ... seine Finger, die sie um die Taille fassten, sich in ihre Haut gruben ... die Anspannung und Schwere ihrer Brüste unter den Schichten aus Korsett, Unterkleid und Leinen.

Mercédès begehrte nicht auf, als er sie mit beiden Armen emporhob, ins Zimmer zurücktrug, das sie eben erst verlassen hatten, und wieder auf dem großen, kissenartigen Bett ablegte. Diesmal aber folgte er ihr, und seine Hände hielten sie bei den Schultern auf die Matratze gedrückt, als wolle er sichergehen, dass sie sich nicht erhob und das Weite suchte.

Doch diese Absicht hatte sie nicht.

Es – er – war so sehr wie Edmond, ihr verlorener

Edmond … Es waren seine rauen Fingerspitzen, die sich an die zarte Haut ihres Halses kletteten, das Salz in seinen Kleidern, der Geruch seines Haars, als sich Strähnen aus seinem Zopf lösten, und sogar der seiner Haut, die feucht war dort, am Übergang von Hals zu Schulter. Seine Art, den Kopf zu neigen, um sie zu küssen … sie schloss die Augen und ließ sich fallen, sie war zurück an jenem Hang mit Edmond an jenem letzten, herrlichen Tag …

Ihre Hände, die oben in die Olivenzweige langten, während sie auf seinen dunkelgebräunten Rumpf und das kleine Büschel Haare mitten auf seiner Brust hinabschaute. Das träge Lächeln, das er zu ihr heraufsandte, seine Zähne schimmernd und verblüffend gerade, das Gefühl von ihm so voll und hart in ihr, während sie vor und zurück schaukelte. Seine wettergegerbten Hände auf der zarten Haut ihrer Brüste, das Schaben rissiger und schuppender Knöchel, als sie sich umdrehten, um ihre Seiten entlangzustreifen …

Jetzt jedoch, zurück in der Welt, in der sie heute lebte, nahm Mercédès das Nesteln wahr, als dieser Mann, dieser bestrickende Fremde, die Perlmuttknöpfe auf der Rückseite ihres Kleids bearbeitete. Sie fühlte ihr Mieder enger werden und verrutschen, während er daran zog und zerrte, um es von hinten zu lockern, seine Hände zwischen ihren Rücken und das Polster gezwängt.

Anfangs versteifte sie sich und drehte den Kopf, um den Kuss abzubrechen. Nein, nein, das durfte sie ihn nicht tun lassen … Und als spüre er ihren Widerstand, hielt er inne, führte die Hände hinauf, um sie bei den Schultern anzuheben, und zog sie enger an sich. Seine Hüften drückten sich in ihre Oberschenkel, und sie fühlte seine Erektion sich gegen die Seide der dünnen, locker sitzenden Hose stemmen. Urplötzlich schraubten sich Überraschung und

Begehren von ihrem Bauch hinunter in ihr Geschlecht, wo sie sich unwillkürlich verlagerte, um ihn dort an ihr reiben zu lassen.

Er murmelte ein leises Stöhnen gegen die Lippen und schob eine Hand herum, um ihre Brust darin zu bergen, während er sich sacht auf ihr wiegte. Mercédès keuchte auf, als sie das Erwachen zwischen ihren Beinen, die Lust dort anschwellen, nach so vielen leeren Jahren sprießen und treiben fühlte.

Es gab so viele Schichten zwischen seiner Hand und ihrer Brust – Korsett, Unterkleid, Mieder –, dass sie kaum den Daumen spürte, der über ihre Spitze zu reiben versuchte, doch die Straffung und Schwere fühlte sie anwachsen, die sich im Nippel bündelnde Empfindsamkeit anschwellen. Sie beugte sich zurück, krümmte den Rücken, drückte sich hoch in seine Handfläche, schob alles von sich bis auf die herrlichen, lebendigen Reize, die sie durchliefen und sämtlich auf das feuchte Pochen ihres Geschlechts abzielten.

Mercédès zog an den kleinen Seidenknoten, die an seinem Hemd die Knöpfe ersetzten, und blickte auf, als er das Gesicht der Decke zuwandte und ein langes, bebendes Keuchen ausstieß wie in Erkenntnis ihrer endgültigen Einwilligung. Unter der Seide fand sie warme, glatte Haut und unter ihren Fingerspitzen ein Muskelspiel, während er sich auf seine zitternden Arme stützte.

«Lass mich», sagte er, wälzte sich auf eine Seite und dann vom Bett, dass sein Hemd von den plötzlichen Bewegungen losgezerrt wurde. Er schüttelte es ab, und es wallte hinunter in das Dunkel hinter dem Bett, während er sich neben sie kniete. Sie sah seine Brust, die durch aufgerollte Ärmel gebräunten Stellen, das V von einem aufgeknöpften Hemd und das blasse, im schwachen Licht schimmernde

Weiß seiner übrigen Haut. Er war schlank und feingliedrig mit drahtigen Muskeln, die sich seine Arme entlang bis zu den Goldreifen an seinen Handgelenken zogen, breiten Schultern und einem flachen Bauch, auf dem nur der schmalste Streifen Haar hinab zu seiner Hose führte.

Er zog sie hoch, sodass sie aufrecht saß. Er war nun hinter ihr, und wieder fühlte sie ihr Mieder sich verengen und lockern … doch diesmal zögerte sie nicht. Mercédès zog sich die Schuhe aus und rollte ihre Seidenstrümpfe auf, während sie das Mieder endgültig nachgeben fühlte. Als es sich öffnete und von der hochkragigen Schulterbedeckung abfiel, spürte sie, dass er bereits ihr Korsett aufschnürte, ungeduldig zerrte und rüttelte, als sei er mit einem solchen Kleidungsstück nicht vertraut.

Plötzlich fuhren zwei warme, raue Hände an ihren Seiten entlang und bargen von hinten ihre Brüste. Die Kühle seiner goldenen Armreifen erschreckte sie, als sie die empfindliche Haut unter ihren Armen streiften, und sie keuchte auf … doch dann vergaß sie alles außer dem, was er tat.

Der Strich langer Borsten – weicher als Fernands kurzer, gesträubter Schnauzbart – und ein warmer Mund seitlich an ihrem Hals, der gleich unter ihrem Ohr lutschte und leckte, genau an ihrer empfindsamsten Stelle … Wie konnte er das gewusst und wie sie es vergessen haben?

Er knabberte, lutschte und leckte, und sie keuchte und schloss die Augen, fühlte ihre Muschi noch weiter anschwellen und ihre Feuchtigkeit an den Beinen. Er bekam beide Nippel zwischen Daumen und Zeigefinger zu fassen, zwickte und liebkoste sie behutsam, triezte sie zu steifen Knötchen und ließ ihre Atemzüge schneller und heftiger werden.

Sie wand sich in seinen Armen, ihr schlaffes Kleid und

Korsett ein wirres Bündel aus Stoff, Spitze und Fischbein. Wieder trafen sich ihrer beider Münder, und sie schob eine Hand zwischen sich und ihn, um seinen schweren, sich durch die Seide stemmenden Schwanz zu ergreifen.

Dios mio, dachte sie … Wie verbarg ein Mann seine Erregung nur in solchen Hosen? Wenig fehlte, und er wäre nackt. Sie konnte den Wulst seiner Eichel ertasten, mit den Fingern die anmutige Kurve entlanggleiten, in der seine Erektion ungehindert hervorragte. Die Seide fühlte sich warm beim Reiben an, und er versteifte sich und erstarrte, als ihr Daumen über seine Vorhaut fuhr, bis sie vorn an der Spitze einen Hauch Feuchtigkeit erfühlte, und dann wieder hinauf- und zurückglitt.

Ging sein Atem schwer und harsch, so kam ihrer dem gleich; das Zimmer war wieder eng und drückend, und auf einmal hatte er sie zurück auf den Kissen, entzog sich ihren aufreizenden Händen und hob ihre Röcke an. Er vergeudete keine Zeit, legte Hand an ihre Schenkel unter den Schichten aus Rock, Krinoline und Unterkleid, fand die pulsierende Nässe ihres Geschlechts. Sie spreizte die Beine weit und fühlte, wie ihr das Gewicht von Kleidern und Unterwäsche von den Hüften gehoben und auf den Bauch geschichtet wurde. Seine Hände lagen sanft, aber bestimmt auf den Innenseiten ihrer Schenkel und spreizten sie gleich am Ansatz, wo sich ihr nacktes Geschlecht nun ihm und dem ganzen Zimmer darbot.

Mit einem Daumen schlüpfte er vorn hinauf, fuhr sinnlich, langsam und gründlich zwischen ihre Schamlippen, hinein in ihre Falten, rings um den strammen Kitzler, hinein in die Muschi. Mercédès stöhnte, schloss die Augen und ließ die Hüften kreisen, so gut sie es unter seinem unbarmherzigen Daumen vermochten. Hoch und runter, ringsherum und abwärts, ein und aus glitt er gemächlich, mühelos … und sie fühlte die Lust sich dort sammeln, bebend und pochend.

Sindbad murmelte etwas. Sie konnte nicht verstehen, was er sagte – beinahe klang es wie ihr Name –, und dann bewegten sich seine Hände ihre Schenkel wieder hinunter bis an die Knie wie zu einem zärtlichen Abschiedsgruß. Ein leises, enttäuschtes Wimmern schwoll tief in ihrer Kehle an, und sie schlug rechtzeitig die Augen auf, um ihn das Schnürband um seinen Hosenbund aufzerren und dann, im fahlen Licht, die Silhouette seines prallen Riemens herausschnellen zu sehen.

Danach gab es kein Zaudern mehr. Ein Anheben ihrer Hüften, zupackender Griff nach ihren Hinterbacken, und er schob sich vor ihr kniend in sie hinein.

Mercédès schrie auf, war von der Macht dieser Lust erschüttert … und da zog er sich zurück, füllte sie dann wieder, dann zurück, und rein und raus und rein und raus, bis es zerbarst und sie erschauderte, wieder aufschrie, sich in die eigene Hand biss, um nicht den Namen auf ihren Lippen auszurufen.

Edmond.

Ein letztes Mal schwang er sich in sie hinein und ergoss sich, lange pulsend, mit schrillem, schmerzvollem Aufschrei in ihr. Sindbads Hände waren an die Flanken ihres Rumpfes gewandert, und er beugte sich über sie, senkte den Kopf, das Haar in langen, verschwitzten Strähnen zu beiden Seiten seines Gesichts herabhängend, und atmete ein und aus, als wäre er gerade einen Hügel hinaufgerannt.

Mercédès lag da und kam langsam wieder zu sich. Die Wellen der Lust ebbten allmählich ab. Er machte sich los und stand vom Bett auf.

Sie bemerkte, dass er nicht zu ihr herunterschaute; vielmehr sah er zum Fenster hinaus. Sein Gesicht lag im Schatten. Es war nur undeutlich zu erkennen und erinnerte sie schmerzlich an Edmond: seine Nase war lang und gerade, genau wie jene Edmonds … doch sein Kinn stach mit dem dichten Bart hervor, und sein Haar hing in welligen Strähnen herab, wo das von Edmond stets kürzer und über Ohren und Stirn zurückgebürstet gewesen war. So sehnig, wie er war, war dieser Mann doch breiter und schwerer als einst ihr Liebster.

Die Erinnerung an Edmond führte Mercédès zurück in die Wirklichkeit: nicht nur an das Ende der Lust, sondern wieder in ihr Leben. Und dazu, was sie gerade getan hatte. Sie rollte sich zur Bettkante und zog ihre Kleider über ihren Körper. Dass sie sich selbst ankleidete, war ausgeschlossen … und ob ihr dieser schweigende Fremde helfen würde?

Ob er sie überhaupt ziehen lassen würde?

Aber ihre Muschi pochte weiterhin angenehm zwischen ihren Schenkeln, und sie empfand eine ungewohnte Entspannung in den Gliedmaßen. Ihr Körper wenigstens war befriedigt.

Als sie aufstand, trat er ohne ein Wort hinter sie und half ihr langsam und unbeholfen, sich anzuziehen. Doch seine Hände waren warm und sandten noch immer ein Erschauern über ihre Schulterblätter, und Mercédès wunderte sich einmal mehr darüber, was sie getan hatte. Aber sie bedauerte es nicht. Eigentlich nicht. Nicht die Lust, die sie empfangen hatte, nicht die Gelegenheit, das Heute zu vergessen und sich auf ihre Jugend zu besinnen.

Für Worte schien es keinen Anlass zu geben.

Sindbad schloss den letzten Knopf und erhob keinen Einspruch, als Mercédès sich zur Tür und wieder hinaus in das Kaminzimmer aufmachte, es auf einmal eilig hatte, fortzukommen und zurück in das kleine Gasthaus zu gelangen, in dem sie ein Zimmer gemietet hatte. Wo sie sicher sein würde vor Sindbad dem Seefahrer und den Erinnerungen und Gefühlen und der Wollust, die er in ihr wachrief.

Zum zweiten Mal an jenem langen, ereignisreichen Tag trat sie zur Vordertür dieses kleinen Hauses in den Allées de Meilhan hinaus und ging den kurzen, unebenen Fußweg hinunter.

Sie schaute nicht zurück.

Hätte sie es getan, hätte Mercédès womöglich gesehen, wie der bärtige Sindbad ihr lautlos im Schutz der Schatten folgte, bis sie wohlbehalten die Eingangstür einer kleinen Herberge öffnete.

Seine Finger bebten, es summte noch immer in seinem Körper. Seine Augenwinkel waren feucht, doch sein Mund bildete eine harte Linie.

«Und nun … lebt wohl, Güte, Menschlichkeit, Dankbarkeit, Wehmut», murmelte er und sah zu, wie sie in der Herberge verschwand. «Lebt wohl, ihr sanften Herzensregungen. Nun lasst den Rachegott mir Platz schaffen, um jene zu bestrafen, die mir unrecht taten.»

ZWEITES KAPITEL

Das Ende einer Übereinkunft

Zehn Jahre später
Paris

Eines Abends Ende November 1839 nahm ein rauschendes Fest im herrschaftlichen Wohnsitz des Comte und der Comtesse de Morcerf seinen Lauf. Das viergeschossige Gebäude in der Rue du Helder Nr. 27 war bald schon zum Bersten gefüllt mit der Crème de la Crème der Pariser Gesellschaft.

Lichter funkelten in jedem der sechzig Fenster, vor denen sich die Kutschen die Straße entlang aufreihten und die Umrisse von Damen in hellen Abendroben und Herren in langschößigen Gehröcken verschmolzen hinter den unverhängten Glasscheiben. Es war zu kühl, um alle Fenster öffnen zu lassen, doch einige ließen eine kühlende Brise einströmen und den Lärm der Feier nach außen dringen. Die Musik eines vollbesetzten Orchesters, Heiterkeitsausbrüche und angeregte Unterhaltung wehten jedes Mal lauter zur Tür heraus, wenn sie sich für einen neuen Gast öffnete.

Seit dem frühen Morgen hatte Mercédès noch keine Zeit gehabt, wieder zu Atem zu kommen. Dennoch hätte sie nicht im Traum daran gedacht, sich von der *Bon-voyage-*

Feier für ihren Sohn davonzuschleichen, wäre sie nicht vom gutaussehenden Comte de Salieux in eine Ecke nahe einer der Türen zum Ballsaal gedrängt worden.

«Mercédès, *mon amour*, den ganzen Abend lang hab ich schon versucht, dich allein zu erwischen», murmelte Georges und legte ihr seine Hand fest ins schmale Kreuz. «Wüsste ich es nicht besser, würde ich glauben, du meidest mich.» Gewandt führte er sie aus dem drangvollen Saal hinaus und um eine kleine Büste Julius Cäsars herum, die im Flur stand. Seine Vertrautheit mit dem Anwesen der Morcerf half ihm dabei, sie zügig in eine der wenigen leeren Räumlichkeiten zu geleiten, die Bibliothek des Comte.

Sie befreite sich von ihm, strich den ellbogenlangen Handschuh glatt, den er in Falten gezogen hatte, und sah ihn an. Sie hatte gehofft, diesem Gespräch heute Abend aus dem Weg gehen zu können, da ihr so vieles andere durch den Kopf ging. Doch Georges ließ das nicht zu. Gott stehe ihr bei, sie hatte ihr Bestes getan.

Aber ehe sie sprechen konnte, trat er wieder näher an sie heran und schlang seine Arme um sie, um ihr sinnliche Küsse in die Biegung zwischen Hals und Schulter zu drücken. «Es war eine zu lange Zeit, *mon amour*», murmelte er an ihrer Haut. Sein weicher Backenbart schabte an ihrer Wange, und seine Zunge schnalzte hervor, um rasch im Gewinde ihrer Ohrmuschel zu kreisen. Als er ihr Ohrläppchen in den Mund nahm, schlug der klobige Smaragd darin vernehmbar an seine Zähne.

«Georges», murmelte sie und schaffte es, ihre Stimme nicht gereizt klingen zu lassen, sondern sprach geschmeidig und leise, «ich muss zu meinen Gästen zurück.»

«Aber ich habe dich drei Wochen lang nicht gesehen», sagte er und schaute sie mit einem Ausdruck männlichen

Schmollens auf den sinnlichen Lippen an. Eben diese Lippen waren es gewesen, die sie vor mehreren Monaten angezogen hatten, doch inzwischen konnte sie dem Zauber dieses Mannes leicht widerstehen. «Nur diese sündhaft teure Daguerreotypie von dir beim Spaziergang die Rive Gauche entlang hatte ich als Gesellschaft.»

Er war jung und tatkräftig – zehn Jahre jünger als sie mit ihren vierzig Jahren – und sah zweifelsfrei blendend aus. Georges war außerdem mehr als befähigt zwischen den Laken und in der Kutsche und selbst im feuchten Gras des Sommergartens von Chevaulx, sehr zum Nachteil ihres lavendelfarbenen Lieblingskleids. Aber Mercédès war nicht länger an ihm interessiert.

Das passierte ihr leider immer. Monatelang, oft über Jahre blieb sie gleichgültig und ganz für sich, schenkte dem Schäkern und Werben der Männer, die sie traf, keine Beachtung. Sie hatte ihre spröde Einsamkeit zum festen Schild geschmiedet, um die interessierten Männer – und ihre Gefühle – damit in Schach zu halten. Am Ende aber überwand die Sehnsucht nach Zuneigung und Liebe ihren Widerstand und sie ergab sich ihrem Bedürfnis, berührt und geliebt zu werden und jemandem etwas zu bedeuten. So versuchte sie dann einmal mehr zu finden, was sie mit Edmond und flüchtig mit Sindbad dem Seefahrer gehabt hatte … dieses Erwachen, diese kurze, aber gefühlvolle Verbindung, die sie noch Stunden danach hatte erschauern lassen und noch immer, zehn Jahre später, ihre Träume würzte.

«Ich werde meinen Sohn mehr als sechs Monate lang nicht sehen», sagte Mercédès zu Georges, trat zurück und befreite sich aus seinem festen Griff. «Und daher wünsche ich nicht, öfter von seiner Seite zu weichen, als heute Abend sein muss. Morgen bricht er auf.»

«Aber, Mercédès, du hast mir so gefehlt», sagte Georges und griff wieder nach ihrer Hand.

Sie wich ihm geschickt aus, indem sie den Arm hob, um die aufwendige Achterschlaufe ihrer Frisur am Hinterkopf zu betasten.

«Georges», gab sie zurück und sah ihn ernst an, «ich muss aufrichtig sein und dir sagen, dass die Zeit gekommen ist, unsere Bande zu lösen.» So war es, denn sie hatte nicht gefunden, wonach sie sich sehnte, und ihre Vertraulichkeiten waren peinlich und bedeutungslos für sie geworden. Sie hatte die Affäre hoffnungsvoll begonnen ... doch am Ende war sie nichts als Leere und Enttäuschung.

«Lösen? Nein, das kann nicht dein Ernst sein!» Diesmal war sie nicht schnell genug, und es gelang ihm, ihre Hand festzuhalten. Er zog sie an sich, aber sie sträubte sich und schenkte ihm einen deutlich verärgerten Blick mit angehobenen Brauen – ähnlich dem, den sie ihrem Sohn just vor einem Verweis schenken würde.

Geliebter Albert! Sie konnte kaum glauben, dass er für mindestens sechs Monate fort sein würde, um die ganze Schweiz und Italien zu bereisen. Er war jetzt zweiundzwanzig Jahre alt und ein hübscher junger Mann, auf den sie maßlos stolz war. Ihr einziges Kind. Wie sie diesen Tag fürchtete.

Wir sehr sie ihn vermissen würde.

Und was würde sein, wenn er erst einmal fort wäre?

Die altbekannte Übelkeit drehte ihr den Magen um, als ihr die gedankenvolle Art in den Sinn kam, auf die ihr Gatte Fernand sie die letzten paar Tage über angesehen hatte.

Doch jetzt wollte sie nicht daran denken.

«Aber Georges, bitte», sagte sie in ihrem mütterlichen Tonfall, den sie nach Belieben umwidmen konnte. Es brachte seine Vorteile mit sich, eine Dame in gewissem Alter zu sein, und Mercédès hatte gelernt, sich dessen bei Bedarf zu bedienen. Sie konnte fröhlich und kokett sein und frisch und lieblich aussehen wie eine junge Debütantin, aber auch eine Augenbraue heben und sich in mütterlicher Strenge üben, wenn die Lage es erforderte. Und diese tat das.

«Bitte, mein es nicht ernst damit», sagte Georges. Er wirkte vollkommen aufgelöst, und Mercédès verspürte ein schuldbewusstes Bedauern. «Bitte, Mercédès ... Ich kann ohne dich nicht leben. Ich liebe dich.»

Ehe sie antworten konnte, öffnete sich die Tür der Bibliothek.

«Ah, Mercédès», sagte ihr Gemahl und kam herein. Seine scharfen dunklen Augen verrieten keine Überraschung darüber, sie hier vorzufinden, abseits der Festlichkeit und mit einem anderen – jüngeren – Mann, der irgendwie schon wieder ihre Hand ergriffen hatte. «Und Comte de Salieux.»

Georges ließ sie los und erblasste schuldbewusst. Er hatte keine Ahnung, dass sich Fernand wenig um die außerehelichen Umtriebe seiner Gattin scherte – ein Umstand, den sich Mercédès bei mehr als einer Gelegenheit zunutze gemacht hatte.

Nein, nicht Fernands Entdeckung ihrer beider war es, was sie beunruhigte. Vielmehr war es der grüblerische Ausdruck seiner Augen, der ihren Atem wie vor Kälte stocken ließ.

«Monsieur le Comte», begrüßte sie ihn förmlich. Obwohl ihr Herz nun in ihrer Brust hämmerte und ihre Handflächen unter der leichten Baumwolle ihrer Handschuhe feucht geworden waren, bewahrte sie gefasst Haltung. «Ich wollte soeben zu unseren Gästen zurückkehren. Wenn Sie mich entschuldigen …»

«Selbstverständlich. Ich kam lediglich, dich davon zu unterrichten, dass Baron Danglars hier ist mit seiner Tochter Eugénie und, wie es meine Absicht ist –» An dieser Stelle unterbrach er sich und schaute bestimmt auf Georges, der in Richtung Tür zu weichen begonnen hatte, noch immer die verdatterte Miene im Gesicht.

Ob dieser bestürzte Ausdruck der Beendigung ihrer Affäre oder dem Erscheinen ihres Gatten geschuldet war, konnte sie nicht sagen.

«Vielleicht wollen Sie sich etwas zu trinken holen, Salieux», sagte Fernand unmissverständlich. Georges verließ mit einem Flappen seiner Frackschöße den Raum, und die beiden de Morcerfs waren allein, während hinter der geschlossenen Tür die Abschiedsfeier für ihren Sohn tobte.

Mercédès betrachtete den Mann, den sie achtzehn Monate, nachdem Dantès ins Gefängnis verbracht worden war, geheiratet hatte. Sie hatte ihn nicht heiraten wollen, aber keine andere Wahl gehabt. Selbst an ihrem Hochzeitstag war sie gewiss gewesen, ihr gebrochenes Herz werde ihr ebenso sicher den Tod bringen, wie sein leidendes *Père* Dantès ins Grab gebracht hatte. Nach achtzehn Monaten, die sie von ihrem entfernten Vetter bekniet und beschwatzt worden war, hatte sie schließlich in die Ehe mit ihm eingewilligt – nicht weil sie es gewollt, sondern weil sie weder Gönner noch Mittel gehabt und sich in einer unmöglichen Lage wiedergefunden hatte. Dantès würde nie zurückkehren, sein Vater war tot, und es hatte sich erwiesen, dass Villefort ihr in keiner Weise zur Hilfe kommen würde.

Fernand war ein attraktiver Mann gewesen mit dem gleichen katalanischen Aussehen wie sie: goldbraune Haut, dunkles Haar und dunkle Augen. Nicht zuletzt deshalb hatte sie sich ihm zugewandt, weil von Katalanen erwartet wurde, untereinander zu heiraten. Es entsprach ihren Sitten.

Aber er hatte schon um ihre Hand angehalten, als Edmond noch lebte; während Edmonds letzter Seereise war Fernand jeden Tag zu ihr gekommen und hatte sie zu überzeugen versucht, seinem Werben nachzugeben. Doch sie hatte nur Edmond geliebt.

Ich werde ihn lieben bis ans Ende meiner Tage.

Das hatte sie Fernand jeden Tag aufs Neue gesagt, und doch ließ er nicht von seiner Werbung ab. Und dann, als das Grauenhafteste geschehen war – als Edmond während ihrer Verlobungsfeier festgenommen worden war –, hatte Fernand geschwiegen.

Doch Monate später fragte er sie erneut, und sie wies ihn zurück. Er ging dann zur Armee, und als er wiederkam, war Edmond ein Jahr fort gewesen und *Père* Dantès nur einen Monat zuvor in der Gewissheit gestorben, Edmond sei tot. Die vergangenen achtzehn Monate über hatte sie Villefort so viele Male aufgesucht und um Auskünfte angefleht, verzweifelt auf irgendwelche Neuigkeiten gehofft, die er ihr mitteilen könnte.

Als Fernand aus der Armee zurückkehrte, durch seine Taten in Ioannina ein Held, bat er sie erneut, ihn zu heiraten. Und diesmal hatte sie keine andere Wahl, als zuzustimmen. Selbst als sie ihm die Wahrheit sagte und den Grund für ihr Einlenken nannte, hatte das seine Entschlossenheit, sie zu ehelichen, nicht ins Wanken gebracht. Wie sie später, nach einigen Monaten der Ehe, erkennen sollte, war es für ihn zweckmäßig, mit einer schönen Frau verheiratet zu sein, um somit für alle sichtbar die eigene Manneskraft zu beweisen.

Folglich, trotz der Leere in ihrem Herzen, des Kummers und im Bewusstsein, Fernand niemals lieben zu können, heiratete sie ihn. Sie war entschlossen, ihrem Vetter eine gute Frau zu sein, selbst wenn sie ihn nicht lieben konnte. Sie war es ihm schuldig.

Hätte sie nur damals seine wahren Absichten gekannt und sein eigentliches Motiv, sich mit ihr zu vermählen.

Sie und Fernand waren Mann und Frau seit über zweiundzwanzig Jahren. Länger als Edmond gelebt hatte.

Mercédès nahm erschrocken wahr, dass Fernand sie anschaute und die Tür mit ausgestrecktem Arm versperrte. «Was gibt es?», fragte sie und behielt eine arglose Stimme bei.

«Muss ich annehmen, dass Salieux derzeit dein Buhle ist?», fragte er. Seine Lippen waren fest zusammengepresst unter dem dunklen Schnauzbart, den er sich hatte stehenlassen, nachdem ihm sein Titel verliehen worden war. Seine Haare wurden kurz gehalten, sodass sie stechend und borstig blieben und der Bart schroff über fremde Haut schrammte. Weiße Haare begannen zahlreich zwischen den schwarzen hervorzusprießen. «Ich kann vollends nachfühlen, dass du dich von ihm angezogen fühlst. Er ist ein recht stämmiger und gutentwickelter junger Mann.»

Sie ging mit Absicht nicht auf diese Stichelei ein. «Wenn du mich jetzt entschuldigen möchtest, ich bin schon lange genug aufgehalten worden.»

«Mercédès», sagte er. Er rührte sich nicht, und sie konnte nicht an ihm vorbeigehen, solange ihr sein Arm den Weg versperrte. «Du wirst heute Abend dein bezauberndes und liebeswürdiges Wesen ganz Baron Danglars gegenüber ausspielen. Auf jede nötige Weise.» Seine dunklen Augen, die vor langer Zeit einmal so sanft und zärtlich erschienen waren, glänzten hart und starr. «Ich wünsche die Heirat von Albert und Eugénie und verlange, dass du deinen Teil tust, um das sicherzustellen.»

Die Lippen zusammengepresst, der Magen in Aufruhr, schenkte Mercédès ihm ein knappes Nicken. «Sei versichert, dass ich Monsieur Danglars gegenüber gastfreundlich und einnehmend sein werde, aber seine plumpen Hände werde ich nicht auf mir dulden.»

Danglars war ihr bekannt, seit er mit Edmond zusammen auf der *Pharaon* gesegelt war. Er war Zahlmeister auf dem Schiff gewesen und Edmond erster Maat auf einer Reise, in deren Verlauf der Kapitän erkrankte und starb. Edmonds Geschick und Menschenkenntnis halfen, das Schiff zurück nach Marseille zu segeln, und hatten ihm Monsieur Morrels Bewunderung eingetragen – und die Ernennung zum neuen Kapitän der *Pharaon*.

Da Edmond ihr von Danglars' Zorn und Eifersucht über seine Beförderung erzählt hatte, misstraute Mercédès dem Mann bereits, ehe sie ihm begegnet war. Später, nach ihrer Hochzeit mit Fernand, stellte sie fest, dass die beiden Männer einander durch ihre Geschäftsbeziehungen kennengelernt hatten. Dennoch wurde ihr beim schmierigen Benehmen Danglars' und beim Anblick seiner Hände – die dicklich geworden waren wie der Rest von ihm auch – mit ihren kurzgeschnittenen Nägeln und der weichen weißen Haut unwohl, malte sie sich die Berührung durch sie aus.

Versucht hatte er es. Oh, und wie. Und Fernand –

«Du tust, was ich dir sage, Mercédès», sagte ihr Gemahl. «Sonst wirst du es bedauern.» Mit einem letzten bedeutungsschwangeren Blick trat er beiseite, sodass sie den Raum verlassen konnte.

Sie eilte an ihm vorbei und nahm wahr, dass er immer noch nah genug stand, um von ihrem weiten, kuppelförmigen Rock und den schweren Krinolinen an der Hose gestreift zu werden.

«Mercédès», sagte Fernand, als sie eben in den Flur trat, «da Albert uns nun verlässt, werde ich in dein Bett zurückkehren. Morgen. Sei bereit, mich willkommen zu heißen.»

Sie erstarrte, eine Hand am Türpfosten. Ihr Herz sank jäh und schmerzlich, und sie machte kehrt und fragte sich, ob ihr Gesicht ebenso blass aussah, wie es sich anfühlte. «Wenn das Ihr Wunsch ist, dann natürlich, Gemahl. Solange Sie allein kommen.»

Seine Lippen wurden schmal wie auch seine Augen. «Du bist nicht länger in der Position, Forderungen zu stellen, Mercédès. Albert geht fort, und du hast kein Druckmittel mehr. Jetzt geh und sei nett zu Danglars und sorg dafür, dass diese Heirat stattfindet, und vielleicht werde ich deine Bitte berücksichtigen.»

«Es ist keine Bitte», sagte sie mit klopfendem Herzen. «Es ist eine Bedingung.»

Damit wäre sie davongeschossen, doch er packte sie beim Arm und zerrte sie zurück in die Bibliothek. Die Tür knallte hinter ihnen zu, und Mercédès sah sich rücklings dagegen gestoßen. Eine Hand Fernands wölbte sich um ihre Gurgel und hielt sie dort fest, die andere umschloss eines ihrer Handgelenke.

«Was ist nur aus dem stillen, bescheidenen, *verzweifelten* Waisenmädchen geworden, das ich geheiratet habe?», fragte er mit irreführend honigsüßer Stimme. Seine Hand lag nicht eng genug um ihren Hals, um ihr den Atem abzuschnüren oder Druckstellen zu hinterlassen – so dumm war er nicht –, aber eben eng genug, um sie an seine Kraft zu erinnern … und die Macht, die er über sie hatte.

«Du warst so fügsam in den ersten Ehejahren. Hast unsere Übereinkunft verstanden und deinen Teil der Abmachung so gut erfüllt. Und dann hast du dir in den Kopf gesetzt, vor mir davonzulaufen. Als hätte ich dich nicht finden können – Marseille war der erste und einzige Ort, an dem ich dich suchen ging.»

«Das nächste Mal laufe ich weiter weg», sagte sie und ließ es nicht zu, dass ihre Lippen dabei bebten.

«Das wagst du nicht, Mercédès. Wie du früher schon erfahren hast, weißt du jetzt: Du kannst nicht von mir loskommen, und du kannst nicht ohne deinen Sohn leben. Dass Albert fortgeht, heißt noch lange nicht, ich könnte dich nicht von ihm fernhalten. Ich habe dich allein gelassen – nahezu allein – die letzten zehn Jahre lang – und dazu degradiert, lediglich an meinem Arm als meine wunderschöne, vollendete, glanzvolle Gattin vorgeführt zu werden. Da Albert nun aber fortgeht, werde ich in dein Bett zurückkehren. Und du wirst mich willkommen heißen … gleich, unter welchen Umständen mich dabei verlangt.»

Er verlagerte das Gewicht seiner Hand, bis ihre Fläche schwer und bedrohlich oben auf ihrem Brustkorb lastete. Sie hüstelte unter dem Druck. «Vielleicht, da du so an dem Comte hängst, werde ich Salieux dazubitten.»

Dann schob er sie mit einem heftigen Stoßseufzer beiseite. Sie torkelte in einen Sessel und verlor dabei einen ihrer perlenbesetzten Schuhe. Als sie sich wieder aufrichtete, war Fernand gegangen.

Er hatte die Bibliothekstür offen stehenlassen.

Mercédès' zitternde, behandschuhte Hände glätteten die Vorderseite ihres mit Goldfäden durchwirkten Taftrocks und befühlten darauf vorsichtig ihren Hinterkopf, ob ihr Haar noch saß. Etwas loser als zum Zeitpunkt, da Charlotte damit fertig geworden war, aber die verschlungene Masse war noch immer von Nadeln festgehalten. Die beiden Locken, die vorn von ihrer Frisur mit Mittelscheitel abfielen, waren jeweils in sanftem Schwung nach hinten über die Ohren geführt worden, und auch sie steckten noch im aufwendigen Haarknoten fest.

Sie holte tief Luft und sträubte sich gegen das Zittern ihrer Finger und die quellenden Tränen. So konnte sie Albert nicht unter die Augen treten.

Noch eine Nacht, und er würde fort sein.

Und sie wäre allein mit seinem Vater.

Fernand machte seine Drohung wahr, in der folgenden Nacht in ihr Gemach zu kommen.

Mercédès war erschöpft von der Feier am vergangenen Abend und dem bewegenden Abschied von ihrem Sohn früher am Tag.

Eben hatte sie sich ihres Abendkleids, der Krinolinen, des Korsetts und Unterkleids entledigt und in ein warmes Nachtgewand aus Flanell gekleidet. Ihre Zofe bürstete ihr das lange dunkle Haar.

«Charlotte, du kannst dich zurückziehen», sagte ihr Gatte, als er in die Tür trat.

Die Zofe schaute auf die entschlossene Miene des Comte, machte einen raschen Knicks mit Blick auf Mercédès und verließ das Zimmer.

Ihre Herrin konnte es ihr nicht verübeln: Bald zehn Jahre lang hatte der Comte ihre Tür nicht verdunkelt – seit Albert alt genug geworden war, um die Vorgänge im Haus zu begreifen –, und Charlotte war erst seit fünf Jahren bei ihr.

«Fernand», sagte sie zur Begrüßung. Es war weder einladend noch kalt. Es war eine Feststellung. Immerhin war er ihr Ehemann. Er hatte alles Recht, nach Belieben an ihr Bett zu treten.

Mercédès war nicht so töricht zu versuchen, sich ihm zu verweigern. Zu Anfang ihrer Ehe hatte sie ihn zu lieben versucht – oder zumindest vorzutäuschen, sich nicht Edmond statt seiner zu wünschen, die Tränen zu verbergen, die aufkamen, wenn sie sich vereinigt hatten, ihrem Körper zu erlauben, auf seinen anzusprechen. Doch sie konnte sich nicht wirklich völlig gehenlassen, und das war es letztlich, was seinen Zorn hervorrief … und all die Demütigungen und Peinigungen, die darauf folgten.

Fernand war eifersüchtig auf Edmond. Er war es immer gewesen, würde es immer sein – trotz der Tatsache, dass Edmond vor mehr als zwanzig Jahren gestorben war.

«Du kannst das ablegen», sagte er nun, ging zum Bett hinüber und streifte zugleich das eigene Nachthemd ab.

Das konnte sie ohne Weiteres tun. Das war einfach. Hunderte, Tausende andere Ehefrauen hatten es getan, taten es jede Nacht.

Mercédès öffnete die sechs stoffbezogenen Knöpfe, die vorn an ihrem plissierten Nachtgewand hinunterliefen, und zog es sich über den Kopf. Auf dem Weg zum Bett, wo Fernand nackt dalag und wartete, streifte ihr Blick ihr Spiegelbild.

Ihre Haut war noch immer goldbraun und zumeist straff, bis auf die zornesroten Streifen vom Fischbein des Korsetts, die noch zehn Minuten, nachdem es entfernt worden war, ihr Fleisch zeichneten. Ihre Brüste hatten sich über die Jahre etwas abgesenkt, waren aber voller geworden nach ihren Schwangerschaften – von denen vier in Fehlgeburten geendet hatten – und sogar noch üppiger in diesen letzten fünf Jahren, da sich ihre Rundungen überall stärker ausgeprägt hatten. Ihre Taille war natürlich viel schlanker, wurde sie von einem Korsett gezähmt, doch ihre Figur war weiterhin ausgesprochen kurvenreich, und sanft wölbte sich ihr Bauch. Mercédès wusste, dass sie immer noch eine schöne, begehrenswerte Frau war.

Während sie vor dem Bett stand, scheitelte sie ihr hüftlanges Haar in der Mitte und band es sich im Nacken zusammen, dann noch einmal und noch einmal, ehe sie es zu einem Behelfsknoten am Hinterkopf feststeckte und sich dabei bewusst war, wie sich ihre Brüste beim Heben der Arme aufreizend emporreckten.

Fernands Augen beobachteten sie ausdruckslos, und sein Schwanz lag wie ein großer weißer Wurm aufgerollt im dunklen Haar, das sich zwischen seinen Beinen ausbreitete. Er sah nicht so aus, als sei er zu einer den Umständen angemessenen Haltung bereit.

Mercédès ließ sich neben ihn auf die Decke sinken und schloss die Augen, als er nach ihr langte. Der letzte Funken Zuneigung, die sie für ihn empfunden haben mochte, war vor langer Zeit erloschen, seit er sie hässlich und herabwürdigend im Schlafgemach behandelt hatte. Jetzt lag sie nur mehr da und ließ ihn tun, wonach ihm war.

Oder was er zu tun versuchte.

Ihre Nippel sprachen zum Teil auf seine Bemühungen an und zum Teil auf die Kühle im Zimmer – sie versteiften sich, richteten sich auf –, doch als er den Mund über einen davon stülpte und laut und eifrig zu nuckeln anfing, spürte sie kaum etwas in ihrem Bauch zwicken. Sie gab jedoch ein leises Stöhnen von sich, da sie wusste, dass Männer solches schätzten, und raffte sich dazu auf, seinen Schwanz anzufassen. Er hatte sich etwas Mühe gegeben, lebendig zu werden, hatte aber noch immer einen weiten Weg vor sich. Würde sie ihn in den Mund nehmen, ließe sich die Sache vielleicht ein wenig beschleunigen.

Doch selbst als sie die Lippen um ihn schloss, die Eichel auf und ab bearbeitete und ihn der schmächtigen Länge nach mit ihrem Speichel einschmierte, blieb sein Schwanz schlaff und weich. Seine Finger vergruben sich im zarten Fleisch ihres Rückens, als sollte sie das ermutigen, doch nicht einmal ihr leises Stöhnen und ihre neckende Zunge richteten merklich etwas aus.

Es war dasselbe wie immer.

In den ersten Monaten ihrer Ehe hatte sich Fernand nur ein klein wenig leichter erregen lassen. Erst einige Monate nach Alberts Geburt und Fernands Rückkehr in ihr Gemach sollte sie erkennen, weshalb sich die Vereinigung mit ihm so schwierig gestaltete.

Er bevorzugte Männer.

Wenngleich er eine wunderschöne, begehrenswerte Frau umworben und geheiratet hatte, um sie als Ausweis seiner Männlichkeit zur Schau zu stellen und zu versuchen, sich die gleichgeschlechtlichen Neigungen auszutreiben, war es damit nicht so gutgegangen, wie er offenbar gehofft hatte.

Mercédès hätten seine Vorlieben nicht so viel ausgemacht – schließlich hatte sie in die Ehe mit ihm eingewilligt, obgleich sie einen anderen liebte –, wären ihnen nicht diese Demütigungen gefolgt: Als er keine Befriedigung bei ihr finden konnte, brachte er andere ins gemeinsame Bett, Männer in aller Regel – manchmal aber half eine Frau mit, ihm genügend Anreiz zu verschaffen.

Die Erinnerungen an jene Nächte ineinander verschlungener Leiber, der Gliedmaßen überall und zupackenden

Hände, zu vieler Münder und des Anblicks von Fernand über den Rücken eines anderen Mannes gebückt, während Mercédès in bequemer Griffnähe für ihn blieb, hatten sich ihr ins Gedächtnis eingebrannt. Die Schande, sich vor einem anderen Mann – oder einer Frau – ausziehen zu müssen, um vom eigenen Gatten oder von wem immer, den dieser dazu einlud, liebkost, geküsst und angefasst zu werden. Das Keuchen und tiefe Stöhnen, das Schlüpfen und Gleiten, die forschenden Finger und begehrlichen Münder … lieber dachte sie nicht an jene dunklen Nächte zurück und wie sie sich dabei gefühlt hatte … die Erniedrigung, unter oder neben zwei grunzenden Männern oder ineinander verschlungen mit einer anderen Frau zu liegen, während ihr Gatte über ihr und in ihr rackerte. Wie ihr Körper häufig auf unerbetene Reizung ansprach, sich Kitzel und Erregung einstellten.

Selbst jetzt schauderte ihr, und sie schmeckte Galle tief im Hals.

Und in solchen Nächten, da Fernand keine willige Ergänzung zu ihrer beider Lager fand und außerstande war, sich Erleichterung zu verschaffen … flogen seine Hände oder Fäuste, schleuderte er sie grob, alle viere von sich gestreckt, aufs Bett oder, schlimmer noch, zu Boden.

Eine solche Nacht vor jenen langen zehn Jahren hatte sie am nächsten Morgen nach Marseille fliehen lassen. Doch die Angst, er würde Albert von ihr fernhalten, hatte sie nach Hause zurückgebracht.

Nach einer weiteren solchen Nacht, ein Jahr nach ihrer Rückkehr nach Paris, hatte Albert Fragen zu stellen begonnen, die sein Vater nicht beantworten wollte. Fragen, die Mercédès beinahe neun Jahre Frieden und Freiheit von den Launen ihres Mannes geschenkt hatten.

Und heute Nacht, in der Nacht auf Alberts Aufbruch, da Fernand sich in derselben enttäuschenden Lage wiederfand, konnte er seine Wut und Demütigung nicht bezähmen.

Er hob die Hand, um Mercédès zu schlagen – nur ein Mal. Diesmal aber war sie auf ihn vorbereitet. In ihrer Rechten hielt sie eine Waffe, die sie unter der Matratze hervorgeholt hatte. «Ich werde am Morgen nach Marseille abreisen, denn Julie steht vor der Niederkunft. Ich werde nicht zurückkehren, ehe Albert zu Hause ist. Jetzt verlasse mein Gemach.»

Das tat er, mit seinem baumelnden weißen Wurm.

Und am nächsten Morgen verließ sie einmal mehr das Haus in der Rue du Helder. Doch diesmal war es keine angsterfüllte Flucht. Es war eine geplante Unternehmung.

Vor langer Zeit hatte sie beschlossen, betteln oder flehen würde sie nie wieder.

Mercédès kam bei Julie Morrel und ihrem Ehemann Emmanuel unter, als sie in Marseille eintraf.

«Wirst du ihm diesmal fernbleiben?», fragte Julie sie. Ihr Bauch war so rund, dass er den Tisch aus Walnussholz gleich neben ihr überragte.

«Bis Albert zurückkehrt», teilte ihr Mercédès wahrheitsgemäß mit. «Es ist völlig unvorhersehbar, was Fernand zu Albert sagen wird, wenn ich bei seiner Rückkehr nicht da bin. Und solange unser Sohn daheim ist, wird er mich nicht belästigen.» Sie wusste nicht, was oder wer ihren Gatten bewogen hatte, in ihr Bett zurückzukehren, aber unabhängig von seinen Motiven schien es, als hätte sich sein Geschmack während der Jahre seines Fernbleibens nicht verändert.

Wie dumm von ihm, sich erneut in eine solch peinliche Lage zu begeben.

«Und wenn Albert Mademoiselle Danglars heiratet? Was wirst du dann tun?»

Mercédès erschauerte. «Ich will nicht, dass er Eugénie Danglars heiratet. Das Mädchen hat etwas an sich, das mich abstößt, ganz zu schweigen davon, dass ihr Vater mich krank macht. Ich glaube, Albert will sie selbst nicht heiraten.»

«Mein Bruder Maximilien ist gerade rechtzeitig zur Geburt seiner fünften Nichte oder seines Neffen aus der Armee zurückgekehrt», erzählte ihr Julie, offenbar um einen erfreulicheren Gesprächsstoff aufzubringen. «Er ist inzwischen Hauptmann und schon ein richtiger Held, seit er in Konstantinopel einem Edelmann das Leben gerettet hat.»

«Ganz der Vater», entgegnete Mercédès mit einem Lächeln. «Tut anderen Gutes.»

«Und wie Lord Wilmore und Sindbad der Seefahrer», fügte Julie mit Seitenblick auf den roten Samtbeutel hinzu, der seinen Platz unter einem kleinen Glassturz auf dem Kaminsims ihres Heims hatte. «Wüsste ich doch nur, wie ich sie erreichen könnte, um ihnen einmal mehr für die Rettung meines Vaters zu danken. Von keinem der beiden haben wir in diesen letzten zehn Jahren auch nur ein Schreiben erhalten.»

Mercédès verspürte ein leichtes Frösteln. Sie hatte Marseille im vergangenen Jahrzehnt mehrere Male besucht und mehr als genug Zeit am Hafen verbracht. Doch den großgewachsenen, bärtigen, fremdartigen Seemann hatte sie nie wiedergesehen.

Sie war so töricht gewesen – sie hätte schwanger werden können; sie hätte verschleppt, vergewaltigt oder halbtot geprügelt und zum Sterben zurückgelassen oder gleich umgebracht werden können. Doch Sindbad hatte ihr ein Geschenk gemacht, indem er lange unterdrückte Gefühle und Empfindungen zu ihr zurückbrachte.

Er hatte ihr geholfen zu erkennen, dass sie noch immer lebendig war und noch immer etwas fühlen konnte.

Weshalb ihre Fluchten von Paris sie, wiewohl sie es nicht einmal sich selbst gegenüber je zugeben würde, stets nach Marseille führten, wo sie am Kai entlangging und hoffte, ihn wiederzusehen.

Dafür entschuldigte sich Mercédès später am Nachmittag ihres vierten Tages in Marseille einmal mehr bei Julie und brach zu ihrem Spaziergang auf. Ihre Freundin hätte sie begleiten können, doch in ihrem fortgeschrittenen Zustand war ein Nickerchen das Vernünftigere.

Angetan mit einem schlichten Tageskleid aus hellrosa und einem Umhang aus schwererer Wolle, um sie gegen die beißende Kälte des novemberlichen Seewinds zu schützen, nahm Mercédès ihren Weg die Straßen entlang, denen sie jeden Tag folgte. An Morrel & Cie. vorbei, auf den Salzgeruch in der Luft und die Geschäftigkeit des Hafens zu.

Eine Zeitlang sah sie dem Treiben zu, hielt Ausschau nach dem großgewachsenen, bärtigen Sindbad und dachte an die ebenfalls großgewachsene Gestalt Edmonds zurück, wie sie ihr das letzte Mal vom Deck eines Schiffs entgegengelaufen war. Die Kälte zwickte ihr in die Nasenspitze, und ihre Finger waren steif geworden. Der leichte Wind trug stechenden Geruch nach Fisch heran und plagte Mercédès damit, bis sie sich schließlich zum Gehen wandte.

Doch gleich jenseits des Hafentrubels spürte sie jemanden hinter sich. Das Herz schlug ihr bis zum Hals, und es prickelte ihr im Nacken. Sie drehte sich um.

Es war nicht Sindbad. Es war niemand, den sie erkannte.

Ein Mann, Mitte vierzig vielleicht, von durchschnittlicher Größe und mit der dunklen Haut der Griechen, näherte sich ihr. Sie nahm die Pistole in seiner Hand wahr, als er dicht genug war, um sie damit anzustupsen.

«Ihnen soll kein Leid geschehen, Madame», sagte er ruhig. «Aber Sie müssen mit mir kommen.»

«Wer sind Sie? Was wollen Sie?», fragte sie und sah sich um. Doch kein Passant schien zu merken, was vor sich ging. Da waren vier Seeleute, die eine schwere Kiste auf den Schultern trugen. Eine Traube aus kichernden Frauen verfolgte unter Fingerzeigen das Muskelspiel der besagten Seeleute und scherte sich keinen Deut um die einzelne Frau, die zurück zum Hafen gedrängt wurde.

«Ich bin Jacopo», sagte der Mann. «Kommen Sie mit.» Er drückte ihr die Waffe etwas fester ins Fleisch, und Mercédès hatte keine andere Wahl, als ihm zu gehorchen. «Wenn Sie tun, was ich sage, wird Ihnen nichts geschehen.»

«Aber was wollen Sie von mir?»

«Ich bringe Sie zu meinem Herrn.» Er lenkte sie um eine Ecke, und auf einmal erkannte sie, dass sie am entfernten Ende des Hafens waren nahe einem Kai, der bis auf eine einsame, reichverzierte Segeljacht verlassen dalag. Honigfarbenes Holz glänzte in der Sonne, und erstaunlich weiße Segel knatterten im Seewind. Als sie näher kam, machte Mercédès in der kleinen, aus Ebenholz geschnitzten Galionsfigur die griechische Göttin Nemesis aus.

Mercédès wurde das Fallreep hinaufgedrängt und fand sich auf dem glatten Deck des kleinen Schiffs wieder. Doch nun bekam sie es wirklich mit der Angst. Anfangs hatte sie, verrückt vielleicht, eine Finte Sindbads nicht ausgeschlossen ... dass er sie irgendwie wieder ausfindig gemacht hätte und sehen wollte. Aber von dem großgewachsenen, bärtigen Mann fehlte jede Spur, und ehe sie sich es versah, wurde sie mit der Pistole eine kurze Treppe hinuntergedrängt. Der Treppengang war so schmal, dass sie sich seitwärts drehen musste, um mit ihren schweren Röcken hindurchzupassen, und auf der untersten Stufe strauchelte und beinahe gestürzt wäre.

Sie hörte Rufe und Geschrei, spürte die plötzliche Bewegung des Schiffs und begriff, dass sie ablegten.

«Nein! Was machen Sie da?», schrie sie und trommelte auf die Tür ein, die sich hinter ihr geschlossen hatte, nachdem sie die vier Stufen hinuntergeschoben worden war. «Wo bringen Sie mich hin?»

Lange Zeit gab keiner Antwort, aber am Schaukeln der Jacht merkte sie, dass sie den Hafen verlassen hatten und in See stachen. Sie spähte durch das kleine Bullauge und sah beklommen und ungläubig den dunklen Fleck, der Marseille war, am Horizont verschwinden. Zuletzt sank sie auf die schmale Koje, starrte in die hereinberechende Dunkelheit und fragte sich, ob sie Albert je wiedersehen würde.

Stunden später schließlich öffnete sich die Tür, und sie erkannte das dunkle Antlitz Jacopos. Sie stellte fest, wie sehr der Mann mit seinem unrasierten Gesicht und dem roten, um den Kopf gebundenen Halstuch einem Piraten glich. «Nun können Sie heraufkommen, wenn Sie möchten, Madame. Wir haben zu essen, falls Sie hungrig sind.»

«Was wollen Sie von mir?», fragte sie weit beherzter, als ihr zumute war. Jetzt fiel ihr wieder ein, dass Sindbad sie vor zehn Jahren davor bewahrt hatte, von mehreren Männern entführt zu werden, die genau hiermit gedroht hatten. Ihr Mund war trocken und ihr Magen dermaßen aufgewühlt, dass sie an Essen nicht mal denken konnte. Frische Luft brauchte sie jedoch.

Sie trat hinaus aufs Deck und stellte fest, dass die Sonne schon beträchtlich tiefer am Himmel stand. Sie fror im kalten Wind, nahm aber tiefe Atemzüge voll kalter Luft. Neben Jacopo befanden sich nur noch zwei weitere Männer auf dem kleinen Schiff.

Sie waren nun schon mehrere Stunden gesegelt, und hinter ihnen konnte sie die felsigen Umrisse des Château d'If ausmachen, dem Inselgefängnis, das sich gegen den Horizont abzeichnete. Und hinter diesem großen Eiland mit seinen schroffen Klippen, schon lange außer Sicht, befanden sich die Küste von Marseille und das Dorf, in dem sie zusammen mit Fernand aufgewachsen war.

Vielleicht würde sie auch ihn nie wiedersehen. Ihre Finger zitterten, ihr Magen drehte sich um, und das hatte nichts mit dem Stampfen der Jacht zu tun.

«Sie sind die Comtesse de Morcerf, nicht wahr?», fragte Jacopo.

«Ich bin die Comtesse, *oui*», teilte sie ihm mit, die Hände gefaltet. Aber flehen würde sie nicht. Das Betteln hatte sie seit langem aufgegeben. «Ich wünsche, zurückgebracht zu werden. Mein Gemahl wird meine Rückkehr stattlich entgelten.» Da hatte sie keinen Zweifel. Er wollte seine Frau nicht verlieren – dessen war sie sich sicher, denn es war von großer Bedeutung für ihn, mit einer schönen Frau verheiratet zu sein, die er in Ballsälen und Theatern vorführen konnte wie auch in der Abgeschiedenheit seines Schlafgemachs.

Jacopo nickte beipflichtend, und die Enden seines Kopftuchs flatterten im Takt. «Das wird er allerdings, Madame. Und genau das ist unser Wunsch. Oder sollte ich sagen, der Wunsch von Luigi Vampa.»

«Luigi Vampa? Wer ist das?» Aber der Name klang ihr vertraut. Einen Augenblick später entsann sie sich des knappen Tadels, den Sindbad zehn Jahre zuvor ihren Möchtegern-Entführern erteilt hatte. *Für euch wäre es das Beste, die Frau freizulassen, sonst werde ich Luigi Vampa wissen lassen, dass ihr eure Grenzen übertreten habt.* Nur eine flüchtige Erwähnung, doch da sich Mercédès jede Einzelheit des Geschehens ins Gedächtnis eingeprägt hatte, kam ihr diese nun sofort in den Sinn.

«Ein gefürchteter Bandit.» Jacopos Grinsen entblößte einen Goldzahn. «Aber kein Mörder, solange man ihm nicht in die Quere kommt. Auch beim Sklavenhandel mischt er nicht mit, sodass Sie sich sicher wähnen dürfen, Madame. Alsdann, wenn Sie nicht zu essen wünschen, müssen Sie wieder nach unten gehen. Wir werden unser Ziel in zwei Tagen erreichen.»

Zwei Tage!

Tatsächlich umschiffte die Jacht spät am zweiten Tag die Küste von Korsika und steuerte anschließend geradewegs auf eine kleine Insel zu. Als sie ihr näher kamen, sah Mercédès, die auf Deck hatte kommen dürfen, dass es sich um wenig mehr als einen gewaltigen Felsklotz handelte. Sie sahr hier und da einen Baum und ein paar Büschel Gras, doch ansonsten wirkte die Insel gänzlich unbewohnt.

«Monte Christo», verkündete Jacopo mit schwungvoller Geste.

Mercédès betrachtete das zerklüftete Eiland mit Schrecken. Es gab kein Anzeichen von Baulichkeiten, nicht einmal von Zelten, nichts auch nur entfernt Zivilisiertes. Als sich die Jacht dem Ufer näherte, sah sie zwei Ziegen einen schroffen Felskamm entlangkletterten und dann darunter am Strand die schwarzen Aschenreste eines Feuers.

Hier hatten sie doch wohl gewiss nicht vor zu bleiben?

«Wo ist dieser Luigi Vampa?», fragte sie kühn. «Ein

so bedeutender Bandit, für den Sie ihn ausgeben, lebt doch bestimmt nicht unter derart primitiven Bedingungen.»

Jacopo lachte wie vor Entzücken über ihre spitze Frage. «Nein, nein, Signor Vampa lebt hier nicht … aber Sie täuschen sich, wenn Sie das hier für primitiv halten.»

Mercédès sah ihn an und schob sich ungewaschenes, wirres Haar aus der Stirn. Zwei Tage schon, seit sie zuletzt eine Bürste oder einen Kamm oder auch nur einen Lappen gesehen hatte, um sich damit das Gesicht zu wischen! Inzwischen glaubte sie, bleibende Druckmale von ihren Korsettstäben davonzutragen, und ihr von Dreck verschmutztes, salzwasserverkrustetes Kleid würde nie wieder wie vorher aussehen. Ihre Handschuhe hatte sie nicht mehr getragen, seit sie auf die Jacht gekommen war; sie lagen zusammengeknüllt am Boden in einer kleinen Pfütze Meerwasser. «Ich sehe nichts als Fels, auf dem es selbst die Ziegen schwer haben. Und soll das heißen, dass Signor Vampa, der gewiss ein Lösegeld von meinem Mann verlangen wird, mich hier nicht einmal begrüßt?»

«Nein, nicht Signor Vampa. Sie werden hier in der annehmlichen Unterkunft seines Freundes verbleiben, während man alle Vorkehrungen trifft, damit Ihr Mann seine Frau zurückbekommt. Und mehr», sagte er und gab ein eigenartiges Zungenschnalzen von sich, «werde ich nicht sagen. Ihre übrigen Fragen können Sie meinem Herrn stellen. Gehen Sie unter Deck, bis wir Anker geworfen haben, Madame.»

Weitere zwei Stunden vergingen, ehe das Schiff so weit festgemacht war, dass Mercédès und Jacopo von Bord gehen konnten. Mittlerweile ruhte die Sonne auf dem Meeressaum, um alsbald dahinter abzutauchen, und Mercédès war hungrig.

Und nervös.

Da die Jacht hier nicht anlanden konnte, musste Mercédès durch knietiefes Wasser waten – oder hätte es tun müssen, hätte Jacopo sie nicht hochgehoben und an seinen Gefährten weitergereicht. Sie schloss die Augen ob der Kränkung, von dem stämmigen, verschwitzten Seemann getragen zu werden, der aussah – und roch –, als habe er seit Wochen kein Bad mehr genommen.

Dennoch, als sie auf dem Strand abgesetzt wurde, fühlte sie sich schutzloser denn je. Wie lange würde man sie an diesem leeren, rauen Ort festhalten? Gab es wirklich nichts für sie zu fürchten, wie Jacopo behauptet hatte?

«Mein Herr wünscht, dass Sie zu ihm kommen», sagte Jacopo, als er neben ihr auf den Sand gewatet kam. «Aber Sie müssen eine Augenbinde tragen, denn er gestattet es keinem zu sehen, wo sein Anwesen liegt.»

Mercédès schaute sich noch einmal um, und wenn das Licht auch trübe wurde, konnte sie doch feststellen, dass nirgends etwas einem Bauwerk oder Wohnhaus ähnlich sah. Die einzige Möglichkeit wäre eine Art Höhle, was sicherlich Schutz vor den Elementen böte, aber nicht im mindesten einladend klang.

«Verzeihung, Madame», sagte Jacopo und trat hinter sie. Eine Kapuze wurde ihr über den Kopf gestülpt, die ihr zwar nicht den Atem raubte, aber alles Licht aussperrte. Nicht einmal durch Lücken an der Unterkante des dunklen Tuchs konnte sie linsen.

Jacopo lotste sie über den weichen Sand, um schartige Felsen herum und sanfte Hänge auf und ab. Schließlich, nachdem sie sehr lange abwärtsgegangen war und die Luft kühler wurde, blieben sie stehen. Man zog ihr die Kapuze vom Kopf, und sie fand sich wieder in … einem Wunder.

Aladins Grotte.

Das Gewölbe war nicht groß, aber ebenso prächtig eingerichtet wie ihr Salon in der Rue du Helder. Dicke Läufer bedeckten den Boden, Teppiche hingen an den Wänden. Kerzen und Leuchter erhellten den Raum. Zwei Polsterstühle gab es da und eine lange Tafel, die mit goldenen Tellern, gefüllt mit Weintrauben, Apfelsinen und Früchten, die sie nicht kannte, aufwartete. Edelsteinbesetzte Pokale säumten den Mahagonitisch zusammen mit mehreren Flaschen Wein, Weinbrand und ähnlichen Getränken.

«Der Herr dachte sich, Sie möchten vielleicht erst baden, bevor Sie sich ihm zum Abendessen zugesellen», sagte eine weibliche Stimme mit merkwürdigem Akzent.

Mercédès sah eine junge Frau mit der dunkelsten Haut, die sie je gesehen hatte, aus dem Schatten treten. Ihr Haar wurde vollständig von einem lebhaft gemusterten Kopftuch bedeckt ähnlich dem, das Jacopo trug, und darunter baumelten große goldene Ohrringe. Ihre Kleidung stammte zweifellos aus Tausendundeiner Nacht – weit geschnitten, seidig und um Handgelenke und Fußknöchel angekraust.

«Kommen Sie mit.»

Mercédès war zumute wie in einem Traum – gewiss verbarg sich diese verschwenderische Welt nicht wirklich hinter dem Fels der kleinen Insel! Aber das warme, sprudelnde Wasser, das sich in das Marmorbecken ergoss, war kein Traum. Es war der Himmel.

Ein angenehmer Duft stieg auf, als die Nubierin anmutig ein Bronzegefäß neigte, um dessen Inhalt über dem sprudelnden Wasser auszugießen.

«Was ist das?», fragte Mercédès vorsichtig schnüffelnd, während die junge Frau an ihre Seite trat, um beim Entkleiden zu helfen. Der Duft hatte eine Note von Orangen und war doch blumig und äußerst zart.

«Es heißt Neroli. Beeilen wir uns aber, denn Seine Exzellenz wartet.»

Sollte es ein Traum sein, so einer der himmlischsten, den Mercédès je erlebt hatte. Ihr Haar, zwei Tage lang hochgesteckt, musste dringend gebürstet und gewaschen werden, und ihre Kopfhaut schmerzte, als schließlich sämtliche Nadeln gelöst waren. Die Finger der Dienerin massierten ihr die Kopfhaut, während Mercédès sich im tiefen, sprudelnden Becken ausruhte und sich über das noch Kommende keine Sorgen zu machen versuchte.

So weit hatte sie keinen Grund, Jacopo zu misstrauen.

Eine weitere Frau mit Ebenholzhaut gesellte sich ihnen zu, und bald wurde Mercédès von zwei Paar Händen eingeseift, geschrubbt und durchgewalkt. Das Glitschen und Gleiten von Fingern und Seifenschaum, das Plätschern des warmen, unablässig sprudelnden Wassers und die flüchtigen, betörenden Düfte öffneten ihr die Sinne … doch sie entspannte sich zugleich.

Schließlich wurde sie aus dem Bad gehoben, abgetrocknet und eingesalbt. Ihr Haar wurde gebürstet, aber nicht frisiert, vielmehr blieb es lang und offen auf eine Art, wie sie es seit ihrer frühen Jugend nicht mehr getragen hatte. Ein einzelnes Band, eine Lederschnur, wurde ihr auf weniger als halber Höhe um die kräftigen, gewellten Locken gewickelt, die nun zu einem lockeren Schweif frisiert waren.

Statt sie in die beengenden Stützstäbe und schweren Röcke zu kleiden, zogen ihr die beiden Dienerinnen eine ungemein schlichte Tunika über den Kopf. Sie war aus rosafarbener Seide mit langen, locker fallenden Ärmeln und einem Ausschnitt, der ihrer Halslinie folgte, sich aber vorn zu einem tiefen schmalen Schlitz öffnete. Die Ränder waren schwarz und goldfarben bestickt, und die Enden der Zugschnur oberhalb des schlanken V liefen in Quasten aus. Der Saum der Tunika fiel bis zum Boden, als Mercédès sich erhob – sehr zu ihrer Erleichterung, denn sie bekam nichts, um es darunter zu tragen.

Nun auf einmal sehr unruhig und sich immer mehr bewusst, wie die Seide über ihre Nippel glitt, wurde Mercédès vom Bad durch einen Vorhang aus Teppichen in eine weitere Kammer geführt.

Sie fand sich im Gewölbe mit der langen Tafel und den goldenen Früchteschalen wieder, mit dem dicken Teppich unter ihren bloßen Füßen und den herrlichen Wandbehängen. Doch hier sollte sie nicht bleiben, denn die erste Dienerin – inzwischen hatte sie ihren Namen erfahren, Omania – bedeutete ihr zu folgen. Omania hob einen weiteren Teppich an und winkte Mercédès, durch die Öffnung dahinter zu treten.

Mit Herzklopfen, plötzlich schweißnassen Handflächen und viel zu flachen und hastigen Atemzügen trat Mercédès lautlos über den Teppich und durch den Einlass. Hinter ihr fiel der Vorhang mit einem Luftzug an seinen Platz, und sie fand sich in einem Raum wieder, der noch prächtiger als der vorherige war.

Auch die Teppiche unter ihren Füßen waren noch weicher, und sie begriff mit jähem Schreck, dass es gar keine Teppiche, sondern Tierfelle waren, die in mehreren Schichten über den ganzen Boden ausgebreitet lagen. Die Wandteppiche waren mit morgenländischen Schwertern verziert, die Griffe schwer von Edelsteinen und Perlen, und verschlungene Muster waren in die geschwungenen Klingen graviert. Venezianische Glaslampen hingen von der Decke und tauchten den Raum, in dem dennoch schattige Nischen blieben, in eine sanfte, warme Glut. Sie sah flache, weiche Kissen in den Farben von Rubin, Amethyst, Saphir und Smaragd, die mit Fransen und Quasten, Strickereien und Spitze verziert waren. Weitere Tierfelle und kleinere Kissen bedeckten einen langen, breiten Diwan, der an einer Wand der rechteckigen Kammer aufgestellt war.

Vor dem Diwan befand sich ein langer, niedriger Tisch und trug schwer an goldenen Untersätzen, japanischen Porzellantellern, Glasschüsseln, edelsteinübersäten Kelchen und Kannen und vielerlei Speisen. Diese Auswahl hatte Mercédès noch nie zuvor gesehen, und sie konnte sie zum Teil auch nicht benennen. Obst und Gemüse in allen Farben, Geflügel von jeder Größe, zubereitet und gebraten, allerlei Sorten Brot, Käse, Wein, Tee …

Mercédès hielt in ihrer Betrachtung des Raums inne, als sich der Teppich gegenüber ihrem Durchgang verschob und eine großgewachsene Gestalt hereinkam.

Sie erkannte ihn sofort; vielleicht hatte sie die ganze Zeit damit gerechnet. Er trug eine weite dunkelrote Hose und ein einfaches weißes Hemd. Seine kurze schwarze Jacke über dem Hemd hatte keine Ärmel, doch das Glitzern an ihrem Saum ließ Goldfäden und kleine Edelsteine vermuten. Auf seinem Kopf saß eine schwarze Kappe mit baumelnder blauer Quaste, und wie zuvor war sein langes dunkles Haar zu einem geraden Zopf geflochten, der ihm das Rückgrat hinunter bis weit unter die Schulterblätter fiel. Derselbe dichte Bart und Schnurrbart verbarg den sinnlichen Mund, an den sie zurückdachte, und das schwache Licht im Raum schluckte die Feinheiten seines Gesichtsausdrucks – aber sie erkannte ihn trotzdem.

«Ah, Comtesse, so treffen wir uns wieder.» Der Mann, der sich Sindbad der Seefahrer genannt hatte, wies mit schwungvoller Geste seiner Hand, die noch immer Goldreifen am Gelenk schmückten, auf die Kammer. «Machen Sie es sich doch bitte bequem.»

DRITTES KAPITEL

Die verborgene Grotte

Vor der italienischen Küste
Insel Monte Christo

Als sich Sindbad auf dem Diwan niederließ und ihr bedeutete, es ihm gleichzutun, kam es Mercédès albern vor, länger in ihrer fließenden Seidentunika dazustehen, während er es sich so gemütlich zu machen schien. Also gesellte sie sich zu ihm, hielt aber gebührlichen Abstand.

Der Pelz, auf den sie sich setzte, war feiner Hermelin, weich wie die Seide an ihrem Leib und dicht und üppig unter ihren Fingerspitzen. Zunächst fiel es Mercédès schwer, eine bequeme Haltung auf dem Diwan einzunehmen – sie war die Bewegungsfreiheit ohne Fischbeinstützen einfach nicht gewöhnt, noch weniger auf einem Möbelstück zu sitzen, das so niedrig war und weder Arm- noch Rückenlehne aufwies. Schließlich richtete sie sich in einer sitzenden Haltung ein, die Beine seitlich hochgeschlagen und von der Seide ihrer Tunika bedeckt, das lange feuchte Haar auf einer Seite gebündelt. Es hing schwer herab und lag neben ihrer Hüfte auf dem Hermelin. Selbst ihre Zehen waren verhüllt.

«Essen Sie doch», bat Sindbad sie mit jenem merkwürdigen Akzent, den sie nicht einordnen konnte.

Die Mahlzeit schmeckte gerade so überaus vornehm, wie sie der Raum anmutete. Anfangs war Mercédès gar nicht so furchtbar hungrig; die Aufregung trocknete ihr den Mund aus und schlug ihr auf den Magen. Doch als Sindbad auf einen Teller glänzender, goldfleischiger Obstschnitze wies, die aussahen und sich anfühlten wie saftiger Pfirsich, merkte sie, wie wenig sie die letzten paar Tage über gegessen hatte.

«Was ist das?», fragte sie ihn, nachdem sie die köstliche, pfeffrig süße Frucht verschlungen hatte.

«Mango», entgegnete er, als wäre er überrascht, dass sie es nicht wusste. «Versuchen Sie diese – Papaya. Und das.» Er sah sie mit derart unverwandtem Blick an, dass es sie ganz durcheinanderbrachte. «Kokosnuss.»

Er wirkte entspannt, saß da im Schneidersitz, die Zehen untergeschlagen. Doch es war dunkel genug im Raum, dass sie sein Mienenspiel nicht vollständig entschlüsseln konnte – nicht einmal das, was nicht von Bart und Schnurrbart verdeckt wurde –, und sie meinte, seine Hand ein wenig zittern zu sehen, als er auf die verschiedenen Früchte deutete. Seine Stimme aber klang gleichmäßig, geschmeidig und fremdartig. Sie merkte, dass sich ihre Nippel versteift hatten und durch die dünne Seide drückten, die ihr locker und fließend vorgekommen war, jetzt aber, im Sitzen, überall zu haften schien. Die leiseste Bewegung führte dazu, dass sie sich an ihrer Haut rieb wie das Streicheln eines Liebhabers.

Omania und ihre Gefährtin bedienten sie schweigend, und Mercédès aß die mit Reis gefüllten gebratenen Wachteln und ein winzig kleines süßes, mit Rosinen und Datteln vermengtes Mehlgebäck. Blutroter Wein floss in ihren Kelch, und sie trank ihn. Dann nahm sie etwas Wasser, ehe sie Käse und Brot, Birnen und Feigen verspeiste.

«Sie wurden auf Ihrer Überfahrt nicht beleidigt oder erschreckt?», fragte Sindbad. Er aß zwar, blieb aber zurückhaltend.

«Geärgert vielleicht», erwiderte sie mit ebenso ruhiger Stimme wie seine. «Was hat Signor Vampa vor? Und warum sind Sie hier?»

«So wissbegierig für einen ... Gast.» Er ließ ein Lächeln aufblitzen und trank dann aus seinem Kelch. Während er ihn wieder auf dem niedrigen Tisch abstellte, wandte er sich in einer fremden Sprache an Omania, und sie nickte. Mit einer Verbeugung verließen sie und ihre Gefährtin den Raum. «Ich bin hier, um die Behaglichkeit Ihres Aufenthalts zu gewährleisten ... und die Vergnüglichkeit.» Wieder sah er sie mit festem, durchdringendem Blick an.

Mercédès verspürte den Stachel der Lust in der Magengrube, und ihre Brüste strafften sich. Sie blickte zur Seite. Jäh trocknete ihr Mund aus, und sie wurde sich eines derart hämmernden Pulsschlags bewusst, dass ihre Hand zucken würde, wenn sie sie höbe.

«Hat Signor Vampa meinem Gemahl eine Nachricht zukommen lassen?» Je eher Fernand die Lösegeldforderung bekäme, umso eher könnte er die Summe bezahlen, und desto schneller würde man sie freilassen, und sie wäre zurück in ihrem gewohnten Leben und bei Albert.

«Ah ja. Wir wollen doch nicht, dass der Comte unter Ihrer Abwesenheit leidet, nicht wahr?» Stählerne Härte lag in seinen Worten, und er blickte auf den Tisch, als wolle er den Ausdruck in seinen Augen verbergen. «Wie schrecklich doch für ihn das kleinste Weilchen Qual oder Sorge wäre. Sind Sie sicher, dass er die geforderte Lösegeldsumme bezahlen wird?»

«Das steht außer Frage. Und ... ist es möglich ... könnten Sie darum bitten, dass eine Nachricht an Julie Morrel geschickt wird? Sie ist jetzt mit Emmanuel Herbault verheiratet und steht vor ihrer fünften Niederkunft. Ich möchte ihr die Sorge ersparen, ob … ob mir das Schlimmste zugestoßen ist.»

Seine Miene entspannte sich ein wenig, und er nickte knapp. «Darum habe ich mich schon gekümmert, denn ich möchte weder ihr noch ihrer Familie ein Leid zufügen. Und dem Comte ist Nachricht zugegangen.» Dann warf er ihr einen Seitenblick zu, und seine Augen schauten nachdenklich. «Sie glauben also nicht, dass Ihnen das Schlimmste zugestoßen ist?»

«Ich bin nicht tot.»

Sindbad nickte, doch seine Brauen hoben sich. «Sie denken also, der Tod wäre das schlimmste Schicksal, das einem zustoßen kann.» Er hob eine feingliedrige Hand und führte ein Stück vorzüglichen Fasan an seinen Mund. Der Goldreif um sein Handgelenk glomm im schwachen Licht.

«Nein, vermutlich ist er das nicht. Man könnte versehrt oder krank sein und ein Leben führen wie ein … Stein, ziemlich eintönig und freudlos. Mit dem Tod ist man sich wenigstens nicht mehr der Übel im eigenen Leben bewusst … Aber mit dem Tod erlischt auch alle Aussicht, die eigene Verfassung oder Lage zu verbessern.»

Er hatte nachdenklich gekaut und schluckte nun den Bissen hinunter. «Manche betrachten den Tod als willkommene Gnade. Zum Beispiel wünscht sich ein Mann, der in eine dunkle Kerkerzelle gesperrt ist, wahrscheinlich eher den Tod als Tag für Tag ein leeres Dasein. Er könnte eher den Tod als Ausweg betrachten denn den Irrsinn, der seiner harrt. Die Ewigkeit aus Dunkel und Nichts.»

Mercédès dachte natürlich an Edmond und fragte sich,

ob auch er sich vor seinem Ableben den Tod herbeigewünscht hatte … oder ob er daran geglaubt hatte, eines Tages frei zu sein. Es brannte ihr in den Augen, und sie blickte zur Seite.

Sindbad fuhr fort: «Aber vielleicht gibt es Schlimmeres als Tod oder Gefangenschaft, Comtesse. Würde jemand Ihnen Böses zufügen – stieße beispielsweise Ihrem Sohn etwas zu –»

«Was wissen Sie von meinem Sohn?», fragte sie mit einem Mal angstvoll.

«Nicht mehr als das, was Sie mir erzählt haben, Comtesse. Vor zehn Jahren, bei unserer letzten Begegnung, erzählten Sie mir, Sie hätten einen Sohn im Alter von zwölf Jahren. Inzwischen muss er folglich großjährig geworden sein.» Seine Stimme war noch immer entspannt, noch immer fremdländisch und singend, doch sie hörte unter der oberflächlichen Freundlichkeit etwas Schroffes. «Wie ich schon sagte, stieße Ihrem Sohn etwas zu – würden beispielsweise Straßenräuber ihn überfallen und gnadenlos töten, was wäre mit der Rache? Wollten Sie den Tod der Briganten, die ihm etwas antaten, oder ihnen eine andere Art der Vergeltung aufbürden?»

«Dann wollte ich, sie fühlten ebensolches Leid wie ich», entgegnete sie erbittert.

«Ganz genau, meine liebe Comtesse. Und wäre nicht eine Hinrichtung – ein Strick um den Hals, der Kuss des Fallbeils, eine Kugel in den Kopf – zu einfach, zu leicht? Würde sie nicht den Übeltätern gestatten, in irgendein von ihnen vermutetes Leben nach dem Tode entlassen zu werden?»

«Ich sagte, ich *wollte*, dass sie litten … doch gerichtet werden sie von Gott», erwiderte Mercédès entschieden. «Es ist nicht an mir, hier auf Erden zu richten.»

Sindbad lächelte, und sein dunkler Schnurrbart dehnte sich weit genug, um einen flüchtigen Blick auf seine barbarisch wirkenden Zähne zu erlauben. «Ich weiß aber, dass Gott Racheengel wählt – rächende und belohnende – und zu seiner Hilfe hier auf Erden einsetzt. Und sehr oft wird großen Sünden am ehesten eine lange währende Strafe gerecht. Solch eine, bei der die sündige Person mit den Folgen ihres Verrats lebt, statt durch einen raschen Tod von ihrer irdischen Verantwortung entbunden zu werden.»

Wieder begegnete er ihrem Blick. «Wollten Sie nicht, dass jene, die Ihren Sohn ermordet hätten, mit ebensolchem Schmerz und Verlust lebten wie Sie selbst? Wäre der Tod nicht zu einfach, zu schnell für sie?»

«Das würde ich wollen – ja, das würde ich …», antwortete Mercédès, von der eigenen Aufrichtigkeit zu schlichten Worten genötigt. «Aber …»

Ihre Stimme verlor sich. Sindbad betrachtete sie so unverwandt und düster, dass sich die Worte einfach im Nichts verloren. «Was sind Sie doch für eine ehrliche Frau, Comtesse», sagte er höhnisch. «Ehrlich und treu. Sie würden ewig auf ihren Liebsten warten, nicht wahr?»

Sie hatte auf Edmond gewartet.

Sie *hatte* es … bis sie keine Wahl mehr gehabt hatte.

Sie wusste, dass Fernand die ersten ein oder zwei Jahre ihrer Ehe in Angst gelebt hatte, Edmond würde zurückkehren, würde wütend auf Fernand sein, sie zur Heirat mit ihm gedrängt zu haben, wo sie doch auf Edmond zu warten gelobt hatte … doch er war nie zurückgekehrt.

Das scharfe Klatschen von Sindbads Händen ließ sie auffahren, riss sie aus ihrem Tagtraum von Schuld und Verlust. «Ich stelle fest, dass unsere Erörterung Sie verstört, Comtesse», sagte er. «Gehen wir doch zu angenehmeren

Zerstreuungen über. Bitte», schlug er zugleich mit einem Wink seiner feingliedrigen, goldbereiften Hände vor. «Freuen Sie sich an Omania und Neru.»

Mercédès machte sich plötzlich klar, dass Omania und ein männlicher Diener – vermutlich Neru – während ihrer und Sindbads Unterhaltung zurückgekehrt waren und den Großteil des Essens abgetragen hatten. Sie verrückten den Tisch und stellten ihn vor die gegenüberliegende Wand. Neru platzierte einen weiteren, kleineren Tisch neben Sindbad, den die beiden Diener mit Wein und mehreren kleinen Schüsseln deckten, die Weintrauben, Mango und eine edelsteinartige rote Frucht enthielt, die Sindbad Granatapfel genannt hatte.

Nun begaben sich die zwei Diener auf den freigeräumten Platz, stellten sich vor den Diwan. Omania hatte sich umgezogen und trug einen Rock, der aus nichts als zahllosen Seidenstreifen bestand, die von einem goldenen, unterhalb ihres Bauchnabels aufliegenden Hüftgürtel hingen. Ein großer Saphir war in diese kleine Kuhle eingelassen. Ihre glatte, kaffeebraune Haut lag von der Hüfte bis eben unter die Brüste bloß, die von weiteren, um ihren Hals geschlungenen Seidenstreifen gehalten wurden, was ihre Arme bis auf die zahlreichen Armreifen und Bänder nackt beließ. Das schwarze Haar hing ihr in dichten, federnden Locken vom Scheitel, wo es von einem breiten, smaragdgespickten Goldreif gebändigt wurde. Sie war barfuß, trug aber Goldringe um Knöchel und Zehen.

Neru, ein junger Mann in ungefähr demselben Alter wie Omania – zwanzig vielleicht –, war ähnlich wie Sindbad gekleidet. Er trug allerdings kein Hemd unter seiner kurzen Jacke, die offen stand, Teile einer muskulösen, haarlosen Brust und einen flachen, muskulösen Bauch zur Schau stellte. Seine Arme waren wohlgeformt und glänzten feucht, als seien sie und der Rest seiner Mokkahaut eingeölt worden. Seine kräftigen, breiten Füße stemmten sich in den Teppich aus Leopardenfell.

Eine Trommel fing dumpf zu schlagen an und lenkte Mercédès' Aufmerksamkeit auf eine bislang unbeachtete Ecke, in der die andere Dienerin saß, die ihr beim Baden geholfen hatte. Die geübten Hände der Trommlerin schlugen einen fremdartigen Takt, der sich an Omania und Neru richtete.

«Comtesse!» Sie hörte die Stimme und wandte sich zu Sindbad um. Seine im Schattten liegenden Augen bannten die ihren.

Plötzlich fühlte sich das Gemach fließend und warm an. Und klein. Es schrumpfte, als er die Beine auseinandernahm und seine Handflächen mit geschmeidigen Bewegungen über die Tierfelle hinweg auf sie zukamen. Sie beobachtete seine Hände, dunkle, weitgespreizte und kräftige Finger, die in die Felle einsanken, und war unfähig, den Blick von ihrer Annäherung zu lösen. Die Trommel schlug dumpf und gleichmäßig im Hintergrund und tief tönend genug, dass sie es in ihrer Leibesmitte verspürte.

Ihr Herz hämmerte in der Brust, und die eigenen Finger zitterten in ihrem Schoß, zerknüllten und befeuchteten die Seide. Als seine Hand ihr seidenverhülltes Bein streifte, schloss sie die Augen. Ihr Atem ging unregelmäßig, und sie glaubte, ein Krächzen darin zu hören.

Als er sie küsste, endlich, hatte sein Schnurrbart dieselben weichen Borsten, an die sie sich erinnerte. Sie rieben sich an der trockenen Fülle ihrer Lippen, ein sanfter Kitzel wie als Einladung, sich zu öffnen. Das taten sie.

Er war immer noch auf Hände und Knie gestützt, ihrer

beider Gesichter auf gleicher Höhe, und hatte den Kopf schräg gelegt, um seinen Mund besser auf ihren legen zu können. Seine Arme stießen an ihre Beine, und sein Gewicht auf den Diwankissen ließ sie ihm sachte zuneigen. Halt suchend streckte sie einen Arm aus. Ihre Finger trafen im Fell auf seine Finger.

Die schlüpfrige Verwicklung von Zungen, das Saugen, Knabbern und Gleiten von Lippen, seine hitzige Nähe, ein würziger Geruch in seinem Haar, die Süße von Mango und Wein in den Kuss eingeflochten … ein ungestümer Kuss, zehn Jahre lang zurückgehalten. Es war, als hätte sich eine Tür geöffnet, so schoss der Sinnesreiz durch sie hindurch und erweckte ihren Körper.

Sindbad wich zurück. «Viel Vergnügen», meinte er zu ihr und wies auf den jüngeren Mann und die Frau, die vor ihnen standen.

Er rutschte wieder auf seinen Platz, und Mercédès starrte ihn im trüben Licht an, die Lippen geöffnet, die Augen auf ihn geheftet, der Atem noch immer ein überraschtes Hecheln. *Dios mio*, was er mit einem bloßen Kuss getan hatte!

Sich abwendend, klatschte Sindbad erneut in die Hände, und Neru und Omania fingen zu tanzen an.

Mercédès sah zu, wie die Leiber des Paares sich wellenförmig, schlüpfrig, geschmeidig, schlingernd zu winden begannen. Zunächst standen sie nebeneinander vor dem Diwan, die Zehen auf ihre Zuschauer gerichtet. Neru vor Mercédès und dicht genug, dass sie seinen moschusartigen Duft riechen und die feinen Härchen seiner Brauen sehen konnte, und Omania bewegte sich auf Sindbad zu. Nerus Augen waren geschlossen, und sein Körper schien am Trommelschlag zu hängen, locker und sinnlich … bewegte sich im Takt mit dem dumpfen Pochen, das mit dem Klopfen von Mercédès' Herzen eins wurde. Seine Arme hoben sich, seine Hüften verlagerten sich genüsslich, und sein Bauch wogte wie die Wellen des Meeres.

Die spiegelgleichen Bewegungen der beiden Tänzer waren wunderschön und erregend, selbst ehe sie sich einander zuwandten. Doch kaum dass Neru und Omania sich gegenüberstanden, wandelte sich der Tanz. Sie kamen aufeinander zu, die Augen nun geöffnet und auf dem anderen ruhend. Die Hände flach auf dem Gegenüber, Hüften geschmeidig ineinandergleitend, Knie gebeugt und Rümpfe zurückgelehnt.

Omania drehte sich von Neru fort, und im selben Zuge wickelte sich das Band um ihre Brüste ab, das seine große dunkle Hand irgendwie zu fassen bekommen hatte. Die farbenfrohe Seide, rot, golden und violett gemustert, wand sich um seine Faust und schlängelte sich zu Boden. Die Frau kehrte um, und Mercédès sah, dass ihre straffen, hoch ansetzenden Brüste nackt waren und dunkle, feste Nippel sich daraus vorstülpten und sinnlich wiegend im Takt der Musik schaukelten.

Mercédès' Mund wurde trocken, als Nerus große dunkle Hände, von deren einer immer noch das Seidenband baumelte, diese beiden Mahagonibrüste bedeckten. Omania legte den Kopf zurück und die lange Kurve ihres Halses frei. Ihre federnden Haarlocken streiften über ihr bloßes Rückgrat und schwankten darauf über dem Teppich aus Fellen, während sie den Rücken in einem unmöglichen Winkel krümmte und ihre Hände schließlich bis auf den Boden hinter ihr reichten. Ihre Knie beugten sich und stießen nackt durch die Seidenstreifen, die als dürftiger Rock dienten. Neru fuhr mit beiden Händen ihren flachen Bauch hinunter, über den Nabel, der den funkelnden Saphir barg, und kniete sich zwischen ihre Knie vor ihr Geschlecht.

Mit wenigen knappen Bewegungen ließ Neru den goldenen Gürtel verschwinden, der den Seidenrock hielt. Mercédès konnte gerade noch ein Aufkeuchen beim Anblick des haarlosen Geschlechts der anderen Frau vermeiden, das sich unmittelbar vor ihr glatt und wunderschön zwischen Nerus Daumen erhob. So nahe, dass sie sich nur zum Rand des Diwans hätte vorbeugen müssen, um mit ausgestreckter Hand seinen straffen Rumpf entlangzufahren. Seine Finger schlossen sich um Omanias schlanke Schenkel, während sich ihre Hüften im selben sanften Rhythmus wie er wiegten.

Als Neru das Gesicht der entblößten Muschi vor ihm zuneigte, fühlte Mercédès das dumpfe Pochen ihres Kitzlers zwischen den Beinen. Omania hauchte keuchend, als Neru sie kostete, und Mercédès unterdrückte ihr eigenes leises Stöhnen. Ihre Nippel waren harte Knötchen, ihre Muschi war nass und schlüpfrig, *wartete*, *begehrte* … Ihre Augen hefteten sich auf das Paar, als könnte sie sich nie wieder abwenden.

Ungehindert sah sie zu, wie Neru mit seiner drallen roten Zunge über den tiefen Schlitz von Omanias Scham schnalzte, erst auf, dann ab, und spürte die Zungenschläge am eigenen Spalt … und dann, wie eingespielt, glitt er mit dem Mund ihren Bauch empor, während Omania ihr Gewicht in seine Richtung verlagerte, sich wieder aufrichtete und ihr Körper an seinem Gesicht die Waage hielt. Als sie wieder kerzengerade dastand, kam auch er hoch, und beide entflochten ihre Arme, streckten sie zur niedrigen Gewölbedecke und küssten sich. Ihre Brüste drückten sich flach auf das Schwarz seiner Jacke, und Neru wich zurück, um sie aufs Neue in seinen Händen zu bergen und mit beiden Daumen über die vorstehenden Nippel zu reiben.

Während alldem fuhr die Trommel unablässig fort zu dröhnen, glich dem dumpfen Pochen ihres Geschlechts. Mercédès' Atem ging schneller; ihr war, als wäre sie selbst Mittelpunkt des wollüstigen Spiels vor ihr. Sie könnte es sein, käme sie nur näher. Jene Hände, diese Zunge – diese dralle, kräftige rote Zunge – könnten sie befriedigen.

Diese Zurschaustellung von Geschlechtlichkeit, zärtlichem, erregendem Tanz und Berührung hatte nichts von jenen Nächten mit Fernand und seinen Spielgefährten. Das war … platt, getrieben, verzweifelt gewesen … Dies war … dies war …

Dann nahm Mercédès eine Bewegung in ihrem Rücken wahr, die Wärme und das Gewicht eines Mannes hinter ihr auf den Fellen. Sie saß noch immer mit seitlich eingeschlagenen Beinen auf der linken Hüfte und auf die linke Hand gestützt, sodass ihr Haar einen feuchten Fleck neben ihr auf dem Hermelin hinterlassen hatte – und fürchtete, sich zu bewegen und am Ende noch in den Tanz verwickelt zu werden. Hinter ihr hüllte sein Geruch sie ein, jener würzige Duft, der sie an eine der Speisen erinnerte, die sie heute Abend versucht hatte, dräute … doch Sindbad fasste sie nicht an.

Nerus kurze Jacke war nun fort, und Omanias feingliedrige Hände fuhren über seine schimmernde Brust und die flachen Brustwarzen, in denen Goldringe prangten. Mercédès starrte wie gebannt darauf und sah zu, wie Omania einen Ring in den Mund nahm, daran lutschte und sog, dass es seinen Nippel mitsamt Warzenhof anzog. Es sah schmerzhaft aus, aber auch … auch aufreizend. Und wenn Nerus geblähte Nasenflügel und leises Aufseufzen irgendein Hinweis waren, so empfand er dasselbe. Ihre Nippel drängten sich vor und taten weh, während sie den Rhythmus von Omanias Mund an diesem Goldring beobachtete.

Die Hände der Frau waren so geschäftig wie ihr Mund und zerrten an Nerus weitgeschnittener Hose, bis sie plötzlich zu einem Häuflein zu seinen Füßen zusammenfiel. Omania gab den Goldring frei und bückte sich, um den letzten Rest seiner Kleidung zu entfernen. Als sie sich wieder aufrichtete, sah Mercédès seinen dunklen Schwanz stolz und weit vorstoßen.

Irgendein Geräusch muss sie gemacht haben, ein Schaudern oder Stöhnen, denn Neru drehte sich um und sah sie geradewegs an. Er lächelte, bleckte vollendet weiße Zähne und streckte eine Hand aus, wedelte vor ihr in der Luft und winkte ihr, zu ihnen zu stoßen. Mercédès keuchte auf und wich zurück, wurde von Faszination und Lust erschüttert und rang zugleich nach Atem. Nein, sie schüttelte den Kopf, nein.

Aber … ja. Die in ihr wütende Lust gab ihr ein Gefühl, als sei ihr Körper kurz davor zu platzen – ihre Nippel, ihr Kitzler, selbst ihre Schamlippen waren prall geschwollen und bereit.

Neru sah sie weiterhin mit schmachtendem Blick an, während Omania sich vor ihn kniete und etwas zur Seite verlagerte, damit Mercédès ungehindert verfolgen konnte, wie sie sich sein Glied der Länge nach in den Mund schob. Die Kiefer des Mädchens klafften auf, ihre Wangen wirkten hohl und die Augen schlossen sich, als sie Neru bei den Hüften packte, sich an ihm abstützte und zugleich vor und zurück bewegte. Ihre kleinen Brüste regten sich und schwangen, hoben und senkten sich mit ihren Bewegungen, und im selben Takt wippten ihre glatten braunen Hinterbacken.

Mercédès schloss die Augen und bemühte sich um gleichmäßigen Atem, um aus diesem Irrgarten der Reize herauszufinden. Doch dann waren da der warme Hauch an ihrem bloßen Hals und das Flüstern in ihrem Ohr: «Öffnen Sie die Augen, Comtesse.»

Sie erschauerte und spürte, wie dicht er inzwischen hinter ihr war. Und während sie Omania den Schwanz vor sich lutschen und lecken und die Vorhaut hinaufschieben sah, um die prall erblühte Eichel freizulegen, fühlte Mercédès zwei Hände sich um ihre wehen Brüste schließen. Endlich. Ein Lustschwall brandete auf, brannte sich durch sie hindurch, ließ ihren Kitzler zwischen den fest zusammengepressten Schenkeln reifen.

Seine Handflächen drückten sich in die steinharten Spitzen, die schmerzhaft vortraten und die Seide über ihrer Haut heiß und feucht machten. Und dann gab er sie gerade so weit frei, wie er seine Atemluft als langes Zischen in ihr Ohr und feucht über die Seite ihres Halses entließ. Sie atmete zutiefst enttäuscht aus und schlug die Augen rechtzeitig wieder auf, um Nerus Hals sich biegen und die Venen darin hervortreten zu sehen, da er sich keuchend und zuckend in Omanias willigen Mund entlud.

Wieder wurde sich Mercédès der Berührung Sindbads bewusst. Sie wog leicht, als er an den Seiten ihrer Brüste nach dem Stoff der Tunika griff und anfing, ihn herum und über sie hinweg zu ziehen. Die federleichte Berührung kreiste um ihre Nippel, über die empfindsame Haut dort, ringsherum und darüber hinweg, zurück und auf und ab … unerbittlich in ihrer sanften Marter. Mercédès verlagerte ihr Gewicht, bog den Rücken durch, suchte ihre Brüste in den Stoff zu drücken, irgendeine Erlösung zu finden.

«Sind Sie gierig, Comtesse?», fragte er an ihrem Ohr. Seine Worte fielen nicht mehr so gleichmäßig wie zuvor, und sie ließ das Haupt zurück auf seine Schulter sinken und fühlte unter ihrem Hinterkopf das ungezügelte Hämmern seines Herzens. «Sehen Sie ihnen zu? Comtesse, sie lieben es, Zuschauer zu haben.»

Mit Mühe hob sie den Kopf und sah Omania nun am Boden vor dem Tisch auf einem prallen Kissen. Ihr federnder Schopf fiel vom Haarknoten herab, streifte die schimmernden braunen Schultern und reichte hinter ihr bis auf den Boden. Sie hob beide Hände über den Kopf und die Brüste an. Neru hockte vor ihr auf dem Hinterteil, hielt mit seinen dunkleren Händen ihre Schenkel gespreizt und das Gesicht an ihr Geschlecht. Mercédès verfolgte das Treiben mit offenem Mund und fühlte ihr eigenes leises Keuchen, während er langsam und gründlich leckte und sich dabei so ausrichtete, dass sie jeden seiner Zungenschläge sehen konnte.

Der Rhythmus über ihren Nippeln hatte ausgesetzt, und Sindbads schwere, warme Hände bewegten sich ihre Flanken hinunter und brachten die Seide an ihrer feuchten Haut zum Kleben. Eine Hand glitt zwischen ihre Beine und bewegte sich dort, um sich durch die Seide zu tasten. Mercédès verlagerte sich und hob die Hüften, um seinen forschenden Fingern entgegenzukommen. Er gebrauchte seinen kräftigen Zeigefinger, um das Obere ihres Hügels zu streifen, ihn ihr auf die Schamlippen zu drücken und dann sanft auf und ab, auf und ab durch das rasch feucht werdende Gewebe zu reiben. Sie atmete kurz und heftig, ihre Augen schlossen sich, und sie lehnte sich an ihn und fühlte seinen schweren Atem.

Nun hatte seine andere Hand den Weg zurück an ihre

Brust gefunden, schob sich durch das tief ausgeschnittene V ihrer Tunika und schloss die raue Innenfläche über wirklichem, bloßem Fleisch. «Öffnen Sie die Augen, Comtesse», sagte er mit sich fast im leisen Klang seiner Worte verlierendem Akzent. Sie waren kaum mehr als ein Hauch, rau und heiß an ihrem Hals. Sein Mund schloss sich dort über ihrer Haut, jäh und gewaltsam, kratzte sie mit seinen Borsten, und sie gab ein leises Aufkeuchen von sich, ein leichter Ruck durchfuhr sie, und dann zerbarst alles in einem großen Zucken und Erbeben und lang anhaltend süßer, wogender Lust.

Als Mercédès wieder zu sich kam, begriff sie, dass Sindbads Arme sich noch immer von hinten um sie schlangen. Die Augen behielt sie geschlossen, und sie fühlte sich feucht und erhitzt, aber auch straff und lebendig.

Ja, straff … denn als er sich an ihr bewegte und seine Hände über diese schrecklich klebrige Seide fuhren, prickelte ihr Körper einmal mehr. Ihre Brüste hoben sich, ihr Kitzler schwoll bereitwillig an, und das Wasser lief ihr im Mund zusammen.

«Comtesse», murmelte er in ihrem Ohr, «Sie versäumen das Schauspiel.»

Widerwillig hob sie die Lider, während er sich hinter ihr bewegte, und sah Omania vor sich auf ihren Kissen sich winden. Als Sindbad näher rückte, fühlte Mercédès schließlich seine Schwanzspitze in ihre Pobacke drücken. Ohne noch einen Gedanken langte sie hinter sich, schloss die Finger darum und verfolgte zugleich, wie die beiden Darsteller vor ihr zuletzt zu einem verschwitzten, befriedigten Haufen zusammenfielen. Hitze pulste durch den Stoff von Sindbads Hose, und das Gewebe war so dünn, dass sie die Form seiner Eichel, die Aderwülste und viel weiter unten seine steinharten Hoden fühlen konnte. Sindbad stöhnte, als sie ihn berührte, und seine Hände packten fester zu, wo sie auf ihren Hüften ruhten.

«Ah», seufzte er und vergrub das Gesicht in ihrer Schulter, dass ihre Haut seine Worte erstickte. Sie sondierte und streichelte durch die Seide hinter sich und hätte den Augenblick ergriffen, um den Bund fortzuziehen, mit den Fingern nach unten zu gleiten und sein geschwollenes Fleisch zu berühren, aber er hielt sie von sich abgewandt, behielt ihre Hand dort auf seinem Schwanz, bis sie ihn sich versteifen, dann hinter ihr erschaudern fühlte und die Seide unter ihren Händen feucht wurde.

Seine fest auf ihren Schultern ruhenden Hände fielen herab, und sie merkte, wie er zusammensank und sich rücklings aufstützte. Als sie sich zu ihm umdrehte, waren seine Augen geschlossen, und einen Moment lang, da die untere Hälfte seines bärtigen Gesichts im Schatten lag, sah er so sehr wie Edmond aus, dass sie erstarrte. Tatsächlich blieb ihr Herz stehen.

Sie streckte eine Hand aus, um seine Stirn mit den buschigen Brauen und dem kräftigen Bogen, der in seine Nase überging, zu berühren, als er die Augen aufschlug und sie damit erschreckte.

Er hielt ihrem Blick einen flüchtigen Moment lang stand, eben lange genug, dass sie selbst in dem ungenügenden Licht ein Aufblitzen dessen ausmachte, was nur Seelenqual sein konnte. Und dann war es verschwunden, und sein Gesichtsausdruck wurde wieder der eines umgänglichen, entspannten Gastgebers.

«Soll ich dir ein Getränk einschenken?», fragte er und entfernte sich auf den Fellen. «Oder möchtest du vielleicht dies versuchen.» Er hob eine kleine Schale.

Ein Löffel ragte aus dem Porzellangefäß, sein Griff war reich verziert und schwer im Vergleich zur Schale.

«Was ist das?», fragte sie, verlagerte dabei das Gewicht und stöhnte beinahe vor Schmerz, als ihre Beine die allzu lange gehaltene Stellung aufgaben. Die Tunika knüllte sich unter ihren Knien zusammen, als sie darauf zukroch, wohin Sindbad sich zurückgezogen hatte, und brachte sie fast aus dem Gleichgewicht. Der Stoff war zu warm und klebte am Körper ... Sie wollte die Tunika ausziehen, doch ...

«Es ist die Ambrosia der Götter», erwiderte er, hob den Löffel an den Mund und aß davon. «Sie wird dich mitnehmen, wohin du auch willst.»

Mercédès beugte sich zu ihm vor, und er fütterte sie mit einem Bissen der zähen Paste. Sie schluckte die eigenartig schmeckende Mischung und trank dann von ihrem Wein, während auch Neru und Omania von der Paste aßen.

«Wie wird sie genannt?»

«Sie hat viele Namen, doch mit dem einen könntest du vertraut sein, Haschisch», entgegnete Sindbad. «Wollen wir nun entspannen? Hier ist mehr zu trinken. Und wenn du magst», sagte er und deutete auf noch eine weitere Dienerin, die mit einer rauchenden Schüssel auf einem Tablett erschien, «kannst du ein Pfeifchen versuchen.» Mercédès sah mehrere Pfeifenröhrchen sich aus der Schüssel krümmen.

Eine Art Weihrauch erfüllte nun die Luft und ließ den Raum erneut kleiner und wärmer wirken. Der Duft war Mercédès unbekannt, aber nicht unangenehm; er hatte eine moschusartige, würzig ergänzte Note. Ohne sich um die eigene Nacktheit zu scheren, knieten sich Neru und Omania vor den Diwan und schauten Sindbad an, als warteten sie auf seine nächste Anweisung.

Er nickte knapp, worauf die beiden sich erhoben und an den kleinen Tisch neben ihrem Herrn traten. Als sie zurückkehrten, trug jeder ein Töpfchen und eine verkorkte Flasche.

Mercédès sah zu, wie Omania mit geschickten braunen Fingern Sindbad aus dem Hemd schälte und sich dann hinkniete, um seine Hose herunterzuziehen und ihn nackt bis auf die Goldreifen um seine Handgelenke und, zu ihrer Überraschung, einen einzelnen Goldring am rechten Warzenhof zu entblößen. Einmal mehr durchfuhr sie ein lustvoller Schauder – hatte er den schon vor zehn Jahren getragen? –, doch dann lehnte sich Sindbad auf dem Diwan zurück, kam in einer schattigen Ecke auf dem Bauch zu ruhen und bot ihnen den Anblick der herrlich muskulösen Rundung seines Arsches dar.

Omania kniete sich unmittelbar neben ihn, tunkte ihre Finger in das Töpfchen, goss ihm Öl aus der entkorkten Flasche auf den breiten Rücken und begann zu reiben. Im schwachen Licht glänzte sein Fleisch und bewegte sich unter den Händen, schimmerten die Muskelwellen und Senken und Kurven seiner Schultern. Mercédès wollte schon die Dienerin aus dem Weg schieben und selbst Hand an ihn legen, doch ehe sie so weit kam, kniete sich Neru zu ihr auf den Diwan.

Sie sah ihn an, fühlte sich auf einmal schwindlig, aber auch unglaublich frei und gelöst. Ehe sie sich's versah, beugte er sich mit dem Gesicht zu ihrem vor. Sein Kuss mit diesen vollen, sinnlichen Lippen und der kräftigen Zunge ließ sie atemlos und bebend zurück, als er wieder auf sein Hinterteil sank und an der verhassten Tunika zu zerren begann.

Die war alles, was sie trug, und sie wusste, wie gewagt es

wäre, ihren letzten Schutzschild sinken zu lassen. Aber sie war die Einzige, die noch bekleidet war, und ihre Haut sehnte sich danach zu atmen, den schweren, feuchten Stoff loszuwerden. Sie erhob keinen Einspruch, als er ihn ihr über Beine und Hüften schob, und ehe sie recht merkte, was sie tat, hatte sie die Arme angehoben, und die Tunika wurde ihr über den Kopf gezogen.

Erleichterung ... einmal hüllenlos, atmete ihre Haut auf und fühlte sich doch warm und geschmeidig in der kühleren Luft an. Ihr Herz schlug kräftig. Mercédès blickte Neru an und rätselte, was als Nächstes geschehen sollte. Doch statt sie wieder zu küssen, bedeutete er ihr, sich lang auf den Diwan zu legen. Ein furchtsames und erwartungsvolles Prickeln auf der Haut, streckte sie sich bäuchlings aus.

Seine Hände waren groß und kräftig und bewegten sich mit langen, sicher geführten Strichen von der Schulter bis zur Hinterbacke und wieder zurück über ihre Haut. Das von ihm benutzte Öl rief Wärme hervor und gab denselben blumigen Orangenduft ab, den sie von ihrem Bad in Erinnerung hatte. Mercédès schloss die Augen, ergab sich dem Gefühl der Hände dieses Mannes, während sie sich um ihre Taille schlossen und zu ihren Schultern hinauf, ihre Arme entlang nach unten zu ihren Fingerspitzen und wieder zurück glitten.

Als Neru seine Hände auf einem langgezogenen Strich bis an ihre Hüften hin wieder nach oben führte, schlüpften sie zwischen Haut und Fell herum und umfassten ihre Brüste. Mercédès hielt den Atem an, als seine geschickten Finger ihre straffen Nippel einklemmten und vor und zurück und hin und her zogen. Seine erhitzte Haut streifte ihre Hüften, sein Atem und die Nähe seines Rumpfes wärmten ihr den nackten Rücken. Nerus Finger arbeiteten rhythmisch und unablässig, zwickten und zupften ihre Nippel auf dem Hermelin, während sich ihr Kitzler wieder aufrichtete und ausdehnte. Warmes Nass sammelte sich in ihrer Muschi; Mercédès bewegte die Beine, sodass sie sich voneinander lösten, und vergrub das Gesicht neben ihren ruhelosen Fingern in den weichen Fellen.

Ehe sie sich's versah, hatte Neru sie auf den Rücken gewälzt und beugte sich über sie, senkte den Mund auf eine ihrer Brüste ab und zog ihr zugleich die schweren, haftenden Haarsträhnen vom Rumpf fort. Als sich seine Lippen um den Nippel schlossen und kräftig zu nuckeln anfingen, konnte sie ein lustvolles Aufkeuchen nicht länger zurückhalten. Es kam heraus wie das langgezogene, tief tönende Heulen des Windes kurz vor einem Sommergewitter.

Die Welt geriet in Bewegung und Umwälzung wie die farbigen Scherben in einem Kaleidoskop: Erhitzte dunkle Haut berührte ihr goldbraunes Fleisch, volle rote Lippen öffneten sich über ihrem Nippel und zogen ihn in die Länge, kräftige Finger glitten durch die schlüpfrige Fuge ihrer Scham und schnippten neckisch an ihren Kitzler. Sie schloss die Augen, drückte die Hüften durch und ergab sich der Lust.

Schwach hörte sie eine tiefe Stimme, einen scharfen Befehl aus weiter Ferne. Darauf wandelten sich die tosenden Sinnesreize … die Hitze verlagerte sich erst, kehrte dann wieder … Die Schlüpfrigkeit von Mund und Zunge verschwand, ließ einen Nippel hart, nass und kalt zurück, der sich derart stramm vorstülpte, dass er glutrot sein musste. Sie öffnete die Augen, als jemand ihre Knie sanft, aber bestimmt auseinanderzog – aber sie hatte gar nicht den Wunsch, sie geschlossen zu halten. Ihre Füße rutschten vom Diwan und fanden auf dem Boden davor Halt, während große, warme Hände die Innenseiten ihrer Schenkel streichelten … sachte, überaus zärtlich wie eine boshafte Aufreizung, die sie in ihrer spreizbeinigen Haltung in Zucken und Zittern versetzte und das Bemühen auslöste, die Hüften, Schenkel, Füße zu verrücken … um irgendeine intensive Berührung zu provozieren, die herbeiführen könnte, was sie brauchte.

Jemand bewegte sich hinter ihr – alles war ein satter Nebel aus Wärme und Nässe, Druck und Zug, Streicheln und Rhythmus – und kräftige männliche Hände fuhren herum und bedeckten von hinten ihren festen, reifen Nippel. Er zog sie rückwärts an sich, stützte ihre Wirbelsäule an seinem Rumpf ab, umklammerte sie mit seinen sehnigen Armen, hielt ihre Brüste, während er ihr seine weichen Borsten in Hals und Schultern rieb. Seine langen Finger glitten auf und um ihre Nippel, zupften und zwickten sie, liebkosten ihre Gipfel, während seine Daumen sanfte, sinnliche Kreise an den Seiten ihrer Brüste zogen. Seine heiße Latte zwängte sich zwischen ihr Rückgrat und sein Bein.

Irgendwie hatte sich Sindbads langes, dunkles, nach Kardamom und anderen Gewürzen duftendes Haar gelöst, mit ihrem verheddert und fiel ihr über die Schulter, während er ihren Hals abküsste und daran knabberte. Sie bäumte sich schaudernd auf, als er jene empfindliche Stelle gleich unter und hinter ihrem Ohr traf, schloss die Augen einmal mehr und verschmolz mit dem Rhythmus seiner Finger und seinem Puls der Erregung.

Die Hände zwischen ihren Beinen brachen ihr gemächliches Streicheln ab und lagen nun unter sanftem Druck der Finger fest auf dem zarten Fleisch. Dann schlüpften Nerus Lippen – es muss Neru gewesen sein, der vor ihr kniete, da Sindbad sie von hinten liebkoste – über die eine Seite ihrer

Schamlippen, und seine Zunge schlängelte sich mit überraschendem Schnalzer durch die Fuge dazwischen. Mercédès fuhr hoch, zuckte jäh unter seinen Händen und hob die Hüften, um ihr Geschlecht an jene vollen Lippen zu drücken.

Hörte sie da ein sachtes Glucksen im Ohr? Ihre Welt wurde zu einem Irrgarten aus Klängen – aus tiefen Seufzern und leisem Stöhnen, Lutschen und Schlecken und harschen Atemzügen, und Mercédès wusste, dass die Geräusche der eigenen Lust ihr am lautesten die Ohren füllten.

Sindbad streichelte ihr zärtlich die Brüste, neckte unbarmherzig ihre Nippel bis an die Schwelle zum Schmerz, letztlich aber zu größter Wonne ... um dann ein wenig nachzulassen, nur ein wenig, damit sie wieder Atem schöpfen konnte ... Neru bückte sich zwischen ihren Beinen, schlüpfte mit Lippen und Zunge durch die tiefen, nassen Falten ihrer Muschi, schleckte sich träge durch den Teich ihrer Säfte, so träge, dass sie meinte, gleich schreien zu müssen vor unerfüllter Sehnsucht.

Sie bewegte verzweifelt die Hüften, fühlte sich dem Orgasmus so nahe, nur um wieder zurückzufallen, da Neru und Sindbad genau zu wissen schienen, wann sie langsamer werden oder nachlassen mussten. Ihr Körper war straff und gedehnt, wie zum Platzen prall – ihre Nippel, ihre Lippen, geschwollenen davon, sich das Seufzen und Flehen zu verkneifen, ihre Schamlippen, ihr Kitzler ... voll, glänzend und bereit ... so bereit ...

Und dann ließen Sindbads Finger ab und stellte Nerus Mund seine wundervolle Aufwiegelung ein, und Mercédès zuckte ruhelos, hob die Hüften und schwenkte sie seitwärts, versuchte, es wiederzufinden ... doch kräftige Hände hielten ihre Schenkel fest. Sindbads dumpfer Atem in ihrem Ohr neckte und erzürnte sie.

«Noch nicht, Comtesse», sagte er. Aber seine Worte, ein heißer Hauch an ihrem Ohrläppchen, waren schroff und gezwungen. Sie fühlte das ungezügelte Pochen seines Riemens an sich, den feinen Streifen Feuchtigkeit, die der Eichel entschlüpft und ihre Hüfte entlanggestrichen war. Auch er war reif und bereit.

Ehe sie reagieren, den Schwanz ergreifen und ihm ein wenig eigene Marter bereiten konnte, bewegte er sich flüssig und schnell wie ein Aal, waren sein Mund an ihrer Brust und seine Hand zwischen ihren Beinen. Mercédès keuchte auf, als sein geübter Mund sich über die empfindsame, fröstelnde Haut ihrer Brust spannte, und stemmte sich in die warme, feuchte Höhle hinein. Sie fühlte die Bewegung, den Schwall warmer Luft auf ihrer benetzten Haut, als er sie mit der eigenen Lust anhauchte, streckte eine Hand aus und versuchte, sein Geschlecht zu finden.

Er fing ihre Hände ein, zog sie ihr über den Kopf, ganz nach hinten und ins Fell hinein, ließ sich auf ihr nieder, Hüfte an Hüfte, Brust an Brust, Mund … o Gott, Mund an Mund mit dieser kräftigen Zunge, die tief und zielsicher um ihre herum vorstieß. Die Gliedmaßen umeinandergeschlungen, Münder aufeinander schmatzend, sein zuckender Schwanz an ihrer Scham, küssten und streichelten sie sich und rieben ihre Leiber aneinander.

Sie befreite ihre Hände, schob das Durcheinander schweren Haars beiseite, das an ihren Gesichtern und Körpern klebte, und schloss die Finger um seine Schultern. Dann zog sie ihre Nägel tief durch seine Haut nach unten, hob die Hüften an und nahm seinen geschwollenen Penis zwischen ihren Schenkeln gefangen. Er grunzte und bewegte sich fort, zog seinen tropfenden Schwanz in voller Länge über ihren Schenkel und ließ sich eilig zwischen ihren Beinen nieder.

Seine Zunge war flach und langsam … ach so langsam … fuhr sachte hinauf über ihre pulsierenden Schamlippen, auf und ab, langsam, entsetzlich langsam. Mercédès versuchte, sich aufzusetzen, auf ihn zuzuziehen, ihn anzufassen, aber starke schwarze Hände schlossen sich um ihre Gelenke und hielten sie neuerlich über ihrem Kopf fest.

Und wieder die Zunge und wieder, langsam aufwärts und über ihre Muschi … und dann zog Sindbad mit seinen Daumen ihre Lippen auseinander und öffnete ihren geschwollenen Kitzler für seine sanften Zungenschläge. Mercédès schüttelte es nun am ganzen Körper, ihr Haar verteilt über Gesicht und Schultern, ihre Lippen offen und der Atem ein verzweifeltes Keuchen, während er spielte und neckte und sie wieder bis an die Schwelle brachte und noch einmal … und immer innehielt, wenn sie diese gerade überschreiten wollte, bis sie hätte schreien können.

Doch selbst während alldem bat sie um nichts, bettelte sie nicht. Sie schloss die Lippen um die Worte, biss sich auf die Zunge, im Wissen, dass es kommen würde … sie war so nah dran, so nah … reif und bereit, und schließlich kam er mit einem letzten neckenden Streich zur Ruhe, rückte sich zurecht und nutzte dann seine Zunge, um ihr Geschlecht in den Wahnsinn zu schlecken, zu schieben und zu schlenkern.

Endlich barst sie auf, krümmte sich ihr ganzer Körper, zuckte dann in die Hände, die sie festhielten und liebkosten, gegen den Mund, der sich an ihr labte, und die Felle, die sie umschmiegten, während heiße, harte, starke Lust als Wirrsal aus blitzenden Lichtern und befriedigtem Stöhnen ihren ohnmächtigen Leib durchfuhr.

Einen Augenblick lang sank Mercédès in ein verträumtes Dunkel. Dann spürte sie Bewegungen um sich herum und nahm kurze, knappe Worte wahr … dann das langgezogene träge Gleiten eines feuchten, straffen Körpers neben ihrem. Sindbad küsste sie erneut und wälzte sich mit ihr herum, bis sie als schlaffes Bündel gesättigter Knochen und Muskeln über ihm ausgebreitet lag. Sein Schwanz erhob sich stark und bereit zwischen ihren gespreizten Schenkeln, und er sagte: «Reite mich, Comtesse.»

Sie zog sich hoch, füllte endlich die Leere ihres Blicks und sah niemand sonst auf dem Diwan. Sie waren allein, ihr Körper summte und prickelte, und ihr Geist hatte etwas von der Dumpfheit des Begehrens verloren. Sie schaute auf ihn hinunter, aber sein Gesicht lag im Schatten; jemand hatte einige Kerzen gelöscht und nur ein paar im Raum verteilt brennen lassen.

Er führte seine fordernden Hände an ihre Hüften und hob sie mit Leichtigkeit über sich in die Höhe. Sie spreizte die Beine, richtete seine Eichel am Eingang ihrer Scham aus und sah hinab, während sie die Hände auf seine glatte, haarlose Brust setzte und den vorstehenden Goldring dort verdeckte.

Sie spürte das Klopfen seines Herzens unter den Fingern, das tiefe, verzweifelte Verlangen seines Atems und neckte seinen Schwanz mit ihrer schlüpfrigen Muschi. Das ließ er sich nicht gefallen; er packte sie bei den Hüften und rammte sich mit dem Aufstöhnen eines Sterbenden in sie hinein. Mercédès machte ein ähnliches Geräusch, und ihr eigenes Lustkeuchen lief in ein langes Stöhnen aus, während er ihre Hüften festhielt, um erneut hineinzustoßen.

Das war's dann … Er drängte ein drittes Mal empor und ließ los, und sie fühlte das wogende Pulsieren in ihrer Scham, da er in den Krämpfen der Entladung erstarrte.

Sie brach auf seiner Brust zusammen, den Mund neben

dem faszinierenden Goldring, und seine Hände fielen von ihr ab aufs Fell. Ihrer beider Haar war miteinander verklebt und verwickelt, und ihr schmerzten die Beine davon, weit gespreizt zu sein, rittlings auf ihm zu sitzen und sich aufrecht gehalten zu haben.

Es dauerte nicht lange – gar nicht lange, denn ihr Atem hatte sich kaum beruhigt –, da fühlte sie ihn sich an ihr, in ihr bewegen. Ein leichter Ruck seiner Hüften, die veränderte Atmung und Rückkehr seiner breiten Hände an ihrem Rumpf, um sie anzuheben.

Er wurde wieder steif in ihr, und Mercédès spürte, wie ihr Geschlecht mit sachtem Pochen antwortete.

«Reite mich, Comtesse», sagte er noch einmal. Seine Stimme klang angestrengt und dunkel, und sie konnte seine Augen nicht sehen – sie lagen im Schatten. Seine Finger bohrten sich ihr seitlich in die Hüften, als er sie auf seinem Körper in eine andere Position schob.

Sie rührte sich, spürte aufs Neue das süße Anschwellen der Wollust, hob und senkte sich auf ihren Schenkeln, die Hände flach auf seiner Brust, während er ihr dabei half, sich vor und zurück und auf und ab zu wiegen.

«Komm hoch», befahl er. «Hoch.»

Sie tat es, verlagerte das Gewicht auf die Hinterbacken, nahm seine dralle Länge in sich auf, hob sich an, sank nieder, ruckte in stetig zügigerem Takt vor und zurück. Ihre Brüste spannten, Nippel schrumpften und stülpten sich vor, und seine Handflächen schlossen sich warm und fest darüber. Sie streckte die Hände in die Höhe, langte nach den Olivenzweigen über sich an jenem Tag in der Sonne.

Sie streckte und bewegte sich auf und nieder, vor und zurück, immer schneller, Edmond unter sich, die Sonne glutheiß auf sich, seine Hände auf den Brüsten, die Olivenblätter eben außer Reichweite.

Seine Hüften zuckten unter ihr, seine Hände waren in ihr Fleisch verkrallt, seine Atmung harsch und die Schatten in seinem Antlitz starr und scharfkantig. Er sagte etwas, murmelte wie von Sinnen, aber sie konnte ihn nicht hören, es verlor sich im Strudel aus Empfindung und Erinnerung. Tränen liefen ihr aus den Augen, während sich beide abrackerten und ineinanderdroschen, heftig und zornig, untröstlich, reuevoll und verzweifelt. So verzweifelt.

Als sie schließlich die letzte Zinne erreichte, die härteste, forderndste von allen, rutschte Mercédès hinüber, stürzte ins strahlende Licht und fühlte die Tränen ihr das Gesicht hinunterströmen.

Sie fiel lautlos schluchzend zur Seite und glitt ins Vergessen.

VIERTES KAPITEL

Die Rückkehr

Vier Monate später
Paris

«*Maman!* Ich bin so froh, zu Hause zu sein», sagte Albert, als Mercédès ihn in ihre Arme zog. Statt im Salon zu warten, dass er zu ihr gebracht wurde, war sie ihm in die Vorhalle ihres Wohnsitzes in der Rue du Helder entgegengeeilt.

«Endlich», sagte sie, vergrub das Gesicht in seinem Hals und roch den Duft, der sie seit seiner frühesten Kindheit getröstet hatte. Sie konnte kaum verhindern, dass die Freudentränen zu Tränen der Sorge wurden. Sorge darüber, beinahe jenen verloren zu haben, den sie über alles in der Welt liebte. «Diese Banditen haben dir doch nichts angetan?»

Sie trat zurück, um ihn anzusehen, nur zur Sicherheit. Gewiss erschien er unverändert, abgesehen von seinem weltgewandteren Auftreten. Sein dunkles Haar war säuberlich gekämmt, seine Kleidung modisch und frisch gebügelt, und sollte sein Antlitz etwas reifer wirken … nun, das wäre nicht sonderlich ungewöhnlich nach seinem Erlebnis.

«Nein, *maman*. Sie waren wirklich sehr höflich und entschuldigten sich sogar, nachdem man sie von ihrem Fehler in Kenntnis gesetzt hatte.»

Es war März und vier Monate her, dass Albert zu seiner Rundreise durch die Schweiz und Italien aufgebrochen war. Zum Karneval im Februar in Rom, war er von einer attraktiven Frau von den Festlichkeiten fortgelockt und darauf von ihren Genossen, einer Verbrecherbande, als Geisel genommen worden, um Lösegeld zu erpressen.

Doch zum Zeitpunkt, da Mercédès und Fernand die Forderung erhalten hatten, war Albert freigelassen worden, unverletzt und ohne Gegenleistung seitens seiner Eltern. Worauf ein unbekümmerter Albert zu Mercédès' größter Sorge seine Reise durch Italien weitere drei Wochen lang fortgesetzt hatte, ehe er nach Paris zurückgekehrt war.

«Ein Fehler?», fragte Mercédès. Sie wusste, dass ihr Sohn ihr die schäbigen Einzelheiten ersparen wollte und sie nicht ruhen würde, bis sie alle erfahren hätte. Konnte es denn Zufall sein, dass Sindbad einen möglichen Angriff durch Banditen auf ihren Sohn erwogen hatte und dieser dann tatsächlich geschehen war?

Albert schien zu bemerken, wie fassungslos sie war, nahm ihre Hände, zog sie zu einem der mit rosafarbenem und golddurchwirktem Brokat bezogenen Sofas in dem kleinen Empfangsraum und setzte sich neben sie auf ein üppiges Kissen. Er half ihr sogar, die weiten Röcke zu richten, damit sie nicht zerdrückt würden, und hielt weiter ihre Finger umklammert. «*Maman*, es war ein Fehler. Als der Bandit erst erkannt hatte, dass ich ein Freund des Grafen von Monte Christo bin –»

«Monte Christo?», hauchte Mercédès und spürte, wie die Farbe erst aus ihrem Gesicht wich und dann mit solcher Macht zurückkehrte, dass ihre Wangen sich sehr warm anfühlten.

Der Name eben jener Insel, auf die sie gebracht und von

Sindbad dem Seefahrer in dieser dekadenten, üppigen Umgebung festgehalten worden war … um dann schlagartig und umstandslos einen Tag nach ihrem Eintreffen wieder von ihr verbannt zu werden. Tatsächlich entsann sich Mercédès nur schemenhaft ihres Verbleibs tief unter der schroffen, felsigen Oberfläche von Monte Christo – doch das genügte schon, um selbst jetzt noch rot im Gesicht anzulaufen. Und des Nachts in ihre Träume einzusickern und sie hitzig, ruhelos und verwirrt davon aufwachen zu lassen.

«Ja, *maman*, Franz und ich hatten das Vergnügen, dem berühmten Grafen von Monte Christo zu begegnen, als wir uns zum Karneval in Rom aufhielten. In der Tat hätten wir ohne ihn niemals eine so schöne Zeit gehabt, denn er gestattete uns die Nutzung seiner Kutsche, solange wir da waren. Er wohnte im selben Hotel und erfuhr, dass wir keine – nun, *maman*, du weißt ja, dass Franz und ich nicht immer alles im Voraus planen», sagte er kleinlaut.

«Als er erfuhr, dass wir keine Droschke hatten finden können, bot er uns die Nutzung seiner eigenen Kutsche an. Was für ein erlauchter Edelmann er ist, *maman*! So gebildet und scharfsinnig und erlesen gekleidet und sehr, sehr reich. Solche Größe habe ich noch nicht gesehen.»

«Und wie trug es sich zu, dass dich der Graf von Monte Christo vor den Banditen rettete?», fragte sie, das Gesicht wieder abgekühlt. «Wir müssen ihm doch sicherlich das Lösegeld für dich erstatten.»

«Aber nein, *maman*. Weißt du, der Bandenführer steht in der Schuld Seiner Exzellenz des Grafen. Als Franz erfuhr, dass ich verschleppt worden war, versuchte er das Lösegeld aufzutreiben, denn zusammen hatten wir nicht genug, und es fehlte die Zeit, sich deswegen an Vater zu wenden. Er musste schnell vorgehen, denn die Banditen beharrten darauf, dass das Lösegeld am zweiten Tage vorliegen müsse, sonst würde ich – nun Mama, das ist jetzt ohne Belang.»

«Was? Er hätte dich umgebracht, nicht wahr?» Mercédès' Finger verkrampften sich in denen Alberts, und wieder zog sich ihr der Magen zusammen.

Gott sei Dank. Gott sei Dank war ihr Sohn verschont geblieben.

«Nun, damit hat er gedroht – es aber nicht wahr gemacht, also kein Grund zur Sorge mehr, *maman*. Als der Graf von meiner Lage erfuhr, er war ja im selben Hotel abgestiegen und die Nachricht erreichte ihn rasch, und als er den Namen des Banditen, Luigi Vampa, erfuhr» – hier war Mercédès gezwungen, ein weiteres Keuchen zu unterdrücken –, «schritt er auf der Stelle ein. Freilich schritt der Graf nicht nur ein», sagte Albert mit leuchtender Bewunderung in seinen jungen Augen, «sondern ritt zum Unterschlupf des Signor Vampa und bestand darauf, dieser solle mich umgehend freilassen.»

«Und freigelassen wurdest du? Es wurde kein Lösegeld gezahlt? Und sie haben dir nichts angetan?» Mercédès konnte nicht anders als die Hand ausstrecken und sein hübsches, geliebtes Antlitz berühren. Albert war das Einzige auf dieser Welt, aus dem sie sich noch etwas machte.

«Nein, *maman*, wie du siehst, haben sie mir nichts angetan.»

«Und dieser Signor Vampa, er kennt den Mann, von dem du sprichst, diesen Grafen von Monte Christo. Was weißt du noch von diesem Grafen?»

Alberts Augen leuchteten noch immer. «Wie ich schon sagte, Mama, ich hab noch nie solche Macht und solchen Reichtum gesehen. Er ist ein vornehmer Mensch, sehr entgegenkommend und angenehm und hatte einen ziemlich fabelhaften Auftritt, als er zu mir in das Versteck der Banditen hereinplatzte. Dieser Signor Vampa ist ein berüchtigter Brigant, der die Herzen vieler Römer und Küstenbewohner mit Furcht erfüllt, denn wenn er ein Lösegeld fordert, muss es aufgebracht werden, sonst richtet er sein Opfer», sagte er, anscheinend ohne zu merken, dass er soeben seinen zuvor gemachten Versicherungen widersprochen hatte. «Doch Monte Christo hatte keinerlei Angst vor ihm, und Vampa kannte kein Zögern, als der Graf ihm sagte, ich sei sein Freund. Vielmehr hat er, wie schon gesagt, sich lang und breit dafür entschuldigt, den Grafen gekränkt zu haben.»

«Wie sehr wir doch in der Schuld dieses großen Mannes stehen», sagte sie, da aufrichtige Dankbarkeit in ihr aufstieg, «denn ohne ihn wärst du nicht zu mir zurückgekehrt.»

«Fürwahr, *maman*, ich wusste, dass du so empfinden würdest. Und Papa auch. Und somit habe ich den Grafen nach Paris eingeladen und mich bereit erklärt, ihm die Stadt zu zeigen, denn er ist noch nie hier gewesen.»

«Dann werden Morcerf und ich ihm persönlich danken können. Ganz ausgezeichnet!» Mercédès sprach mit echter Begeisterung. Der Mann, der ihrem Sohn das Leben gerettet hatte, wäre mehr als willkommen in ihrem Zuhause und ihren Kreisen, und sie würde ihm ihre Dankbarkeit auf jede erdenkliche Art erweisen.

Nur war sie immer noch verunsichert von den undurchsichtigen Zusammenhängen mit ihren eigenen Erlebnissen, von denen Albert und Fernand nichts wussten.

Konnte dieser Graf von Monte Christo gewusst haben, dass sie Alberts Mutter war, und sich auch in Signor Vampas Absichten mit ihr irgendwie eingemischt haben?

Denn gleich als er sie verschleppte, hatte Jacopo sie gewarnt, dass die Lösegeldforderung mehrere Tage brauche, um Fernand zu erreichen, und es dann weitere lange Tage dauere, ehe das Geld überbracht würde … und doch war sie nur ganze fünf Tage nach ihrer Entführung wieder in Marseille abgeliefert worden. Eine einzelne Nacht hatte sie auf der Insel Monte Christo verbracht und den folgenden Morgen die Augen schon wieder an Bord der *Nemesis* auf der Rückfahrt nach Marseille aufgeschlagen. Sie hatte Sindbad nicht mehr gesehen.

Es gab Tage, an denen sich Mercédès tatsächlich fragte, ob das alles nur ein Traum gewesen war.

Julie Morrel hatte nicht einmal gewusst, dass sie verschwunden war, denn ihr war eine Nachricht geschickt worden, wonach Mercédès beschlossen hätte, für kurze Zeit zurück nach Paris zu reisen, sodass die Freundin sich über deren Abwesenheit keine Sorgen gemacht hatte.

Doch nein, dieser Graf von Monte Christo konnte von der Verbindung zwischen Mercédès und Albert nichts gewusst haben, da er ihren Sohn ja erst im Februar kennengelernt hatte … und ihre Verschleppung hatte sich im November zugetragen.

Und ihr war ein Graf namens Monte Christo noch nie begegnet; sie war lediglich auf einer Insel selbigen Namens eingesperrt gewesen. Auch hatten weder Sindbad noch Jacopo einen solchen Namen erwähnt. Vielleicht war es einfach ein ungeheurer Zufall. Wer sollte denn auch schon Herr über so einen Felsbrocken sein?

Mercédès wurde gewahr, dass Albert fortfuhr, sich über seine geplante Begegnung mit dem Grafen hier in Paris auszulassen, und sagte: «Wenn er eintrifft, musst du mir Bescheid sagen, damit dein Papa und ich ihn zum Diner laden können.»

«Aber *maman*, ich weiß doch schon, wann er eintreffen wird. Am zwanzigsten Mai, genau drei Monate nachdem wir in Rom auseinandergingen. Morgens um zehn wird er hier mit mir das Frühstück einnehmen.»

Mercédès sah ihn an. «Und du glaubst, dass er diese Verabredung einhalten wird?»

«*Maman*, hättest du diesen erstaunlichen Edelmann getroffen, stünde das für dich außer Frage. Er wird hier sein. Und dann wirst du ihm begegnen.»

Sie nickte und behielt ihre Vorbehalte für sich. «Ein Ereignis, dem ich mit großer Freude entgegensehe.»

Am zwanzigsten Mai kurz nach Tagesanbruch rollte eine prachtvolle Kutsche die berühmteste Straße von Paris entlang und hielt vor dem großen Anwesen mit der Hausnummer dreißig auf den Champs-Élysées.

Der Graf von Monte Christo wartete, bis der Schlag der gutgefederten, mit schwarzem Samt ausgeschlagenen Kalesche geöffnet wurde, ehe er seine ersten Schritte auf einer Straße in dieser berühmten Stadt tat. Er sog die Luft ein und stellte fest, dass sie weit sauberer als die von Singapur roch, jedoch nicht annähernd so frisch und angenehm, wie er es für den Frühling erwartet hätte, und nickte dem Mann zu, der ihm die Tür geöffnet hatte.

«Seien Sie bereit, um genau neun Uhr fünfundvierzig wieder loszufahren», trug er ihm auf und ging dann den Fußweg zu seinem neuen Wohnsitz hinauf.

Ehe er auch nur in Betracht zog, die Hand zum Anklopfen zu heben, schwang die Tür auf. Schwungvoll verneigte sich ein recht derber Mann mit schütterem braunem Haar und kleinen, stechenden Augen, der sehr penibel gekleidet war und ziemlich kerzengerade gestanden hatte. «Willkommen, Eure Exzellenz. Ich hoffe, Sie finden alles nach Ihrem Wunsch vor.»

Monte Christo nickte seinem Haushofmeister zu. «Da bin ich mir ziemlich sicher, Bertuccio. Du hast mich nie enttäuscht.»

«Ihr Gemach ist gemacht worden, falls Sie Ihre Toilette aufzufrischen wünschen.»

Gleichwohl jedermann beim Anblick den Grafen diesen als modischer gekleidet betrachtet hätte als selbst den wählerischsten Höfling, war Monte Christo fest entschlossen, sich während der vier Stunden bis zur Erneuerung seiner Bekanntschaft mit dem jungen Albert de Morcerf seinem Erscheinungsbild und dessen Vervollkommnung zu widmen.

«Haydée, Ali und die Übrigen werden in Kürze eintreffen», teilte der Graf Bertuccio mit.

Der andere machte einen Diener. «Ich werde mich darum kümmern, dass die Dame es behaglich hat. Falls Sie wünschen, werde ich ein heißes Bad für Sie vorbereiten lassen. Und vielleicht eine Rasur, falls Sie eine benötigen.» Und wenngleich Monte Christo sich früh am Morgen schon einmal rasiert haben dürfte, war sich Bertuccio der peinlichen Genauigkeit seines Brotherrn bewusst, wenn es um dessen Aussehen und Körperpflege ging.

«Ich werde in einer Stunde baden. Jetzt brauche ich etwas Zeit für mich allein.»

Nunmehr hatten die beiden das wuchtige Gemach erreicht, das als herrschaftliche Zimmerflucht im Pariser Stadthaus dienen sollte. Monte Christo rechnete nicht damit, hier länger als allerhöchstens drei, vier Monate zu bleiben. Und dann würde er Paris verlassen, allem hier den Rücken kehren und nie wieder einen Fuß auf französischen Boden setzen.

Kaum hatte Bertuccio die Tür geschlossen und ihn allein gelassen, gestattete sich Monte Christo auszuspannen – was er sonst nur in Gegenwart einer einzigen Person auf Erden tat und selbst dann mit einiger Vorsicht.

Er untersuchte das Gemach, durchstreifte die geräumige, mit einem geschmackvollen Ensemble aus europäischen und orientalischen Möbeln ausgestattete Flucht von sechs Räumen. Goldgefranster Samtbrokat in Rot und Saphir hing von den Wänden. Gold- und silberfarbene Brokatvorhänge an den vom Boden bis zur Decke reichenden Fenstern waren aufgezogen und gaben den Blick auf die Champs-Élysées frei wie auch auf den farbenprächtigen Garten, der das Stadthaus seitlich und rückwärtig umgab. Die Einrichtung ähnelte dem, woran er sich im Jahrzehnt seiner Reisen durch den Orient gewöhnt hatte: niedrig, durchgängig gepolstert und sparsam an hölzernen Armlehnen, Beinen und Kopfbrettern.

Es gab ein geräumiges Ankleidezimmer, anschließend einen Raum mit fließendem Wasser und einer der größten Badewannen, die Paris je gesehen hatte, und in einem dritten Raum das gewaltige Rundbett, auf dem sich Fransenkissen und Seidenpolster türmten. Ein großer Mahagonischreibtisch mitsamt zwei Lampen, Federhaltern, Papier, Löschpapier und Tinte beherrschte einen der Räume. Topfpflanzen und langstielige, streng gestaltete Blumengestecke trugen den Garten in die Zimmerflucht – ein Merkmal, das Monte Christo, zusammen mit vielen Fenstern und jeder Menge Licht, bei seinen Wohnräumen voraussetzte. Gleichfalls schmückten Schalen mit frischem Obst und dazu Wasser, Wein und Cognac wenigstens eine Oberfläche in jedem der Räume.

Monte Christo trat hinaus auf den Balkon seiner Privatgemächer. Vor ihm breitete sich Paris mit seinen weißen Gebäuden aus, als lägen da würfelförmige Ziergebilde aus Montrachet im Licht des frühen Morgens und unter ihm die Springbrunnen und Gehwege der berühmten Prachtstraße von Marie de' Medici. Ein paar Straßen entfernt funkelte die Seine, und die aufgehende Sonne warf lange braune Schatten, während sie sich über der Stadt erhob.

Zu seiner Rechten und weiter vom Fluss entfernt ragte der Arc de Triomphe auf, der gewaltige Bogen zur Feier von Napoléons Einzug in die Stadt. Erst vor vier Jahren fertiggestellt, leuchtete er weiß und neu im hellen Sonnenschein, während sich Monte Christos Mund spannte und seine Augen schmaler wurden. Jede Erinnerung an den Kaiser oder die Politik – ob die des toten Herrschers oder des Königshauses – erzeugte ein heftiges Brennen in seiner Brust. Politik, Gier und Eifersucht hatten das Leben eines Unschuldigen zerstört. Und nun ging ganz Paris der Mund über vor Gerede über die mögliche Rückkehr der sterblichen Überreste des Korsen in seine Stadt. Monte Christo war es gänzlich einerlei, denn ihn beschäftigte die Rückkehr eines anderen: seiner selbst.

Er war hier, in Paris.

Endlich.

Monte Christo griff nach dem schmiedeeisernen Balkongeländer und staunte über die Abfolge von Sünden und Wundern, ohne die er nicht hierher gelangt wäre. Nach Paris, an den Ort, wo er seine heilige Rache üben würde an den vier Männern, die Edmond Dantès verraten und einen Unschuldigen für vierzehn Jahre ins Gefängnis gebracht hatten.

Vor vierundzwanzig Jahren hatte Dantès alles, wofür es sich zu leben lohnt.

Nun gab es den jungen, ungebildeten Mann nicht mehr, der einst sein Mädchen unter einem Olivenbaum geliebt hatte.

Er betastete die große Onyxnadel, die er stets trug, um sich seiner Pflicht zu erinnern – jener Pflicht, die er im Austausch für die Wunder, die ihn hergebracht hatten, auf sich genommen hatte. In ihrem Inneren befand sich eine Namenliste. Monte Christo musste den geheimen Verschluss der Nadel nicht öffnen, um sich der Namen zu vergewissern, doch er tat es, jetzt, während er dastand und über die Stadt hinwegschaute. Es schien ihm angemessen, ein notwendiges Ritual.

Das Papier raschelte sachte in der schwachen Morgenbrise, als er auf den kleinen Fetzen und die darauf festgehaltenen Namen hinunterschaute.

Es waren fünf.

Danglars.
Morcerf.
Villefort.
Caderousse.
Mercédès.

Die ersten vier Namen waren säuberlich geschrieben, mit wohlgeformten Buchstaben und ohne Tintenkleckse. Nicht so der letzte. Obwohl in derselben Handschrift, war der letzte Name derart grob hingekritzelt worden, dass die Federspitze das Papier aufgekratzt hatte.

Mit heftigem Herzklopfen und zitternden Fingern faltete Monte Christo das Papier entlang der abgegriffenen Kniffe und legte es zurück in die schwarze Brosche.

Er würde keine Gnade zeigen, denn ihm war auch keine

erwiesen worden. Das Leben eines Mannes war von Eifersucht, Gier und Angst zerstört worden, die diese vier Männer in sich trugen. Ein einfacher Brief, eine krasse Lüge, die fälschlicherweise Edmond Dantès der Teilhabe an einer Verschwörung bezichtigte, Napoléon zurück auf den Thron zu bringen, hatte die Ereignisse in Gang gebracht.

Danglars und Morcerf hatten den Brief geschrieben und aufgegeben, der Dantès als Mitverschwörer ausgab, da er im Besitz eines Schreibens war, das im Einzelnen die Absicht des Kaisers darlegte, von Elba zu fliehen. Danglars, weil er Kapitän der *Pharaon* werden, und Morcerf, weil er Mercédès haben wollte.

Caderousse hatte davon gewusst, war aber nicht in Erscheinung getreten, um die beiden zu entlarven.

Und der Kronanwalt Villefort hatte Dantès ins Gefängnis geschickt, da sein eigener Vater in dem Schreiben, das ein nichts ahnender Dantès zu überbringen gebeten worden war, belastet und somit Villeforts politische Stellung als die eines Königstreuen gefährdet wurde. Der Brief, den weiterzuleiten Dantès sich hatte überreden lassen, hatte Villeforts Vater, Monsieur Noirtier, als Beteiligten am Fluchtplan des Kaisers genannt. Wäre dieses Wissen aufgedeckt worden, hätte es Villeforts Laufbahn beendet.

Gier, Eifersucht und Angst.

Monte Christo hatte zehn Jahre gebraucht, seine Angelegenheiten zu regeln, den Racheplan zu schmieden, das Nötige in Erfahrung zu bringen und genügend Zeit und Entfernung zwischen sich und die Verräter zu bringen, um sie säuberlich und ohne innere Bewegung vernichten zu können, gerade so, wie diese den unschuldigen Edmond Dantès vernichtet hatten.

Und Mercédès. Sie hatte nicht länger auf ihn gewartet –

auf den Mann, dem sie Liebe bis in den Tod geschworen hatte – als ganze achtzehn Monate.

«‹Schwachheit, dein Name ist Weib!›», hatte Monte Christo vor sich hingeflüstert, als er davon erfuhr.

Schwachheit, fürwahr. Achtzehn Monate. Achtzehn *Jahre* hätte sie warten müssen und länger. Doch sie hatte ihre herrlichen Beine für Morcerf gespreizt und die letzten zweiundzwanzig Jahre mit Stöhnen und Seufzen unter diesem Mann verbracht, in seinem Bett, während Dantès vierzehn Jahre Dunkelheit, Kälte und Verzweiflung durchlitten und von ihr geträumt hatte. Auf sie gewartet hatte. Sie begehrt hatte.

Die ganze Zeit hatte sie einen anderen geliebt. Einen seiner Verräter.

Da sie allein Edmond Dantès geliebt hatte, war ihr Verrat der größte von allen.

Seine Handteller waren feucht, aber er wollte sie nicht an der Hose abwischen. Kein Zeichen der Schwäche. Der Graf von Monte Christo kannte *keine Schwäche*. Keine Gnade, keine Schwäche, keine Bedenken. Keine Rechenfehler.

Ein Beben durchlief seinen Körper, und er schloss die Augen, lehnte sich ans Geländer und sog neuerlich die frühmorgendliche Frischluft ein: Einmal hatte er schon geglaubt, dies nie wieder zu tun. Gott sei Dank für Abbé Farias falsches Abbiegen beim Bau seines Fluchttunnels.

Der alte Mann hatte sich mit dem jungen, fast schon verrückten Dantès angefreundet und ihn wieder zur Vernunft gebracht. Vier Jahre hatte er damit verbracht, ihn zu unterrichten und ihn sein ganzes Wissen gelehrt, während beide insgeheim Austausch zwischen ihren beiden Kerkerzellen pflegten.

Er vertraute dem jungen Mann das Geheimnis um Kardinal Spadas Familienschatz an, der auf der Insel Monte Christo vergraben lag. In jüngeren Jahren war der Abbé nämlich Privatsekretär des Grafen Spada und letzten Hinterbliebenen des alten Kardinals gewesen. Häufig hatte Spada derart sehnsüchtig von dem verschollenen Schatz seiner Familie gesprochen, dass Faria zunächst an ein Märchen geglaubt hatte.

Doch nach dem Tod des Grafen fand Faria einen Abriss des letzten Willens des Kardinals im Familienbrevier, das ihm Graf Spada vermacht hatte. Dieser Fetzen Papier genügte dem Abbé, um die genaue Lage des Schatzes herauszufinden und seine Existenz zu belegen.

Und als Abbé Faria schließlich starb, machte er Dantès noch ein letztes Geschenk: die Freiheit.

Dantès hatte sich anstelle des in seiner Zelle zurückgelassenen Toten in das Leichentuch des Abbé eingewickelt. Nachdem der vermeintliche Kadaver von den Klippen vor dem Château d'If ins Meer geworfen worden war, konnte er unter größter Not entkommen: eines der Wunder, die ihn an diesem sonnigen Tag im Mai auf einen Balkon über der Stadt Paris geführt hatten.

Dantès war gestorben, aber der Graf von Monte Christo wurde geboren.

Genau eine Stunde nachdem Monte Christo die Tür zu seinen Privatgemächern geschlossen hatte, klopfte Bertuccio dort wieder an.

Monte Christo ließ ihn eintreten, was der beleibte Mann tat, gefolgt von einer bestrickenden jungen Frau in persischer Kleidung.

«Eure Exzellenz, ich werde jetzt das Bad bereiten lassen.»

Sein Herr nickte zustimmend und lenkte dann seine Aufmerksamkeit auf Haydée. «Du bist also in Paris angekommen», sagte er freundlich. «Ist es nicht eine wunderschöne Stadt?»

Haydée lächelte, zeigte dabei makellose weiße Zähne und ein winziges Grübchen im Mundwinkel. «Das wenige, was ich gesehen habe, ist wunderschön, Exzellenz, aber sehr verschieden von Istanbul und Peking.»

Monte Christo schmunzelte nachsichtig. «Da wir nun in Paris sind, musst du dich wie jede andere junge Europäerin geben. Du wirst überall in der Stadt meine Begleiterin sein. Wir werden die Oper besuchen und das Theater und auch einer Reihe von Festen beiwohnen. Natürlich wirst du neue Kleider benötigen.»

Sie war erst zwanzig Jahre alt, nicht einmal sein halbes Alter, und eine Frau von erlesener Schönheit. Die olivenfarbene Haut ihrer griechischen Ahnen war weich und geschmeidig, ihr Haar tintenschwarz und glatt wie der Schweif eines Araberpferds. Dunkle, schrägstehende Augen verliehen ihr ein fremdländisches, geheimnisvolles Aussehen, und ihr langer, schwellender Mund hatte ein tiefes V in der Oberlippe. Haydée war eine Prinzessin – die Tochter des Ali Pascha, einst Herrscher über das westliche Ende des Osmanischen Reiches. Er war 1822 in Ioannina ermordet und Haydée und ihre Mutter daraufhin versklavt worden.

Die Mutter war bald darauf gestorben, Monte Christo hatte die Tochter aber vor einigen Jahren zu Gesicht bekommen und gekauft. Er hatte das Vergnügen gehabt, sie zu einer jungen Frau von größtem Liebreiz heranwachsen zu sehen. Bald würde er in der Lage sein, sie aus der Knechtschaft zu entlassen.

«Soll ich heute bei Eurem Bad behilflich sein, Exzellenz?», fragte das Mädchen mit einem Lächeln.

Seine Augen huschten über sie hinweg, über die weite Seidenhose und das enge, perlenbestickte Mieder, das über ihrem Bauchnabel endete. «Wenn du es wünschst.»

Vielleicht würden ihn ihre schlanken Hände und ihr fröhliches Gemüt ja von den anstehenden Geschäften ablenken.

Haydée lächelte, verneigte sich und verließ anmutig den Raum, gerade als sich die Tür zum Gemach neuerlich öffnete.

Ein stämmiger Mann mit ebenholzfarbenem Kahlkopf trat ein und ging auf Monte Christo zu. Auch er trug orientalische Kleider: eine weitgeschnittene, über einer Pluderhose gegürtete Seidentunika von blendendem Weiß auf seiner kohlschwarz glänzenden Haut. Er ging barfuß, trug goldene Reifen um Handgelenke und Knöchel und in einem Ohr zwei goldene Ringe.

Er verneigte sich vor Monte Christo.

«Ali», sagte der Graf. «Hoffentlich gab es heute keine Schwierigkeiten bei deiner Ankunft.»

Der Mann schüttelte den Kopf und teilte dann in Gebärdensprache weitere Einzelheiten mit.

Ali war drei Jahre zuvor in die Dienste des Grafen von Monte Christo getreten, nachdem ihm der Mann das Leben gerettet hatte. Zugleich mit seiner Unabhängigkeit hatte er auch ein Schweigegelübde abgelegt, das bis an jenen Tag galt, da er die Tat wettmachen könnte; anschließend würde er in seine Heimat Nubien zurückkehren.

«Sehr gut», sagte Monte Christo, als der Mann geendet hatte. «Ich werde später am Nachmittag zurück sein.» Damit erhob er sich von seinem Sitzplatz und ging in den Raum, in dem das Bad bereitet worden war.

Haydée und zwei weitere Dienerinnen waren schon da. Der angenehme Duft von Kardamom und Zitrone erfüllte die Luft, während Monte Christo von seinen erlesenen Kleidern befreit wurde. Er erteilte einer der Dienerinnen Anweisung hinsichtlich seiner frischen Garderobe und kletterte dann in die dampfende Wanne.

Das heiße Wasser strömte ihm über Gesicht und Haar, und er schloss die Augen und ließ sich von zwei Paar Händen helfen. Das eine seifte ihm rasch und leidenschaftslos Füße und Beine ein.

Doch das andere Paar Hände gehörte Haydée; das wusste er, da sie ihm das kräftige Haar schrubbte und er den von ihr bevorzugten Jasmin riechen konnte. Sie war so jung und schön. Ihre Haut – glatt und geschmeidig wie gegerbtes Hirschleder – und die Rundung ihrer Brüste und Hüften waren ihm seinerzeit aufgefallen. Selbst ihre Füße, die sie im Haus stets nackt ließ, waren wohlgeformt und braun, die Zehen mit Silberringen geschmückt.

Er schlug die Augen auf und stellte fest, dass die andere Dienerin gegangen, vielleicht von Haydée entlassen worden war. Als er sich umdrehte, um sie nach dem Grund zu fragen, fand Monte Christo ihr Gesicht sehr nah vor seinem.

Überraschung kribbelte ihn im Bauch, gefolgt von Entzücken. Diese Lippen waren nah genug … Ja, sie beugte sich vor und bedeckte seinen Mund mit ihrem süßen eigenen.

So etwas hatte sie nie zuvor getan – und er hatte nie darum gebeten oder es gar nahegelegt –, aber es war nicht unwillkommen. Er fühlte die anschwellende Lust über sich hinwegfließen, als ihre Lippen sich von seinen lösten und ihre schlüpfrige Zunge hindurchglitt.

Ihm wurde klar, dass er die Augen geschlossen hatte, und öffnete sie nicht mehr, bis sie sich zurückzog.

«Was hast du vor?», fragte er, als sie sich auf ihr Hinterteil hockte, und ein schroffer Unterton hatte sich in seine Stimme geschlichen.

Sie schmunzelte, während sie ihr kurzes, enges Mieder aufknöpfte. Ihre üppigen, hoch angesetzten Brüste quollen hervor. Die Nippel wirkten dunkelbraun vor ihrer olivenfarbenen Haut. Sie trug eine dünne Goldkette um die Taille, die auf der Rundung ihrer bloßen Hüften ruhte, gleich über ihrem tiefhängenden Hosenbund. Monte Christo fühlte, wie sein Mund trocken wurde und die jähe Hebung seines Glieds das Wasser in Unruhe versetzte.

«Sie sind seit Monaten nicht mehr mit einer Frau zusammen gewesen», sagte sie, während sie mit beiden Händen ihre Brüste umschloss und ihm entgegenhob.

Er berührte sie mit der Linken, fuhr mit den Fingern über die warme Haut, während die Rechte mit locker gekrümmten Fingern an der anderen Wannenseite lag. «Woher weißt du das?» Ihr Nippel schrumpfte unter seiner Berührung. Auf alle Fälle war sie willig.

«Es ist offensichtlich, Exzellenz. Seit Sie von Monte Christo zurückgekehrt sind, haben Sie weder hier eine Frau gehabt, noch sind Sie zu einer gegangen. Ich argwöhnte so viel, und Ali … nun, der hat es bestätigt.» Sie besaß die Anmut, ein wenig verschämt dreinzublicken ob der Offenbarung, dass seine beiden Untergebenen sich über ihn ausgetauscht hatten, aber Monte Christo war zu verdutzt, um etwas zu erwidern. Abgesehen davon leistete ihr das königinnenhafte Gebaren gute Dienste, auch wenn sie in

Knechtschaft gehalten wurde. «Exzellenz, ich würde gern die Falte zwischen Ihren Brauen glätten», sagte sie und zeichnete die anstößige Linie nach.

Er schloss in stillem Einverständnis die Augen und bemühte sich, seinen unregelmäßigen Puls zu beruhigen. Das Mädchen war Jungfrau, aber sie war sein, und sie bot sich ihm an. Seit sie ihm diente, hatte er ihr nie dergleichen angetragen oder irgendeine Erwartung angedeutet.

Und recht hatte sie. Seit November war er nicht mehr mit einer Frau zusammen gewesen.

Das Badewasser gluckste und schwappte, und er fühlte zwei schmale Füße zu beiden Seiten seines Oberkörpers hineingleiten, dann ein warmes Gewicht auf seinem Bauch, das sich eben oberhalb seines tobenden Schwanzes niederließ. Kleine Hände bewegten sich über seine Brust, richteten das Haar auf, das er wieder hatte nachwachsen lassen, und dann hinauf und über seine Schultern hinweg. Sie beugte sich vor, um ihn erneut zu küssen, und er musste nicht einmal den Kopf heben, um auf ihre Lippen zu treffen.

Während ihre Hände und ihr Mund beschäftigt waren, trieb er auf einem Meer der Wonnen und Erinnerungen. Einmal schlug er die Augen auf und sah vor sich zwei reife Brüste, die sich dunkel und glatt seinem Mund darboten. Sie waren straff, fest und jung, doch jene, die er mit geschlossenen Augen sah, waren goldbraun … groß wie Apfelsinen und nicht mehr so straff und fest.

Sein Mund zog sich an ihrem zusammen, und sie führte ihren Kuss hinunter an seinen Kiefer, während ihre Hände seine Brust auf und ab fuhren, weiter aber nicht gingen. Fraglos war sie Jungfrau und sich nicht recht sicher, wie der Vorgang fortzusetzen sei … er nahm eine von Haydées

Händen und schloss sie um seinen Schwanz. Zeigte ihr, wie sie sich bewegen müsse.

Ah.

Wieder wallte das Verlangen auf, und fast ergoss er sich auf der Stelle.

Die Augen geschlossen, versuchte er, sich auf die Frau vor – auf – ihm einzustellen. Stattdessen prasselten Bilder, taktile Empfindungen, Sinnesreize und Geräusche auf ihn ein, die nicht dazugehörten … kein Teil dieses Augenblicks waren, dieses Tages, dieser Frau.

Goldbraune Haut, nicht ganz so fest wie in seiner Erinnerung, die geräumigen Hüften einer Frau, nicht eines jungen Mädchens, langes, welliges schwarzes Haar, ungebunden und feucht mit seinem vermengt … ihr schwergehender, harscher Atem, als Neru und Omania für sie tanzten, der erregender war als die Darbietung selbst.

Er hatte sie dorthin gebracht, um sich ihre Sehnsüchte einzuprägen, in allen Feinheiten auf ihren Körper und ihre Bedürfnisse einzustellen, sie zu *erlernen*.

Damit er seine Rache planen konnte.

Zehn Jahre waren vergangen, seit Mercédès das erste Mal Sindbad in Marseille begegnet war. Zehn Jahre und zahllose Frauen und Erlebnisse. Und doch … als sie auf Monte Christo zusammen waren, hatte er seine Absicht vergessen, verstrickte sich in die Erinnerungen, das Begehren, die Bedürfnisse.

Also brach er den Versuch ab und schickte sie zurück.

Monte Christo riss sich mühselig aus diesen verschwommenen, haschischerfüllten Gedanken … an Neru kniend zwischen diesen schlanken goldbraunen Schenkeln … an die Art, wie ihre Brüste erzitterten und spitz wurden, wenn er sie anfasste, liebkoste und reizte … an die langen, wellenförmigen Beben, die sie unter seinen Händen durchschüttelten, die leisen Seufzer und Tränenrinnsale. An die Art, wie sie ihn bestiegen und hoch über den Kopf gelangt hatte, die Brüste hob, während sie ihn gekonnt und in treibendem Takt ritt.

Das war sein Äußerstes gewesen.

«Ja», keuchte er jetzt, ruckte mit den Hüften, während die schlanke Hand sich über seinen Schwanz bewegte, ruckartig und mit Pausen, sodass er vor vereitelter Lust stöhnte.

«Aber …», hauchte sie, kam in Bewegung, verlagerte sich auf ihm.

«Nein», befahl er und schloss seine Hand fest um ihre. Er war immer noch der Graf, selbst wenn das Andenken an die eigene Schwäche ihn in einem Wirbelsturm aus Erinnerung und Empfindung erfasste, dabei anwuchs, sich entflammte und erfüllte, bis er den Gipfel erreichte. Mit einem langen, heftigen Seufzer zuckte er ein letztes Mal in ihrer Hand, ergoss sich ins Wasser und kam schaudernd zur Ruhe.

«Geh», sagte er, noch ehe er die Augen öffnete. «Schick Ali.»

Mercédès war hellwach, als der gefeierte Graf von Monte Christo im Hause de Morcerf eintraf. Jedoch befand sie sich noch in ihrem Schlafgemach, war noch in ihr Nachtgewand gekleidet, verzehrte ein kleines Frühstück und hatte es nicht sonderlich eilig.

Albert hatte geplant, das Frühstück mit dem Grafen zusammen mit zwei weiteren seiner Freunde einzunehmen – mit Franz d'Epinay, der mit ihm in Rom gewesen war, und dem Bruder Julie Morrels, Hauptmann Maximilien Morrel.

Die Herrschaften würden für eine Weile speisen und plaudern, ehe sie in den Salon der Familie umzögen, wo Mercédès und Fernand auf den Mann treffen wollten, der das Leben ihres Sohnes gerettet hatte.

Dios mio, wie nur könnte eine Frau solch einem Mann danken?

Hatte er einen Sohn, eine Tochter, eine Ehefrau … jemanden, den er so sehr liebte wie sie Albert?

Mercédès' Gedanken wurden von einem Klopfen an ihrer Zimmertür unterbrochen, und sie bat herein.

«Madame, dies ist für Sie eingetroffen», teilte ihr Charlotte mit und reichte ihr ein in Goldpapier gewickeltes und mit einem roten Band verschnürtes Päckchen.

Mit stillem Seufzer nahm Mercédès das Päckchen entgegen und nickte der Zofe zu, sich zu entfernen. Bestimmt war das Geschenk von Georges. Er war ziemlich hartnäckig.

Aber sie hatte selbst Schuld. Vergangenen November war sie aus Marseille von ihrer kurzen Verschleppung und dem Zwischenspiel mit Sindbad zurückgekehrt und hatte sich verwirrt, erschöpft und schroffer noch als sonst mit der Leere in ihrem Leben konfrontiert gefühlt. In den meisten Nächten waren ihre Träume von Bildern – üppigen, sinnlichen, erregenden – durchwoben, solchen von ihrem Erlebnis in Aladins Grotte. Morgens und manchmal sogar mitten in der Nacht wachte sie allein und häufig in Tränen in ihrem Bett auf. Einsam. Enttäuscht. Leer.

Und so kehrte Mercédès Monate früher, als sie im Zorn vorgehabt hatte, Fernand fernzubleiben, nach Paris zurück und stürzte sich in einen Strudel gesellschaftlicher Zerstreuungen: Soireen, Diners, Bällen, Theater besuchen, und sie entschlüpfte sogar, wenn keiner sie dabei sehen konnte, in ihren Garten, um ihrem Laster zu frönen, den Boden umzugraben, vertrocknete Blüten zu zupfen, Rosmarin und Thymian zu beschneiden.

Und dort war Georges gewesen, hatte auf sie gewartet, wollte sie zurückgewinnen.

Der Kummer, den sie in seinen haselnussbraunen Augen gesehen hatte, war aufrichtig, und Mercédès, die eine ähnliche Entbehrung fühlte, hatte sich törichterweise gestattet, Trost bei ihm zu finden.

Nicht dass sie ihn zurück in ihr Bett genommen hätte … nein, nichts derart Unvorsichtiges. Aber ein gestohlener Kuss hier, eine Umarmung dort, nur um die Wärme und Kraft eines Mannes zu verspüren … doch selbst das vertrieb nicht die Leere, die ihr Leben durchdrungen hatte. Sie wurde von einem Gefühl der Unvollständigkeit verzehrt.

Er aber wünschte sich eindeutig mehr, wie es seine Geschenke bewiesen. Und die sie begleitenden, ausführlich von seiner Liebe zu ihr berichtenden Briefe.

Sie entfernte das rote Band und wickelte die Schachtel aus. Sie stieß auf einen Bogen dickes, überall mit seiner jungenhaften Klaue bedecktes Pergamentpapier. Für den Augenblick legte sie es zugunsten des Päckchens beiseite.

Darin befand sich eine rechteckige Brosche aus Granat in filigraner Goldfassung … ziemlich schlicht verglichen mit den meisten ihrer übrigen Schmuckstücke, aber Mercédès bevorzugte weniger protzigen Schmuck als ihr Gatte. Sie war schön, und mit feuchten Augen begriff sie, dass Georges sie tatsächlich kannte. Sich tatsächlich etwas aus ihr machte. Er war ihr verfallen.

Warum konnte sie sich nicht etwas aus ihm machen?

Weil er nicht Edmond war.

Er war nicht … Sindbad.

Mercédès keuchte auf; sie hörte es im stillen Zimmer wie ein leises Knacken. Sindbad? *Dios mio!* Wie konnte sie so etwas auch nur denken?

Es musste das Abenteuer sein. Das Verführerische daran, verboten und gefährlich zu sein.

Auf einmal stand sie entschlossen auf. Dieser Gedanke musste ihr sofort aus dem Sinn. Nachdenklich betrachtete sie die Brosche. Trüge sie sie, würde es Georges in Hochstimmung versetzen. Er würde es als Zeichen nehmen, dass sie seinem erneuten Werben nachgäbe.

Und vielleicht wäre das ja auch das Beste. Er würde sie nie verletzen. Er machte sich etwas aus ihr. Und sie brauchte jemanden.

Es war nur eine Frage der Zeit, bis Albert heiraten – Gott behüte, nicht Eugénie Danglars! – und für immer sein Elternhaus verlassen würde.

Seit ihrer Rückkehr aus Marseille hatte sie nur wenige Nächte daheim verbracht und somit Fernand keine Gelegenheit gegeben, seine ehelichen Rechte einzufordern. Er wagte sich nicht zu beschweren, dass sie Hausfeste besuchte oder bei ihrer Freundin Amélie, der Comtesse Roleaux, übernachtete, aus Angst, Mercédès würde ihn sonst wieder verlassen. Doch es gab keine Gewissheit darüber, was käme, wäre Albert erst einmal fort, und Mercédès konnte Amélies Gastfreundschaft nicht länger ausnutzen.

Als sie ihre Entscheidung getroffen hatte, klingelte Mercédès nach Charlotte. Die Tür zu ihrem Ankleidezimmer ging auf, und ihre Zofe kam herein. «Heute Abend werde ich die dunkelrote Robe tragen. Und das Tageskleid aus Moiré in Gold, um Monsieur le Comte zu begrüßen.»

Charlotte war schnell und tüchtig, half der Comtesse

beim Ankleiden und frisierte ihr das Haar auf angemessen aufwendige Weise, um mit einem gefeierten Grafen zusammenzutreffen. Folglich war es nach ein Uhr am Nachmittag, als Mercédès aus ihren Gemächern trat und feststellte, dass ihr Gatte bereits nach unten gegangen war, um den Grafen von Monte Christo zu begrüßen.

Mit einem warmen, dankbaren Lächeln fest im Gesicht verankert und in dem Wissen, besonders vornehm auszusehen, kam Mercédès gesetzten Schrittes die lange, geschwungene Treppe hinunter, die ins Erdgeschoss ihres Zuhauses führte. Zweifellos hatte Albert den Grafen in den Salon der Familie gebeten, nachdem sie das Frühstück beendet hatten – ja, sie konnte die männlichen Stimmen aus jenem Raum hören.

Nicht willens, das Gespräch zu unterbrechen, sah Mercédès davon ab, sich durch den ersten Diener ankündigen oder vorstellen zu lassen, und wie sich zeigte, tat sie durchaus recht daran. Leise öffnete sie die Tür, trat ein und hörte auch gleich ihren Mann, der in warmen Worten von seinen soldatischen Erfahrungen im griechischen Unabhängigkeitskrieg gegen die Türken sprach und insbesondere von der Schlacht bei Navarino – bei welcher Gelegenheit er zu seinem Adelstitel gekommen war.

Es überraschte sie nicht, dass Fernand diesen Gesprächsgegenstand gewählt hatte. Er wollte sich offensichtlich dem Grafen als ebenbürtig präsentieren, indem er den eigenen Aufstieg in den Adelsstand mitsamt allen blumig ausgeschmückten, dramatischen Einzelheiten seines Anteils am Sturz des Herrschers Ali Pascha beschrieb.

Mercédès trat in die kleine Nische – eher ein Vorzimmer zum Salon – und schloss leise die Tür hinter sich. Sie sah ihren großgewachsenen und gutaussehenden Sohn am

Kaminsims stehen. Er würde sie als Erster sehen, denn er stand der Tür zugewandt. Und Fernand befand sich, eine Hand auf der Rückenlehne eines Sessels ruhend, dem Grafen gegenüber.

Der Graf von Monte Christo war selbst ein großgewachsener Mann und stand so nah bei den deckenhohen Fenstern, dass sein Körper halb im Schatten lag. Soweit sie es sehen konnte, trug er gutgeschnittene Kleider, hatte dunkles Haar und eine stolze Haltung, während er sich mit ihrem Gatten und ihrem Sohn unterhielt. Seine Stimme war geschmeidig und gut ausgebildet. Sein Akzent war kaum hörbar, als er seinem Gastgeber in untadeligem Französisch antwortete.

Eben als Mercédès im Begriff war, den Raum zu betreten, auf den Grafen zuzueilen und ihm überschwänglich für das Geschenk zu danken, das er ihr gemacht hatte, bewegte sich der Mann. Er verlagerte das Gewicht, und sein Gesicht tauchte aus dem Schatten auf.

Die Welt blieb stehen; alles erstarrte. Ihr Herz. Ihre Atmung. Ihre Züge. Alle Empfindung schwand aus ihrem Körper und ließ sie kalt und schwindlig zurück. Der Raum neigte sich zur Seite, fiel dann zu einem punktförmigen Bild zusammen … dann zerplatzte es und zerstob. Ließ nur ihn zurück.

Edmond.

Dann dehnte sich ihr Blickwinkel schlagartig aus, und Mercédès fühlte ihr Herz derart heftig in der Brust hämmern, dass alle gehört haben mussten, wie es durch ihren ganzen Leib dröhnte. Ihre Lunge hatte sich zusammengezogen; sie konnte weder atmen noch schlucken … die Welt trübte sich an den Rändern ein und hellte sich dann wieder auf, als würde ihr ein ungeheures Licht ins Gesicht gleißen.

Es war Edmond.

Aber ... das konnte nicht sein.

Aber ...

Sie muss irgendein Geräusch oder eine Bewegung gemacht haben, die ihr Sohn bemerkt hatte, denn Albert rief aus: «*Maman!* Endlich lernst du meinen lieben Freund kennen, den Grafen von Monte Christo.»

Schon machte er große Schritte quer durch den Raum auf sie zu, als wolle er sie beim Arm nehmen und dem Gast vorstellen. Aber Mercédès nahm es kaum wahr, hatte wieder zu atmen begonnen, ihr Herz war wieder in einen ruhigeren Takt gefallen – wenn auch einen ruppigen, holprigen. Ihr Magen fühlte sich an, als purzelte er gerade einen Berg hinunter. Ihre Finger lagen vorn auf ihren weiten Röcken und zitterten.

Sie warf Fernand einen Blick zu, der sie merkwürdig ansah. Sein Gesicht barg keinerlei Anzeichen des Wiedererkennens. Vielleicht täuschte sie sich. Vielleicht war es nur die Entfernung, der plötzliche Wechsel im Antlitz des Mannes vom Dunklen ins Helle.

«*Maman*, fehlt dir etwas?», flüsterte Albert, den Rücken geschickt den anderen Männern zugekehrt, um seine Frage vor ihnen zu verbergen.

«Ich ... nein, schon gut. Vielleicht etwas Kopfschmerzen.» Mercédès umfasste Alberts Arm ein wenig fester als üblich und ließ sich von ihm auf den Grafen zuführen, während sie um Fassung rang.

Sie musste sich getäuscht haben.

«Eure Exzellenz, Sie verzeihen mir hoffentlich, dass ich so frei bin, Ihnen meine Mutter vorzustellen», sagte Albert. «*Maman*, dies ist mein Freund und Retter, Seine Exzellenz, der Graf von Monte Christo.»

«Madame la Comtesse», sagte der Graf und machte bereits eine tiefe, formgerechte Verbeugung, während sie vor ihm standen. «Es ist mir eine große Freude, Sie endlich kennenzulernen.»

Als er das Gesicht hob, schaute Mercédès zum ersten Mal geradewegs hinein. Es war wie ein Schlag in die Magengrube.

Er sah gut aus … sehr gut … dabei aber beunruhigend, mit hohen, wie gemeißelten Wangenknochen, breiten, beweglichen Lippen und einem kantigen Kiefer. Sein dunkles Haar von der Farbe von Walnussschalen war dicht und streng über der hohen Stirn zurückgebürstet. Ein wenig Weiß zog sich an seinen Schläfen durch das Haar und durch seine gestutzten Koteletten. Kaffeebraune, von dunklen Wimpern gesäumte Augen betrachteten sie mit unpersönlichem Wohlwollen und ließen weiter nichts vermuten. Keinerlei Spur eines Erkennens oder gar der Verwirrung.

Seine Schultern in einem tiefbraunen Morgenjackett spannten sich breiter und kräftiger als bei dem jungen Mann von neunzehn Jahren in ihrer Erinnerung, und die Manschetten seines weißen Hemds ließen schlanke, gebräunte Gelenke und Knöpfe aus Smaragd sehen. Er trug eine große Onyxnadel in der Mitte seines granatroten Halstuchs, um die Seide zu befestigen. Eine edle Weste in den Farben Schwarz, Braun und Elfenbein vervollständigte seine stilvolle Garderobe, die eines Mannes von größter gesellschaftlicher Distanz zu einem einfachen Seemann wie Edmond Dantès.

«… habe von Ihrem Sohn nur die schmeichelhaftesten Dinge über Sie gehört», sprach er liebenswürdig.

Mercédès riss sich zusammen, setzte die glatte Maske auf, die sie seit Jahren getragen hatte, um die Wahrheit über ihre Ehe und den brennenden Hass auf ihren Mann zu verbergen, und lächelte ihn an. Nichts in seinen Augen deutete darauf hin, dass er sie erkannte … Gewiss hatte sie sich doch nicht so sehr verändert.

Verstellte er sich? Oder erkannte er sie wirklich nicht?

Oder irrte sie sich? Hatte sie Edmond so lange begehrt und vermisst, dass sie verrückt wurde und Dinge sah, die es nicht gab? Immerhin wies nichts an Fernand darauf hin, dass er ihn kannte.

«Eure Exzellenz sind zu freundlich,», erwiderte sie. War das wirklich ihre sanfte, anmutige Stimme? Wie konnte das sein, wo sie sich in solchem Aufruhr befand? «Dabei bin ich es, die sich Ihnen voll Dankbarkeit zu Füßen werfen muss.»

Für den Augenblick ließen ihre Verwirrung und Bestürzung nach, um durch überwältigende Dankbarkeit ersetzt zu werden. Wer immer er sein, was immer er von ihr wissen oder nicht wissen mochte, er hatte etwas getan, wofür Mercédès ihn niemals entschädigen könnte. «Ich kann Ihnen gar nicht genug dafür danken», sagte sie mit heißen Tränen in den Augenwinkeln, «was Sie für meinen Sohn getan haben, Eure Exzellenz. Mit Sicherheit haben Sie ihm das Leben gerettet. Und falls es irgendetwas gibt, was der Comte de Morcerf oder ich für Sie tun kann … so müssen Sie es nur sagen.» Die Stimme brach ihr zum Schluss ein wenig, wurde heiser vor Gefühl.

Wieder machte er eine schwungvolle Verbeugung, aber nicht, ehe sie ein unruhiges Etwas in seinen Augen aufblitzen sah. «Wahrlich, Madame, es war mir ein Vergnügen, für einen so wertvollen und erfreulichen jungen Mann einzutreten. Ich betrachtete ihn als meinen engen Freund, und für einen Freund würde ich alles tun. Sie haben einen prächtigen Sohn, Sie und der Comte.» Als er das Gesicht hob, war seine Miene verbindlich … aber sie meinte, einen kalten Beiklang in seiner Stimme zu hören.

Lieber Gott, Edmond!

Er musste es sein. Und hier war sie … hier war sie, seit gut zwanzig Jahren verheiratet mit Fernand, und mit einem Sohn. Einem Sohn, der nicht der Edmonds war, wie sie geplant, sich erträumt und erhofft hatte … sondern Sohn eines Vaters, der so kalt und grausam wie die See war. Ein Mann, der durch sanftes Werben und falsches Mitgefühl erfolgreich sein wahres Selbst vor ihr verborgen hatte, als sie um eben jenen Mann trauerte, der nun vor ihr stand.

Der reiche, mächtige und hochgeschätzte Graf von Monte Christo. Wieder schwankte der Raum.

«*Maman*», sagte Albert und ergriff ihren Ellbogen, «würdest du dich gern setzen?» Er sah sie besorgt an, und wieder bekam Mercédès sich in den Griff.

«Ich glaube bald, es sind die Rosen», sagte sie und nickte zu den großen Vasen mit Tuberosen, die ihren aufdringlichen Geruch im Salon verbreiteten. Als Vorwand taugte es durchaus, denn sie waren auf sechs Gefäße überall im Raum verteilt. «Ihr Duft lässt die Luft doch recht schwül werden.»

«Nun, ich muss gehen», warf Fernand ein und verneigte sich vor dem Grafen. «Ich hatte vor, um zwei in der Abgeordnetensitzung zu sein, und es ist schon fast halb. Sie müssen uns recht bald erlauben, Ihnen unsere Gastfreundschaft zu erweisen, Monte Christo.»

Der Graf verneigte sich seinerseits. «Unbedingt, ich wäre entzückt. Und auch über die Ihres Sohnes, denn er hat mir angeboten, mich mit den Reizen Ihrer wunderschönen Stadt bekannt zu machen. Und welch schönere Belohnung könnte man sich erbitten als die, durch eine solche Weltstadt von einem ihrer eigenen Söhne geführt zu werden?»

«Selbstverständlich. Aber wir werden auch eine Abendgesellschaft für Sie geben und Sie all unseren Freunden vorstellen», fuhr Fernand großmütig fort. «Dann wird man Sie überall empfangen.»

«Das wäre äußerst liebenswürdig. Und ich freue mich darauf, die Gefälligkeit in meinem eigenen Haus zu erwidern.»

Hier unterbrach Albert. «Der Graf hat ein Wohnhaus auf den Champs-Élysées gemietet», sagte er. «Und soeben auch noch ein Anwesen am Stadtrand von Paris gekauft, in Auteuil.»

Mercédès hörte kaum etwas von der Unterhaltung. Sie fühlte sie wieder taub, da die Wirklichkeit auf sie herabsank. Sie musste ihn sprechen. Allein.

Aber wie?

Sie konnte ja schlecht ihren Sohn fortschicken, und er wäre auch nicht so grob, seinen Gast nur einen Augenblick allein zu lassen.

Vielleicht bekäme sie die Gelegenheit, wenn nach seiner Kutsche gerufen wurde.

Als sie die Entscheidung gefällt hatte, lächelte Mercédès Albert zu. «Mein Sohn, ich muss mich jetzt entschuldigen ... Ich glaube wohl, die ungemäße Wärme und zu viel der süßlichen Rosen haben mich ermüdet.» In der Hoffnung, ihr Sohn werde nicht merken, dass solche Empfindlichkeit gar nicht zu ihr passe, wandte sie sich dem Grafen zu und rüstete sich, unverfänglich herzlich zu bleiben. «Eure Exzellenz, ich muss Ihnen noch einmal dafür danken, was Sie für uns getan haben ... und heiße Sie meinerseits in unserer schönen Stadt willkommen. Ich hoffe, Sie werden Ihren Aufenthalt hier genießen, und sollten Sie irgendetwas benötigen, zögern Sie bitte nicht, sich an uns zu wenden.»

«Es war mir ein Vergnügen, Sie kennenzulernen, Madame», sagte er mit einer erneuten Verbeugung.

Mercédès senkte den Kopf und machte kehrt, um den Raum zu verlassen. Sie hörte Albert, wie er sich anbot, den Grafen gleich sofort in Paris herumzuführen, und dann Monte Christos Bitte, dies ausschlagen zu dürfen, da er sich um die Etablierung seines neuen Haushalts kümmern müsse. «Denn ich bin erst heute Morgen in Paris eingetroffen», sagte er, und seine Worte wurden abgeschnitten, als Mercédès die Tür zum Salon schloss.

Sie tauchte in einen weiteren Raum ab – den Wintergarten –, schloss die Tür hinter sich und sank, endlich allein, dagegen. Heftig zitternd, die Augen tränenfeucht und der Körper von einer merkwürdigen, verzerrenden Empfindung geschlagen, lehnte Mercédès am klammen Holz der Tür.

Es war unmöglich.

Unmöglich in so vieler Hinsicht, dass sie nicht einmal ansatzweise alles begriff.

Schwach vernahm sie wenige Augenblicke später männliche Stimmen im Flur und das Öffnen und Schließen von Türen. Dienstboten machten die Runde, und sie hörte Albert etwas erläutern, das sie nicht verstand.

«Keine Sorge», sagte der Graf, und seine Worte drangen so klar durch die Tür, als stehe er gleich davor. Durchaus wahrscheinlich, da dieser Raum zwischen dem Salon und der Eingangshalle lag. «Sie haben schon nach meiner Kutsche gerufen. Sie wird jeden Augenblick hier sein. Bitte kümmern Sie sich um die Mitteilung, und ich werde aufbrechen, sobald das Gefährt zur Stelle ist.»

«Sie sind zu liebenswürdig, Exzellenz», sagte Albert. «Ich werde Sie dann morgen aufsuchen.»

«Jawohl. Und danke, dass Sie mich Ihren Eltern vorgestellt haben.»

Mercédès wartete einen Augenblick lang und konnte ihr Glück kaum fassen. Als sie sicher war, dass Albert gegangen und die einzigen Geräusche hinter der Tür die des Grafen von Monte Christo waren, holte sie tief Luft und öffnete.

Er stand, den Rücken leicht in ihre Richtung gebeugt, aufrecht da, und zum ersten Mal fiel ihr der Gehstock mit Stahlknauf auf. In derselben Hand hielt er einen hohen dunklen Hut; mit der anderen sah er auf eine Taschenuhr, die an einer Kette hing, nach der Zeit.

Er blickte auf, als sie herauskam und er die Bewegung wahrnahm, und ihrer beider Augenpaare trafen sich.

«Edmond», sagte Mercédès mit nicht mehr als einem Flüstern. Sie tat einen Schritt mit ausgestreckter Hand auf ihn zu. «Bist das wirklich du?»

Er hob eine Braue und legte den Kopf in einer Weise hochmütig schräg, die er im Salon nicht gezeigt hatte. «Verzeihen Sie, Madame?» Seine Stimme hatte etwas Spöttelndes an sich.

Sie stutzte für einen Augenblick, langte aber nach seinem Handgelenk, wollte ihn berühren, die Finger darum schließen. «Edmond, kennst du mich nicht?»

Da war ein Moment, einen Herzschlag lang, in dem sie die sichere Wärme seiner Haut spürte und das schwache Beben darunter. Und dann zog er seinen Arm zurück – nicht mit einer plötzlichen Bewegung, als sei er überrumpelt worden, sondern vorbedacht, demütigend, als wäre es ihm kaum den Aufwand wert. «Madame, fühlen Sie sich nicht ganz wohl?» Seine Stimme war schneidend und kalt, sein Blick leer und dunkel.

Er log.

Es musste so sein.

Mercédès hätte es noch einmal versucht, aber gleich neben ihnen öffnete sich die Vordertür, und der Pferdepfleger steckte den Kopf hindurch und machte seinen Diener. «Ihre Kutsche, Exzellenz», sagte er und trat beiseite, um auf die am Ende des Fußwegs wartende Karosse zu deuten.

Monte Christo setzte den Hut auf und warf einen weiteren kühlen Blick auf Mercédès. Es war, als wäre sein Gesicht aus Stein gemeißelt. «Mit Ihrer Erlaubnis, Madame», sagte er, schwenkte seinen Gehstock und trat zur Tür hinaus.

Sie eilte ihm nach, kam ihm nah genug, um nur für sein Ohr hörbar zu sagen: «Ich weiß, dass du es bist, Edmond. Ich weiß es.»

Doch die Tür schloss sich vor ihren Worten, und sie blieb allein zurück und starrte darauf, während ihr wieder vor Schreck schauderte.

FÜNFTES KAPITEL

Das Bad

Später am selben Tag
Paris

Haydée zog sich an jenem Morgen in ihre prächtige Zimmerflucht zurück, nachdem der Graf von Monte Christo längst seinen Wohnsitz verlassen hatte. Das Experiment im Badezimmer war nicht ganz so ausgegangen, wie sie beabsichtigt hatte, aber wenigstens war etwas passiert. Endlich hatte sie einen nackten Mann angefasst, und das war so herrlich und erregend gewesen, wie sie erwartet hatte.

Natürlich war der kleine Kitzler zwischen ihren Beinen noch immer geschwollen und am Pochen und triezte sie nun, da sie allein in ihren Räumen war. Haydée wusste, wie man das Unbehagen mildern konnte, würde es aber vorziehen, täten die schnellen Finger eines anderen die Arbeit.

Na dann. Vielleicht sollte sie sich ein eigenes Bad bereiten lassen.

Sie betrachtete sich vor ihrem Toilettentisch im großen Spiegel und schmunzelte verschlagen. Ihre vollen Lippen hoben sich nur ein klein wenig an den Mundwinkeln, ihre dunklen, fremdländischen Augen funkelten, und ihr Haar – lang, dunkel und glatt – hing ihr als makellose Schleppe über die Schultern und kräuselte sich nur leicht in den Spitzen.

Ihre Brüste ... Sie ließ den weichen Umhang von ihren glatten, olivenfarbenen Schultern gleiten, damit sie ihren nackten Oberkörper sehen konnte. Hoch ansetzend und lieblich, nicht zu groß und nicht zu klein ... wie konnte er ihr widerstehen? Sie wusste, dass sie schön war. Sie hatte gesehen, wie seine Augen ihr folgten, wenn er glaubte, dass sie nicht hinschaute.

Wäre er doch bloß nicht so verdammt ehrbar.

Das Bad.

Sie würde ja sehen, wie verflixt ehrbar er nun wäre!

Sie zog sich den Umhang wieder über die Schultern und zupfte ihn zurecht, dass er genau richtig zu liegen kam, um bei der kleinsten Bewegung abzurutschen und eben genügend aufzuklaffen ... eben genügend, um nach einem Zufall auszusehen.

«Mahti», rief sie und klopfte herrisch an der Tür zu ihrem äußeren Gemach. Als ihre Dienerin hereinkam, sagte Haydée: «Ich werde jetzt baden. Sag Galya, dass ich auch ihren Beistand benötige», fügte sie mit einem Lächeln hinzu. Die andere wusste, was das bedeutete, lief rot an vor Freude und eilte, um ihren Auftrag zu versehen.

Nachdem Mahti die breiten französischen Türen zum nächsten Raum, dem Badezimmer, geöffnet hatte, läutete Haydée nach einem weiteren der Hausdiener. Als er eintraf, gab sie ihm ihre Anweisungen.

Und dann lehnte sie sich in ihrem Sessel zurück, um abzuwarten.

Sie lauschte dem Plätschern von Wasser im Nachbarraum – wie bequem doch Rohrleitungen im Haus waren! Der Duft von Jasminöl wehte vom Bad herein, und sie hörte Mahti und Galya ihre Kleider und weitere Ausstattung zusammensammeln. Von ihrem Sitzplatz aus konnte sie Paris sich jenseits des kleinen Balkons, auf den sie kaum einen Fuß gesetzt hatte, erstrecken sehen, aber am Ausblick lag ihr auch nicht so sehr wie an ihrer Unterbringung.

Seine Exzellenz war unbegreiflich großzügig zu ihr, einer Sklavin, die von seinem Geld und seiner Barmherzigkeit vor einem grausigen Dasein in der Gewalt der Feinde ihres Vaters gerettet worden war. Oft glaubte sie, er müsse einen heimlichen Grund dafür haben, sie mitreisen und ihm dienen zu lassen, irgendeinen Antrieb, sie so sehr wie die Prinzessin zu behandeln, die sie war.

Gleich welche Ursache es war, sie bestand jedenfalls nicht darin, sich das Bett von ihr wärmen zu lassen.

Sie war nur zwölf Jahre alt gewesen, als er sie bei einem Privatverkauf erwarb – am Vorabend ihrer Versteigerung auf einem öffentlichen Marktplatz – und vor unsäglicher Demütigung bewahrte. Haydée konnte sich nicht vorstellen, wie viel Geld er für sie bezahlt hatte, aber es musste eine außerordentliche Summe gewesen sein, eingedenk dessen, dass sie die Tochter von Ali Pascha war. Während der sechs Jahre, die sie zusammen gewesen waren, hatte er sie eher wie einen Schatz denn wie eine Sklavin behandelt.

Nun sanken ihre Mundwinkel hinab. Heute hatte sie ihm alles angeboten, und er hatte es ausgeschlagen … zum Teil. Enttäuschend, ja, das war es gewesen. Verwirrend auch. Immerhin hatte sie seinen sündhaft heißen und dicken Schwanz in Händen gehalten … und es war offensichtlich gewesen, dass er so etwas nötig hatte.

Und sie ebenso.

Ein einzelnes lautes Klopfen ertönte an ihrer Tür. Haydée setzte sich auf und rief: «Herein.»

Die Tür öffnete sich, und Ali trat ein, groß, breit und stolz. Schon der Anblick seiner breiten Schultern unter der blendend weißen Tunika und der großen schwarzen, goldbereiften Hände ließ ihr den Mund trocken werden.

Er blieb bei der Tür stehen, verbeugte sich aber vor ihr wie vor einer Königin. Sein kahler Kopf war glatt und schimmerte wie eine Murmel aus Onyx, und seine vollen, weichen Lippen waren in einem höflich verhaltenen Lächeln erstarrt. Seine stets nackten Füße, geschmückt mit einem Goldring um einen mittleren Zeh und dickeren Bändern rings um seine Knöchel, ähnelten poliertem Ebenholz.

Ali sprach nicht, aber Haydée hatte gelernt, seine Zeichensprache so rasch zu lesen, als täte er es doch. *Du hast nach mir gerufen?*

Ah. Die Unverschämtheit war da – in seinen Augen, schon in der Art, wie ihr diese kräftigen Hände Zeichen gaben. Haydée schenkte ihm einen hochmütigen Blick. «Ja, allerdings, Ali. Ich finde die Ordnung in diesen Räumen nicht nach meinem Geschmack. Vielleicht wärst du so gut, die Möbel umzustellen.»

Natürlich. Jene vollen Lippen strafften sich kaum merklich und sandten einen schmerzhaften Stich geradewegs hinunter in den kleinen Kitzler, der noch immer zwischen ihren Beinen pochte, sie derb in ihrer Mitte zwirbelte.

Er drückte die Worte mit den Händen aus, aber die Dienstbarkeit schlug sich nicht in seinen Augen nieder. Sie waren bar jeden Ausdrucks, und Haydée, die träge den Arm hob und auf das Bett wies, verlagerte sich so, dass der Umhang aufklaffte, und beobachtete aufmerksam sein Mienenspiel.

Ja. Ah ja, da war es.

Tief im Inneren lächelte sie und ließ zu, dass ihr Wissen ein Kribbeln im Bauch hervorrief. Und du hast noch gar nichts gesehen, dachte sie. «Da. Das Bett … in dem Winkel steht es zu dicht am Fenster und in der Morgensonne. Ich werde nicht so lange schlafen können, wie ich es wünsche, wenn es dort bleibt.»

Wohin hättest du es gern, Herrin? Seine letzte Geste, die für «Herrin», war ein knappes, gebieterisches Fuchteln.

«Vielleicht … dahin.» Sie zeigte auf die Wand gegenüber dem Bett. Gegenwärtig stand dort ihr mit Parfumflaschen, edelsteinbesetzten Kämmen und anderem fraulichen Zierrat übersäter Toilettentisch. Damit wäre er eine ganze Weile beschäftigt. Außerdem bot jene Wand den besten Blick auf den angrenzenden Raum, in dem ihr Bad beinahe fertig eingelassen war.

Bestens.

Und wie gerufen erschienen eben in diesem Moment Mahti und Galya in der Tür zwischen den beiden Räumen.

«Entschuldige, Ali. Wie es scheint, ist mein Bad bereitet.» Sie spürte seine Augen auf sich, als sie an ihm vorbei in das innere Gemach glitt und sich dabei den Umhang von den Schultern rutschen ließ. Sie fühlte das Sengen seiner Augen auf der nackten Haut, während sie davonging.

Langsam. Mit wiegenden Hüften.

Als sie in die Wanne stieg, die längs des Durchgangs zum Schlafgemach aufgestellt war, sah sie, wie Ali sich anschickte, die französischen Türen zwischen ihnen beiden zu schließen.

«Nein, lass sie auf», sagte sie und fühlte, wie ihre Brüste reizvoll hüpften, als sie sich ihm zuwandte und auf dem Wannenrand abstützte. «Wie soll ich dir sonst Anweisungen geben?»

Während er sich ruckartig abwandte, versank Haydée in der Wanne, schloss die Augen und schäumte über vor Befriedigung. Das dampfende Wasser hüllte sie ein, und der süße Anflug von Jasmin erfüllte mit jeder Bewegung ihrer Hände die Luft. Sie legte den Kopf auf den Wannenrand, sodass ihr langes Haar außen herabhing und auf dem Fußboden hinter ihr zu liegen kam.

Mahti hob die schweren Strähnen auf, wickelte sie auf, steckte sie ihr dann am Kopf fest und ließ Haydée einen Augenblick lang entspannen. Aus dem Nachbarzimmer hörte sie das leise Klirren von Flaschen, die Ali vom Toilettentisch räumte, und malte sich aus, wie diese massigen Hände derart weibliche und zarte Nippessachen umschlossen.

Als Seine Exzellenz sie tropfend und unbefriedigt aus seinem Bad geschickt und ihr aufgetragen hatte, Ali kommen zu lassen, war Haydée verärgert und enttäuscht gewesen. Doch es war ihr gelungen, ihre Gefühle zu verbergen, als sie, nur in ein weiches Handtuch gewickelt, Gesicht und Körper gerötet, warm und von einem Summen erfüllt, an den Riesen herantrat.

Du warst also erfolgreich, hatte er ihr bedeutet, als er sie dort stehen sah und wusste, woher sie gekommen war. Sein ansehnliches Antlitz mit dem eckig gestutzten Bärtchen unter der üppigen Unterlippe war versteinert gewesen … Haydée war sich aber sicher, dass ein Funken Rührung in diesen schwarzen Augen gelegen hatte.

«Seine Exzellenz wünscht dich bei sich», hatte sie ihm mitgeteilt und eine stolze Miene aufgesetzt, obwohl sie unter dem weißen Handtuch völlig nackt und schutzlos war.

Ali wandte sich zum Gehen, hielt aber inne und sah wieder zu ihr, um sie langsam von Kopf bis Fuß zu mustern. *Nicht wahr?*

Haydée bot ein träges, dunkles Lächeln auf, das dazu

gedacht war, ihre Verwirrung ob des Umstands, noch immer ein Jungfernhäutchen zu haben, zu verbergen und Ali zu verunsichern. «Unser Herr ist nicht länger bedürftig … wobei ich dasselbe für mich nicht sagen kann.»

Und dann drehte sie sich mit Herzklopfen und trockenem Mund um und stürzte davon.

Und fühlte seinen starren Blick sich in ihren Rücken bohren so wie auch gerade eben noch, als sie vor ihm ins Bad gegangen war.

Nun, die Augen noch immer geschlossen, während sie das himmlische Gefühl von Galyas Fußmassage genoss, lächelte Haydée, aber ihre Miene war von schmerzlicher Ohnmacht gezeichnet. Hätte ihr doch Monte Christo nur die verflixte Jungfräulichkeit genommen, dann könnte sie tun, wonach ihr war. Aber er besaß sie und somit ihr Jungfernhäutchen, das erhalten bleiben musste, bis er beschlösse, es zu zertrennen … oder sie zu verkaufen.

Oder sie freizulassen.

Er hatte davon gesprochen, sie bald freizulassen, und diesen Tag sehnte sie sich ebenso herbei, wie sie ihn fürchtete. Es war also das Beste, nicht daran zu denken und sich vielmehr der unmittelbar anstehenden Angelegenheit zu widmen.

Das Klirren der Flaschen hatte aufgehört, und Haydée vernahm nun ein dumpfes Scharren, als der Toilettentisch verrückt wurde. Sie öffnete die Augen, nickte den Dienerinnen zu und ging in der Wanne auf die Knie.

Wasser floss ihren Körper hinunter, strömte zwischen ihre Brüste und rings um ihre sich vorstülpenden Nippel, und einen Augenblick lang wünschte sie, Ali aufgetragen zu haben, den Toilettenspiegel in diesen Raum zu schaffen. Sie wollte sehen, was er sehen würde.

Aber sie konnte sich den Anblick vorstellen, der seine Augen willkommen hieße, würde er durch die Tür schauen. Und schauen würde er, dafür würde sie schon sorgen.

Während Mahti mit den Fingern um die Nippel ihrer Herrin tänzelte und sie sanft und erregend zwischen den Knöcheln walkte, fühlte Haydée die kleinen Hände Galyas ihre Flanken hinuntergleiten und mit der glitschigen Seife die Wölbung ihrer Hüften nachfahren, um zwischen die geöffneten Beine der Herrin zu schlüpfen. Das Wasser wallte mit jeder Bewegung über ihre empfindsame Haut wie im Rhythmus der Gezeiten, der sich anfühlte wie jener, in den ihre Hüften verfallen wollten, und ließ sie abwechselnd warm und kalt, nass und trocken sein.

Haydée seufzte, als das langgezogene, sinnliche Streicheln über die Innenseiten ihrer Schenkel Gänsehaut auslöste und das unablässige Ziehen und Kneifen an ihren Nippeln die Lust in ihrem Bauch immer stärker werden ließ. Sie dachte an Ali gleich hinter der Wand, jenseits des Türrahmens, und an seine massigen schwarzen Schultern und kräftigen schwarzen Hände, malte ihn sich hier anstelle ihrer beiden kleinen Zofen aus, und der Knoten in ihrem Bauch glühte heißer. Sie wollte seinen Namen rufen … wollte ihn hier bei sich haben … dass seine prallen Lippen an ihr lutschten, seine Zunge sich zwischen ihre Schamlippen schlängelte, sein schwerer Schwanz in ihren Händen tobte.

Ihr Kitzler drängte bei dem Gedanken vor, und auf einmal kippte Haydée in den Orgasmus hinüber – schnell und heftig. Unerwartet.

Sie konnte das leise, langgezogene Aufstöhnen nicht an sich halten, als ihr Körper unter den fähigen Händen ihrer Zofen erschauerte, ihre Nässe sich mit dem Wasser vermengte. Dann schlüpften Galyas kleine Finger von hinten durch die Falten ihrer Scham, während Mahti herumkam, um einen der Nippel ihrer Herrin in den Mund zu nehmen, und das lustvolle Schaudern verlängerte sich.

Haydée schlug die Augen auf, als die Lippen einen anhaltenden, geschmeidigen Sog, langsam und tief, rings um ihren Nippel erzeugten und das wollüstige Ziehen sich mit dem trägen Pulsieren zwischen ihren Beinen deckte. Sie schaute hinunter und sah den Scheitel von Mahtis dunklem Kopf, das Haar hoch aufgetürmt, die Wangen von kraftvollem Nuckeln eingefallen, und darunter eine Ahnung kleiner, verlockend hüpfender Brüste. Und dann sah sie die Rundung von Galyas gerader kleiner Wirbelsäule gebückt vor sich, da Galya sich in den Fächer aus sahnigen Hüften und runden, prallen Pobacken schwang, der sich zu einem aufreizenden V spreizte. Sie blickte mit fragenden Augen zu ihrer Herrin auf, und Haydée gab nickend ihre Erlaubnis … und offenbarte ihr Begehren. Dieser kleine Sieg war nur der Anfang.

Galya glitt zu ihr in die Wanne, schob die kräftigen Beine unter die ihrer Herrin, deren Schenkel sich öffneten, als Haydée sich auf Gaylas Schoß niederließ und ihre Scham vor deren Nabel rückte. Nun spreizten sich Haydées Beine weit auseinander und hingen über den Wannenrand, wurden ihre Pobacken auf Gaylas Schoß emporgewuchtet und hoben sich ihre Hüften und die Wölbung ihres Schambeins wie eine glatte, warme Insel aus dem Wasser. Haydée sah nach der Türöffnung und nicht mehr als ein flüchtiges weißes Flattern an ihrem Rand und die Ecke dessen, was ihr Bett sein musste, während Ali es an seinen Platz schob.

Und ihr aus dem Weg zu gehen versuchte.

Haydée kräuselte die Lippen. Jeder andere Mann würde den drei Frauen zuschauen.

Als Gayla sich zur Scham ihrer Herrin bückte und mit kräftigen Händen ihre Hüften anhob, stöhnte Haydée laut und vorsätzlich. Sie behielt die Augen mit den halbgeschlossenen Lidern auf die Türöffnung geheftet, während Gaylas Zunge flink und zielsicher über ihre kleine Perle schnalzte, sie bearbeitete und neckte und die Lust wieder in die Tiefen hineintrieb.

Sie fühlte, wie sie sich aus dem Wasser hob, die weiche Haut in ihren Kniekehlen sich auf den Wannenrand presste, als sie die Hüften anhob, näher an Galyas forschende Zunge stieß, den festen Griff der Zofenfinger im Fleisch ihrer Hinterbacken spürte. Haydée rückte in ruhelosem, verlangendem Takt vor und zurück, die Augen fest auf der Türöffnung, alles Wollen darauf gerichtet, dass er zurückkomme.

Um sie zu sehen.

Um zu sehen, was sie wollte.

Mahti lutschte auf Knien neben der Wanne, die freie Hand eine Nackenstütze für ihre Herrin, an deren Nippel sie saugte. Leise Lustlaute kamen aus der Tiefe ihrer Kehle hervor. Haydée fühlte, wie ihr Körper sich wieder straffte, ihr Geschlecht prall anschwoll, geneckt und gerieben von einer kleine feuchten Zunge, der Wannenrand schmerzhaft in ihre Beine einschneidend, das Ziehen und Loslassen an ihrem Nippel passend zum Ziehen und Loslassen an ihrem Kitzler.

Und dann sah sie ihn. Auf einmal war er da, er stand in der Tür. Sah zu.

So groß, so kahl und schwarz und nüchtern. Das Gesicht ungerührt, die Augen ein glutvolles Starren, die Hände schlaff an den Flanken. Er sah zu, und seine Lippen bildeten einen Spalt, seine Nüstern waren gebläht, seine Brust hob und senkte sich unter der weißen Tunika.

Sie sah ihn an. Ihr Blick nahm es mit seinem auf und hielt ihm stand. Die Lust steigerte sich nun rascher, wurde heftiger und durchdringender, und sie ließ es ihn sehen. Ließ ihn sehen, was sie haben wollte, was sie geben würde.

Ihre Dienerinnen spürten die Veränderung, das Drängen, und ihre Zungen bewegten sich schneller, heftiger, tiefer, feuchter. Haydée machte den Mund auf, zog sich hoch, dachte an ihn, und dann kam es – die wogende Dünung, der harte Wellenschlag der Entladung, das Schaudern, das Beben der Verzückung.

Als sie die Augen öffnete, war das Badewasser kalt und Ali fort.

Haydée wurde von einem harten Klopfen an ihrer Tür aus einem ruhelosen Dämmerschlaf auf ihrem jüngst umgerückten Bett geweckt. Ruckartig setzte sie sich auf, strich sich das Haar aus dem Gesicht und bat: «Herein.»

Es war Bertuccio. «Mademoiselle Haydée, Seine Exzellenz ist zurück. Sie … Ich glaube, Sie sollten vielleicht zu ihm gehen.» Der kleine Italiener schien die Hände zu ringen.

Zu ihm gehen? Haydée schwang die Füße vom Bett. Sie trug einen lockeren, fließenden Seidenkaftan in blassem Blaugrün und das Haar zu einem einfachen Zopf geflochten. «Ist er krank?»

«Nein … Ich glaube nicht, dass es eine Krankheit ist. Er wirkt … unruhig. Bitte. Jacopo ist nicht hier, und außer ihm und Ali scheinen Sie die Einzige zu sein, die er –»

«Ali? Wo ist Ali?» Ihr stockte das Herz.

«Er ist sich um einige Angelegenheiten wegen des Hauses in Auteuil kümmern gegangen. Mademoiselle Haydée, ich denke, Seine Exzellenz würde Ihre zarte Gegenwart begrüßen.»

Haydée fühlte einen Hauch Wärme im Gesicht. Nur heute Morgen war es gewesen, da sie sich Monte Christo in seinem Bad zugesellt hatte; glaubte denn der gesamte Haushalt auf einmal, ihr Leib sei die Antwort auf jedwede Unpässlichkeit des Grafen?

Andererseits wäre es einer weitere Gelegenheit, ihre lästige Jungfräulichkeit loszuwerden, und somit fügte sie sich.

Bertuccio drängte sie, sich nicht mit Umziehen aufzuhalten, und folglich suchte sie, wie sie war, die Gemächer des Grafen auf. Natürlich würde es einerlei sein, da sie ohnehin bald nur mehr den Saphir in ihrem Bauchnabel trüge. Dazu war sie fest entschlossen.

«Herein», grollte seine Stimme, als sie an die Tür klopfte.

Haydée öffnete, trat ein und fand Monte Christo in einem Sessel vor. Von seinem Zimmer aus blickte er auf Paris. Er wirkte starr wie ein Standbild und sah sich nicht einmal danach um, wer eintreten wollte. Seine vorstehende Nase zeichnete sich kräftig und gerade ab, seine Lippen waren zu einem Strich gepresst, seine Augen wanderten über den Reichtum sahnefarbener Architektur unter den Fenstern, der gelb in der Nachmittagssonne strahlte. Kräftiges dunkles Haar lockte sich rings um seine Ohren und streifte eben noch seinen hohen Kragen, der aufgeknöpft war, wenngleich er weiterhin sein Morgenjackett trug. Eine langfingrige Hand krümmte sich um den Knauf der Armlehne seines Sessels, und seine Füße standen regungslos auf dem Fußboden.

«Unruhig» war kein Wort, mit dem sie den Mann vor sich beschrieben hätte.

Was hatte Bertuccio gemeint?

«War Ihr Besuch angenehm?», fragte Haydée und nahm sich ein dickes purpurnes Kissen vom Diwan. Sie legte es neben seinen Füßen auf den Boden genau in seine Blickrichtung, sollte er nach rechts unten zu schauen gedenken. Während sie noch die Quasten des Kissens auslegte, ließ sie sich darauf nieder und hob den Kopf, um zu ihm aufzusehen.

Zum ersten Mal sah sie den Ausdruck in seinem Gesicht, und nun verstand sie, weshalb Bertuccio sie gerufen hatte. Seine Miene war wie Granit, nur kälter. Düster, schroff und starr. Leer.

Beängstigend.

Es blieb lange still. Sehr lange.

Gerade wollte sie Luft holen und eine Frage stellen oder etwas Freundliches und Heiteres sagen, als er sprach.

«Heute habe ich mich mit dem Mann unterhalten, der deinen Vater getötet hat. Der ihn kaltblütig ermordete, nachdem er sein Vertrauen gewann.»

Haydée erstarrte. Sie war im Begriff gewesen, eine Hand über seine Wade zu legen, sie unter seinem Hosenbein hochzuschieben und die warme, haarige Haut dort zu streicheln. Aber sie unterließ es.

«Wer ist es?», gelang es ihr zu fragen, und ihr Herz schlug wie verrückt.

«Der Comte de Morcerf», war die Antwort. «Du wirst ihn eines Tages kennenlernen. Vielleicht auch Albert, seinen Sohn. Aber du darfst nicht» – seine Stimme wurde schneidend wie ein Peitschenhieb, obwohl er sich noch immer nicht von der Aussicht nach draußen abgewandt hatte –

«preisgeben, gleich in welcher Form, dass du die Tochter Ali Paschas bist. Ihnen gegenüber nicht, und auch niemandem sonst in Paris. Bis die Zeit kommt, da ich es erlaube.»

Haydées Bauch zog sich tief im Inneren zusammen, als sie sich der Nacht in den Höhlen erinnerte, in denen sie und ihre Mutter sich sicher wähnten … und dass ihr Vater freigelassen worden sei von jenen, die ihn während seiner Verbannung gefangen genommen hatten. Und dann das Kreischen, Rufen, Schreien, als er und seine Männer abgeschlachtet wurden.

Nachdem sie ihr Wort gegeben hatten und ihnen Sicherheit und Treue zugesagt worden war.

Morcerf. Das also war sein Name. Der Mann, der ihren Vater umgebracht und auf ehrloseste Art verraten hatte.

Ihr wurde schlecht, und sie rätselte, wie sie jemals ihren Ekel und ihre Wut verbergen könnte, träfe sie ihn. «Ich werde ihn selbst töten», murmelte sie, und ihre Finger schlossen sich, als hielten sie das Messer für die Tat.

«Rache muss langsam, wohlbedacht und angemessen sein», sagte Monte Christo leise, und sie war überrascht, dass er sie gehört hatte. «Und sie wird es sein, Haydée. Sie wird. Erfolgt sie rasch, ist sie zu schnell vorüber, und der Mann wird nie erfahren, was – du erlitten hast. Erleiden wirst.»

Sie blickte zu ihm auf, aber sein Gesicht war noch immer wie aus Marmor.

«Die Sünden der Väter werden auf ihre Söhne zurückfallen», sagte er nach einer weiteren langen Pause. «Denn die bösen Neigungen im Vater werden an den Sohn weitergegeben, so wie auch Güte und Heldentum des Vaters auf den Sohn übergehen.»

Wieder senkte sich Schweigen herab. Haydée blieb reglos und sah zu, wie ihre Finger sich in die dichten Wollschlaufen des Teppichs unter ihr verkrampften und das Muster aus sattem Rot und blassem Gold zerdrückten.

«Ihnen allen», murmelte er, als hätte er laut gedacht. «Langes und tiefes Leid.» Seine Stimme wurde etwas lauter und klarer. «Und es soll aus ihren eigenen Taten erwachsen.»

Sie wollte «Wer?» fragen, aber etwas hielt sie zurück, und sie betrachtete weiter den Wirbel im Teppichmuster gleich neben dem weichen Leder seiner Schuhe.

«Sie ebenso», flüsterte er, kaum dass seine Lippen sich bewegten. «Sie vor allen. Bei Gott.»

Das Gift in seiner Stimme sandte ein Frösteln von Haydées Kopfhaut ihr Rückgrat hinunter, und Unbehagen sammelte sich in ihrem Bauch. Sie wusste, dass er Trost brauchte – dachte sie jedenfalls … aber nicht, wie sie es anstellen sollte. Er war so entrückt und schroff. Beängstigend. Sie streifte sein Bein und spürte dort ein schwaches Beben seiner Muskeln, als zügele er irgendeine große Wut.

«Haydée», sagte er plötzlich und ließ sie aufschrecken.

Ihr Herz klopfte, sie sah zu ihm auf, schaute in ausdruckslose, versteinerte Augen. Ihre Finger begannen zu zittern, und auf einmal fürchtete sie sich vor ihm wie nie zuvor. «Ja, Eure Exzellenz», brachte sie mit gleichmütiger Stimme heraus.

«Du bist ein Schatz für mich», sagte er.

Sie nickte, und ein riesiger Kloß bildete sich in ihrer Kehle.

«Ich wünsche keine Wiederholung der Geschehnisse während meines Bades heute früh.»

Nein! «Aber, Eure Exzellenz, ich wünsche Ihnen zu dienen … in jeder Weise zu dienen», rief sie händeringend.

Denn wenn ihr Herr ihr nicht die Jungfernschaft nehmen würde, wer dann? Nicht Ali, verflucht sei er! Das hatte er ziemlich deutlich gemacht.

«Und das hast du getan. Aber ich wünsche keine solchen Dienste von dir. Meine Sklavin bist du nur dem Namen nach, und das wird eines Tages korrigiert werden.»

«Aber … bitte.»

«Hier in Paris gibt es viele junge, gutaussehende Männer – zweifellos wirst du ihnen begegnen und vielleicht auch einem für die Liebe» – dieses letzte Wort kam mit einer Bitterkeit heraus, die es von den anderen abhob – «so du es willst. Mit meinem Segen. Aber ich –» Er unterbrach sich.

Ein Anflug von etwas Ähnlichem wie Güte machte seine Züge weicher. «Da ist ein liebenswürdiger junger Mann von gutem Wesen – das schlagende Beispiel dafür, dass das Böse das Böse zeugt und das Gute seinesgleichen. Sein Vater war einer der drei besten Männer, die ich gekannt habe, und er, Maximilien Morrel, ist ein nicht minder edler Mensch. Einen Helden nennen sie ihn all der Leben wegen, die er gerettet hat.»

Monte Christos Überlegungen waren verständlich, doch Haydée begehrte auf. Sie wollte diesen gesichtslosen Maximilien Morrel nicht. Sie wollte Ali.

Und der wollte auch sie. Er nahm sie bloß nicht.

Aber der Graf tat das auch nicht.

Nicht weit von den Champs-Élysées und sehr nahe bei den Tuilerien befand sich das großartige Anwesen von Monsieur Villefort. Ein derartiger Wohnsitz war auch mehr als angemessen, denn der Kronanwalt war ein ungeheuer mächtiger, hoch angesehener Mann in der Stadt und das schon, seit er von einer weniger hohen Stellung in Marseille Stufe für Stufe bis hierher in die Hauptstadt aufgestiegen war.

Hinter dem stattlichen Haus lag ein riesiger Garten mit Eichen, Ahornbäumen, Buchsbaumhecken, Salbei, Lavendel, Rosenstöcken, Fliederstauden und Lilien. Gepflasterte Gehwege und schmiedeeiserne Bänke kennzeichneten und teilten das Gelände auf. Stets wurden seine Schönheit und Vielfalt in den Monaten vom Frühling über den Sommer bis in den Herbst gepriesen, wenn die Villeforts einluden und ihre Gäste aus dem Gebäude in den sattgrünen Garten strömten. Was sich zwischen den Büschen, hinter den Spalieren und auf – oder unter – den Bänken zutrug, blieb am besten der Phantasie überlassen, aber so viel sei gesagt: Der Garten war ein beliebter Ort.

Vielleicht eine Woche nach einem Abendessen mit dem Grafen von Monte Christo im Heim von Albert de Morcerf näherte sich Maximilien Morrel im hintersten Teil des Gartens einer Steinmauer, in die hinter einer Gruppe Apfelbäume und Fliederbüsche ein kleines Tor eingelassen war. Es war kaum breit genug, dass zwei Männer Seite an Seite hätten hindurchgehen können, und aus schmalen Eisenbändern gefertigt, die sich wie Stoffstreifen überkreuzten und kleine rhombenförmige Lücken von der ungefähren Größe einer Kinderfaust freiließen.

Das Tor war mit einer schweren Kette verschlossen wie immer, aber Morrel hatte nicht erwartet, es offen zu finden. Er hatte jedoch erwartet, auf der anderen Seite die liebreizende Gestalt von Valentine Villefort auf einer kleinen Bank sitzen zu sehen, und er wurde nicht enttäuscht.

Sie hatte nicht gehört, wie er sich näherte, und daher betrachtete er sie einfach für eine kurze Weile … betrachtete schlicht ihre Schönheit. Ihr Profil war dem Tor zugewandt, sodass sie das Haus und den Kieselweg, auf dem sie gekommen war, im Blick hatte, um vor irgendjemandes Nahen gewarnt zu sein. Niemand konnte sie vom Haus aus sehen, aber es war nicht ratsam, ein Wagnis einzugehen.

Ihr Gesicht zu sehen, verschlug ihm den Atem. Honigfarbenes Haar wallte in einer sanften Frühlingsbrise, die den Duft von Flieder brachte, ihr die rosig knospenden Lippen kitzelte und tintenschwarze Wimpern umtänzelte. Ihr herzförmiges Antlitz mit seinem kleinen spitzen Kinn und dem spitzen Haaransatz war Morrel abgewandt, aber er kannte jede Einzelheit und gab sich damit zufrieden, ihre kecke kleine Nase und ihren schlanken Hals zu betrachten.

Er krümmte die Finger in den rhombenförmigen Löchern des Tors, das ganz sachte knarrte. Valentine fuhr herum, und ihr Gesicht strahlte sofort vor Freude.

Morrel verliebte sich noch einmal gänzlich neu, was ziemlich schwierig war, da er sie nun schon seit Monaten verehrte.

«Maximilien», sagte sie mit ihrer lieblichen Stimme, leise und vorsichtig, «Ich fürchtete schon, du würdest heute nicht kommen.»

«Ich würde nie eins unserer Treffen versäumen, Valentine», antwortete er ihr. «Du musst wissen, dass ich für sie lebe. Du siehst heute wunderschön aus.»

Ein Hauch Rosa färbte ihre Wangen, während sie den Kopf senkte. «Das sagst du immer.»

«Du bist es immer, aber mehr noch heute. Sag mir, wie geht es dir? Wie geht es deinem Großvater?»

«Mir geht es gut, und *grandpère* auch. Ich werde dir gleich noch berichten, was er getan hat … aber zuerst, Maximilien, erzähl mir von dir. Wie ist es dir ergangen?»

«Natürlich habe ich dich vermisst. Wie immer.» Seine Finger schoben sich durch ein weiter unten gelegenes Loch im Tor, und zu seinem Entzücken verlagerte sie sich, um sie berühren zu können. Wärme breitete sich überall in seinem Körper aus – ein angenehmer Schreck –, und er streichelte zärtlich die Unterseiten ihrer Finger und genoss das Gefühl ihrer Haut. «Und was es zu erzählen gibt … nun, ich habe den gefeierten Grafen von Monte Christo kennengelernt.»

«Hast du? Ich ebenso. Er kam zu uns ins Haus, um Papa zu besuchen, nachdem Papa ihn besucht hat. Es gab da einen Zwischenfall mit zwei Wildpferden – sie gehörten den Danglars –, die beinahe mit meiner Stiefmutter Héloise durchgegangen wären. Irgendwie war der Kammerdiener des Grafen imstande, diese Wildpferde aufzuhalten und Héloise und ihren Sohn zu retten, gleich vor dem Haus des Grafen. Natürlich hat Papa ihm einen Dankbesuch abgestattet. Und der Graf hat die Geste erwidert.»

«Er ist ein wunderbarer Mensch, nicht wahr?», fragte Maximilien inbrünstig. «Ich hatte mehrmals das Vergnügen, mit ihm zu Abend zu essen, und bei anderer Gelegenheit sind wir gemeinsam in der Stadt umhergeritten.»

Valentine zögerte, er spürte es in ihren Fingern. «Er hat mich eingeschüchtert, Maximilien. Nicht dass er Furcht einflößend oder grob gewesen wäre – nein, er war in jeder Hinsicht ein Inbegriff von Anstand und Höflichkeit, aber er hatte diesen kalten Ausdruck im Gesicht. Eine Eindringlichkeit, die mich beunruhigte.»

Maximilien festigte seinen Griff um ihre Fingerspitzen. «So ist er nicht zu mir. Er ist warm und freundlich, und ich habe ihn sehr gern. Ich würde ihn zu meinen engsten Freunden zählen, und wäre ich je in Schwierigkeiten, würde ich ihn um Hilfe angehen. Tatsächlich hat er sie mir angeboten.» Er rührte sich, um durch die Löcher im Tor spähen und ihren Blick einfangen zu können. «Ich habe erwogen, ihn wegen unserer Lage um Rat zu bitten.»

Valentines Augen wurden groß, und ihre Lippen bebten in einem weichen Lächeln. «Dann würdest du ihm gar zutrauen, dass er uns helfen könnte, einen Weg zu suchen, zusammen zu sein?»

«Wenn irgendwer helfen könnte, dann wäre es der Graf. Da bin ich mir sicher. Er ist ungemein scharfsinnig und ungeheuer reich und erledigt alles mit solcher Leichtigkeit und Geschicklichkeit. Der Mann hat unglaubliche Macht, die zu einem guten Teil seiner Selbstsicherheit entspringt, glaube ich. Er schert sich nicht darum, was andere von ihm denken, und so bleibt ihnen nichts übrig, als ihn zu bewundern. Er könnte einen Weg finden, um uns zu helfen.»

Jetzt sah er Valentines Lider mit den kräftigen dunklen Wimpern sinken, um ihre himmelblauen Augen zu bedecken. «Vielleicht könnten wir seinen Beistand gebrauchen.»

Maximiliens Brust schnürte sich zusammen, und er scharrte mit der anderen Hand am Tor, wollte sie berühren, konnte aber nicht. Seine Finger stießen hindurch, so weit es irgend ging, und streiften die raue Spitze, die die Rückseite ihres Kleides schmückte. «Was ist denn?»

«Papa wünscht, dass ich Franz d'Epinay heirate, den Freund deines Bekannten Albert de Morcerf. Er besteht darauf.»

Das Band um seine Brust zog sich noch fester. «Nein, Valentine!»

«Aber *grandpère* Noirtier, der mich bekanntlich über alles lieb hat, weiß, dass ich diese Ehe nicht will. Er ist zwar alt und gebrechlich, hat aber größere Macht als mein Vater. Und er hat seine Anwälte gerufen und mich enterben lassen, wodurch mir eine viel kleinere Mitgift bleiben wird. Ich glaube, er möchte mich reizlos für d'Epinay machen, damit der das Verlöbnis widerruft.»

«Aber … dein *grandpère* kann sich weder bewegen noch sprechen. Wie konnte er da seine Wünsche kundtun?»

Valentine, von der Maximilien wusste, dass sie ihren *grandpère* beinahe so sehr liebte wie ihn, lächelte ihren verhinderten Liebhaber an. «Aber *grandpère* kann mit den Augen sprechen, Liebster. Er zwinkert einmal für Ja und zweimal für Nein, und auf die Weise können wir uns bestens verständigen.» Ihr Lächeln schwand. «Aber mein Papa beharrt trotzdem darauf, dass ich Monsieur d'Epinay heirate, und wenn es auch meine Mitgift sehr reduziert hat, dass *grandpère* mich enterbt hat, wird es Monsieur nicht unbedingt von einem Verlöbnis mit mir abhalten.»

Maximilien fühlte sich sehr erleichtert. «Es ist also noch nicht zum Vertrag, zu einer förmlichen Übereinkunft gekommen. Das ist gut. Warten wir ab und sehen, was kommt, und in der Zwischenzeit werde ich einen Weg suchen, damit wir zusammen sein können. Du weißt, ich liebe dich mehr als das Leben selbst, Valentine.»

Ungeachtet des Gartenpfads, der sich hinter ihr erstreckte, hatte sie sich ihm gänzlich zugewandt und hakte die eigenen Finger durch zwei andere rhombenförmige Löcher. Er tupfte ihr einen Kuss auf die zarten Knöchel und ließ ihm Küsschen auf jede Fingerspitze folgen.

«Wie gern ich dich doch berühren würde, Liebste», sagte er, legte die Stirn ans Tor und drückte die Augen auf die Lücken im Eisengeflecht. Ein schmales Band drückte seine Nase ein, und er war nahe genug, um die feinen Härchen am Rand ihrer Schläfen zu sehen, die mit kräftigeren, dunkleren, honiggelben Strähnen verschmolzen.

Sie legte ihren Kopf an das Tor, um ihm Auge in Auge gegenüberzustehen, war aber so weit entfernt, dass er Teile ihres Gesichts scharf sehen konnte: rosafarbene Lippen, eine glatte weiße Stirn, zwei strahlend blaue Augen, ihre Kinnspitze, die Welle blonden Haars oberhalb der Schläfen.

«Und ich dich», murmelte sie.

Er senkte den Kopf, wandte den Blick von ihren Augen ab, kam dafür aber ihren Fingern näher, die sich immer noch durch die Lücken krümmten. Statt sie bloß zu küssen, nahm er einen davon zärtlich in den Mund. Valentines leises Aufkeuchen ließ ihm ein brennendes Verlangen in den Leib fahren, und Maximilien schloss die Augen, während er ihren Finger tief in den Mund nahm. Natürlich schmeckte sie süß, es war ja Valentine.

Abwechselnd nahm er jeden Finger in den Mund und schob sie sachte und langsam vor und zurück. Ihre Finger streckten, entspannten sich, erschlafften. Über dem Geschnatter eines nahen Eichhörnchens hörte er ihren anschwellenden Atem. Durch geschicktes Anwinkeln konnte er ihren Zeigefinger im Mund behalten und doch durch die kleinen Öffnungen im Tor sehen, dass ihre Lider hinabgesunken und die Lippen leicht geöffnet waren. Ihre Wangen hatten sich rosig eingefärbt, und nach einer weiteren Verlagerung konnte er auch ihre Brust sich heben und senken sehen. Und seine vollen Lippen lutschten und rieben, und seine Zunge schlüpfte um ihre erneut bebenden Finger, über die empfindliche Hautfalte dazwischen. Seine Zähne knabberten zart an den Kuppen, klackten leise auf ihre Nägel, während sich sein Verlangen nach ihr zu einem unerbittlichen Hämmern steigerte und seine Hände sich im Tor verkrampften.

Zuletzt wich er zurück, bäumte sein Schwanz sich gegen das Gefängnis seiner Hose auf, ging sein Atem schneller als erlaubt.

«Valentine», seufzte er. Seine Stirn stieß sich leicht an den Eisenbändern, die ihm in die Handflächen schnitten.

«Maximilien», seufzte sie im Gegenzug. Die Finger ihrer beiden Hände – ein Satz feucht, einer trocken – bohrten sich durch die Öffnungen, wie um ihn zu packen. Er konnte nicht anders. Er rieb das Gesicht daran und fühlte die Schönheit ihrer Fingerspitzen über einen kleinen Teil seiner Wange fahren. Die einzige Stelle, die sie berühren konnte.

«Wann werde ich dich küssen können, Valentine?», fragte er und wusste, dass seine Stimme schwer von Qual und Begehren war. «Dich berühren?»

«Oh, Maximilien», sagte sie, und dann sah er ihren Mund auf einer der Öffnungen. «Küss mich jetzt. Bitte.»

Sie musste den Vorschlag nicht wiederholen. Er schmiegte sich derart rasch an das Tor, dass es in seinen Scharnieren krachte und die Ketten klirrten. Maximilien drückte sich daran empor und sie ebenfalls … und sie berührten einander stückweise, wo sich Teile ihrer beider Körper hindurchpressten. Seine Finger berührten ihre Oberarme, wanderten dann an eine andere Lücke und streiften ihre Taille und die unmöglich weiten Röcke dort. Ihre Hände stießen durch die Löcher – fast waren sie klein genug, um die ganze Faust hindurchzuzwängen. Und darunter … lugten ihre kleinen Schuhe unter der Kante des Tors hervor und schoben sich zwischen seine beiden.

Er setzte seine Lippen auf ihre, gerahmt von der rhombenförmigen Öffnung, und schob sie so weit vor, wie er konnte. Die scharfe Kante der Eisenbänder grub sich in das Fleisch rings um seinen Mund, doch der leichte Schmerz wurde von Valentine fortgewischt.

Ihre Lippen waren hinreißend weich und genauso lecker, wie er es sich vorgestellt hatte. Anfangs tat er nicht mehr, als seinen Mund auf ihren zu drücken, aber das genügte nicht. Nie würde das genügen. Er drückte fester zu, hörte wieder das Klirren der Ketten ums Tor und spürte, wie sich ihr Mund einen Spalt weit öffnete. Maximilien ließ seine Zunge hineinschlüpfen und zwängte die Finger zu beiden Seiten durch die Öffnungen, so weit es ging, mühte sich ab, ihre Wangen zu berühren und ihr Gesicht näher heranzuziehen.

Sie nahm die Lippen weiter auseinander, und ihrer beider Zungen schlüpften und glitten umeinander, während das eiserne Gitter verhinderte, dass sie tief und gründlich vorstießen. Ihre Haut war seidenweich, und es gelang ihm sogar für einen Augenblick, eine ihrer Haarlocken einzufangen und sie zwischen den Fingern zu drehen.

Schließlich zog sich Maximilien zurück, und sein Schwanz wütete zwischen ihm und dem willkommenen Druck des Tors. Er atmete schwer, und Valentines Keuchen kam dem gleich.

«Bald, mein Liebster», sagte sie. «Oh, bald, Maximilien …»

«Keinem anderen werde ich erlauben, dich zu haben», versprach er. «Warte auf mich.»

«Ja … ja, ich liebe dich.»

«Ich liebe dich, Valentine.»

«In zwei Tagen», sagte sie. «Lass uns in zwei Tagen wieder treffen.»

«Nur der Tod könnte mich fernhalten», gelobte er. Er gestattete sich einen letzten Vorstoß seiner Finger durch das Tor, um ihren Mund und ihre Wange zu streifen, und ging davon.

SECHSTES KAPITEL

Die Weintrauben

Zwei Wochen später
Paris

«Der Graf von Monte Christo», verkündete François, erster Diener der Morcerfs.

Mercédès blickte zu dem großgewachsenen, vornehm gekleideten Mann empor, der soeben über die Schwelle ihres Hauses geschritten war und nun im Eingang zum Salon stand, in dem sich die Abendgäste vollständig versammelt hatten.

Der Graf war als Letzter eingetroffen und gab mit seinen breiten Schultern und seiner aufrechten Haltung eine bemerkenswerte Erscheinung ab. Zwar war er nicht der Größte unter den Anwesenden, doch seine Gegenwart schien ihn umso eindrucksvoller zu machen.

«Guten Abend, Eure Exzellenz», sagte Mercédès, als er sich näherte. Sie hob ihre behandschuhte Hand und sah ihm fest ins Auge – in vertraute Augen. O Gott, sie waren ihr so vertraut … und doch kühl und leer. Höflich.

«Und auch Ihnen, Madame», erwiderte er, hob ihre Hand an seine Lippen und drückte ihr einen bedachtsamen Kuss auf. Sie spürte ihn durch den Handschuh. «Sie sehen unglaublich gut aus.»

Und dann sah sie das leiseste Aufflackern von … etwas … während sein Blick auf ihr ruhte, den er dann scheinbar schweifen ließ, um gleich neben ihr auf Fernand zu fallen.

Natürlich hatte sich Mercédès für diesen Anlass mit ihrer erlesensten und schmeichelhaftesten Garderobe geschmückt und sichergestellt, dass Charlottes Handfertigkeiten noch untadeliger als üblich ausgefallen waren. Es lag zwei Wochen zurück, dass Edmond – Monte Christo – ihr Haus besucht hatte, und nun sah sie ihn zum ersten Mal wieder. Durch Albert hatte sie von ihm und seinen Unternehmungen gehört, aber es hatte sich seither keine Gelegenheit ergeben, dass ihre Pfade sich erneut gekreuzt hätten.

Nachdem er ihr Haus verlassen hatte, war sich Mercédès zunächst unschlüssig gewesen, was sie tun sollte: wie sich verhalten, was denken und fühlen, wie vorgehen. Dies war der Mann, den sie liebte – den sie nie aufgehört hatte, zu lieben und zu betrauern. Und hier war er plötzlich, nach vierundzwanzig Jahren. Mit einem anderen Namen und kalten, leeren Augen.

Er hatte das Leben ihres Sohnes gerettet.

Hatte er gewusst, dass Albert der Sohn seiner Geliebten war?

Warum gab er vor, sie nicht zu kennen? – Kannte er sie wirklich nicht? Wie könnte er nicht, wo sie ihn doch sofort wiedererkannt hatte?

Vielleicht ein Gedächtnisverlust, redete sie sich ein. Vielleicht wusste er ja wirklich nicht, dass sie es war.

Und vielleicht war das auch gut so. Denn was könnte sie schon tun?

Sie war verheiratet – wenngleich unglücklich. Sie hatte

einen Sohn, ein Heim, ein Leben. Sie könnte nicht so mit Edmond zusammen sein, wie sie es gewollt hatte. Auf die Weise, wie sie versprochen und beabsichtigt hatte.

Würde sie es überhaupt wollen?

Ah. Da gab es keinerlei Zweifel. Natürlich würde sie. Sie hatte nie aufgehört, ihn zu lieben.

Sie wandte sich um und blickte in den Salon, wo Albert sich soeben Monte Christos angenommen hatte und ihm ein Getränk anbot. Ja, es gab keinen Zweifel, an wem ihr Herz noch immer hing. Es pochte laut in ihrer Brust unter der zitronengelben Robe. Es brach ihr, als sie jenes ausgeprägte Profil betrachtete, jenes gutgeschnittene, vertraute – und doch unvertraute. Der Schmerz in ihrer Brust war greifbar, ein wirklicher Krampf, als wären Herz und Lunge eingeschnürt.

Edmond.

Endlich zurück, und doch so weit entfernt.

«Mercédès.»

Das leise Murmeln, der sanfte Zug an ihrem Ellbogen, holte sie wieder in die Gegenwart zurück. In die Falle und das Rätsel, aus denen ihr Leben bestand. Es war natürlich Georges, stets zugegen und nun an ihrem Ellbogen.

Mercédès schob ihren Schmerz und ihre Verwirrung beiseite und sah ihn an, lehnte sich zerstreut an seinen Arm, den er ihr anbot, erfreute sich der Stütze. Weiß Gott brauchte sie diese dringend. «Guten Abend, Georges», sagte sie und zwang sich, den Blick von der Gestalt abzuwenden, die ihre Aufmerksamkeit beherrschte.

Er lächelte ihr zu, die Augen sanft wie die des Welpen, den Albert als kleiner Junge aufgezogen hatte. «Du siehst hinreißend aus heute Abend», sagte er mit leiser Stimme. «Ich glaube, so schön hab ich dich noch nie gesehen, Mercédès. Mir war, als füllte sich mein Herz zum Bersten, als ich dich sah.»

Er war aufrichtig, und welche Frau wäre nicht von solchen Worten erregt – selbst wenn sie von einem ehrlichen, offenen Mann wie ihm stammten. Mercédès lächelte ihn an und kehrte sich entschieden von der großgewachsenen, dunklen Person im Salon ab. «Möchtest du vielleicht heute Abend mein Tischnachbar sein?», fragte sie. «Ich habe es bereits so vorgesehen», log sie im Wissen, die Sitzordnung ändern zu müssen, ehe sie das Speisezimmer betreten würden.

Säße sie neben Edmond, würde sie keinen Bissen hinunterbekommen.

Monte Christo schlug höflich das Getränk aus, das Albert ihm anbot, und nutzte stattdessen die Gelegenheit, sich unter die übrigen Gäste im Haus de Morcerf zu mischen. Die Danglars und die Villeforts waren zugegen ebenso wie ein Dutzend andere. Viele von ihnen kannte er von den abendlichen Unternehmungen der vergangenen vierzehn Tage, den Diners, den Theaterbesuchen und dem Ball.

Er war selbst gerade erst von einer Abendgesellschaft zurückgekehrt, die er in seinem neuen Heim in Auteuil gegeben und bei der er die Familie Danglars zusammen mit den Villeforts und mehreren anderen zu Gast gehabt hatte. Sie war sehr erfolgreich verlaufen und hatte keine geringe Unruhe bei der Baronesse Danglars und Monsieur Villefort zur Folge gehabt, die vor vielen Jahren, während dessen erster Ehe, ein geheimes Liebespaar gewesen waren.

Vor zwanzig Jahren waren die Baronesse und Villefort nicht nur ein Liebespaar gewesen, sondern hatten auch noch ein Kind bekommen. Villefort hatte der Baronesse das

Kind abgenommen und bei lebendigem Leib auf dem Grundstück in Auteuil vergraben, was genau der Grund dafür war, dass Monte Christo das Haus erworben und sie unter der Vorspiegelung, von jenen Ereignissen, die sich viele Jahre zuvor zugetragen hatten, nichts zu wissen, zum Abendessen eingeladen hatte.

Das häusliche Fest war nur der erste Teil seines Racheplans gewesen, und falls die Beinahe-Ohnmacht der Baronesse Danglars und Monsieur Villeforts blasses, abgehärmtes Gesicht den Abend über etwas bedeuteten, so war alles gut verlaufen.

«Monte Christo, möchten Sie nicht gern einmal diesen erlesenen Cognac kosten?», fragte Morcerf, der plötzlich an seiner Seite auftauchte. Aufgeplustert von seiner Wichtigkeit als Gastgeber, bot er ein geschliffenes Kristallglas mit bernsteinfarbenem Branntwein an.

Monte Christo verneigte sich und erwiderte: «Nein, vielen Dank. Ich habe augenblicklich keinen Durst. Was für ein wunderschönes Heim Sie haben», fügte er leutselig hinzu. «Und eine ganz reizende Familie.» Absichtlich ließ er seinen Blick hinüber zu Mercédès schweifen, die soeben den Raum am Ellbogen eines eleganten jungen Mannes betreten hatte.

Sie sah fabelhaft aus heute Abend. Kaum wiederzuerkennen als die einfache Landfrau, von der er fortgerissen worden war – *fortgerissen* wegen dieses Mannes neben ihm, der ihn zu bedienen und sich bei ihm beliebt zu machen versuchte, und wegen zwei weiterer Männer in eben diesem Raum! Vor so vielen Jahren. Sie war anmutig, auf eine schöne Art gealtert: Ihre Haut war noch immer glatt und faltenfrei, hatte immer noch dieselbe satte Tönung ihres katalanischen Erbes. Ihm waren keine der weißen oder grauen Haare aufgefallen, die sich so hell von derart üppigem dunklem Haar absetzen würden, das auf eine verschlungene Art hochgesteckt war, die ihm nach stundenlangem Aufwand aussah.

Ihr Haar war mit Goldperlen aus der Südsee und seltenen gelben Diamanten geschmückt, die Monte Christo bewunderte, denn er war ein Kenner von Edelsteinen und Schmuck und besaß selbst viel davon. Eine dicke, glänzende Locke fiel über eine glatte Schulter auf ihren geschwellten Busen. Ihre Taille war eingeschnürt, nicht so stark wie bei Haydée in solch einer Robe, aber deutlich genug, und darunter bauschten sich aberwitzig weite Röcke in sommerlichem Hellgelb, verziert mit einem Band aus frühlingsgrüner Spitze.

Sie war reif, schön und vornehm.

Wie von Monte Christo beabsichtigt, bemerkte Morcerf, dass sein Blick auf Mercédès gerichtet war. «In der Tat. Mercédès ist schon immer eine wunderschöne Frau gewesen.»

«Sie sind ein glücklicher Mann», antwortete Monte Christo vorsichtig und nahm wahr, dass seine Finger zu fest geschlossen waren. Er löste sie bedachtsam, einen nach dem anderen. «Und dieser junge Mann bei ihr?», fragte er und wusste doch genau, dass es Georges war, der Graf von Salieux. Er wusste alles, was es über den Mann zu wissen gab, der das Bett mit Mercédès geteilt hatte. Er wusste alles über alle … bis auf die Einzelheiten des Ehelebens der Morcerfs.

An solchen Auskünften war ihm nicht gelegen gewesen.

«Das ist Salieux», erwiderte Morcerf beiläufig.

In Monte Christos Augen genoss der fragliche junge Mann eine Nähe, die er, wäre er der Ehemann, inakzeptabel gefunden hätte. Und doch schien Morcerf nicht im mindesten beunruhigt zu sein.

Monte Christo beschloss nachzuhaken. «Ein Vetter, nehme ich an?», fragte er, ließ die eigene Stimme beiläufig klingen und riss seine Aufmerksamkeit von Mercédès los, während sie den Raum durchquerte.

Dennoch wusste er, wann sie lächelte und ihren einen, liebenswert schiefen Zahn entblößte, während sie immer wieder stehenblieb und mit jedem der Gäste im Raum ein paar Worte wechselte. Sie lachten mit ihr über etwas, was sie sagte. Sie beugte sich zu einem anderen Grüppchen vor, und wieder hellte sich ihr Gesicht auf. Sie streifte jemandes Arm wie zum Trost. Ihre Augen schimmerten und funkelten, während sie sprach, ihre Hände gestikulierten anmutig.

Monte Christo zwang sich, seine Aufmerksamkeit Morcerf zuzuwenden.

«Nein, keineswegs ein Vetter», sagte der Mann und bleckte etwas gelbliche Zähne unter einem graumelierten Schnauzbart. «Ein Bekannter von Mercédès.»

Monte Christo hob die Brauen. «Mehr als ein Bekannter, würde ich fast meinen.»

Morcerf warf ihm einen Blick zu. «Mercédès ist meine Frau, Eure Exzellenz. Sie tut nichts ohne meine Erlaubnis.»

Wohlan. Monte Christo stellte sich die flüchtige Frage, ob das einen Besuch auf der Insel Monte Christo einschloss. Aber er setzte die Unterhaltung fort, denn es gab etwas, das ihn reizte. «Wie weit reicht Ihre Freizügigkeit?», murmelte er.

Morcerf sah ihn mit Berechnung an, aber nicht mit Überraschung. Nein, frei von Überraschung oder Entrüstung. «Sie sind Alberts Freund. Und Retter.»

Monte Christo verneigte zur Bestätigung den Kopf, schwieg aber. Sein Puls schlug sprunghaft, denn diese Entwicklung kam völlig unerwartet.

Und sie war ziemlich vorteilhaft für einen Mann in seiner Stellung.

«Und wir sind Ihnen einiges schuldig», fügte Morcerf bedeutungsvoll an.

Doch ehe die Unterhaltung fortgesetzt werden konnte, hörten sie ein angenehmes Läuten. Einer der Diener schritt durch den Salon und schlug eine kleine goldene Glocke, um das unmittelbar bevorstehende Diner anzukündigen. Die Gäste betraten bereits nacheinander das Speisezimmer.

Mit schneidiger Verbeugung entzog sich Monte Christo der Gesellschaft seines Gastgebers und war erfreut über die Richtung, die ihr Gespräch genommen hatte.

Die Mahlzeit sollte recht aufschlussreich sein, denn es war Monte Christos Gewohnheit, Speisen oder Getränke in den Häusern seiner Feinde auszuschlagen.

Mercédès vermied sorgfältig, ihre Aufmerksamkeit dem dunkelhaarigen Mann zu widmen, der in ihre Blickrichtung zu geraten schien, wohin sie auch schaute. Sie war erleichtert, bei Tisch und auch sonst den ganzen Abend über die vollendete Gastgeberin spielen zu können und somit beschäftigt zu sein. Dem Innenminister sei Dank war ihre Aufgabe heute Abend eine recht leichte, denn er hatte erst am Morgen in der Nationalversammlung verkündet, dass die sterblichen Überreste Kaiser Napoléons im Dezember endlich in seine Stadt überführt werden würden.

Folglich konnte sie vernünftige Gespräche führen – denn die Einzelheiten wurden andauernd wiederholt – und einen Teil ihres Augenmerks auf den fetten, liederlichen

Baron Danglars richten, der Edmond beinahe so gut gekannt hatte wie Mercédès selbst. Immerhin waren sie gemeinsam auf der *Pharaon* gesegelt, lange bevor sich Danglars an großem Reichtum und üppigem Essen gemästet hatte. Sie achtete bei ihm auf irgendein Zeichen des Wiedererkennens und bemerkte keines. Vielmehr schien sich Danglars bei Monte Christo einschmeicheln zu wollen. Offenbar war er damit recht erfolgreich, wenn das breite Lächeln und die leutseligen Reaktionen, die er vom Grafen erhielt, irgendein Hinweis darauf waren.

Weder Fernand noch Danglars erkannten also Edmond. War Mercédès verrückt? Sah sie etwas, das es nicht gab, erzwang etwas, das nicht da war?

Sie warf einen Seitenblick die Tafel hinunter. Nein. Sie täuschte sich nicht.

Zum Glück wurde Mercédès durch eine etwas anrüchige Bemerkung Monsieur Farnaughs abgelenkt, betreffs des Ortes, wohin seiner Meinung nach die Gebeine des Kaisers verbracht werden sollten, und sie antwortete mit einem gutmütigen Tadel, der sowohl Farnaugh wie die Gäste in seiner Nähe zum Kichern brachte. Mercédès war als friedliebende Gastgeberin bekannt, die für Damen wie Herren angemessene Tischgespräche bevorzugte.

Dann wandte sie widerstrebend ihre Aufmerksamkeit Monsieur Villefort zu, der neben Fernand saß. Er war ein munterer Bursche, dessen Körpergröße komischerweise jene des von ihm verachteten Napoléon Bonaparte nur wenig übertraf. Sein bloßer Anblick bereitete ihr leichten Schwindel und Bauchweh.

Villefort war während Napoléons Haft auf Elba als Königstreuer bekannt gewesen, wenngleich später ruchbar wurde, dass sein Vater, Monsieur Noirtier, ein nationalistischer Anhänger des kleinwüchsigen Kaisers gewesen war. Mercédès hatte Villefort nur vom Sehen gekannt, als sie alle noch in Marseille wohnten, bis sie ihn nach Edmonds Einkerkerung aufgesucht und um Auskünfte über ihren Verlobten angefleht hatte. Es war das letzte Mal, dass sie irgendwen um irgendetwas angefleht hatte.

Bis zum heutigen Tage hatte sie gerätselt, ob er überhaupt gewusst hatte, wer Edmond war. Hatte Villefort jemals ein Auge auf den jungen Mann geworfen, den er so leichthin abtat, als Mercédès – und auch Monsieur Morrel – ihn um Auskünfte ersucht hatten?

Falls ja, erkannte er ihn jetzt sicherlich nicht.

Trotz ihrer weitschweifigen Gedanken war Mercédès überrascht, wie schnell das Abendessen beendet war. Die Unterhaltung war vom Leichnam des Kaisers abgekommen und hatte sich dem großen Pontonbecken auf der Seine nahe dem Quai Voltaire zugewandt, dem Piscine Deligny, das endlich zum Baden geöffnet würde. Während sie die geeignete Bekleidung für derartigen Zeitvertreib erörterten, zogen sich die Gäste allmählich aus dem Speisezimmer zurück. Mercédès wollte ihnen folgen, sobald sie den Dienstboten letzte Anweisungen gegeben hätte.

Sie brauchte länger als beabsichtigt, und als sie schließlich bereit war, sich wieder unter die Gäste zu mischen, trat Albert an sie heran.

«*Maman*, ist dir aufgefallen, dass Seine Exzellenz heute Abend keinen Bissen verzehrt hat?»

Es war ihr entgangen, da sie zu beschäftigt damit gewesen war, ihre Aufmerksamkeit von ihm fernzuhalten. «In der Tat, nein», entgegnete Mercédès. Schreck und Scham erfüllten sie, dass ein Gast ihres Hauses – insbesondere Monte Christo – ungesättigt bleiben sollte. «War das Essen nicht nach seinem Geschmack? Gibt es Zutaten, die er nicht verträgt, die ihn krank machen?»

«Er behauptet, das sei nicht der Fall und er einfach nicht hungrig gewesen.» Albert sah sie mit nachdenklicher Miene an. «Es stimmt, wenn ich mit ihm essen war, hat er sehr wenig verzehrt und sogar Einwände erhoben, als er zu mir zum Frühstück kam, weil er schon bei Sonnenaufgang gegessen habe – aber er isst durchaus etwas. Und Epinay zufolge, der bei einem Diner in Monte Christos Haus in Auteuil zugegen war, sprach er dieser Mahlzeit reichlich zu. Aber heute Abend aß er gar nichts. Trank auch weder Wein noch Wasser noch irgendetwas.»

«Ich werde mit ihm reden», sagte Mercédès, der gleichzeitig ein Prickeln über die Schultern lief. Sie würde ihn abpassen und nochmals ansprechen müssen. Unter dem Stoff ihrer Handschuhe wurden ihre Handflächen feucht, als Vorahnung und Besorgnis über sie hinwegrauschten. Dies war ein vollkommen einleuchtender Vorwand. «Weißt du, wo er ist?»

«Als ich mich bei ihm entschuldigte, trat er gerade mit Papa auf die Terrasse und bekundete sein Interesse am Garten. Ich werde dich begleiten, *maman*.»

Der Garten. Ja, das wäre womöglich am besten. «Nein, Albert, ich glaube, ich spreche ihn lieber allein an. Sollte etwas mit dem Essen nicht in Ordnung oder er krank sein, möchte er das bestimmt möglichst wenig Leute wissen lassen.»

Ehe er etwas antworten konnte, rauschte Mercédès an ihm vorbei und bahnte sich ihren Weg durch die in kleinen Gruppen versammelten Gäste, bis sie die mit flache Steinen gepflasterte, von duftendem Lavendel gesäumte Terrasse erreichte, von der zwei verschiedene Fußwege fortführten. Die Sonne war schon vor einiger Zeit untergegangen, und die letzten Ausläufer ihrer wärmenden Strahlen warfen einen purpurrot-indigoblauen Schimmer auf den Garten dahinter. Bald würde es dort vollkommen dunkel sein, bis auf die vereinzelt aufgestellten kleinen Laternen in Kniehöhe.

Als sie über die Terrasse ging, sah sie den gutaussehenden jungen Maximilien Morrel, der auf Alberts Geheiß eingeladen worden war, schuldbewusst von einer Unterhaltung mir der hübschen Villefort-Tochter Valentine aufblicken.

Doch Mercédès kümmerte es nicht, was für ein Stelldichein zwischen den beiden jungen Menschen im Gange sein mochte, denn sie suchte nach einer dunkelhaarigen Gestalt, die die Hyazinthenbüsche überragte.

Sie wollte gerade auf einen der dunkleren Pfade abbiegen, als eine kräftige Hand aus dem Nichts vorstieß und sie beim Arm packte. Sie hielt ein überraschtes Aufkeuchen zurück, drehte sich um und sah ihren Gatten aus dem Schatten treten.

«Wohin gehst du?», fragte er. Seine Finger schlossen sich fest um ihre Haut.

«Ich muss mich um einen Gast kümmern», erwiderte sie und riss sich los. Ihr Arm schmerzte, wo seine Finger ihn umklammert hatten. «Albert zufolge hat der Graf von Monte Christo heute Abend keinen Bissen unseres Essens angerührt.»

Fernand schien sich zu entspannen. «Sehr schön. Kümmere dich um den Grafen und halte dich heute Nacht von Salieux fern.» Er sah sie aus schmalen, dunklen Augen an. «Und ich darf dich vielleicht daran erinnern, in welch großer Schuld wir bei Seiner Exzellenz stehen. Du wirst sicherstellen, dass er in jeder von ihm geforderten Weise bedient wird.»

Mercédès richtete sich mit klopfendem Herzen auf. Sie glaubte nicht, dass Fernand von der Menüfolge sprach. «Es ist meine Absicht, eine gute Bewirtung aller unserer Gäste zu gewährleisten», meinte sie kühl.

«Der Graf. Kümmere dich um den Grafen – ich habe ihn gerade verlassen, und du wirst ihn beim Pavillon finden, wo die Weinranken wachsen.»

Mercédès musterte ihn genau und sah die Entschlossenheit in seiner Miene, und da es diesmal zu ihren eigenen Plänen passte, schlug sie diese Richtung ein, ohne ein weiteres Wort an ihren Gatten zu richten. Doch tief in ihrem Inneren drehte sich ihr der Magen um, und ihr wurde übel und unsicher zumute. Was für ein Wortwechsel hatte sich zwischen Fernand und dem Grafen zugetragen, dass er so etwas aussprach? Ihr Unbehagen sandte Schauer ihre Wirbelsäule hinunter, aber sie ging weiter. Es war unvermeidlich, dass sie wieder miteinander redeten. Seit seinem ersten Besuch hatte sie an wenig anderes denken können.

Als sie eine Lilienstaude streifte, die gestutzt werden musste, fand sich Mercédès an dem kleinen weißen Pavillon wieder. Er wurde dermaßen von Wein und Kapuzinerkresse überwuchert, dass die Öffnungen in dem kleinen Bauwerk kaum noch auszumachen waren. Am Fuß der beiden Stufen, die hineinführten, glomm eine kleine Laterne an ihrem niedrigen Haken. Ein flackernder Kreis aus gelbweißem Licht färbte das Gras und den Fußweg darunter und leckte die Seite des Pavillons und den dort wachsenden reifen Wein hinauf.

«Weiß Ihr Mann, dass Sie sich allein in den Garten wagen?»

Seine Stimme, sehr nahe, ließ sie beinahe aufschrecken. Sie war imstande, diese Regung zu unterdrücken, aber ihr heftiges Herzklopfen machte sie zitterig. Ihr Mund war trocken, und ihr Magen drehte sich um wie prüfend geschwenkter Wein.

«Albert hat mich davon unterrichtet, dass Sie heute Abend nichts gegessen haben», sagte sie fest ins Dunkel hinein. «War das Mahl nicht nach Ihrem Geschmack?»

Er trat aus dem Pavillon und hielt auf der obersten Stufe inne. Das breite, flache Weinlaub streifte sein dunkles Haar, doch er blieb dort mit verschränkten Armen stehen. «Ich fürchte, ich war heute Abend überhaupt nicht hungrig, Comtesse Morcerf.»

«Aber wozu denn ein Diner besuchen, wenn Sie nichts zu essen wünschen?», gab sie zurück.

Er schwieg einen Augenblick. «Wozu, in der Tat.» Das Glühen der Laterne ergoss sich über seine unglaublich glänzenden Stiefel und dunklen Hosenbeine, doch sein Gesicht lag fast völlig im Schatten. «Sie haben mich also lediglich aufgesucht, um herauszufinden, ob ich hungrig bin, Madame?»

«Gewiss aus keinem anderen Grund, Eure Exzellenz, trotz allem, was Sie glauben mögen.» Mercédès war stolz auf ihre frostige Stimme.

«Ah. So Ihrem Mann ergeben, dass Sie sich gegen die bloße Andeutung sträuben, Sie könnten aus einem anderen Grund durch die Dunkelheit geeilt sein als dem, sicherzugehen, dass ich aus Mangel an Nahrung nicht der Ohnmacht nahe bin.» Etwas Schneidendes lag in seiner Stimme. «Oder ist es statt Ihres Gatten der junge Graf Salieux, den Sie nicht enttäuschen möchten?»

«Offensichtlich sind Sie keiner Ohnmacht nahe», entgegnete Mercédès und überging entschlossen seine letzte Bemerkung. «Aber Sie haben nicht einmal vom Tischwein getrunken.»

«Nein, allerdings nicht. Ich bemerkte, dass ich heute Abend weder Durst noch Appetit hatte.»

Mercédès trat näher und griff nach oben, um eine der purpurfarbenen Weintrauben zu pflücken, die an dem umrankten Pavillon hingen. «Vielleicht möchten Sie ja gern eine unserer frischen Trauben versuchen», schlug sie vor und sah zu ihm hinauf. «Sie sind köstlich und sehr erfrischend. Gewiss könnten Sie doch eine einmal probieren?»

«Bitte ... zögern Sie nicht. Essen Sie davon, wenn Sie möchten, Madame. Ich ziehe es heute Abend vor, mich nicht daran zu beteiligen.»

Mercédès konnte nicht verstehen, warum er Speise und Trank zurückwies, und beschloss dickköpfig, nicht kampflos aufzugeben. Oder zumindest erst, wenn sie den wahren Grund für seine Zurückhaltung erfahren hatte. «Sie sind wirklich schmackhaft», sagte sie beiläufig und schob sich eine Traube mit behandschuhten Fingern in den Mund. Der Saft rann ihr über die Zunge, als sie zubiss, und war frisch und süß, wie sie gesagt hatte. «Sind Sie sicher, dass Sie keine probieren möchten?»

Monte Christo schwieg für einen Augenblick und stieg dann zur zweiten Stufe hinunter. «Vielleicht ... vielleicht, wenn Sie mir eine anbieten würden», sagte er mit deutlichem Beiklang in der Stimme.

Sie warf ihm einen Blick zu, aber sein Gesicht war unergründlich. Sein Bein schirmte die Hälfte des Laternenlichts ab, sodass er ihr nun zwar näher, aber immer noch im Schatten war. «Wenn Sie vielleicht etwas dichter herankämen, könnte ich das tun», entgegnete sie in gleichmütigem

Ton. Das Herz hämmerte ihr vor so viel Kühnheit gegen den Brustkorb.

Er trat auf den Boden, und sie standen einander gegenüber. «Ist es so besser?»

Der Sog, der Ansturm von Empfindungen, den seine Nähe hervorrief, ließ die Nachtluft warm und stickig wirken. Mercédès hob langsam den Arm, eine Traube fest zwischen Daumen und Zeigefinger geklemmt, und gab sich alle Mühe, das Zittern der Hand zu unterdrücken. Er war so nah, so groß und furchteinflößend, und er hatte irgendeinen fremdländischen, würzigen Duft an sich. Und er war unnahbar, und doch … spürte sie, dass ein tieferer Sinn unter seinen Worten und Handlungen lag.

Plötzlich streckte er die Hand aus und fing ihr Handgelenk auf halber Höhe ein. Das Lastende zwischen ihnen zerstob zu offener Spannung. «Streifen Sie Ihre Handschuhe ab, Madame. Mir ist nicht nach dem Geschmack von Baumwolle.»

Sein Griff war fest und kraftvoll, seine Finger schlossen sich leicht um ihr schmales Handgelenk, dann stießen sie es mutwillig beiseite, als würden sie die sittsame Verhüllung verschmähen. Ärgerlich sah sie zu ihm auf und zögerte.

«Als Ihr geschätzter Gast wünsche ich, dass Sie Ihre Handschuhe entfernen, Comtesse Morcerf», sagte er. «Mir sind verhüllte Hände zuwider, zumal wenn sie mit Speise in Berührung kommen, an der ich Anteil haben soll.»

Dies war ein bescheidener Wunsch, aber Eigensinn straffte ihr das Rückgrat. Ihre Lippen spannten sich an, und sie sagte: «Edm –»

«Wie lange sind Sie und dieser Welpe schon ein Liebespaar?», schnitt seine beißende Stimme ihr das Wort ab. «Salieux.»

Sie war so verblüfft von der Frage, dass sie die Traube zwischen den Fingern zerquetschte. Der Saft befleckte ihren Handschuh und sickerte durch bis auf die Haut. Sie achtete nicht darauf, sondern versuchte, seine Miene zu ergründen, denn die Frage – ihr Zeitpunkt, Tonfall, Inhalt verrieten ihn. Bestätigten, was sie schon wusste. Es war Edmond, der vor ihr stand, ihre verschollene Liebe. Und er erinnerte sich ihrer.

«So lange schon, dass Sie sich nicht entsinnen können?», beharrte er mit leiser, lockender Stimme. «Oder ist er eine Liebschaft unter vielen, sodass Sie sich nicht merken können, wann die eine vorbei war und die nächste anfing?»

«Sie irren sich», entgegnete sie ruhig und beherrscht. Er versuchte, sie zu reizen, und sie wehrte sich dagegen. «Salieux und ich sind kein Liebespaar.»

«Und jetzt lügen Sie Ihren Gast an. Sie können nicht leugnen, dass Sie ihn in ihr Bett gebeten haben, Comtesse Morcerf. Die Indizien liegen offen zutage. Seine Art, Sie zu berühren, sein Gesichtsausdruck, wenn er Sie ansieht.»

«Weshalb», konterte sie und fühlte sich nun stärker, auf sicherem Boden, «ist das für Sie von solchem Belang, Eure Exzellenz?»

Er schien ein wenig zurückzuweichen, machte aber keine Anstalten, auf Abstand zu gehen. «Weil ich nicht teile, Comtesse Morcerf. Auch wenn das Ihr Gatte anscheinend tut.»

Ihr Mund wurde schlagartig trocken, und ihr Blick wurde stechend, während er sich mit seinem schroffen kreuzte. «Mein Gatte teilt mitnichten –»

«Ich habe bereits darum gebeten, dass Sie Ihre Handschuhe entfernen, Madame», sagte er und griff plötzlich wieder nach ihrem Handgelenk. Seine Finger schlossen sich darum und drückten die kleinen Perlknöpfe zornig in ihre zarte Haut. «Zweimal. Weshalb kränken Sie mich dauernd?»

Mit diesen Worten veränderte er seinen Griff, zog den saftbefleckten Handschuh ab und schleuderte ihn zu Boden. «Wo ist die Traube, die Sie mir zu essen zu geben wünschten?»

Sie erinnerte sich, dass sie die Trauben immer noch in der anderen, bislang noch behandschuhten Hand hielt, und als er ihr Handgelenk losließ, pflückte sie eine kleine Traube mit bloßen Fingern ab. Sie war glatt und kühl, und sie hielt sie zu ihm hoch. Beim Aufschauen fand sie seine dunklen Augen auf sich gerichtet, und obwohl es zu dunkel war, um darin zu lesen, spürte sie den Spott in seinem ganzen Benehmen.

«Hier», sagte sie, trat näher und hielt ihm die Traube vor den Mund. «Frisch und süß und rein.»

Statt die Lippen für sie zu öffnen, verzog Monte Christo sie zu einem verkrampften Lächeln. Wieder fing er ihr Handgelenk ein und zog sie noch dichter an sich. Sie strauchelte leicht, ihre zarten Füße stießen sich an seinen größeren, und sie spürte, wie ihre Röcke an seine Beine gedrückt wurden. Ihr raste wieder das Herz, und sie hielt die Hand mit den Trauben zwischen sich und ihn.

«Ich glaube, lieber würde ich Sie davon kosten sehen», sagte er. «Ich habe keinen Appetit. Auf Essen.»

Mercédès ließ es zu, dass er ihre Finger mit der einzelnen Traube an ihren Mund führte, und fühlte seine warme Hand ihr Kinn streifen, als die Frucht ihre Lippen berührte. Sie öffnete sie, und die Traube schlüpfte hinein, gleichzeitig ließ Monte Christo ihr Handgelenk los. Aber er entfernte sich nicht, und ihr wurde bewusst, dass ihre andere Hand sich gedreht hatte und nun flach auf seinem Revers lag, während die Trauben weiter zwischen ihnen beiden baumelten.

Sie biss in die Traube, und der Saft spritzte über ihre Zunge. Er sah ihr beim Kauen zu, und seine Miene ließ keinen Zweifel übrig, woran er dachte. Mercédès schluckte und trat zurück, ihr war auf einmal unbehaglich zumute, und sie fühlte sich unsicher.

Er gab ein kurzes, scharfes Auflachen von sich und fasste nach ihrem Arm. «Sie müssen vor mir nicht die Schüchterne spielen», sagte er, und seine Finger schlossen sich fest um sie. Er versetzte ihr einen kleinen Ruck, und sie strauchelte erneut, ließ die Trauben fallen und prallte gegen ihn. Seine Arme schlossen sich um sie, und sein Mund presste sich auf ihren, während er sie fest an sich drückte.

Sie stieß ihn nicht von sich.

Ihre Hände zögerten einen Augenblick lang, dann legten sie sich auf seine warmen Schultern und fuhren hinauf, um seine Haarspitzen zu berühren. Sein Mund war nicht behutsam oder zärtlich, und er machte sich auch nicht die Mühe, darauf zu warten, dass sie reagierte. Er holte es sich bei ihr mit treibender Zunge, kräftig, tief und gründlich, und mit lebhaften Lippen, die sich rings um die ihren schmiegten und bewegten. Seine Zähne schrammten an ihren empfindsamen Mundwinkeln, als wollte er sie im Ganzen verschlingen, und Mercédès konnte kaum Atem schöpfen.

Sie spürte seine Wut. Ein unterschwelliger Zorn, eine Grobheit waren in ihm, so, wie seine Finger sich um ihren Arm krümmten, er sie hinauf an seine Hüften zog und so platzierte, dass sie mitten im Garten beinahe seinen Schenkel ritt.

Endlich gab Monte Christo ihren Mund frei und hob das Gesicht an. Er atmete schwer, seine Augen waren dunkel und verschattet. Seine Lippen waren geöffnet, aber straff und gerade wie voller Ärger angespannt. Und er legte den Kopf schräg und spöttelte: «Sie müssen nun zufriedengestellt sein, Madame, da ihre Absicht Wirklichkeit wurde.»

Mercédès konnte nur zu ihm emporstarren, war von seiner Äußerung und noch immer vom Kuss verwirrt und benommen. Er ließ sie los, und sie tat einen unwillkürlichen Schritt zurück.

«Sie wünschten, dass ich die Trauben koste», sagte er. «Und das tat ich.»

Sie leckte sich die Lippen, aber alle fruchtige Süße war verschwunden. Er blickte sie starr an, und sie nahm sich schließlich wieder halbwegs zusammen, wenngleich mit zitternden Fingern. «Was wollen Sie?»

«Ich würde meinen, das sei inzwischen ziemlich klar, Comtesse Morcerf.»

Wenn dies Edmond war – und er musste es sein –, war er weit gemeiner und barscher geworden als der Mann, den sie gekannt hatte. Gerade eben in diesen letzten Momenten war auch der frohgemute, ruhige und beherrschte Graf von Monte Christo verschwunden. Der Mann, der vor ihr stand, war ein kalter Krieger mit Zorn in der Miene und Hochmut in der Stimme.

Er war gefährlich, und doch konnte sich Mercédès nicht abwenden. Sie sehnte sich nach mehr von ihm, mehr von dem Mann, den sie liebte – oder einst geliebt hatte. Und dieser Kuss war nur ein Vorgeschmack gewesen. Eine Kostprobe.

Nicht mehr als eine einzelne Traube, wo sie die ganze Handvoll wollte.

«Mein Gott», sagte sie in kleinlauter Bestürzung, während sein Blick unverwandt blieb. Diesmal langte er langsamer nach ihr, und sie begab sich willig in seine Umarmung. Die Arme, die sie umschlangen, waren kräftig und ausdauernd, nicht schmerzhaft drückend oder beengend.

Sie hob das Gesicht, um seinen Lippen zu begegnen, und diesmal waren sie weicher. Noch nicht zärtlich, aber fest und flink. Ihrer beider Münder passten sich einander an, tanzende Zungen glitten heiß und schlüpfrig umeinander, ihre Hände vergruben sich im dichten Haar an seinem Hinterkopf. Er gab einen leisen, tiefen Kehllaut von sich und fuhr mit den Händen ihre Wirbelsäule hinunter unter ihre Pobacken, um sie gegen seine Erektion zu pressen. Die bohrende Lust in ihrem Bauch ließ Mercédès sich an ihn drücken und die Hüften auf seinen herrlich harten Schwanz unter so vielen Stoffschichten verlagern.

Plötzlich schob er sie an sich hoch, dass ihre Röcke zusammengedrückt wurden und sich in alle Richtungen bauschten, und sie fühlte ihn sich bewegen, ruckte an seinem Körper auf und ab, als er die zwei Stufen in den Pavillon erklomm, während ihre Münder miteinander verschmolzen blieben.

Im schattigen Dunkel, verdüstert noch durch die vor den Öffnungen des kleines Baus hängenden Weinranken, verlor Monte Christo keine Zeit. Er ließ sie an seinem Körper hinunterrutschen, bis ihre Füße auf dem Boden standen, und wirbelte sie dann so rasch herum und von sich fort, dass sie über seine Füße stolperte. Er hielt sie, seine Hände fest auf ihren Schultern. Dann glitten sie vorn ihren Hals hinunter und zerrten grob am tiefen, geschwungenen Ausschnitt ihrer Robe. Seine kühlen, kräftigen Finger schoben sich unter die Spitze, die ihr Mieder säumte, während er den Kopf senkte, um das Gesicht an den Sehnen ihres Halses zu reiben.

Mercédès sackte dankbar an seine feste Brust, legte den Kopf zurück und nahm die Schultern auseinander, damit er ihre Nippel unter dem Fischbein ihres Korsetts finden konnte. Sie langte nach hinten, um mit den Fingern durch sein Haar zu fahren, doch er fuhr zusammen und zog seinen Kopf fort, sodass ihre Hände seine glatte Wange streiften und dann zurück an ihre Flanken fielen.

Seine Lippen waren auf ihrer Schulter, seine Zunge sank warm und schlüpfrig in die Kuhle ihres Schlüsselbeins, seine Hände fuhren derb und forschend vorn über ihr Mieder. Er zwängte sie zwischen das Fischbein und ihr Fleisch und verengte das Korsett rings um ihren Rumpf, als er die Finger bis an die Unterseite ihrer Brüste schob. Ein Daumen drang von unten vor, rieb über ihren schmerzhaft strammen Nippel und sandte weitere Schauer des Verlangens bis in ihre Bauchmitte und tiefer hinunter.

Mit einer abrupten Bewegung, als fehle ihm jegliche Geduld, riss er seine Hände los und versetzte ihr einen kleinen Stoß. Mercédès taumelte nach vorn, und das brachte etwas Abstand zwischen sie beide … dann spürte sie die hastigen Bewegungen auf der Rückseite ihrer Robe, als dort die kleinen Knöpfe ruckartig aufgepflückt wurden.

«Edm –», keuchte sie und hielt sich das Mieder vor die Brüste.

«Ich bin Monte Christo», schnarrte er unter besonders heftigem Zerren an ihren Korsettstäben. Sie lösten sich, und Mercédès fühlte den Atem des Spätfrühlings auf der Haut, entblößt durch eine herabhängende Robe und ein aufgeschnürtes Korsett.

Ihr Herz raste, ihre Hände waren feucht, und ihr Atem

ging keuchend, während er an ihren Kleidern riss und diese großen warmen Hände über ihre Haut und den sie bedeckenden Stoff fuhren. Sie konnte nichts tun als dastehen wie eine Puppe, die ausgezogen wurde, das Gesicht von ihm abgewandt und den Blick in die Dunkelheit gerichtet. Begleitet von dem Gefühl, wie er sie auch ihrer Zurückhaltung entkleidete.

Plötzlich fühlte sie das ganze Gewicht ihrer Robe an den Händen und ihr gelöstes Korsett, wie ihr Unterkleid sich lockerte, als ihr beides von den Brüsten fiel. Sie war nackt von der Taille aufwärts außer dort, wo sie sich das letzte Stück Mieder vor die Brüste hielt – ihre Kleider legten sich ihr allesamt um die Hüften. Monte Christo führte die Hände an ihre Schultern und drehte sie herum, zog dann sanft, aber bestimmt ihre Hände fort und schaute auf sie hinab. Ihre Brüste, blank und stolz in der Finsternis, waren kaum zu sehen, doch die eine fand er ganz leicht, schob bergend seine Hand darum, um wieder ihren Nippel zu reizen, während er näher an sie herantrat.

Mercédès erkannte, dass er sie rückwärtsdrängte, und spürte die harte Kante einer Bank hinter sich. Ehe sie recht wusste, was geschah, umfasste er ihre Taille und hob sie auf die Bank.

Ihre Robe rutschte weiter nach unten, verfing sich an ihren Schenkeln und unter seinem gestiefelten Fuß, und sie kreischte leise auf. «Nein», meinte sie und versuchte, den Rest ihres Unterkleids oben zu behalten.

«Und ob, Madame, ich meine wohl», sagte er und sah nun zu ihr auf, wo sie auf der Bank hockte, das Gesicht eben über ihm. Sein Gesicht war im Dunkeln kaum auszumachen, doch eine Ahnung seines Wangenknochens, sein freudloses Lippenpaar, die kräftige Haarlocke und die schemenhaften Umrisse breiter Schultern konnte sie erkennen.

Ihre Hand ruhte auf seiner Schulter, und sie schloss die Augen, während er unbarmherzig an dem Bausch aus Spitze, Röcken und Krinolinen zwischen sich und ihr zerrte. Sie fühlte seine Wärme unter seinem Jackett und wie sich sein Haar an ihrem Handrücken rieb, und seine geschmeidig streichelnden Finger, als sie sich ihren Bauch und ihre Flanken hinaufbewegten.

Plötzlich und unfasslich stand sie nackt bis auf ihre Strümpfe vor ihm auf der Bank in der Laube. Irgendwo neben oder unter ihr lag der verschlungene Haufen aus Robe und Unterkleidern und … im Augenblick scherte es sie nicht, denn er war dichter herangetreten und hatte einen ihrer Nippel in den Mund gesogen.

Lust durchfuhr sie wie ein elektrischer Schlag und zwang sie, die Augen zu schließen. Oben auf der Bank sackte Mercédès gegen ihn, ihre Hüften an seiner Brust, während er die Zunge um die straffe Spitze ihres Nippels kreisen ließ und sinnlich darüber hinwegspielte, als habe er auf einmal die ganze Nacht lang Zeit. Ihr Körper schien unter seiner Berührung zu summen; sie fühlte, wie die wachsende Lust ihren Bauch einschnürte und wie ihr mit jedem Zungenschnalzen ein Stich durch den Körper fuhr. O ja.

Seine Finger gruben sich in die bloße Haut ihres Rückens unter ihren Rippen und hielten sie vor ihm fest, während er drängender wurde und ihren Warzenhof mit seinem warmen, feuchten Mund bedeckte. Er lutschte derb, gleichmäßig, sog ihren Nippel tief in seinen Mund. Wo ihre Hände auf seinen Schultern ruhten, spürte sie ein tiefes Grollen in ihm wie ein starkes Ächzen und unter den Fingern den Hauch eines Bebens. Doch alle diese Einzelheiten gingen in einem jähen Strudel der Sinnesreize unter.

Er bewegte sich, führte seine Küsse hinunter, um ihre Brust herum, auf die glatte, zuckende Haut ihres Bauches und dann wieder hinauf zu ihrem anderen Nippel, an dem er nicht mehr saugte, sondern nur noch mit der Zunge neckte. Ringsherum und auf und ab gingen die heißen, schlüpfrigen Streiche. Dann lösten die gezielten sinnlichen Attacken einen Schauder in ihrem Körper aus. Er ließ von ihr ab, und ihre Nippel glänzten nass und hart in der Nacht, von der Feuchtigkeit auf ihnen gekühlt. Als er mit den Händen ihre Flanken hinunterfuhr, stieß sie ihm die Hüften entgegen, während ihre Hände sich schon in seinem Haar vergruben und längs der harten Kante seiner Wangenknochen hin zu seinem Kinn strichen. Sie fand seine Lippen und schlüpfte mit den Fingern die gespaltene Fuge in seinem Mund entlang.

Er öffnete ihn, und sie schlüpfte hinein, fühlte das tiefe Grollen aus seinem Schlund, während er lutschte und leckte und die Lust noch tiefer in ihren Bauch hineinschraubte, hinein in ihr Geschlecht. Es pochte, pulste feucht und bedürftig zwischen ihren gespreizten Beinen, während er am empfindsamen Hautgewebe zwischen ihren Fingern züngelte.

Edmond. Sie sprach lautlos seinen Namen über ihm, wo er nicht hören, nicht sehen konnte. *Ah, Edmond … endlich.*

Eine Träne lief ihr aus einem Augenwinkel, unter dem immer noch geschlossenen Lid hervor – geschlossen vor der Wirklichkeit ihrer Ehe mit einem anderen, während der, den sie immer geliebt, nie vergessen hatte und es auch nie gekonnt hätte, hier vor ihr stand.

Der sie küsste. Sie auszog. In ihrer Gartenlaube während eines Diners.

Mercédès verwarf ihre Gedanken und widmete sich stattdessen den Freuden des Augenblicks. Sein kräftiges Haar unter ihren Fingern und dann, als ihre Hände tiefer wanderten, sein gestärkter Hemdkragen, warm an seiner erhitzten Haut. Sie zitterte in seinen Armen, als er sie von der Bank zog – eigentlich riss, mit jener Ungeduld, die seine Laune zu diktieren schien – in seine Arme. Er bedeckte ihren Mund, erstickte sie beinahe, stieß mit seiner Zunge hinein und biss ihr auf die Lippen, sodass ihr klar war, wie rot und weich und gedunsen, wie die Haut eines überreifen Pfirsichs, sie sein würden.

Seine Hand glitt zwischen ihre Beine, während er ihren Mund verschlang, und stieß auf das glänzende harte Knötchen an ihrem Geschlecht. Dort schlüpfte er in die Nässe hinein, forschten seine Finger, glitten die Falten ihrer Scham hinauf und um sie herum, kitzelten das Haar und überzogen ihre gesamte Vulva mit großflächiger, gemächlicher Reibung … oh, fast genau an der richtigen Stelle … dicht am Mittelpunkt ihres Daseins in jenem Augenblick … ringsherum und nahe und seitlich entlang ihrer … aber nicht … nicht dort, wo sie es brauchte.

Nicht wo sie pulste und sich wölbte und flehte.

Bitte, dachte sie, drückte sich an ihn, tastete durch seine Hose nach der Schwellung, die den Stoff straff zog.

«Ah», seufzte er, als sie darauf stieß, beide Hände zwischen ihm und sich hinuntergleiten ließ und den prallen, samtigen Schwanz umhüllte, der sich in den Stoff stemmte. Er war heiß und schwer, und sie rieb ihn dort, barg seine Eier in der Handkuhle und fand das weiche Fleisch seiner Eichel.

Er bäumte sich gegen sie auf, und einen Augenblick lang glaubte sie, er sei gekommen … doch da war keine Nässe, kein Schaudern der Entladung, und sie wandte sich wieder der Lust zwischen ihren eigenen Beinen zu, die seine Hände hervorriefen. Leise wimmerte sie, als er sich zurückzog, sodass ihre Hände aus seiner Hose schlüpften, und sie wieder auf die Bank hob. Sie stand vor ihm, und er packte ihre Schenkel und zerrte sie auseinander, bis ihr schimmerndes Geschlecht vor ihm in der Dunkelheit bloßlag … Sie langte hinter sich, fühlte den Balken an der Wand des Pavillons und klammerte sich mit beiden Händen daran fest, als er sich zu ihr vorbeugte.

Oh.

Sein Mund dort an der Innenseite ihres Schenkels ließ sie erschauern und vor Überraschung leise aufquieken … diese weichen Lippen, diese heiße, feuchte Zunge, die straffen Finger … Sie wölbte sich ihm entgegen und verlagerte das Gewicht, sodass sein Mund hart über ihre Scham wischte. Er hielt inne, um lange und tief durch ihre Labialspalte zu lecken und ihrer Perle einen flinken kleinen Stups zu versetzen, der sie aufschrecken, sich aufbäumen und für einen Angriff wappnen ließ.

Und dann zog er sich zurück, die Finger noch immer an ihren Schenkeln, und richtete sich vor ihr auf. Sie fühlte, wie er einen tiefen Atemzug nahm, sein Griff sich kurz in ihre Haut eingrub und dann von ihr abließ.

Mehr spürte sie es, als dass sie ihn zurücktreten sah, fort von dort, wo sie auf der Bank stand wie eine Art Trophäe auf einem Regal. Ihre Arme bebten, und sie ließ sie sinken, merkte, dass ihre Finger zitterten, ihr Körper immer noch summte, und er zog sie nicht wieder zurück … riss sich nicht die eigenen Kleider vom Leib. Er fasste sie nicht an.

«Soll ich … nach Ihrem Gatten schicken … oder nach Ihrer Zofe?», fragte er. Seine Stimme war kalt.

«W-was?», gab sie zurück, verwirrt und benommen, als wäre sie gerade aufgewacht. Sie hörte, wie er sich bewegte – hinweg, fort zu den Stufen, die im schwachen Licht der Laterne schimmerten. Ihre Knie wurden weich und knickten ein, als Mercédès halb von der Bank fiel und halb herabstieg.

«Um Ihnen zu helfen.»

Mercédès raffte ihren Verstand zusammen, schob ihre pochende Erregung, ihr unerfülltes Verlangen beiseite und erwiderte: «Warum?»

«Sicherlich», sagte er mit leichter Kurzatmigkeit, «wünschen Sie nicht … so zu der Gesellschaft zurückzukehren.»

«Was tust du da?», hauchte sie und begriff auf einmal, dass, ja, dass er gehen wollte. Sie hier zurückließ, so wie sie war: bebend, feucht, außer Atem … nackt.

«Ich bin der Gesellschaft lange genug ferngeblieben, denke ich», sagte er in nunmehr ruhigen Worten. Er stand, von der Taille abwärts als Umriss, auf der Schwelle zu den Laubenstufen.

«Aber …», sie kämpfte, fing sich und erlaubte es dem Zorn, die drohende Demütigung fortzuspülen. «Meine Zofe. Oder nein … nein, vielleicht sollten Sie Salieux zu mir schicken. Der bringt wenigstens zu Ende, was er anfängt.»

Monte Christo gab ein leises, schroffes Auflachen von sich. «Sehr klug, Comtesse. Ich habe ihm bereits gesagt, was passieren wird, sollte ich ihn noch einmal um Sie herumschnüffeln sehen. Er hat sich beinahe in die Hose gepinkelt.»

«Was tun Sie da?», fragte sie, ging auf ihn zu, scherte sich nicht um ihre Nacktheit. Irgendwie konnte sie sich nicht überwinden, ihn Edmond zu nennen, obwohl ein Teil von ihr glaubte, dass es ihn erschüttern würde. Nein, dies war nicht ihr Edmond.

Wer er auch immer gewesen sein mochte, nun war er der Graf von Monte Christo.

«Nichts», sagte er. «Ich stelle bloß fest, dass mir mein geringer Appetit vergangen ist.»

Und er verschwand in der Dunkelheit.

SIEBTES KAPITEL

Haydée pirscht sich an

Später am selben Abend
Paris

Mercédès kehrte mit hocherhobenem Kopf zu der Abendgesellschaft zurück, die Robe zurechtgerückt und das Haar so makellos, wie es gewesen war, als sie am frühen Abend die Treppe hinuntergeschritten war. Aber in ihren Augen loderte Feuer und in ihren Adern brodelte die Wut. Einer ihrer Handschuhe war in den dunklen Büschen verlorengegangen.

Sie hatte den Pavillon nicht verlassen können, ehe ihr jemand zur Hilfe kam, war so dem Mann ausgeliefert gewesen, der sich Monte Christo nannte, und hatte abgewartet, ob er seinem Angebot entsprechen würde, Charlotte zu schicken – oder Fernand. Es dauerte mindestens eine Viertelstunde, bevor die Zofe – Gott sei Dank nicht Fernand – erschien und vorsichtig zur Türöffnung hereinlinste.

Im Verlauf jener fünfzehn Minuten erlebte Mercédès ein Wechselbad der Gefühle. Ihre Hände zitterten, die Brüste schmerzten und ihre Schenkel rieben sich feucht aneinander, während sie im Inneren des Pavillons umherstakste, ohne sich um ihren unbekleideten Zustand zu kümmern. Sie fluchte, sie weinte, und sie schwor, sich an Monte

Christo zu rächen – nicht nur dafür, sie hier nackt und verletzlich zurückzulassen, sondern auch für den Streich, den er ihr gespielt hatte, die List, die Hänselei.

Die mutwillige, erbarmungslose Verhöhnung ihres Körpers.

Daran, dass es mutwillig geschehen und kein Fall plötzlicher Befangenheit und Vorsicht gewesen war, zweifelte sie nicht.

Sie war sich mehr denn je sicher, dass Monte Christo niemand anderes als Edmond Dantès war – denn sie hatte ihn geküsst, angefasst, gerochen … geschmeckt. Da waren eine Vertrautheit und ein gewisser Trost unter der Leidenschaft zwischen ihnen beiden verborgen gewesen. Trotz seiner Schroffheit *kannte* sie ihn. Erinnerte sie sich seiner.

Aber … warum?

Warum sollte er so etwas tun?

Warum sollte er nach Paris kommen, reihum in der großen Gesellschaft auftreten und sich bei Fernand und Albert und sogar Danglars und Villefort beliebt machen? Und seine wahre Identität verschweigen? Was hatte er zu verbergen?

Während sie dort in dem dunklen, stillen Pavillon im Geiste alle Möglichkeiten abwog, schlich sich ein erster kleinlicher Zweifel in ihren Hinterkopf. Monte Christo war mehr als freundlich zu Albert gewesen und rasch zum Liebling der wichtigen Persönlichkeiten der großen Gesellschaft geworden. Selbst mit Villefort hatte er sich angefreundet, der sich selten zum Umgang mit jenen herabließ, die er nicht gut kannte.

Der einzige Mensch, den er nicht eben herzlich behandelt hatte, war sie, Mercédès. Seine dunklen Augen, dieses versteinerte Gesicht, die unterkühlten, schneidenden Bemerkungen … all das hatte ihr gegolten und zwar in einer Schärfe – einer betonten Schärfe, die in diesem Augenblick der Enttäuschung und Erniedrigung gipfelte. Sie hatte sich ihm gegenüber sowohl buchstäblich wie im übertragenen Sinne entblößt, und er hatte sie verletzlich und erregt stehen lassen.

Vielleicht glaubte er ja, sie habe ihm dasselbe angetan, als sie Fernand ehelichte.

Vielleicht war er ja hier, weil er ihr deswegen böse war.

Es war die einzige Erklärung für sein Verhalten und seine Äußerungen – vor allem jener zu Salieux –, die einen Sinn ergab. Da war eine unterschwellige Eifersucht gewesen, wenn er von Georges sprach. Doch war es nicht die besessene Eifersucht eines jungen, sondern die verächtliche Gereiztheit des reiferen, selbstbewussteren Mannes gewesen.

Als würde er niemandem gestatten, seine Absichten zu durchkreuzen.

Mercédès fühlte kurz große Traurigkeit. Tränen brannten ihr in den Augenwinkeln, als sie daran dachte, wie schön ihre gemeinsamen Tage gewesen waren: zwei junge, unschuldige Liebende ohne Wissen von den getrennten Leben, die zu führen sie gezwungen werden sollten. Sie hatte geglaubt, all ihre Tränen über das Zerbrechen dieser Liebe vergossen zu haben, doch der Kummer wuchs wieder in ihr.

Und dann ebbte die Traurigkeit ab, um durch Zorn ersetzt zu werden. Denn was immer Edmond Dantès in diesen vierundzwanzig Jahren zugestoßen war, Unrecht war auch ihr geschehen. Ihre Zukunft, ihre Liebe, das Leben, das sie sich gewünscht hatte, waren auch ihr entrissen worden. Mehr als zwei Jahrzehnte lang hatte es keinerlei Nachricht, Mitteilung, Hinweis gegeben, dass er noch am Leben sei.

Als ein so reicher und mächtiger Mann, der er war, musste er seine Schätze und Erfahrung über viele Jahre angesammelt haben.

Und nicht ein Wort von ihm über diese ganze Zeit hinweg.

Dass er am Leben gewesen war – wie hätte sie es anders erfahren können?

Und dann zurück in ihr Leben einzubrechen, mit dieser lastenden Wolke der Rachsucht um sich, um ihre Liebe und ihren Körper zu ihrer Demütigung zu missbrauchen …

Mercédès schluckte einen weiteren Fluch hinunter. Sie wollte verdammt sein, ließe sie sich derart von ihm vorführen. Sie hatte nicht zweiundzwanzig elende Jahre lang mit Fernand de Morcerf zusammengelebt – Strafe genug für eine so törichte Wahl –, um von einem Racheplan aus der Fassung gebracht zu werden.

Sollte er von ihr erwarten, sich in eine Ecke zu verkriechen oder die andere Wange hinzuhalten, so stand Monte Christo eine Überraschung bevor. Denn Mercédès Herrera de Morcerf war weder ein schüchternes Mauerblümchen noch eine Duckmäuserin oder ein Fußabtreter.

Als sie daher mehr als eine Stunde nach ihrem Verschwinden zu der Gesellschaft zurückkehrte, um den Grafen von Monte Christo zu suchen, hielt sie das Kinn erhoben und trat mit schwungvollem, leichtfüßigem Schritt auf. Sie lächelte, plauderte, lachte und schäkerte.

Mit anderen Worten: Sie war die anmutige und vornehme Comtesse der Morcerf.

Als sie Georges fand, begrüßte sie ihn mit einer Begeisterung – obwohl er bei ihrem Nahen merklich erblasste und sich hektisch umsah, als suche er einen Fluchtweg –, wie sie seit Monaten keine mehr gezeigt hatte.

«Da sind Sie ja», sagte sie, schob ihren Arm unter seinen und schenkte ihm das allerwärmste und herrlichste Lächeln. «Ich muss mich für mein langes Verschwinden entschuldigen. Es gab Schwierigkeiten in der Küche und dann im Weinkeller und dann – ah ...» Sie lachte zu ihm empor und sah mit großer Befriedigung, dass sich sein Widerstand verflüchtigte. «Ich werde Sie nicht langatmig mit all den Einzelheiten meiner Gastgeberpflichten belästigen. Vielleicht könnten wir ja, da ich nun alles im Griff habe, einen Spaziergang durch den Garten machen. Anscheinend habe ich meinen Handschuh verloren.»

Georges' Augen leuchteten, und ein aufrichtiges Lächeln mit jenem teuflischen Anflug, der sie ursprünglich angezogen hatte, zuckte ihm um den Mund. «Ohne Frage, Madame, würde ich Ihnen mit Freuden bei Ihrer Suche beistehen.» Er winkelte seinen Arm an, bis sich die Beuge, in der ihre Hand ruhte, zu einer verborgenen Umarmung verengte.

Während sie quer durch den Ballsaal zu den weitgeöffneten Türen schlenderten und dabei sorgfältig jedes Anzeichen von Eile vermieden, verzögerte Mercédès ihren Schritt einige Male, um ein Wort mit anderen Gästen zu wechseln. Taktvoll wie stets war sie darauf bedacht, keine Hast beim Abgang mit ihrem Begleiter aufkommen zu lassen.

Monte Christo war nirgends zu sehen, und sie hegte den Verdacht, er könnte feige genug gewesen sein, sich vor ihrer Rückkehr auf das Fest aus dem Staub zu machen. Doch als sie und Georges auf die Terrasse hinaustraten, sah sie Monte Christos unverwechselbare, großgewachsene und breitschultrige Gestalt und hörte das Raunen seiner Stimme, während er sich in einer kleinen Traube weiterer Gäste unterhielt. Dreist steuerte Mercédès mit Georges auf die Gruppe zu, die Maximilien Morrel und Franz d'Epinay einschloss, zum Glück aber nicht Albert.

«Guten Abend, die Herren», sagte sie mit einnehmendem Lächeln.

Monte Christos Rücken war ihr halb zugewandt gewesen, doch ihre Stimme machte ihn auf sie aufmerksam, und er wandte sich um. Während sich Georges' Arm unter ihrem anspannte, ging Mercédès weiter auf die Gruppe zu und blieb an ihrem Rand stehen. «Hoffentlich hatten Sie heute einen angenehmen Abend und nichts vermisst, was ihn noch behaglicher machen könnte ... oder befriedigender.» Ihre Worte waren milde, ach so milde wie auch ihr Lächeln ... und sie wahrte einen entschieden ausdruckslosen Blick, als sie ihn auf Monte Christo richtete.

Er stand nun mit dem Rücken zum Haus, und das Licht schien um ihn herum und sickerte durch die eigensinnigen, um seine Ohren gekräuselten Haarspitzen, sodass sein Gesicht fast völlig im Schatten lag. Seiner Miene konnte sie nichts entnehmen, und auch seine Haltung verriet nichts, aber sie hatte die Genugtuung, dass er nicht damit gerechnet haben konnte, sie so an ihn herantreten zu sehen, mit Salieux am Arm.

«Es war wirklich alles vollkommen, Madame», erwiderte Maximilien Morrel heiter. «Vielen Dank für den reizenden Abend.»

Mercédès schenkte ihm ein knappes Nicken. «Freut mich sehr zu hören. Alsdann, wenn Sie mich entschuldigen, ich muss weiter. Anscheinend habe ich einen meiner Handschuhe verloren.»

Die Herren verneigten sich, aber Monte Christo war der Einzige, der etwas sagte. «In den Garten, Madame? Ich fürchte, Sie werden ihn ein wenig … kühl zu dieser Nachtstunde finden. Womöglich möchten Sie lieber das Tageslicht abwarten.» Die Drohung in seiner Stimme war unverkennbar, und sie fühlte, wie Georges zögerte.

Mercédès entgegnete ruhig: «Allerdings fand ich es dort früher am Abend ziemlich zugig und ungemütlich. Ich bin jedoch unbesorgt, es könnte mir diesmal wieder so ergehen. Wenn Sie uns nun entschuldigen wollen …»

Sie machte kehrt und lenkte Georges mit sanftem Druck in ihre Richtung, wenngleich er ein wenig aus der Fassung geraten zu sein schien. Nun, bald würde sie ihn von der Vorstellung abbringen, der Graf von Monte Christo habe irgendeine Gewalt über sie.

Kaum waren sie außer Hörweite der anderen, schien Georges sein Selbstvertrauen zurückzugewinnen. Tatsächlich waren sie nahe genug, dass die Geräusche der Feier noch immer zu ihnen drangen und Mercédès das schrille Kichern von Madame Villefort und Baron Danglars' schallendes Gelächter vernehmen konnte. Das Restlicht vom Haus reichte so weit, wenn auch nur zur matten Beleuchtung der höchsten Hyazinthen und Buchsbaumzweige, es ergänzte den Schein der vereinzelten, kniehohen Laternen.

Georges führte sie in eine kleine Laube, die von einem dornenbewehrten Rosenbusch überwachsen war, der bald in verschwenderischer gelber Blüte stehen würde. Mercédès begab sich willig in seine Arme, und schon summte ihr Körper wieder sehnsüchtig und erwartungsvoll, erwachte ihre verhinderte Erregung zu neuem Leben, als seine Lippen ihre bedeckten.

Sie stemmte ihre Hüften mitsamt ihren Röcken gegen seine, schloss die Augen, gab sich seinem eindringlichen Züngeln hin und fühlte sein befriedigtes Seufzen eher, als dass sie es hörte. Seine Arme schlossen sich fest um sie und pressten ihren Busen auf seine unnachgiebige Brust, während er tiefer eintauchte und mit einer Hand ihren Kopf umfasste. Sie folgte mit ihrem Mund dem seinen, strich mit flacher Hand über seine breiten Schultern – ein Zweites, was sie ursprünglich angezogen hatte, diese breiten, kräftigen Schultern – und verschloss ihre Gedanken vor allem außer vor dem Mann, der sie nun hielt.

Die zarte Feder in ihrem Bauch begann, sich langsam zu entspannen, und sie küsste Georges mit umso mehr Leidenschaft, wollte verzweifelt, dass sie anschwoll, wollte sie entfesseln. Währenddessen bewegten sich seine Hände, lockerten die Umarmung und schlüpften zwischen ihnen beiden umher, um die Schwellung ihrer Brüste zu finden und durch Schichten aus Stoff und Fischbein in sich zu bergen. Sie bog ihren Körper zu ihm, wollte mehr, wollte die gleiche pochende Lust, die sie früher am Abend gespürt hatte.

Doch sein Mund, sein Geschmack, die Art, wie seine Hände über ihre Brüste fuhren – zu zögerlich, zu verehrend, zu langsam und feinfühlig –, reichten nicht aus.

Es reichte nicht aus.

Das aufflackernde Verlangen in ihrem Bauch erlosch wieder, noch als sie Georges verzweifelt küsste. Selbst als seine Finger zärtlich unter ihr Mieder schlüpften, auf ihre halbaufgerichteten Nippel stießen und sie streichelten, verkümmerte das ferne Summen der Lust zu einem Surren. Ja, ihre Nippel versteiften sich. Ja, die Feuchtigkeit zwischen ihren Beinen wurde wärmer, aber es war nicht dasselbe. Ja, ihre Zunge schlüpfte und schleckte in Georges' erhitztem Mund herum, und sie fühlte den beharrlichen Wulst seines Schwanzes auf den Knochen über ihrem

Geschlecht drücken, aber es war nicht mehr als ein Widerhall.

Kein Wirbelsturm, keine Atemnot, keine feurige Spirale, bei der sie weiche Knie und einen schwindligen Kopf bekam.

Schließlich löste sie sich, und Georges' Hand schlüpfte aus ihrem Mieder. Er griff erneut nach ihr, sein hoffnungsloser Eifer stand ihm selbst bei dem trüben Licht ins Gesicht geschrieben, aber Mercédès wehrte sich und tat einen kleinen Schritt zurück.

«Mercédès», stöhnte er, fasste sie bei den Händen und fiel vor ihr auf die Knie. «Bitte», sagte er, «lass mich dich schmecken.» Seine Hände bewegten sich unter ihren Röcken, sie spürte sie auf ihren Schuhen und ihre bestrumpften Beine entlangstreichen.

«Georges», sagte sie und fühlte ein willkommenes Prickeln auf den Schenkeln erwachen, als sich seine Finger näherten, «ich … nein, wir können nicht.» Ein vager Schauder des Begehrens perlte zwischen ihren Beinen, während er weiter an ihnen emporfuhr. Ihre Haut bebte unter seiner Berührung, so quälend weich auf dem empfindsamen Fleisch, und ihr Mund wurde trocken, als sie merkte, dass ihre Erregung anwuchs.

«Bitte, Mercédès, meine Liebe, ich will dir nur Lust bereiten», sagte er aufrichtig, während sich das Gewicht von Rock und Krinoline auf seinen Armen zu einem unförmigen Haufen bauschte. Nur sein Gesicht zeigte sich über dem Gestöber aus Spitze und Seide, von einer nahen Laterne in ein Schattenspiel getaucht. Der Anblick seiner vollen, von ihren Küssen feuchten Lippen und das Flehen in seinen Augen ließen sie schwanken. Einer seiner Finger bewegte sich sachte vorn über ihr Geschlecht, neckte das feuchte Haar dort und verbreitete weiteres prickelndes Begehren auf ihrer Haut.

«Georges», setzte sie an, aber er hatte die Einwilligung in ihrem Gesicht gelesen und versetzte ihr einen kleinen Schubs. Sie sank auf die Bank in der Laube und lehnte sich an die Wand zurück. Ein paar Dornen piekste sie an Hinterkopf und Schultern, waren aber nicht wirklich lästig, wuchsen sie doch auf der anderen Seite des Spaliers, und Mercédès war auf einmal weitaus stärker daran gelegen, was sich darunter abspielte.

Er war jetzt zwischen ihren Beinen, sein Gesicht verborgen. Ein jähes Aufwallen von hochgeworfenem Stoff traf ihren Oberkörper und ließ ihre Beine einmal mehr unbedeckt in der angenehmen Nachtluft. Sie konnte seinen Kopf nun nicht mehr sehen.

Aber … ihre Lider sanken herab, als sie die Wärme seiner Finger, die kurzen, heißen Atemstöße über ihren Strümpfen auf den bloßen Schenkeln fühlte. Ihr Kitzler schwoll an, pochte auf einmal voll Vorfreude, füllte sich ebenso wie zuvor unter den Händen des Grafen von Monte Christo. Und als Georges ihre Schenkel weiter auseinanderzog und das Gesicht an ihr Geschlecht legte, fiel sie beinahe von der Bank. Sie erstarrte, schloss die Augen ganz und dachte an die Hände eines großen, dunkelhaarigen Mannes … statt eines breitschultrigen mit rötlichbraunem Haar.

Ein sachter Zungenschlag über ihren gedunsenen und empfindlichen Kitzler, und sie schauderte und erbebte, der Orgasmus war kurz, scharf … und leer.

Ein Reflex. Eine schlichte Entladung.

Und eine, die sie bereits bedauerte.

In den frühen Morgenstunden schlüpfte Haydée aus ihrem Gemach und tappte über den Flurteppich.

Endlich schlief der Haushalt und, wie sie hoffte, auch ihre Beute. Es war eine schwierige Nacht gewesen nach der Rückkehr ihres Herrn von seiner Abendgesellschaft, wobei Haydée und, als Kammerdiener, Bertuccio das meiste abbekamen.

Haydée zählte die Türen der Räume Seiner Exzellenz ab, hielt an der vierten inne, holte tief Luft und drehte lautlos den Knauf.

Im Inneren des kleinen Zimmers gab es kaum mehr als eine Kommode und ein schmales Bett an der Wand, die am weitesten von den beiden Fenstern entfernt lag. Der Teppich unter ihren Füßen war jedoch genauso üppig wie in ihren eigenen Räumlichkeiten. Als sie die Tür hinter sich schloss, merkte sie, wie flach das Bett war. Obwohl kein Licht in der Kammer brannte, offenbarte schon die langsam aufziehende Dämmerung am östlichen Sternenhimmel, dass hier nirgends Anzeichen eines schlafenden Riesen zu finden war.

Verdutzt blieb sie stehen und wollte schon umkehren, als sie ihn sah.

Das fahle Licht fiel durch die Fenster, tauchte alles in der Nähe in ein blasses Blaugrau und beschien Ali. Er lag in einer Ecke auf dem Boden und wurde von zahlreichen angehäuften Kissen und Polstern umgeben und gestützt.

Leise wie ein Lufthauch ging sie zu ihm und kniete nieder. Sein Atem ging tief und gleichmäßig, und sie fühlte sich von einer Welle prickelnder Erwartung überwältigt. Ein Lächeln kräuselte ihre Lippen, spürbar bildeten sich Fältchen in ihren Augenwinkeln, und ihr Mund wurde trocken.

Jetzt hatte sie ihn.

Doch zuerst … beugte sie sich vor und atmete ein, die Hände in die Kaschmirdecke gestemmt, unter der er lag. Sie schloss die Augen und schmeckte seinen Geruch: unbestimmbar, aber kräftig und forsch, würzig wie Minze und durchzogen vom Moschus der Patschulipflanze.

Sie setzte sich zurück auf ihr Hinterteil, zog sich den Seidenkaftan über den Kopf – das einzige Kleidungsstück an ihrem Leib – und gab dabei acht, die Luft nicht aufzuwirbeln oder seine Haut zu streifen. Sie argwöhnte, dass Ali, vertrautester Diener und Leibwächter Seiner Exzellenz, stets mit einem wachsamen Ohr und Auge schlief.

Außerdem vermutete sie, dass er nackt schlief, und stellte mit Entzücken fest, dass dies tatsächlich der Fall war, als sie vorsichtig die einzelne Decke an ihrer, der dem Fenster zugewandten Seite anhob. Das kühle Licht der blauen Stunde zeigte deutlich glatte, schimmernde Ebenholzhaut, die ihr den Mund wässrig machte und ihren Magen in ahnungsvolles Zucken versetzte.

Haydée rechnete nun jederzeit damit, dass er aufwachte, aber da er stumm war, hatte sie keine Angst, er würde rufen und Alarm schlagen. Wieder lächelte sie mit teuflisch gekräuselten Lippen, während sie ihren nackten Körper auf das pralle Polster neben ihm schob.

Er war warm und schwer, und sie spürte den Augenblick, als er erwachte und ihrer Gegenwart gewahr wurde. Ali versteifte sich – überall, stellte sie befriedigt fest – und versuchte umgehend, sie unter tiefem, kehligem Grunzen wegzustoßen. Doch inzwischen glitt ihr schlanker Körper schon über ihn hinweg und setzte sich mit weitgespreizten Beinen rittlings auf ihn, während er sich im Bemühen, ihr zu entkommen, aus der Seitenlage auf den Rücken rollte.

Schlank und zerbrechlich mochte sie sein und kein Gegner für seine unglaubliche Kraft, aber Haydée war zu allem entschlossen. Sie schmiegte die Hände um seine großen Schultern und bewegte ihren geschmeidigen Körper der Länge nach auf und ab über seinen Rumpf, um zugleich die Falten seines feuchten, moschusduftenden Halses zu küssen. Ali erzitterte unter ihr, sein Brustkorb hob und senkte sich unter ihrem Busen, sein Schwanz – so herrlich gewaltig, wie sie es sich ausgemalt hatte – presste sich zuckend in die Kluft zwischen ihren Schenkeln.

Seine Hände stießen auf ihren Rücken nieder und packten sie bei den Hüften, als wollten sie Haydée aus ihrer Stellung entfernen … doch als er sie anzuheben versuchte, klemmte sie ihn fester ein und rollte die Hüften. Darauf fühlte sie seinen Griff von einem Hochstemmen in eine flüchtige Liebkosung umschlagen, als könne er sich nicht zurückhalten. Kaum berührte er sie, da zuckten seine Hände zurück, als hätte er sich verbrannt.

Sie lächelte an seiner Kehle, schmeckte Salz und dunkle, erhitzte Haut … fühlte dort den entfesselten Blutstrom durch seine Adern rauschen, die Spannung in der langen Sehne an seinem Hals und das dumpfe Poltern tief in seiner Brust. Er fasste sie nicht noch einmal an; sie spürte, dass seine Hände gewissermaßen gelähmt über ihrem Körper schwebten, als fürchte er sich, nach ihr zu greifen, aus Angst davor, was diese Hände dann tun würden.

«Ich will bei dir sein, Ali», raunte sie und hob das Gesicht über seines. Das Licht sickerte nun heller durch die Fenster, und sie konnte seine Miene besser erkennen: starr wie Marmor, die Lippen fest geschürzt und das Kinn erhoben, während er sich halb abwandte. «Und es ist offensichtlich, dass du mich willst.»

Er drehte das Gesicht so weit fort, wie er konnte, schloss die Augen, presste den Mund noch stärker zusammen und schüttelte schwach den Kopf. Nein.

Obwohl er nicht sprach, konnte sie die Leugnung – die falsche, verzweifelte Leugnung – in seiner Körpersprache nachfühlen.

«Doch, Ali», murmelte sie und fing an, seinen Körper hinunterzurutschen, hob dabei die Hüften an und ruckte zentimeterweise mit Brüsten, Schultern und Gesicht sein Brustbein entlang, auf seinen muskulösen Bauch zu. Er war heiß, kantig und fest – eine bebende Masse aus steinharten Muskeln, salzig, leicht feucht, dunkel.

Er spannte sich unter ihr an, als sie näher an den massigen Schwanz heranrückte, ihn mit dem Gewicht ihres Rumpfes in seinen Bauch presste, wieder lächelte und innehielt, um ihn zu betrachten, wobei sie das Gefühl seiner heißen und festen Erektion unter sich genoss.

Er schien sich zusammenzureißen und machte rasche, zackige Handbewegungen. *Nein. Du gehörst ihm.*

Haydée setzte sich auf seinen Hüften zurück, ließ sich auf den Oberseiten seiner Schenkel nieder. Seine Eichel lugte hervor, saß unter ihrem bloßen Geschlecht in der Falle, und sie machte eine geschmeidige kleine Bewegung, glitt sachte und äußerst sparsam darüber. Das leise, saugende Geräusch sich aneinander reibender feuchter Leiber sandte einen besonders kräftigen Kitzel der Sehnsucht pfeilschnell in ihr geschwollenes Knötchen. Alis Hals verkrampfte sich, und er schloss erneut die Augen.

Haydée, du gehörst meinem Herrn.

«Auf die Art will er mich nicht, Ali», sagte sie mit leiser Stimme und in ruhiger Überlegenheit.

Doch, du warst bei ihm. Heute Nacht.

Sie schüttelte den Kopf und sagte: «Sieh mich an, Ali.»

Widerwillig schlug er die Augen auf, aber sie konnte nichts aus ihnen herauslesen. Alles, was sie sah, war, dass er seinen Körper geradezu zum Zerbersten anspannte und sich seiner unregelmäßig ruckenden Brust der Atem stoßweise entrang.

Ich werde nicht nehmen, was nicht meins ist. Er machte seine Zeichen ungestüm und zornig, seine großen Hände zischten durch die Luft, klatschten und schnippten aufgebracht aneinander. *Ich mag ein Sklave sein, aber ich habe Ehre.*

«Ja, ich war heute Nacht bei ihm.»

Er verlangte bei seiner Rückkehr nach dir. Ich sah den Ausdruck in seinem Gesicht. Er brauchte eine Frau.

«Ja, das tat er. Und ich ging bereitwillig zu ihm, wie auch früher schon. Er bat mich, ihm ein Bad einlaufen zu lassen, und trug mir auf, mich zu entkleiden.»

Ali starrte sie an, ohne einmal zu blinzeln, und sein glatter, haarloser Kopf schimmerte im allmählich zunehmenden Licht. Er leckte sich die dicken Lippen, und eine weitere Welle der Lust flutete von ihrem Bauch hinunter in ihr Geschlecht. Sie verlagerte sich, und ihm stockte der Atem.

Sie hob die Hände, barg ihre Brüste darin, und seine Lippen lösten sich voneinander. Er atmete schwer.

Dies war vielleicht die bessere Herangehensweise. «Ich zog mich vor ihm aus und wartete auf seine nächste Anweisung», sagte sie und sprach dabei mit leiser, einlullender Stimme. «Und dann sah ich zu, wie der kühle, gewissenhafte Mann, den wir alle kennen, sich aufzulösen schien und … ein anderer wurde. Es war, als hätte er seine Selbstbeherrschung preisgegeben und seinen wahren Gefühlen erlaubt, durchzuscheinen. Seine Hände fingen zu zittern an, und seine Miene wurde starr und kalt. Wütend.» Im

Gegensatz zu ihren ernsten Worten zupfte sie an einem ihrer Nippel und begann, daran herumzuspielen. Er wurde steifer, und die Haut ringsherum schrumpfte zusammen.

«Er murmelte Sachen, die ich nicht verstehen konnte, während ich nackt dastand und hinter uns das Wasser in die Wanne strömte.»

Was hat er gesagt?

Ali starrte auf ihre Brüste und verfolgte ihr Spiel daran. Sie leckte sich Daumen und Zeigefinger, führte sie an ihren Nippel und umschmeichelte ihn. Unter ihr geriet sein Schwanz in leichte Wallung, und sie rückte sich im Gegenzug zurecht. Ali stöhnte und schloss wieder die Augen. Seine riesigen Hände waren auf den Kissenhaufen über seinem Kopf gefallen, die Handflächen nach oben und die Finger ohnmächtig gekrümmt. Die Goldreifen an seinen Gelenken schimmerten im Zwielicht.

«Ich konnte nur sehr wenig verstehen. Er starrte in die Dunkelheit draußen über der Stadt, und seine Hände zu beiden Seiten öffneten und schlossen sich. Als er sich schließlich wieder zu mir umdrehte, nachdem ich viele Male seinen Namen ausgesprochen hatte, rief er mich zu sich. ‹Entkleide mich›, befahl er.»

Nun leckte sie sich erneut die Finger – vier Fingerspitzen –, schob sie nach unten, um ihre Scham zu bergen, und zog sie durch die Säfte, die seinen Schwanz obenauf benetzten. Ali schluckte heftig.

Du bist seine Sklavin. Du gehörst ihm. Jetzt waren seine Zeichen undeutlicher, schwieriger zu lesen.

«Ich entkleidete ihn», fuhr sie fort, und ihr wurde klar, dass ihr eigener Atem unregelmäßig ging. Es war nicht schwer für sie, sich mit flacher, zwischen ihrem und seinem Geschlecht gefangener Hand zu reiben. Vor und zurück, schlüpfrig und glitschig, rings um den steifen kleinen Kitzler, der zur Entladung bercit war.

«Ich entkleidete ihn», wiederholte sie, «und kniete mich vor ihn. Sein Schwanz war hart, Ali ... aber nicht so schön wie dieser hier. Nicht so lang und prall und *bereit*», sagte sie, rutschte von seinen Hüften hinunter und neben ihn auf das Behelfsbett. Befreit löste sich seine Latte von seinem Bauch, und Haydée schloss die von der eigenen Feuchtigkeit gutgeschmierten Finger darum. Ali keuchte und schauderte, und sie bewegte die Hand auf und nieder, auf und nieder, rasch und fest, und sah seinen Mund sich erschrocken öffnen. Seine eine Hand flog auf sie zu, aber es war zu spät – drei Stöße, und ein Schwall seiner Säfte wanderte unter ihren zupackenden Fingern entfesselt seinen Schwanz hinauf und spritzte ihm auf den dunklen Bauch, während er sich gleichzeitig aufbäumte und aufschrie.

Dann lag Ali schaudernd da. Entzückt von ihrem Erfolg und neugierig beugte sich Haydée vor und leckte die klebrige weiße Lache auf, schmeckte Salz und etwas vollends Männliches ... eine Erfahrung, die ihr große Lust bereitete.

Geh weg. Er hatte den Atem angehalten, und sein Kopf sank zu Seite, aber seine Hände sprachen. *Du hast gekriegt, wofür du gekommen bist. Jetzt geh*.

«Ich berührte seinen Schwanz, und er zuckte zusammen», sagte sie, ohne auf Alis Bitte zu achten. «Nicht so wie du ... nein, er wandte sich sofort ab, als ich in berührte. Er schnauzte mich an, befahl mir, mich von meinen Knien zu erheben.» Haydée spreizte weit die Finger und strich damit von seinem Bauch hinauf zu seinen Brustmuskeln und über seine Schultern. «Er will mich aber nicht auf diese Art, Ali.»

Das stimmt vielleicht jetzt. Doch er wird seine Meinung ändern.

«Wenn er jetzt nicht nimmt, was ich ihm so unverhohlen angeboten habe, warum sollte er dann noch seine Meinung ändern?», murmelte sie, ihr Gesicht über seinem schwebend. Ihre Brüste hingen über seinem Oberkörper, hoch über den kleinen schwarzen Haarwirbeln, die sparsam darüber verstreut waren.

Er kann jetzt an nichts anderes als Rache denken. Später …

«Rache?» Sie beugte sich vor, küsste ihn aufs Kinn und ließ ihre Nippel seine Brust streifen. Sie waren stramm und fest, und das Verlangen zwischen ihren Beinen hatte sich nicht gelegt, doch sie hatte es nicht mehr eilig.

An vier Männern und einer Frau. Deshalb sieht er keine andere an, bis er den Gedanken an diese eine ausgelöscht hat.

«Er brauchte Entspannung, wollte mir aber nicht erlauben, sie ihm zu verschaffen. Ich denke … er wird es selbst in die Hand genommen haben, denn er hat allein gebadet und mir befohlen, mich hinzusetzen und abzuwarten.» Plötzlich nahm Haydée Alis Kopf zwischen beide Hände und riss ihn zu sich herum. Dann senkte sie ihren Mund auf seinen.

Anfangs war sein Körper verkrampft, doch auf einmal schien es, als habe das Begehren – oder die Neugier – gesiegt. Ali entspannte seine dicken Lippen und schmiegte sie auf die ihren. Seine Zunge war kräftig und verlangend und fuhr rau in ihrer Mundhöhle herum, als könne er nicht genug von ihrem Geschmack bekommen. Sie schloss die Augen, ließ sein Gesicht los und legte ihm ihre Hände auf die Brust, wo sie sein wildes Herzklopfen und die fiebrige Hitze seines Fleisches fühlen konnte.

Er ließ die Hände jedoch von ihr, als habe er Angst, sie zu berühren. Ihre Zunge fuhr in seinem Mund herum, sie presste die Schenkel fester an seinen Rumpf, knabberte, leckte und lutschte an diesen dicken, fleischigen Lippen, malte sich aus, wie es wäre, sie an ihrer weichen, prallen, feuchten Scham schmausen zu lassen. Sie stöhnte ihm in den Rachen, drückte, schraubte ihm die Nässe ihres pochenden Geschlechts in den Bauch und quetschte ihren Mund auf seinen.

Zuletzt riss er sich gewaltsam los, stieß sie schwer atmend von sich, und sie spürte seinen Schwanz an ihrem Rückenende. Keuchend lächelte Haydée auf ihn hinunter, und er sah weg. Sie wusste, er könnte sie fortschleudern, mit einer leichten Bewegung aus den Handgelenken beiseiteschubsen … aber er tat es nicht. Vielmehr sah der massige Mann unter ihr erschöpft, geschlagen und schutzlos aus. Wieder fielen seine Hände zurück auf den Boden über seinem Kopf.

Sie streckte eine Hand nach ihrer Scham aus und zog drei Finger durchs tropfende Nass. «Als er aus der Wanne stieg, rief er mich wieder zu sich hinüber», sagte sie und führte die glänzenden Finger an sein Gesicht. Alis Augen waren geschlossen, öffneten sich aber, und seine Nasenflügel blähten sich, als er ihren Geruch einsog. «Er legte sich aufs Bett und trug mir auf, ihm ein Öl in die Haut zu reiben.»

Ihre Finger waren dicht an Alis Mund, und sie zog sie behutsam den schmalen Spalt zwischen seinen weichen Lippen entlang. Er löste sie ganz voneinander, und sie schlüpfte mit einem Finger in die feuchte Wärme und keuchte überrascht auf, als er ihn gierig von oben bis unten ablutschte. Seine Zunge wirbelte umher, als wolle sie jeden Tropfen ihrer dunklen Säfte ablecken, bis Haydée ganz benommen im Kopf wurde und ihr Bauch sich fester denn je zusammenzog. Ihr Kitzler schwoll an, war völlig befeuchtet, und sie drückte sich leise grunzend in seinen straffen Bauch. Lange würde es nicht mehr dauern, das wusste sie.

Sie atmete schwer, als sie fortfuhr. «Ich strich ihm mit beiden Händen über Schultern und Rücken … aber sie waren nicht so breit wie diese.» Mit einem leisen Ploppen hatte sie ihren Finger aus seinem Mund gezogen und fuhr mit den Händen über die weite Fläche seiner Brustmuskeln, seines Schlüsselbeins und über seine kräftigen Oberarme. «Nicht dunkel und schwer wie diese», murmelte sie. «Als ich seinen Körper anfasste, dachte ich nur an deinen, Ali. An die Wärme deiner schimmernden Haut, die Wölbung deiner Muskeln, an ihr Wellenmuster. An deinen Schwanz, in mir eingegraben –»

Plötzlich schleuderte es sie rücklings auf die Kissen. Seine Finger lagen wie Eisenbänder um ihre Handgelenke und zwangen sie beidseits ihrer Hüften zu Boden.

Mit einem Knie drückte er grob ihre Schenkel auseinander, spreizte sie und legte ihr tröpfelndes, glänzendes Geschlecht frei. Es pochte noch heftiger, nun da es offen dalag, und er kniete sich zwischen ihre Beine. Die Hände um ihre Gelenke, legte er seine langen Finger über ihre Schenkel und hielt sie dort unnötig fest – denn sie hatte überhaupt nicht den Wunsch, sich zu bewegen.

Schwungvoll vergrub er das Gesicht in ihrer Scham, und seine dicken Lippen schwelgten in ihren geschwollenen Labien, genau wie sie es sich vorgestellt hatte. Haydée stieß einen leisen Schrei aus, bog den Rücken durch und versuchte, sich noch dichter an seinen Mund zu schieben, wollte, dass er an ihrem kleinen, wehen, pochenden Kitzler rüttelte.

Seine Zunge schlängelte sich in sie hinein, schnalzte dann an der Unterseite ihres Geschlechts empor und reizte es, bearbeitete es schnell und kundig, bis sie den Gipfel erreichte und sich als zitterndes, bebendes Häuflein herumwälzte.

Ali zog das nasse Gesicht von ihrem Körper fort, gab zögerlich ihre Hände frei und hockte sich auf seine Hinterbacken. Sein Schwanz war stolz und lang und stand schnurgerade von seinen Schenkeln ab. Er betrachtete sie für einen langen Augenblick und gestikulierte dann: *Ich werde mir nicht nehmen, was meinem Herrn gehört. Das ist sein gutes Recht, solange er dich besitzt. Jetzt geh, oder ich werde dich rauswerfen.*

Haydée rappelte sich auf die Beine, zitterte immer noch, fühlte sich aber warm und gesättigt. Sie ging an Ali vorbei und hielt dann neben seinem hingekauerten Körper inne. Ihre Hände ruhten hinterrücks auf seinen breiten Schultern, als sie sich bückte und ihn flink auf den glatten Kopf küsste. «Ich werde dich umstimmen, Ali. Keine Sorge.»

ACHTES KAPITEL

Im Theater

Am nächsten Morgen
Paris

Mercédès stand in einem Wasserfall, der sich über ihr ergoss, ihr heiß auf die Schultern und empfindsamen Spitzen ihrer Nippel prasselte. Sie hob das Gesicht, ließ das Wasser auf ihren Wangen und Lippen prickeln, strich ihr nasses Haar über den Scheitel zurück und fühlte es auf ihren Rücken klatschen.

Plötzlich glitten große, gebräunte Hände von hinten um ihre Taille, zogen sie an eine starke Brust … und sie spürte einen vorstoßenden Schwanz, der unterhalb ihrer Arschspalte stocherte. Seufzend lehnte sie sich zurück an seinen kräftigen Oberkörper und fühlte feuchte, hitzige Küsse auf den bloßen Schultern, während seine Hände emporfuhren und ihre Brüste umschlossen.

Sie drehte den Kopf im Sprühregen herum und fand Edmond hinter sich, das hübsche Gesicht von Verlangen gestrafft, jung und schmal, die Lippen voll und feucht vom Wasserfall. Während sie ihn ansah, verwandelte er sich in den älteren, schrofferen Monte Christo, dessen Hände ihr in die Nippel zwickten und den Sinnesreiz hinunter in ihren Bauch fluten ließen.

Ihre Sehnsucht wuchs, vermengte sich mit dem Wasserdampf, und sie versuchte, sich ihm zuzukehren, doch ein zweites Paar Hände tauchte auf, glitt über ihre Schultern, verwickelte sich in ihrem klatschnassen Haar, und plötzlich hatte sie noch eine großgewachsene, dunkelhaarige Gestalt vor sich. Sindbad beugte sich vor, um sie auf den Mund zu küssen, ehe sie widersprechen konnte, und sie spürte die Borsten seines kurzen Barts und Schnurrbarts, als er seine Lippen ihren anpasste und seine Hände ihre Schultern packten, um seinen langen Körper an ihren zu schmiegen.

In der Falle, zwischen beiden eingezwängt, fühlte Mercédès jeden Zoll ihres Körpers in straffe Muskeln und warmes Fleisch gepresst. Mitten im tosenden Wasser und aufsteigenden Dampf konnte sie nur wenig ausmachen. Alles war ein Strudel aus Empfindungen: sanft unter ihren Ohren knabbernde Zähne, kräftige Hände vorn über ihren Nippeln und auf ihnen eng kreisende Fingerkuppen, unter denen sie sich wand … sinnliche, über ihren Mund gepresste Lippen, die sich anschmiegten, sogen, schmeckten … lange Beine hinter ihren eigenen, ein ihr von hinten wütend zusetzender Schwanz … und noch einer, der vorn ihr Geschlecht reizte.

Mercédès versuchte, sich loszureißen, dieser herrlichen Folter zu entkommen, doch Sindbad hielt sie bei den Schultern fest, während Monte Christo ihre Brüste in Händen barg und beider kräftige Arme sie derart eng umschlangen, dass sie kaum Luft bekam. Nasses Fleisch schlüpfte und glitt über erhitztes, nasses Fleisch, weiche Rundungen drückten sich an feste, sehnige Muskeln, Gliedmaßen verflochten und beugten sich, ihr langes schwarzes Haar klebte überall.

Dann löste sich Sindbad mit seinen schwarzumrandeten Augen und seinem glatten, zum Zopf geflochtenen Haar aus dem Kuss, und sie holte mit tiefem Seufzer Luft, versuchte, ihn fortzustoßen, die Hände auf seiner nackten, glatten Brust gespreizt … aber Monte Christo bekam ihre Handgelenke zu fassen, zog sie ihr auf den Rücken und hielt sie dort fest, während Sindbad sich vor sie hinkniete.

Das Wasser rauschte herab und raubte ihr den Atem, als sie den Mund öffnete, um aufzubegehren – oder vielleicht auch lustvoll aufzuseufzen –, während kräftige Finger ihre Schenkel auseinanderzogen. Beide Hände um die Unterseiten ihrer Schenkel, beugte sich Sindbad zu ihrem geschwollenen Kitzler hinunter, und ihre Knie gaben nach. Sie drängte sich ihm ins Gesicht und bog sich rücklings an Monte Christos Brust.

Sindbad leckte ringsherum, reizte mit seiner flachen, warmen Zunge ihr Geschlecht, während Monte Christo ihre Hände losließ, um mit seinen wieder ihre Brüste zu liebkosen. Er hob sie an, richtete die Nippel aufwärts in den Wasserfall, hielt sie so fest, drückte sie, und sie zuckte, ruckte in den Hüften, als sie Sindbads Zunge plötzlich tief in ihre Scham eindringen fühlte. Die unablässigen Reize des Wassers auf ihren Nippeln und der sich in ihrem und rings um ihr Geschlecht windenden Zunge wirbelten durch ihren Körper, verstärkten sich, schwollen an und dehnten sich unerträglich.

Ihre Hände bewegten sich fahrig durch die Luft, bis sie sich auf das glatte Haar des Seefahrers legten, während er ihr Geschlecht lutschte und das Wasser auf sie niederprasselte … kräftig, derb und fest lutschte er und sog das kleine Knötchen in seinen Mund, als wollte er es verschlucken. Sie stöhnte und wand sich dort und zappelte, festgehalten von vier starken Händen, während ihr der Dampf in die Nase stieg und das Wasser ihren Mund füllte, und schließlich stieß Sindbad sie mit einem langen, gleichmäßigen Zungenschlag über die Schwelle, hinein in berstende Erlösung … und sie erschauderte und seufzte und sackte zwischen ihnen zusammen …

Mercédès erwachte aus dem Traum, um ihr Geschlecht sachte pochend und ihren Schamhügel feucht und schlüpfrig vorzufinden. Sie atmete schwer, und ihr Herz klopfte, als wären die beiden Männer wirklich da gewesen. Ihre Nippel bohrten sich durch die Laken und waren für die leiseste Bewegung empfänglich, als wären sie tatsächlich von Wasser überströmt worden.

Sie schluckte, schloss die Augen und schwelgte in den Erinnerungen an einen der realistischsten, leidenschaftlichsten Träume, die sie je erlebt hatte. Die schnelle Befriedigung blieb ihr eine kurze Weile länger erhalten und war verflogen, als ihr die Ereignisse der Abendgesellschaft vergangene Nacht einfielen. Und als sie die Augen wieder aufschlug, sickerte ein stumpfes Grau, das zu ihren Gedanken passte, durch ihr Schlafzimmerfenster – Gedanken, die sie geplagt hatten, bis sie in unruhigen Schlaf fiel, als die Sonne schon den Horizont aufhellte.

Ein hässliches Gefühl nagte tief in ihrem Bauch, während sie dalag und die blassgrüne Seide unter der Zimmerdecke betrachtete. Sie hatte kein Recht gehabt, Georges zu erlauben, ihr auf diese Weise Lust zu bereiten, nicht wenn sie von einem anderen Mann hingerissen war – so erbärmlich sich dieser andere auch verhalten hatte.

Ihre Kehle war trocken und machte beim Schlucken

ein knackendes Geräusch. Es war falsch von ihr gewesen, Georges in den Garten mitzunehmen – auch wenn sie zu ihrer Verteidigung anführen konnte, dass sie nicht so weit hatte gehen wollen, wie es dann geschehen war. Sie hatte wirklich nur Monte Christo zeigen wollen, dass sie ihm trotzen würde und er keine Macht über sie hätte.

Immerhin hatte er ihren Körper auf sinnliche Berührung vorbereitet zurückgelassen ... was eben nicht Georges' Verdienst war, und sie hätte nie zulassen dürfen, dass er sich vor sie hinkniete und unter ihren Röcken vergrub. Ihre Beziehung konnte so nicht weitergehen, jetzt, da Monte Christo in die Stadt gekommen war.

Denn so gern sie ihn und seine Gegenwart auch abtun würde, erkannte Mercédès doch, dass erst abgeschlossen sein musste, was immer zwischen ihnen zu klären war. Was immer derart in ihm brannte, dass er das Bedürfnis verspürte, sie zu quälen und zu demütigen, wie geschehen, musste aufgedeckt werden, ehe sie das Recht hätte, sich mit irgendeinem anderen Mann einzulassen. Das Recht hätte, einen anderen verschleiern zu lassen, was sie zu verstehen versuchte.

Und in Wahrheit gab es keinen anderen, der sie so hatte erschauern und erwachen lassen wie Monte Christo vergangene Nacht – und das nicht in ihren Träumen und Wunschvorstellungen, sondern in Wirklichkeit. Im Pavillon.

Sie hatte bereitwillig und unverzüglich auf ihn angesprochen, als sei ihre Leidenschaft nie tief unter der Oberfläche verschwunden und so leicht wie Seifenschaum aufgerührt worden. Niemand sonst hatte sie je diese durchdringende Lust fühlen lassen, dieses Gefühl, dass es richtig war ...

Außer …

Mercédès erstarrte, ein Frösteln lief ihr über den Körper.

Außer Sindbad.

Etwas prickelte in ihren Fingerspitzen, ihr wurde schwindlig, und ihr Blick verwirrte sich. Ein Band schnürte ihre Lungen ein.

Sindbad. Der sie auf die Insel Monte Christo gebracht hatte.

Eine volle Minute lang stockte ihr der Atem, während sie diese Möglichkeit erwog.

Sindbad war groß, hatte langes, glattes Haar, Bart und Schnurrbart – aber das ließ sich leicht ändern. Ein Lidstrich hatte seine Augen umrandet, dünn zwar, doch imstande, ihnen eine andere Form und eine andere Betonung zu verleihen, und sie waren immer nur bei schwachem, trübem Licht zusammen gewesen. Schatten konnten so viel verbergen!

Seine Brust war haarlos, könnte aber ohne weiteres rasiert sein. Ein Ohrring ließ sich entfernen, und das Loch fiele kaum auf, wenn man nicht genau hinsah … und Monte Christo trug sein Haar lang und über die Ohren fallend.

Aber das Verfluchteste daran … die Trumpfkarte … war die Art, wie sie sich die beiden Male mit Sindbad zusammen gefühlt hatte … diese erlesene, erfüllende, tiefgründige Lust. Eine Wiedererweckung ihrer Sinne und Gefühle. Eine Art Vertrautheit und Befreiung, die sie zurückgeführt hatte auf … nun, auf den Umstand, dass er sie an Edmond erinnert hatte, als sie ihn das erste Mal von hinten sah, nur kurz, aber es war so.

Er hatte sie an Edmond erinnert, selbst damals.

Mercédès schlug sich mit einer Hand auf die Brust und machte ein scharfes, hohl klingendes Geräusch. Dumm! Sie war so ungeheuer dumm gewesen.

Wie hatte sie nur nicht wissen können, dass er es war?

Und dann dämmerte es ihr. *Er hatte* gewusst, dass sie es war.

Die Erkenntnis raubte ihr wieder den Atem, und es fiel ihr wie Schuppen von den Augen.

Bei Gott, das hatte alles er getan! In voller Absicht.

Ihr Gesicht wurde heiß, dann kalt, während die Wut in ihr tobte. Ihre Finger zitterten. Das alles – aus Rache? An ihr? Dafür, nach Edmonds Verschwinden Fernand geheiratet zu haben?

Was war geschehen, um ihn zu solch einem Mann zu machen?

Einen Augenblick lang schöpfte sie Atem und versuchte, ihre Wut in den Griff zu bekommen und zu begreifen, wie und warum der liebende, zärtliche Edmond zu einem so schroffen und gefühllosen Mann werden konnte. Einer, der sie angelogen und gedemütigt hatte – der wusste, wer sie war, aber ihrer beider Vergangenheit nicht in Ehren halten wollte.

Sie dachte daran zurück, wie Sindbads Körper sachte an ihrem gezittert hatte, zärtlich und doch verlangend gewesen war, wie er sich in Aladins Grotte verhalten, sie berührt und ihr Lust bereitet hatte … und wie sie ihm Lust bereitet hatte. Wie er sie mit diesem seltsam höhnischen Unterton, der jetzt so viel mehr Sinn für sie ergab, «Comtesse» genannt hatte.

Ihre Finger zitterten noch immer, aber ihr Verstand hatte sich merklich geklärt. Sollte dies ein Rachefeldzug werden, so hatte Mercédès die gleiche Chance zu gewinnen wie Monte Christo.

Während er Haydée zu ihrer beider Theaterloge führte, nickte Monte Christo den vielen Bekannten zu, die er seit seiner Ankunft in Paris gewonnen hatte. Männer wie Frauen blieben stehen, um ihn zu begrüßen und zuweilen auch mit ihm zu plaudern, aber er hielt sich nie länger auf. Er zog es vor zu warten, bis jene, die ihn zu sprechen wünschten, aus eigenem Antrieb an ihn herantraten.

Und sie taten es.

«So viele vornehme Leute sind hier», sagte Haydée und klang in seinen Ohren unbefangener denn je. Ihre großen, dunklen Augen waren weit aufgerissen, während sie den Blick über den Gang schweifen ließ und zweifellos die Roben, Handschuhe und das sonstige Schmuckwerk der Damen in allen Einzelheiten in sich aufnahm – weniger vielleicht die Gemälde und die kunstvolle Architektur des Theaters.

«Du siehst ebenso wunderschön aus wie jede andere hier», beeilte er sich zu erwidern. Monte Christo war sich der neugierigen Blicke vollkommen bewusst, die er und die schöne, fremdländische Haydée auf sich zogen, während beide zu ihrer Loge schlenderten. Er hatte keinen Zweifel, dass sich die Neuigkeit über den Grafen von Monte Christo und die betörende, geheimnisvolle Frau in seiner Begleitung bald überall in den Pariser Salons verbreiten würde. «Siehst du den Mann da drüben, den mit der violetten Weste?»

«Ja. Er sieht aus wie jemand sehr Wichtiges.»

«Das ist er allerdings. Das ist der Schriftsteller Victor Hugo, der ein berühmtes Buch mit dem Titel *Der Glöckner von Notre Dame* verfasst hat. Und ist dir vielleicht das Gerüst vor der Kathedrale Notre Dame aufgefallen, das große Bauwerk mit den zwei Türmen?»

Haydée nickte mit leuchtenden, aufmerksam blickenden Augen. Sie hatte die Sehenswürdigkeiten der Stadt regelrecht in sich aufgesogen, wann immer Monte Christo sie in der Kutsche ausführte; sie waren so verschieden von denen in Singapur und Peking, wo sie fast das ganze vergangene Jahrzehnt gelebt hatte, während er auf Reisen war. «Ja, ich kenne die Kirche, von der du sprichst.»

«Sie ist eines der berühmtesten Pariser Wahrzeichen, aber bis Hugos Roman verlegt wurde, verfiel die Kirche. Erst durch die Bekanntheit des Buches war die Stadt beschämt genug, um das Gebäude wieder instand zu setzen.»

In der Woche seit der Abendgesellschaft im Hause Morcerf hatte sich Monte Christo mehrerer anderer Aspekte angenommen, die mit dem Zweck seines Pariser Aufenthalts zusammenhingen. Er hatte abgewartet, um sich einen gewissen Abstand zu den Ereignissen jenes Abends zu verschaffen.

Mittels einiger geschickt gestreuter Gerüchte und eines sehr hohen Bestechungsgelds hatte er sichergestellt, dass die Baronesse Danglars (eine Börsensüchtige) – und durch sie Danglars selbst – diese Woche einen riesigen Verlust im Wert von über fünfhunderttausend Francs erlitten hatten. Es war nur der erste Schritt seines Plans, und Madame Danglars hatte den Schaden durch ihre eigene Gier verschuldet.

Außerdem hatte er erfahren, dass der Vater von Villeforts erster Frau plötzlich gestorben war, was Monte

Christo nicht überraschte. Vor nicht mehr als zwei Wochen hatte Monte Christo eine recht aufschlussreiche Unterhaltung mit Madame Héloise Villefort, der zweiten Gattin des Staatsanwalts, über Gifte und deren Gebrauch geführt.

Das war nicht alles, was er in der vergangenen Woche durch weitere heimliche Machenschaften erreicht hatte, doch bei den zudem ausgelegten Ködern musste die Beute erst noch anbeißen. Alles in allem entwickelten sich die Ereignisse genau wie von ihm geplant, und bald würden sich die vier Männer, die Edmond Dantès verraten hatten, in den Fallen verfangen. Der ergötzlichste Teil des Ganzen bestand darin, dass es keine Fallen für diese Männer gäbe, wären sie anständig, ehrlich und vertrauenswürdig – und sie sich daher selbst ins Unglück stürzen würden.

Und damit bestätigte sich für Monte Christo, wahrhaftig als gottgesandter Racheengel zu handeln.

Monte Christo hatte dafür gesorgt, dass seine Theaterloge die teuerste und auffälligste war, links von der Bühne gelegen und beinahe auf einer Höhe mit den Schauspielern. Ali war von der Kutsche geradewegs zur Loge gegangen und erwartete die beiden wie ein riesenhafter schwarzer Wachposten an ihrem Eingang. Kaum hatten Monte Christo und Haydée auf den grünen Plüschsesseln Platz genommen, als es an der Tür klopfte.

Er nickte Ali zu, sie zu öffnen, und war erfreut, als ersten Besucher niemand anderes als Baron Danglars eintreten zu sehen.

«Guten Abend, Monsieur», sagte Monte Christo, ohne sich von seinem Platz zu erheben.

Danglars nahm den angebotenen Sessel neben seinem Gastgeber ein und warf dabei einen neugierigen Blick auf Haydée. «Guten Abend, Eure Exzellenz.»

Monte Christo lächelte freundlich und wiederholte: «Guten Abend, Baron. Welch eine lebhafte Woche für euch Bankiers an der Börse. So viel ich weiß, kam es dort dieser Tage zu ziemlicher Unruhe. Eine Depesche wurde falsch gelesen und Unwahrheiten verbreitet. Zum Glück wurde alles beinahe umgehend richtig gestellt und hat wahrscheinlich keinen großen Schaden angerichtet.»

Ihm war bewusst, dass es sich in der Tat so zugetragen hatte, aber ebenso wusste er, dass die Baronesse in ihrem Hang zum bedenkenlosen Anlegen ihres Geldes ihren Liebhaber gebeten hatte, aufgrund der Falschmeldung eine gewaltige Summe zu investieren. Nun hatte ihr diese Meldung, von der sie am Vorabend der Veröffentlichung auf unredliche Weise Kenntnis erhalten hatte, große Verluste eingetragen. Hätte sie zugleich mit der übrigen Stadt davon erfahren, hätte sie auch kurz darauf die Berichtigung vernommen – und sich wie alle anderen den großen Verlust erspart. Somit hatte ihre Gier dem Haus Danglars einen riesigen finanziellen Verlust eingebrockt, über den ihr Gatte außer sich vor Wut sein musste.

Danglars nickte. «Allerdings, es hätte viel schlimmer kommen können. Für mich jedoch, um ehrlich zu sein, Eure Exzellenz, war es schlimm genug. Tatsächlich habe ich die letzten Wochen über eine ganze Reihe heftiger Rückschläge eingesteckt.»

Monte Christo hob die Brauen. Natürlich war ihm das bereits zur Genüge bekannt, da er es sich zur Gewohnheit machte, alles zu wissen … und derlei bevorstehenden Ereignissen nachzuhelfen.

«O bitte, glauben Sie nur nicht, ich wollte Sie um ein Darlehen angehen – nein, keineswegs», sagte Danglars. «Bitten aber möchte ich Sie in einem Fall um Ihren Rat. Da meine Finanzen – sagen wir – etwas aus dem Lot sind, war mir darum zu tun, das Verlöbnis meiner Tochter mit Albert de Morcerf unter Dach und Fach zu bringen. Und ich habe mich gefragt, ob Sie irgendeinen Rat – oder eine Meinung – zu der Sache hätten, denn mir kommen neuerdings Fragen zum Hintergrund des Grafen. Er scheint mir so vage und unergründlich, und es war von Gerüchten aus der Stadt Ioannina in Griechenland zu hören, wo er in der Armee gedient hat.»

Erfreut darüber, dass sein Werk schon Früchte trug, legte Monte Christo die Fingerspitzen aneinander und ließ den Blick über das Parkett schweifen, als wäre er tief in Gedanken versunken. Dabei wurde seine Aufmerksamkeit von einer schlanken, dunkelhaarigen Frau gebannt, die soeben ihren Platz in der Loge unmittelbar gegenüber einnahm. Ihr Kopf war abgewandt, während sie sich mit einem ihrer Begleiter unterhielt und in die Polster sank, aber er erkannte ihre honigfarbene Haut, die Rundung ihrer Wange und, am aberwitzigsten, die besondere Wölbung ihres Schlüsselbeins im tiefen – sehr tiefen – Ausschnitt einer sattroten Abendrobe.

Seine Finger bogen sich um die hölzernen Armlehnen seines Sessels, und ruhig wandte er sich wieder Danglars zu. «Kaum spricht man vom Teufel», bemerkte er mit gelangweilter Geste zu den Morcerfs und ihren drei männlichen Gästen in der Loge. Mercédès führte immer noch ihr intensives Gespräch mit dem Mann neben sich. Er schien ziemlich interessiert an dem großen Rubin in ihrer tiefen Brustspalte zu sein, die in einem Mieder verschwand, das bestimmt nur gerade eben ihre Nippel bedeckte.

«Albert de Morcerf ist ein stattlicher junger Mann, und ich bin mir sicher, dass er ein würdiger Schwiegersohn wäre. Doch an Ihrer Stelle», sagte Monte Christo mit Blick auf Danglars und den nächsten Nagel in Fernand Morcerfs Sarg, «würde ich nach Ioannina schicken lassen und möglichst viel über die Sache mit Ali Pascha in Erfahrung bringen, ehe ich eine endgültige Entscheidung träfe.»

Der Graf ignorierte den jähen Ruck in Haydées Arm, der angespannt an dem seinen lag, nickte Danglars schlicht zu und fügte an: «Das wäre meine Empfehlung.»

Der fette Baron stand auf, wischte sich mit einem Taschentuch die Stirn und sah ungeheuer dankbar aus. «*Merci*, Eure Exzellenz. Ich werde mir Ihren Vorschlag zu Herzen nehmen.»

Monte Christo neigte den Kopf und machte sich nicht die Mühe, Danglars aus der Loge verschwinden zu sehen. Vielmehr lehnte er sich zur Seite, um mit Haydée zu sprechen, wandte ihr das Gesicht zu und legte eine Hand auf die Logenbrüstung vor ihnen beiden. «Du musst daran denken, keinen Hinweis auf deine Verwandtschaft mit Ali Pascha zu geben ... die Zeit dafür wird kommen, und ich werde dir sagen, wann. Jetzt zeig mir ein strahlendes Lächeln und lache, als wärst du nie fröhlicher gewesen.»

Haydée gehorchte, und Monte Christo lächelte warm zurück, sich völlig bewusst, welches Bild sie dort auf den auffälligsten Plätzen im ganzen Theater abgaben: das eines vornehmen, gutaussehenden, dunkelhaarigen Paars, in inniger Heiterkeit verbunden und scheinbar ohne Augenmerk für irgendetwas ringsum. Genau der Eindruck, den er erwecken wollte.

Das zweite Klopfen an ihrer Logentür brachte höchst willkommenen Besuch.

«Komm, komm, setz dich zu uns, Maximilien», sagte

Monte Christo und erhob sich, um seinen jungen Freund zu begrüßen, wobei er rasch hinüberschaute. Nun war ihr Kopf einem anderen der drei Männer zugeneigt, die nicht zur Familie gehörten, und er sah die Rundung ihrer Wange, als sie lächelte.

Es war für ihn keine Überraschung, Salieux nicht in Gesellschaft der Morcerfs zu sehen. Monte Christo hatte dem jungen Mann am Tag nach der Abendgesellschaft einen Besuch abgestattet und ihm die Folgen auseinandergesetzt, die sich aus fortgesetztem Umgang mit der Comtesse Morcerf ergeben würden. Salieux hatte etwas davon gestammelt, einen ausgedehnten Besuch bei irgendwelcher italienischen Verwandtschaft machen zu wollen, und der Graf hatte ihm höflich *adieu* gewünscht.

Nun schüttelte Monte Christo herzlich die Hand Morrels und küsste ihm in aufrichtiger Zuneigung beide Wangen. Seit seinem Eintreffen in Paris hatte Monte Christo, von den Vertrauensleuten in seinem Haushalt abgesehen, keine weitere Seele gefunden, aus der er sich etwas machte. «Aber was hast du auf dem Herzen?», fragte er, da er sofort den bedrückten Ausdruck in Gesicht des jungen Mannes wahrnahm.

Maximilien sah ihn an, und seine dunklen Augen blickten innig, bargen aber eine tiefgründige Weisheit, die von seiner Militärzeit herrührte. «Ich habe gerade furchtbare Nachrichten erhalten.»

«Bitte», sagte Monte Christo, «schütte mir dein Herz aus, und ich werde dir in jeder Weise helfen, die mir möglich ist. Und sollte ich nicht helfen können, werde ich dir zumindest wohlwollend Gehör schenken.»

Der junge Mann schwieg zunächst und schien das Angebot einen Augenblick lang zu erwägen. In dieser Zeit fiel

Monte Christo sein eigener Plan ein, Haydée dem jungen Hauptmann Morrel vorzustellen, und zog es auch kurz in Betracht. Am Ende widerstand er dem Einfall jedoch. Es war vorläufig von Vorteil für ihn, wenn die große Pariser Gesellschaft – und eines ihrer Mitglieder insbesondere – ihn und die junge Frau für ein Paar hielt. Ein Liebespaar.

Schließlich sprach Maximilien. «Bitte fragen Sie nicht, wie ich in diese Lage geriet – das kann ich nicht preisgeben –, aber es begab sich, dass ich mich beim rückwärtigen Gartentor des Anwesens von Monsieur Villefort befand.»

Monte Christo war vom Thema, das angesprochen wurde, überrascht, aber nicht auf unangenehme Weise. «Soweit ich weiß, gab es Anfang der Woche einen Todesfall in seiner Familie.»

Maximilien nickte. «Nach dem, was ich heute erfuhr, gab es sogar zwei Todesfälle in der vergangenen Woche – den von Monsieur Villeforts Schwiegervater, und dann starb nur zwei Tage später seine Schwiegermutter in Villeforts Haus.»

«Doch nicht Madame Héloises Eltern?», fragte Monte Christo und täuschte Verblüffung vor. Madame Héloise war die blutjunge zweite Frau Villeforts, mit der er zwei Wochen zuvor die aufschlussreiche Unterhaltung über Gifte geführt hatte.

«Nein, es waren die Großeltern von Monsieur Villeforts Tochter Valentine. Mütterlicherseits. Ihre Mutter ist schon viele Jahre tot.»

«Sage nur. Und es waren recht wohlhabende Zeitgenossen, nicht wahr?», gab Monte Christo zurück. «Ich erinnere mich, so viel gehört zu haben. Das heißt also, dass Mademoiselle Valentine nun ein Vermögen erben wird.»

Maximilien nickte und wirkte dabei tief bekümmert.

«Aber es gibt noch mehr zu berichten, denn als ich an besagtem Gartentor stand» – er warf einen verstohlenen Blick auf Monte Christo, der seine ausdruckslose Miene beibehielt, da es ihm gleich war, aus welchen Grund der junge Mann die Nähe dieses Tores gesucht haben mochte –, «hörte ich ein Gespräch zwischen dem Monsieur und dem Arzt mit, bei dem ihm der Doktor mitteilte, die Todesursache sei ganz eindeutig eine Vergiftung.»

«Dann würde Monsieur Villefort einen Giftmörder beherbergen, nicht wahr?», fragte Monte Christo bedächtig und verbarg seine Zufriedenheit darüber erfolgreich.

«Es scheint so. Aber es gibt sogar noch mehr.» Nun sah Maximilien gänzlich niedergeschlagen aus. «Nicht lange nachdem der Arzt die Leiche der Frau untersucht hatte, war Mademoiselle Valentine bei ihrem Großvater – Monsieur Noirtier, Monsieur Villeforts Vater und ein alter Bonapartist, der weder sprechen noch sich bewegen kann – und brachte ihm ein Glas Limonade. Ehe er sie selbst trinken konnte, trank sie der treue Diener des Alten, da er sich müde und durstig fühlte. Er wurde krank, wand sich in schrecklichen Krämpfen und verschied an Ort und Stelle.»

Monte Christo schaute todernst drein. «Es gab also drei Morde – Vergiftungen – in Monsieur Villeforts Haus binnen nicht mal einer Woche. Nach dem, was du mir erzählt hast, scheint Mademoiselle Valentine die Schuldige zu sein – denn sie hat den größten Vorteil vom Tod ihrer Großeltern mütterlicherseits, die sehr reich waren, und ihres Großvaters Monsieur Noirtier, der sie meines Wissens ebenfalls als seine Erbin eingesetzt hat.»

«Nicht doch, Mademoiselle Valentine könnte es nie sein!», rief Maximilien aus. «Ich – ich glaube einfach nicht, dass sie so etwas tun würde, denn i-ich habe sie auf der

Abendgesellschaft bei Morcerf kennengelernt, der Sie ebenfalls beiwohnten.»

Monte Christo hob eine Braue. «Maximilien, mein lieber, lieber Freund, bei einer Frau kann man sich nie sicher sein, wie tief ihre Treue geht – oder wie weit sie den Verrat treiben würde. Das habe ich nur zu genau erfahren. Und es heißt ja, und daran glaube ich, dass die Sünden des Vaters auch seine Kinder heimsuchen. Ich bin mir durchaus nicht sicher, ob Monsieur Villefort bei all seiner Macht und gesellschaftlichen Stellung der edle und ehrliche Mann ist, für den er sich ausgibt. Vielleicht haben sich seine Neigungen lediglich in seiner Tochter offenbart.»

«Ich glaube nicht, dass es so ist. Mademoiselle Valentine liebt ihren *grandpère* mehr als sonst jemanden auf der Welt», sagte Maximilien. «Sie würde ihn nicht vergiften.»

Monte Christo zog es vor, sich nicht zu Maximiliens vermeintlicher Kenntnis der Herzensbande Mademoiselle Valentines zu äußern; vielmehr blickte er seinen Freund fürsorglich an. «Ich hoffe, du hältst mich über alles auf dem Laufenden, was dich bedrückt, mein Freund … doch im Augenblick fühle ich nur deine Güte und deinen Kummer ob dreier Unschuldiger und ihres Todes.»

Maximilien nickte, das Gesicht noch immer erbittert. «Dem ist allerdings so. Aber –», er sah Monte Christo geradewegs, unverwandt und eindringlich in die Augen, «– es könnte so weit kommen, dass ich mehr als wohlwollendes Gehör benötige, Eure Exzellenz.»

Monte Christo beugte sich zu ihm vor und schloss die Finger fest um den muskulösen Arm des jungen Mannes. «Und du kannst sicher sein, Maximilien, wann immer du mich, gleich aus welchem Grund, um Beistand bätest, ich würde Himmel und Hölle in Bewegung setzen, um dir zu helfen. Darauf gebe ich dir mein Wort, bei meinem Leben. Du brauchst nur zu fragen.»

Vielleicht gab es da eine Träne, die im Auge seines Freundes glitzerte, vielleicht auch nicht. Jedenfalls genügten Morrels nächste Worte, um Monte Christo beinahe ruckartig hochfahren zu lassen. «Ich habe nur einen anderen Menschen gekannt – außer meinem Vater natürlich –, der so gütig und großzügig zu mir und meiner Familie war. Ich weiß nicht einmal, wer er ist, kenne nur seinen Namen: Lord Wilmore. Meine Schwester Julie und ich haben schon lange den Verdacht, dass dieser Mann, der meinen Vater vor dem sicheren Ruin und Selbstmord rettete, indem er ihm im Augenblick der Katastrophe eine riesengroße Schuld erließ, kein anderer als ein alter Freund von uns ist: Edmond Dantès, der vor mehr als zwanzig Jahren verschwand. Ich hoffe, Sie fassen dies so auf, wie es gemeint ist, das heißt, als Kompliment, Sire – aber Sie erinnern mich sehr an ihn.»

Eine kurze Weile fehlten Monte Christo die Worte. Er spürte, wie das Blut aus seinem Gesicht wich, und wusste, dass er erbleicht sein musste. Doch er erholte sich rasch und entgegnete mit schwankender Stimme: «Das fasse ich wahrlich als allergrößtes Kompliment auf.»

Es stimmte also.

Mercédès konnte ihren Blick nicht lange von der Loge auf der gegenüberliegenden Bühnenseite fernhalten, wo Monte Christo mit einer unglaublich schönen, jungen und exotischen Frau saß. Selbst als das Stück schon im Gange war und ihre Aufmerksamkeit sich auf die nur wenig entfernten Schauspieler hätte richten müssen, sah sie immer wieder zu den beiden hinüber. Sie waren gut zu erkennen, da das Bühnenlicht zwar mit dem Beginn der Vorstellung entzündet worden war, die Saalbeleuchtung aber brennen blieb.

Deshalb also hatte er Mercédès in diesem Zustand zurückgelassen. Das war es, was ihn zu Hause erwartete. Eine Frau halb so alt wie er, halb so alt wie *sie*. Straff und fest und hinreißend schön.

Mercédès hatte das Theater heute Abend im Blutrot ihrer kühnsten und gewagtesten Robe und in der Gesellschaft von Albert, Fernand und dreier seiner Teilhaber besucht – letztere waren alle Junggesellen. Sie hatte gehört, dass Monte Christo zu kommen beabsichtige, und ihm einen sehenswerten Anblick bieten wollen.

Anscheinend bemerkte er sie nicht einmal, da er die ganze Zeit damit verbrachte, mit dieser Frau zu plaudern und zu lachen und sich ihr zuneigte, während beide vertrauliche oder vergnügliche Worte wechselten.

Ihre Gedanken, die sich nicht auf das Schauspiel lenken lassen wollten, schweiften zu Georges ab, den Grafen Salieux. Was ein rechtes Dilemma hätte werden können – wie sollte sie wohl nach den Ereignissen in ihrem eigenen Garten endgültig mit ihm brechen? –, hatte sich als gänzlich unbeschwerlich erwiesen. Durch Albert hatte sie erfahren, dass Georges plötzlich eine lange Reise zu Verwandten in Italien angetreten habe.

Ihr war gar nicht bekannt gewesen, dass er Verwandte in Italien *hatte*, was einen möglichen anderen Grund für seinen Aufbruch nahelegte – und sie glaubte, diesen vielleicht auch zu kennen.

Jedenfalls löste seine Abwesenheit dieses Problem und gestattete ihr, sich dem momentanen zu widmen. Sie warf einen Blick über die Bühne hinweg auf seine Loge und stellte fest, dass er sie ansah. Ein Kribbeln lief durch ihren Körper, erhitzte ihre Wangen und sammelte sich in ihrem Magen. Ihrer beider Augenpaare trafen sich und kreuzten einen langen Moment die Klingen, da Mercédès ihren Blick nicht abwenden mochte … und gleichzeitig bei sich dachte: *Was kommt als Nächstes?*

Was führte er im Schilde?

Von gegenüber schenkte er ihr ein bloßes, gefühlloses Nicken – es enthielt weder Unverschämtheit noch Achtung noch Herzlichkeit, sondern war nur eine bloße Bewegung des Kinns –, dann lenkte er seine Aufmerksamkeit wieder auf das Stück.

Hatte er es schlicht darauf abgesehen, sie zu verführen und als erregt bebendes, unbekleidetes Etwas auf ihrer eigenen Abendgesellschaft im Stich zu lassen? Warum? Um seine Macht über sie zu beweisen? Um sie zu erniedrigen? In jedem Fall war er nur bedingt erfolgreich gewesen.

Gingen seine Rachepläne nur so weit? Waren seine Ziele nun erreicht?

Mercédès wollte ihm entgegentreten, wollte ihn bei den straffen Schultern packen und den Mann schütteln, um herauszufinden, warum … wie … und wo er all diese Jahre gewesen war. Warum er nicht zurück zu ihr gekommen war … und als er es dann doch tat, warum gerade jetzt und auf diese Art?

Auf diese kalte, gefühllose Art.

Ein leichter Schauder überraschte sie, und Monsieur Hardegree, ein Londoner auf Besuch in Paris, musste ihr Frösteln bemerkt haben. Er war sofort um sie bemüht und streckte beide Hände aus, um ihr den Kaschmirschal enger umzulegen. Seine Handschuhe streiften ihre bloßen Schultern, und sie lächelte ihn dankend an, vermied aber jeglichen verführerischen Schimmer in ihrem Blick.

Sie setzte sich in ihrem Sessel zurück und spürte jemandes Augenmerk auf sich, doch als sie hinüberschaute, war ihr Monte Christo nicht einmal zugewandt. Sein Rücken war dem Saal zugekehrt, und er schien mit jemandem hinter seinem Platz zu reden. Doch aus diesem Winkel, sein Profil ... ihr Herz schnürte sich schmerzhaft zusammen. Edmond ... es war so eindeutig Edmond, dass sie am liebsten geweint hätte.

Doch dann drehte er sich wieder herum, und es war aufs Neue Monte Christo, sein Gebaren schroff, steif, vornehm.

Mercédès überlegte einen Augenblick lang. Was wollte *sie* eigentlich?

Sie wollte Edmond Dantès zurück. Hatte es immer gewollt.

Sie würde Fernand und sein herrschaftliches Haus, seine Truhen voll Geld, seine lüsternen Anwandlungen auf der Stelle verlassen, könnte sie Edmond zurückbekommen. Sie würde in einer Bruchbude wohnen oder auf seinem Schiff oder wo immer er wohnen wollte.

Aber Edmond, was immer ihm zugestoßen war, war verschwunden ... und der Mann namens Monte Christo ähnelte nicht länger – außer in oberflächlichster Weise, vagsten Andeutungen, schwächsten Anflügen – dem Mann, den sie liebte.

Und so, während sie darüber nachdachte, empfand Mercédès zusehends weniger Zuneigung für ihn. Zusehends weniger liebevolle Reue, die sie vielleicht miteinander hätten teilen können, wegen der verlorenen Jahre, ihrer vereitelten Pläne und ihres leeren Daseins.

Denn wenn er so in ihr Leben zurückkehrte – von Geheimnis, Kälte und Rache begleitet –, war sie nicht sicher, ob sie den Mann lieben könnte, der er geworden war.

Ihre Gedanken wurden von der Pause unterbrochen, und Mercédès willigte ein, sich von Monsieur Hardegree zum Ruheraum der Damen geleiten zu lassen. Vielleicht könnte sie ja auf Monte Christo treffen, dachte sie, während sie den breiten prachtvollen Gang entlanggingen, auf der sich die anderen Mitglieder der großen Gesellschaft tummelten und gleichermaßen hofften, zu sehen und gesehen zu werden. Doch leider hatte sie nicht einmal einen flüchtigen Blick auf die gediegene Erscheinung Monte Christos erhascht, in seinem gestärkten weißen Hemd, dem schwarzen Frack, der goldfarben gemusterten Krawatte und dem Kummerbund, als sie und Monsieur Hardegree ihr Ziel erreichten.

«Verbleibe zu Ihrer Verfügung, Mylady», sagte er in seinem entzückenden britischen Französisch und machte einen akkurat knappen Diener.

Mercédès ging auf den Damen vorbehaltenen Raum zu und an dem größten und dunkelsten Mann, den sie je gesehen hatte, vorbei durch die Tür. Sein kahler Schädel schimmerte im Licht der Gaslampen, und er trug einen Goldring in einem Ohr, der sie plötzlich an Sindbad erinnerte.

In dem kleinen Raum saßen Frauen herum und schwatzten, richteten ihre Roben, machten Aufhebens um ihr Haar, und ein paar tupften sich sogar Rouge auf Wangen und Lippen. Das Vorzimmer war lang und schmal mit Brokatvorhängen in Gold und Grün, die einen langen Spiegel über einem entsprechend langen, schmalen Tisch umrahmten. Sechs ausladende Sessel umstanden zwei niedrige rechteckige Tische, und alle Flächen waren mit Vasen voller Rosen und Päonien zugestellt, die ihre süßlichen Düfte in die

Luft entließen, als kämpften sie gegen die übrigen Gerüche von Puder, Eau de Toilette, weiblichem Schweiß und den Ereignissen in den kleinen, abgeschlossenen Abteilen jenseits dieses Warteraums an. Es war kaum Platz für mehr als eine Frau mit ihren weiten Röcken, um dieses schlauchförmige Gemach zu durchschreiten.

Da war Mademoiselle Goutage, die weißen Puder auftrug, um die Flecken auf ihrem Busen zu überdecken, und Mademoiselle LeFritier benutzte einen Kajalstift, um ihre Augen zu umranden und die Wimpern zu färben. Da sie blasse Haut und blonde Wimpern hatte, veränderte er ihr Aussehen beträchtlich – vor allem wenn die Schminke unter ihren Augen verwischte und sie erschöpft ausschauen ließ. Madame Foufant begrüßte Mercédès herzlich, und beide plauderten einen Augenblick lang, ehe die andere Frau eine letzte Locke zurechtzupfte und ihre Handschuhe wieder überstreifte. Als die Madame aufbrach, drehte sich Mercédès um und bemerkte, dass sich eine der Türen der Separées im Nachbarraum öffnete.

Eine junge Frau trat heraus, in der Mercédès sofort die Begleitung Monte Christos erkannte. Aus der Nähe betrachtet war die Frau sogar noch atemberaubender, und für einen Moment fühlte Mercédès sich von Eifersucht und Verzweiflung übermannt. Sie wandte sich von der Frau ab, die wirklich nicht mehr als ein junges Mädchen war, und richtete ihre Aufmerksamkeit auf das eigene Bild im langen, goldgerahmten Spiegel. Mit zitternden Händen zupfte Mercédès an ihrem dichten dunklen Haar herum und versuchte dabei, nicht auf die andere Frau zu achten, die nun ebenfalls vor den Spiegel getreten war.

Doch dann begegneten beider Blicke einander im Spiegel, und die junge Frau hielt inne, schaute unverwandt in

Mercédès' Augen und sagte: «Guten Abend.» Ihre Stimme war trocken und angenehm akzentuiert. Sie deutete dazu ein Nicken an, und Mercédès war aufs Neue erschüttert, wie erlesen sie aussah: olivenfarbene Haut, schräggeschnittene Augen, kräftige, dunkle Wimpern, die niemals Kajal nötig haben würden, blauschwarzes, ebenso schweres und glänzendes Haar wie ihres, glatte Haut und ein langer Hals.

Mercédès neigte nicht zur Unhöflichkeit, ungeachtet der möglichen Position dieser jungen Frau im Leben oder Bett ihres einstigen Geliebten, gleich wie hinreißend sie aussehen mochte. Wer sie auch war, wahrscheinlich dürfte sie unbeteiligt an Monte Christos Vorhaben oder Taten sein. Außerdem ... Mercédès meinte, eine Spur Nervosität in den Augen der jungen Frau zu erkennen. «Guten Abend, Mademoiselle», erwiderte sie mit erhabenem Nicken, widmete sich dann aber wieder ihrer Schönheitspflege.

Die junge Frau warf ihr unter dem Vorwand, die eigene Frisur zu richten, weiterhin verstohlene Blicke zu. Mercédès fiel auf, dass das Geplapper im Raum abgeklungen war und einige der übrigen Frauen das Mädchen anstarrten – sie sah aus, als könnte sie Griechin sein – und hinter vorgehaltener Hand miteinander flüsterten. Nicht weiter auf sie und das Mädchen achtend, zog Mercédès ihr Mieder zurecht, um sicher zu sein, dass es eben oberhalb ihrer Brustwarzenhöfe abschloss statt weiter unten, und dass die Schleifen an ihren kurzen Ärmeln immer noch gerade saßen.

Unterdessen schienen die Gespräche wieder in Gang gekommen zu sein, und das Geflüster und die Bemerkungen waren wieder lauter im Raum zu hören. Und dann übertönte eine Bemerkung die anderen und erfüllte den Raum wie das Donnern eines sommerlichen Gewitters.

«Der Ruheraum für *Zofen und Sklavinnen* ist ganz unten. Im Kellergewölbe.»

Mercédès fing zufällig den Ausdruck im Gesicht der jungen Frau auf, als diese erblasste. Verwirrung und Verletztheit huschten darüber hinweg, doch sie gab vor, sich weiter schön zu machen, als habe sie nichts gehört.

«Hätte ich eine Sklavin, würde ich sie meine Robe plätten lassen. Vielleicht ist ja eine in der Nähe, die behilflich sein könnte», wurde eine weitere gehässige Stimme laut.

Die Hand der jungen Frau zitterte leicht, als sie das lange Saphirgehänge an ihrem Ohr richtete, und ihr Mund zuckte vor rasch unterdrücktem Leid.

Mercédès wandte sich vom Spiegel ab. «Ich glaube kaum», sagte sie und ließ einen unbeugsamen Blick über die jungen Klatschbasen schnellen, «dass der Graf von Monte Christo eine Sklavin ins Theater begleiten würde. Und wenn er es täte», fügte sie hinzu, als eine der kleinen Nattern den Mund aufzumachen wagte, «gehe ich nicht davon aus, dass er sie so elegant kleiden und herausputzen würde, dass es jede andere junge Frau hier übertrifft.»

Die anderen jungen Mädchen – denn sie waren nicht weniger jung als diese Griechin – hielten nun allesamt den Mund. Rote Flecke bildeten sich auf manch einer Wange, und Mademoiselle LeFritier besaß den Anstand, wegzusehen und den Raum ohne weiteren Kommentar zu verlassen. Dies war auch besser so, denn Mercédès kannte ihre Mutter gut, und Madame LeFritier war eine liebenswürdige, höfliche Dame, die über das Benehmen ihrer Tochter entsetzt gewesen wäre.

Vor den übrigen jungen Frauen wandte Mercédès sich der Griechin zu und sagte: «Ich bin die Comtesse de Morcerf und hatte das Vergnügen, den Grafen von Monte Christo zu Gast in meinem Haus zu haben.»

Das Mädchen schenkte ihr ein flüchtiges, dankbares Lächeln, wahrte aber eine königinnenhafte Haltung, als sie mit einer kleinen Verbeugung antwortete. «Ich bin bestens unterrichtet, wer Sie sind, Madame la Comtesse», sagte sie mit bedeutungsvollem Blick. «Und ich bin entzückt – nein, *geehrt* –, Ihre Bekanntschaft zu machen. Mein Name ist Haydée, und ich bin das Mündel des Grafen von Monte Christo.» Ihre Stimme war zart und klang leicht fremdländisch.

Mündel, aber sicher, dachte Mercédès, hielt jedoch ihre Gefühle im Zaum. Sie hatte kein Recht, zu urteilen oder etwas zu unterstellen, obwohl Monte Christo das Mädchen alles andere denn wie ein Mündel behandelt hatte. Trotzdem krümmten sich ihre Finger in ihre behandschuhten Handflächen, als sie daran zurückdachte, wie *er* auf die Begegnung mit *ihrem* Liebhaber reagiert hatte.

Inzwischen hatten die übrigen Demoiselles die Flucht ergriffen, und die beiden Frauen waren allein im Raum.

«Sie sind sehr freundlich», sagte Haydée mit einem Seitenblick zur Tür, die sich hinter dem letzten aufgebauschten Rock schloss.

«Nicht der Rede wert», gab Mercédès zurück und behielt einen kühlen, ruhigen Tonfall bei. Wie sehr es sie Haydée zu fragen drängte nach … so vielem!

Wie sehr sie ihr die mandelförmigen Augen auskratzen und ihr dringend empfehlen wollte, sich von Monte Christo fernzuhalten.

«Sie sind jung und grausam wie so viele Mädchen, und ich finde nicht, dass man solches ignorieren sollte», sagte Mercédès stattdessen.

Haydée schaute sie noch immer an. «Sie sind also diejenige», murmelte sie und ließ ihren Blick mit gespannter Aufmerksamkeit über sie wandern.

Mercédès hob überrascht die Brauen. «Bin ich?»

Der Blick des Mädchens war berechnend – aber nicht auf boshafte Art. Eher auf eine nachdenkliche, als gehe ihr irgendein Licht auf. Sie nickte knapp und lächelte verhalten, als fasse sie einen erfreulichen Entschluss. «Seine Exzellenz und ich sind kein Liebespaar, Madame la Comtesse.»

Hätte sie behauptet, ihre Nase sei blau, wäre Mercédès nicht verdutzter gewesen. Doch sie behielt ihre Fassung und gestattete ihren Lippen, sich leicht zu heben. «Ist dem so? Er gibt sich große Mühe, diesen falschen Eindruck zu befördern.»

«Das ist wahr, aber unter uns nennt er mich Tochter und behandelt mich auch so.»

Plötzlich begriff sie, eine Verbündete in dem Wettstreit gefunden zu haben, welcher es auch immer zwischen ihr und Monte Christo sein mochte, und Mercédès griff nach dem Arm der jungen Frau und drückte ihn leicht. «Danke dafür, dass Sie mir dies erzählt haben, gleich aus welchem Grund.»

«Mein Grund ist blanke Selbstsucht, Madame, wenn ich so kühn sprechen darf.» Ihr Lächeln war bezaubernd, und Mercédès wunderte sich sehr, dass Monte Christo nicht in seinen Bann geraten war. Aber sie hatte keinen Grund, Haydée zu misstrauen, und lächelte daher zurück. «Warum auch immer, Sie haben mir eine Auskunft erteilt, die mir sehr nützlich werden könnte.»

«Daran habe ich keinen Zweifel, Madame. Und je eher sie es wird, umso dankbarer werde ich sein. Jetzt sollte ich aber besser gehen, denn Ali wird sich schon das Haar ausreißen. Oder», sagte sie mit einem Grübchen, das sie mehr denn je kindlich aussehen ließ, «er würde es, hätte er irgendwelches.»

Mit einem Knicks und dem Gehabe einer Prinzessin rauschte Haydée zur Tür hinaus und ließ Mercédès allein mit ihren Gedanken zurück.

Sie waren kein Liebespaar.

Sie lächelte ihrem Spiegelbild zu und nahm wie stets oben den kleinen schiefen Zahn wahr, der ihr ansonsten makelloses Gebiss und die vollen roten Lippen verunzierte. Sie konnte es nicht ausstehen, wie er beim Grinsen in ihre Unterlippe sank, bald schon wie ein kleiner Hauer. Aber Edmond hatte das reizend gefunden; er hatte gesagt, es mache ihre Schönheit wirklich und zugänglich. Vollkommenheit, behauptete er, wäre viel zu einschüchternd.

Hatte er sich deshalb nicht zu Haydée gelegt? Oder log sie?

Aber zu lügen hatte sie keinen Grund. Rasch verwarf Mercédès diesen Gedanken.

Sie hing ihrer Unterhaltung noch einige Augenblicke lang nach und wurde sich dann jäh bewusst, dass sie Monsieur Hardegree auf sich hatte warten lassen.

Doch als sie aus dem Ruheraum trat, war es nicht Hardegree, der auf sie wartete. Es war Monte Christo selbst, der müßig an einer der halbhohen Säulen der Galerie lehnte, die den langen Raum säumten und mit Abbildungen griechischer Götter und Göttinnen bemalt waren.

Sie hob das Kinn, als ihrer beider Blicke aufeinandertrafen, auch wenn ihr Herz einen kleinen Sprung machte und ihre mit Stoff verhüllten Handflächen feucht wurden. Hatte er schon lange genug dort gestanden, um anzunehmen, sie wäre mit Haydée zusammengetroffen? Selbst wenn das stimmte … würde er nicht darauf kommen, worüber sie sich unterhalten hatten.

Während Mercédès sich fragte, was es eigentlich ausmachte und warum sie ihm nicht gleich hier die Stirn bieten sollte, blieb ihr Blick unbeirrbar, als er auf sie zutrat.

«Ihr Gatte bat mich, Sie zu begleiten», sagte Monte Christo und bot ihr seinen Arm an.

Kurz erwog sie abzulehnen, wurde sich aber bewusst, dass es keinen Zweck hatte, und außerdem … wollte sie ihn ja berühren. Und von ihm berührt werden. Denn sie wusste, was er auch im Pavillon getan, wie er sie auch zurückgelassen hatte, haben wollte er sie noch immer.

Und, weiß Gott, sie wollte ihn noch immer – auch wenn sie eher sterben würde, als es zuzugeben.

«Hat er?», fragte sie und schob die Finger um seinen Arm, der kraftvolle Wärme ausstrahlte. Auf der Stelle verlagerte er das Gewicht und zog seinen Ellbogen eng an den Körper, sodass ihre Robe an seiner Seite eingedrückt wurde und sein Hosenbein ihre Röcke streifte. Seine unmittelbare Nähe war übermächtig: dunkel und stark und beinahe vibrierend vor Selbstbeherrschung. «Ist ja lustig, denn eigentlich war Monsieur Hardegree mein Begleiter.»

«Vielleicht dauerte Ihre Toilette zu lange, Madame», entgegnete Monte Christo, «und er wurde des Wartens auf Sie müde.»

«Ah ja», meinte sie nachdenklich, warf ihm einen verstohlenen Blick zu und war sich nun ziemlich sicher, dass Monte Christo höchstselbst Hardegree nahegelegt hatte, seinen Platz zu räumen. «Wartet man sehr lange und ganz ohne Nachricht, mag einen der Argwohn beschleichen, dass die Erwartete größeren Genuss gefunden hat und nicht mehr zurückkehren wird. Und was sollte man dann tun? Das ganze … den Abend … mit Warten in der Galerie verbringen, nur um festzustellen, dass jene nun doch nicht bald wiederkommen wollte – und man die Aufführung versäumt hat?»

Seine schönen Lippen strafften sich, doch seine Augen blickten kühl, als er ihr einen scharfen Blick zuwarf und ihn dann wieder abwandte. «Gelobt jemand zu warten, sollte er sich an sein – oder sie sich an ihr – Wort halten … und auf die Rückkehr des anderen vertrauen. Was ist schließlich bloße *Zerstreuung* im Gegensatz zum eigenen *Eid*?»

Mercédès fühlte eine jähe Welle von Trauer und Kummer, ließ es sich aber nicht anmerken. Bis sie erführe, worauf er aus, weshalb er wirklich hier war – und was ihn jahrelang von ihr ferngehalten hatte –, würde sie ihre Entscheidungen nicht rechtfertigen – Entscheidungen, die er ihr offensichtlich übelnahm und für die er sie verachtete.

Er aber hatte sicher gewusst, wer sie war, als er sich ihr vor zehn Jahre als Sindbad näherte. Das nun konnte sie nicht entschuldigen.

«Somit glauben Sie also, Monsieur le Comte, man sollte nie die Hoffnung aufgeben, der andere könnte wieder auftauchen? Ungeachtet aller gegenteiligen Anzeichen und sonstiger denkbarer Vorkommnisse, durch die sich die Lage gänzlich verändern kann?» Mit Absicht stieß sie ihn seitlich an, als sie zu ihm aufschaute, machte große und arglose Augen und hielt die Lippen leicht geöffnet.

«Allem voran steht die Treue zum eigenen Wort», erwiderte Monte Christo.

Mercédès schwieg einen Augenblick und überlegte, was sie als Nächstes erwidern sollte. Die Vorstellung hatte inzwischen wieder angefangen, die Modeliebhaber und

Klatschbasen waren auf ihre Sitzplätze zurückgekehrt. Nur gelegentlich kam ein Paar oder ein einzelner Herr an ihnen vorbei, während sie dahinschlenderten … und sie bemerkte, als sie sich umschaute, dass Monte Christo sie über die Galerie und den Haupteingang hinaus in einen Seitentrakt des Theaters geführt hatte.

«Treue zum eigenen Wort», wiederholte sie gedankenvoll. «Somit allem voran Ehrlichkeit und Ehre. Darin muss ich Ihnen beipflichten. Ehrlichkeit und Ehre, Monsieur le Comte.»

Er sah sie an, und seine dunklen Augen versenkten sich in ihre, als wollten sie eine tiefere Bedeutung ergründen. Sie sah, dass beide in der dunklen Nische zwischen erstem und zweitem Stockwerk angelangt waren, wo es einen Absatz in der Seitentreppe für Zofen und Lakaien gab.

Sie machten halt, und er zog sie in seine Arme – genau wie sie es erwartet hatte, denn beide verstellten sich nicht, was ihre Leidenschaft füreinander anging.

Monte Christos Umarmung war kräftig und kühn, und er presste sie mit seinem Körper an die verputzte Wand. Sie schob die Arme begierig um seinen Hals und fühlte die warme Haut unter den dichten Locken, die seinen Kragen streiften. Sein Mund stieß auf ihren herab, war nicht länger gespannt und straff, sondern weich und verlangend und tat umgehend seine Wirkung, wenn er ihr auch den Atem raubte. Sie schob sich an ihm hoch, und ihre Robe wurde zwischen ihrer beider Hüften zerdrückt und verknittert, während er seine Zunge in ihren Mund trieb und sich seine Finger unter den Vorsprung ihrer Schulterblätter krümmten.

Sie schloss die Augen und gab sich den vertrauten Empfindungen hin, die sie durchfuhren, sich in ihrer Körpermitte aufstauten und die sie zwischen den Beinen spürte. Der warme, schlüpfrige Strich seiner Zunge und das drängende Schaben seiner Zähne, die weichen, anschmiegsamen Lippen, die im Wechsel sinnlich und verlockend oder straff und forsch waren. Die Hitze seines Körpers und das Kratzen eines wollenen Ärmels an ihrer zarten Haut, der Geruch von Edmond vermischt mit dem Monte Christos: leicht rauchig, nach Moschus und Zitrone, dazwischen die Noten von Wolle und Stärke.

Sein Bein drückte sich zwischen ihre, spreizte unter den Unmengen von Stoff ihrer Robe und Krinolinen ihre Schenkel, stieß kühn in die Weichheit ihrer Scham vor. Mercédès stöhnte leise an seinem Mund, verstärkte zugleich den Druck auf seinen Schenkel und verschob, einem sachten Takt folgend, die Hüften. Ihr Kopf fiel zurück, und der Scheitel ihrer Coiffure verfing sich im groben Wandputz, während er begann, die von ihrem tief ausgeschnittenen Mieder großzügig entblößten Hautflächen zu küssen.

Warme, weiche Lippen schmiegten sich in die Kuhlen ihres Halses, als er sie enger an sich drückte, das Knie tiefer zwischen ihre Schenkel schlüpfte, sich in ihre raschelnden Röcke eingrub und sie auf Zehenspitzen das Gleichgewicht hielt.

Edmond.

Dies war Edmond, so hatte er sie fühlen lassen, ihren Körper erhitzt und angespannt und bedürftig gemacht.

Als er mit ungeduldigen Fingern am Saum ihres Mieders zerrte, kämpfte sich Mercédès in die Wirklichkeit zurück, befreite sich aus der Versunkenheit aus Streicheleien, Lecken und Geknabber und zwang sich, die Augen zu öffnen. Niemand außer ihnen war hier. Die Stelle war trüb beleuchtet und still bis auf ihre leise keuchenden Atemzüge und das Rascheln ihrer Kleider.

Zwar war ihr Kopf benebelt, und ihr Körper schrie danach, erlöst zu werden – entkleidet und Haut an Haut mit dem Mann vor ihr zu sein, ausgefüllt, gestreichelt und umworben zu werden bis zum Gipfel – aber sie vergaß nicht, was beim letzten Mal passiert war. Und der Gedanke daran, halb bekleidet in einem Theater im Stich gelassen zu werden, wirkte ausgesprochen ernüchternd auf ihren Verstand.

Als sie die Augen aufschlug, sah sie den dunklen Scheitel seines Kopfes, während seine Zunge in die warme Ritze zwischen ihren Brüsten schlüpfte, gefolgt vom sanften Biss seiner Lippen an den Innenseiten ihrer Brustspalte. Ihre Nippel waren steif, drängten unter der Enge ihres Korsetts vor, und Mercédès zuckte die Achseln, damit sie darüber hinausrutschten.

Dann langte sie keck nach seinem Hosenschlitz, fuhr mit flacher Hand unter seinen Frack und über den steifen Brokat seines Kummerbunds, doch als sie ihren Weg unter den langen Hemdschößen an die erhitzte Haut und das drahtige Haar gefunden hatte, zog er sich zurück und richtete sich vor ihr auf. Sein Knie wich von ihrem pochenden Geschlecht, minderte den Druck darauf und sandte durch den Entzug seiner Wärme ein leichtes Erschauern durch ihren Körper.

Mercédès' Hände aber waren unten im heißen Inneren seiner Hose zugange, und als ihre Finger über seinem flachen Bauch und der Vertiefung seines Nabels zusammentrafen, reichte sie hinauf und küsste ihn seitlich auf den Hals. Moschuswärme und Salzgeschmack, ein erster rauer Anflug von Stoppeln und dazu der Stärkegeruch aus den säuberlichen Falten seines Halstuchs, es war diese beängstigende Verbindung von Edmond Dantès, Sindbad und Monte Christo. Sie stieß tiefer mit den Händen vor, zog ihn dichter an sich, bis ihre Körper fast wieder voreinander standen. Sie fuhr mit den Fingernägeln durch das Dickicht aus drahtigem Haar und dann hinunter, um den schweren, glutheißen Schwanz zu bergen, der sich dort aufbäumte.

Er gab einen leisen Seufzer von sich, beinahe ein Stöhnen, und sie war sich sicher, ihn in ihren Händen vorwärtsdrängen zu fühlen. Blind zog sie seine Hose auseinander, damit ihre Bewegungen nicht behindert wurden, und als ihre Finger diesen prächtigen Schwanz der Länge nach entlangglitten, über die schwellenden Adern und die samtene Haut, stießen sie auf die Weichheit der Eichel. Mit leichtem Druck dort, in der Wärme seiner Hose, zog sie die Haut zurück und spürte dem Rand dieser Eichel nach, tastete über die feinsten Äderchen hinweg und fühlte ihn sich unter ihrer Berührung sammeln … fühlte den kleinen klebrigen Tropfen an seiner Schwanzspitze, die Spannung der Muskeln in seinen kraftvollen Schenkeln, während sie sich gegen sie presste, und das leichte Prickeln, als sein Samen die zuckende Erektion emporstieg.

Falls sie zuvor Zweifel daran gehabt hatte, dass sein Körper auf den ihren ansprach, so nun nicht mehr. Mercédès wollte nichts lieber als vor ihm auf die Knie fallen und diesen langen, purpurroten Schwanz in den Mund nehmen und lutschen, bis er um Gnade winseln … ihren Namen ausrufen und zugeben würde, wer er war …

Ihr eigenes Geschlecht war nass und bereit, und ihre Brüste waren straff unter seinen Händen, die irgendwann angefangen hatten, sie unter ihrem Korsett und ihrer Robe flach zu drücken. Ihrer beider Münder trafen aufeinander, während sie die Finger eng um ihn behielt, gleichmäßig vor sich hin rieb, nicht willens war, ihn loszulassen, freizugeben, im Gefühl seines Steifen in ihren Händen schwelgte … und wusste, dass sie zugleich die Oberhand über ihn, Monte Christo, hatte.

Wieder besann sie sich, erinnerte sich daran, wer und wo sie war … und mit wem sie zusammen war. Sie schloss die Finger fest um ihn und hielt inne. Löste sich so weit von seinem Mund, um zu flüstern: «Gerechterweise sollte ich jetzt damit aufhören.»

Er wurde reglos unter ihr, eroberte dann erneut ihren Mund und hielt ihren Kopf mit beiden Händen fest. Seine Lippen rieben sich auf ihren, um ihr einen groben, zornigen Kuss aufzuzwingen – der ihren gerade getroffenen Entschluss akzeptierte und sie zugleich nötigte, ihn mit ihrer eigenen Leidenschaft zu erwidern.

Mercédès küsste ihn ebenfalls – das könnte sie nie verweigern – und behielt dabei die Hände fest um seinen Schwanz, der in der Hitze weiter schwoll und zuckte. Dann zog sie ihr Gesicht fort, schaute hoch, hinein in sein von Schatten und Wut verdüstertes Antlitz, und sagte: «Aber das werde ich nicht.»

Und sie zog zweimal scharf an seinem prallen Schwanz, hörte ihn keuchen und fühlte ihn dann in einem unerwarteten Erguss erschaudern. Er schwoll in ihrem Griff an, und der heiße, klebrige Samen kleckerte ihr über die Hand und in seine Unterwäsche. Sie wischte sich die Finger an seinen Hemdschößen ab und trat schwer atmend, noch immer mit einem Summen im Körper, aber befriedigt, ihn hier übertroffen zu haben, zurück.

«Guten Abend noch, Eure Exzellenz», sagte sie mit

kühler Stimme. «Ich hoffe sehr, Sie haben bekommen, was Sie hier zu finden wünschten.»

Und sie machte kehrt, gesetzt und erhaben, und schritt von dannen … kein Haar gekrümmt, jeder Zoll die große Dame.

NEUNTES KAPITEL

Im Schlafgemach

Später am selben Abend
Paris

Nach ihrem kleinen Tête-à-tête mit Monte Christo kehrte Mercédès unbegleitet in ihre Loge zurück. Ohne sich um Fernands verdrossene Blicke zu scheren, hielt sie den Rest des Stückes aus. Wiewohl ihre Augen auf die Bühne vor ihr geheftet waren, hatte das, was in ihrem Kopf vorging, wenig mit den unten vorgetragenen Versen zu tun.

Sein Geruch – sie hatte ihn noch immer an sich: an den Händen, führte sie diese an den Mund … am Hals, drehte sie den Kopf in eine bestimmte Richtung … Ihre Lippen waren noch immer voll und gedunsen, pochten noch immer vom letzten, groben Kuss.

Sie erwog, frühzeitig aufzubrechen, entschied aber, dass es Monte Christo einen falschen Eindruck vermitteln könnte, und blieb daher bis ganz zum Schluss. Mercédès lehnte das Angebot ab, in der zweiten Pause erneut die Galerie abzuschreiten, und blieb allein in der Loge, zusammen mit dem sehr aufmerksamen Monsieur Hardegree, der anscheinend keinen Groll gegen sie hegte, dafür, dass sie so lange Zeit im Ruheraum der Damen verbracht hatte. Erneut argwöhnte sie, Monte Christo habe die Ablösung des

Engländers als ihr Geleit eingefädelt, und das wahrscheinlich mit Fernands Billigung.

Wenngleich sie spürte, wann Monte Christo seine Loge verließ und wieder zurückkehrte, warf Mercédès kaum einen Blick in seine Richtung. Ihr war, als wehe ein Hauch der Verstimmung durch den Raum zwischen ihren jeweiligen Plätzen hin und her. Sie lächelte insgeheim und fragte sich, ob ihr Abgang als eindeutige Siegerin im Kampf ihn bestraft oder lediglich erzürnte hatte.

Jedenfalls war sie zufrieden mit sich.

Nun, viel später am selben Abend, befand sie sich in ihrem Schlafgemach und war bettfertig gekleidet. Charlotte hatte ihr all die schmerzhaften Nadeln aus dem Haar gezogen, und lange, gewellte Locken fielen über den Hocker, auf dem sie saß. Eben schickte sich die Zofe an, ihr einen armdicken Zopf zu flechten, da klopfte es gebieterisch an die Tür.

Als Charlotte öffnete, trat Fernand mit langen Schritten ein. Er war noch vollständig bekleidet und hatte einen unheilverkündenden Glanz in den Augen, dem Mercédès aus Erfahrung lieber aus dem Weg ging.

«Sie sind für den Abend entlassen», sagte er zu Charlotte.

Charlotte rannte regelrecht aus dem Zimmer und ließ Mercédès mit gelöstem Haar zurück, die Abendrobe noch immer über einen Wandschirm gehängt.

«Was willst du, Fernand?», fragte Mercédès müde und wandte sich auf ihrem Hocker um.

«Du warst heute Abend mit Monte Christo zusammen», entgegnete ihr Ehemann.

Sie neigte den Kopf. «War das nicht deinem Zutun zu verdanken, lieber Gemahl?»

«Natürlich war es das.» Er betrachtete sie aus schmalen Augen. «Was hast du hinsichtlich Hardegrees im Sinn? Falls du vorhast, ihn heute Nacht zu Gast zu haben, verbiete ich es.»

Mercédès erhob sich zornig. «Ich gehe jetzt zu Bett. Allein. Selbst wenn ich beschließen sollte, Hardegree zu – Gast – zu haben, geschähe es ganz gewiss nicht hier.»

«Zweifellos siehst du aus, als würdest du Besucher erwarten.» Er deutete auf ihr Nachthemd, das von den Schultern bis zu den Hüften aus nur wenig mehr bestand als weißer Spitze, um dann als weiter Seidenrock bis zu den Füßen zu fallen. «Bist ein rechtes Flittchen geworden», fügte er an.

«Raus hier», sagte sie.

Fernand packte sie beim Arm und zerrte sie hoch, dass der Hocker umstürzte. «Sie können mich nicht aus Ihrer Kammer weisen, Comtesse de Morcerf», sagte er, das Gesicht sehr dicht vor ihrem. «Ich bin Ihr Mann, und Sie gehören mir. Ich kann mit Ihnen machen, was ich will, wenn ich es will.»

Sein Schnauzbart schabte an ihrem Gesicht, als er seine Lippen auf ihre drückte und seine Finger sich tief in ihren Arm gruben. Der Kuss, wenn man ihn so nennen konnte, war kurz, und als er zurückwich, strahlten seine Augen, und er atmete schwer. «Du tätest gut daran, dich dessen zu erinnern.»

Er stieß sie von sich, und sie fing sich, ehe sie das Gleichgewicht verlor, stieß sich aber am schweren Bettpfosten schmerzhaft den Knöchel. Als sie wieder aufschaute, hatte Fernand den Raum verlassen, und die Tür schloss sich lautstark hinter ihm.

Mercédès starrte hinter ihm her, rieb sich den pochenden Knöchel und rätselte, was er damit bezweckt hatte. Ohnehin kam er höchst selten in ihr Gemach, und da es auch heute Nacht den Anschein hatte, als sei er gekommen, um seine ehelichen Rechte auszuüben, war sein jäher Rückzug willkommen, wenngleich verwirrend.

Doch kurz darauf, als es ein weiteres Mal an ihre Tür klopfte, fühlte sie ein seltsames Prickeln ihren Rücken hinunterlaufen. War er die Peitsche holen gegangen? Ihr Mund wurde trocken, sie leckte sich die Lippen und dachte an das eine Mal zurück, als er die dünne Lederpeitsche benutzt hatte, um seine geringe Erregung durch Züchtigung ihrer Hinterbacken und ihres Rückens zu steigern. Da Albert eine der Striemen auf Mercédès' Arm gesehen und sie danach gefragt hatte, hatte sein Vater die Peitsche nicht noch einmal zu gebrauchen gewagt.

Das Klopfen war kaum verklungen, als sich der Knauf drehte, die Tür aufging und Fernand wieder eintrat. Er hatte nur eine lange, dunkle Flasche und zwei kleine Gläser bei sich. Doch hinter ihm …

Mercédès spürte, wie sie erbleichte. Ihre Knie gaben nach, und sie sackte zurück an den massigen hölzernen Bettpfosten, ehe sie sich wieder hochzog. Ihre Finger krallten sich an das dicke Mahagoni.

«So treffen wir uns wieder, Madame la Comtesse», sagte der Graf von Monte Christo. Beim Eintreten machte er eine anmaßende Verbeugung. Als würde der Raum ihm gehören.

Obwohl das Zimmer erschreckend klein wirkte und sich verdunkelt hatte, entging Mercédès nicht das Funkeln in seinen Augen. Kalt. Wütend. Es löste heftiges Herzklopfen bei ihr aus, und ihr Mund fühlte sich an, als hätte sie sich große Wattebäusche hineingestopft.

Fernand, der noch immer an der Tür stand, schloss sie hinter sich. Mercédès hörte das unheilvolle Knirschen des Schlüssels im Schloss. Dann drehte er sich um, die Flasche und Gläser noch immer in der Hand. «Bitte», sagte er zu Monte Christo und deutete auf zwei im Winkel an einen kleinen Tisch platzierte Sessel.

Mercédès zwang sich, sich zusammenzureißen und nicht aus der Fassung zu geraten, als Monte Christo einen Sessel wählte und ihr Mann sein Jackett ablegte. Die Luft wurde zäh vor Spannung; die Stimmung drückend wie die Totenstille vor einer Hinrichtung.

Ihr ungeladener Gast entledigte sich mit bedachtsamen Bewegungen seines Halstuchs, während seine dunklen Augen ausdruckslos auf ihr ruhten. Seine Miene blieb unergründlich, als er sein eigenes Jackett abstreifte und über seine Armlehne hängte. Dann setzte er sich und streckte die Beine träge bis in die Mitte des Raumes aus.

Stolz und kerzengerade aufgerichtet, ihr Rumpf von der enganliegenden elfenbeinfarbenen Spitze ihres Nachtgewands und seinem tiefen Ausschnitt hervorgehoben, bemerkte Mercédès, dass die Augen des Grafen auf ihr ruhten. Ihr kräftiges, volles dunkles Haar fiel ihr über eine Schulter, und als sie sein Gewicht in die Hand nahm, um es zurückzuwerfen, und sich ihre Brust hob, sah er dabei zu. Kaum merklich verschob sich sein Kiefer.

Mit Herzklopfen stand sie da, der Seidenrock heiß und unangenehm eng an Beinen und Hüften, und Schweiß lief ihr in einzelnen Tropfen das Rückgrat hinunter. Gedämpftes Gläserklirren brach das gespannte Schweigen, gefolgt vom leisen Gluckern einer Flüssigkeit beim Eingießen.

Ihr war, als befinde sie sich in einem Nervenkrieg, und die Erkenntnis überfiel sie, dass ganz genau das geschehen war. Beide warteten ab, schätzten ihr Gegenüber ein, als wäre Fernand gar nicht anwesend. Eine Vertraulichkeit verband sie, knisterte im Raum zwischen Sessel und Bett, Mann und Frau, Begehren und Stolz.

Aber Fernand war dabei, und das war es, was ihre Hände schwitzen ließ und ihr den Magen unangenehm umdrehte.

«Zieh dein Gewand aus», sagte ihr Mann plötzlich, aufrecht neben seinem Sessel stehend.

Sie sah die flüchtige Bewegung eines Schattens im Gesicht des Grafen, die ihr verriet, was sie wissen musste. Sollte das hier ein Willenskampf werden, so kannte sie Monte Christos Schwäche … und auch die Fernands.

Was die eigene betraf … sie straffte die Lippen. Bitten oder flehen würde sie nicht. Nie wieder.

Sie legte den Kopf auf die Seite, heftete den Blick auf Fernand und erlaubte sich einen verführerischen Ausdruck in ihren Augen – was sie ihm nie zuvor hatte angedeihen lassen. Nie. «Vielleicht solltest du mir behilflich sein, lieber Gatte», sagte sie.

Die Bestürzung und das Entzücken, die sich gleichzeitig in Fernands Gesicht niederschlugen, überraschten sie und ließen sie fast einhalten. Er stürzte sein Getränk hinunter, stellte das leere Glas auf den Tisch und trat auf sie zu.

Mercédès hob ihr Haar an und zog es sich über eine Schulter, während sie sich von Monte Christo abwandte … und ihm und ihrem Gatten den Rücken darbot, damit dieser ihr Nachtgewand aufknöpfen konnte. Immer noch hatte sie Herzklopfen, und kaum konnte sie die Berührung durch Fernand ertragen – schwitzig, schwer, erhitzt. Was er auch immer im Schilde führte, Monte Christo würde sie sicherlich nicht sehr lange so beobachten können, so hoffte sie.

Das Nachtgewand löste sich langsam, und sein Oberteil aus Spitze verrutschte bereits ein wenig.

«Halt», wurde Monte Christos geschmeidige Stimme laut. «Sie soll das Übrige tun.»

Fernands schwere Hände ließen von ihr ab, und Mercédès nahm einen tiefen, langen Atemzug. Raue Spitze schabte über die empfindsamen Spitzen ihrer straffen Nippel. Sie fühlte zwei Augenpaare sich in ihr Rückgrat bohren, bloßgelegt zwischen den aufklaffenden Hälften ihres Gewands.

Langsam drehte sie sich um und spürte, wie Seide ihr sinnlich über die Beine glitt und die Oberseite ihrer Füße streifte.

«Fallen lassen, Madame», sagte Monte Christo schneidend. «Ich wünsche zu sehen, was ich gekauft habe.»

Als Angriffsschlag war seine Bemerkung wirksam genug, um Mercédès für einen Augenblick erstarren zu lassen. *Gekauft?* Ihr wurde übel, aber sie behielt ihr unbewegtes Gesicht bei. Ob wahr oder falsch, er hatte es gesagt, um sie in diesem Willenskampf zu erschüttern und zu verletzen – es war seine Art, ihren Vorstoß abzuwehren.

«Ich fürchte», sagte sie mit geschmeidiger Stimme, «gleich welche Summe Sie gezahlt haben, lieber Graf, war es entschieden zu wenig.» Mit einem Mal ließ sie das Nachtgewand als Häuflein aus Spitze und Seide zu ihren Füßen rascheln.

Fernand war es, der rasch nach Luft schnappte, aber Monte Christo war auch nicht davor gefeit – das konnte sie an der leichten Verschiebung seines Kiefers und der Bewegung seiner Kehle sehen. Immerhin hatte nicht einmal Sindbad sie vollkommen nackt und im hellen Licht gesehen.

Und wenn sich ihr vierzigjähriger Körper auch nicht mit dem Haydées und ihrem straffen, festen Fleisch messen konnte, wusste Mercédès wenigstens dies eine, dass nämlich eine Frau, die sich wohl in ihrer Haut fühlte, die ihre Vollkommenheiten und Unvollkommenheiten kannte, ihre Reize und Fähigkeiten, und die wusste, wie man sie einsetzte … die sich mit der Leidenschaft auskannte … einen Mann vor Verlangen zum Weinen bringen konnte. Zumal einen, der sie bereits begehrte.

Sie führte bebende Hände hinter sich, hob dabei geschickt ihr Haar aus dem Weg und war sich bewusst, dass sie zugleich ihre Brüste mit den strammen, klammen Nippeln anhob. Von Monte Christo abgewandt, richtete sie das Augenmerk auf Fernand, während sie sich gemächlich bückte, um mit pendelnden Brüsten das Häuflein aus Seide und Spitze aufzuheben.

Lässig warf sie es Monte Christo zu, ohne ihn auch nur eines flüchtigen Blicks zu würdigen, und ging auf Fernand zu. Obwohl jeder Muskel, jeder Nerv ihres Körpers aufbegehrte, wusste sie, dass es der einzige Weg war. Sie musste Monte Christo wütend machen – wütend genug, um einzuschreiten.

Aus dem Augenwinkel sah sie, dass er das Gewand aufgefangen hatte und in seinem Schoß festhielt. Ein kurzer, direkter Blick teilte ihr mit, dass er sie beobachtete, selbst als er die Seide gedankenverloren zwischen seinen kräftigen dunklen Fingern rieb.

Mercédès schaute zurück zu Fernand und sah Verlangen in seinem Gesicht. Das war ein glücklicher Umstand und hatte wahrscheinlich damit zu tun, dass sie entgegenkommender als üblich war. Erinnerungsfetzen – wie sie stritt, kämpfte, weinte, sich sträubte – huschten für einen Moment durch ihren Kopf und drohten, sie zu lähmen, aber sie schob sie beiseite.

Nicht heute Nacht.

Nicht heute Nacht, denn sie rechnete damit, dass Monte Christo – der sie so entschlossen von Salieux getrennt hatte, so offensichtlich verdrossen war, als sie sich mit Hardegree abgab, sie als Sindbad so unwillig mit Neru geteilt hatte – ihr nie beim Beischlaf mit Fernand zusehen würde.

Niemals.

Es war nur eine Frage, wer zuerst einknicken würde.

Die Seide in seinen Händen war noch immer warm von ihrem Körper, und als sie ihm entgegengeflattert war, roch er ihren würzigen, blumigen Duft. Keinen so lieblich weiblichen wie der Jasmin, den Haydée bevorzugte, sondern moschusartiger, pikanter und mit einem Anflug von etwas, das vermutlich Maiglöckchen waren.

Monte Christo nippte an seinem Cognac und betrachtete ihren glatten braunen Leib, die Hüften. Der sanft gewölbte Bauch war gerundeter als in seiner Erinnerung, ebenso ihre satt schwingenden Brüste. Trotz des Feuers des Alkohols waren sein Mund trocken und seine Kehle zugeschnürt. Er hielt die Seide locker in den Händen, entspannte die Finger, zwang sie in seinem Schoß etwas auseinander.

Unter ihnen tobte sein hungriger Schwanz.

Er warf einen Blick hinüber zu Morcerf, und seine Haut prickelte vor Abscheu, doch er wahrte eine ausdruckslose Miene. Die Vorgänge dieser Nacht verfolgen, sich vielleicht auch daran beteiligen würde er von entrückter Warte aus. Sie waren Mittel zum Zweck, und er konnte genügend Abstand halten, während er die Erniedrigung dieser Frau beobachtete – und genoss.

Sie überraschte ihn für einen Augenblick, als sie darin innehielt, sich an ihren Ehemann heranzupirschen, und sich plötzlich ihm zuwandte. Eben noch beobachtete sie Morcerf, fixierte ihn aus tiefen dunklen Augen, und schon war sie da, gleich vor ihm.

Die schlanken Arme zu seinen beiden Seiten angewinkelt, schloss sie ihre Finger um die Armlehnen und beugte sich vor, über ihn. Ihr langes Haar fiel als dunkler Haufen auf die weiße Seide und Spitze in seinem Schoß und streifte seine Hand. Sie drängte vor und überrumpelte ihn, als sie seinen Mund mit jenen sinnlichen roten Lippen bedeckte und ihre warme, schlüpfrige Zunge über die Vorderseite seiner Zähne glitt, bis er sie hindurchließ.

Der Kuss war hitzig und kurz, und sie zog sich zurück, die Augen halb geschlossen, sodass er nichts in ihnen lesen konnte – doch er sah es in ihrer Kehle pochen.

«Viel Vergnügen», murmelte sie an seinem Ohr, und ihr Atem hauchte leise und warm über seine Haut, als sie sich entfernte.

Schnell wie ein Peitschenhieb holte er aus, packte ihren Arm und riss sie zurück. Einen Mundwinkel lässig, sorglos angehoben, legte er ihre Hand über die Beule in seiner Hose. «Ich habe genug bezahlt … und erwarte von Ihnen eine zufriedenstellendere Leistung als die von heute Abend.» Darauf schubste er sie von sich, ehe seine Hände sie irgendwo sonst berührten.

Sie strauchelte kaum, nur ihre Brüste wippten recht hübsch, und irgendetwas – Ärger, Überraschung – blitzte in ihren Augen auf. Dann aber stand Mercédès wieder mit einem wissenden, schüchternen Lächeln um die Lippen da und richtete ihre Aufmerksamkeit auf ihren Gatten.

Monte Christo sah zu, wie sie auf Morcerf zuschlenderte … auf ihren Ehemann … den Mann, der halb entsetzt und halb von Lust betrunken dreinschaute. Seine Kehle bewegte sich beim Schlucken, und der Adamsapfel zuckte, als Mercédès ihren erlesen gerundeten Arsch auf seinen Schoß absenkte, die eigenen Beine züchtig zur Seite gedreht, als säße sie im Damensattel auf ihrer Stute; die Knie waren Monte Christo zugekehrt.

Sie beugte sich vor, um ihren Gatten auf dieselbe tiefe, sinnliche Art zu küssen, wie sie den Grafen nur Augenblicke zuvor geküsst hatte. Er sah, wie ihre dunkelrote Zunge herumglitt, das Zucken in ihrem Mundwinkel, ihr leises Auflachen in den Mund ihres Gemahls hinein wie mit ihm in vertraulichem Scherz verbunden.

Küsste sie ihn wirklich, würde sie nicht lachen.

Monte Christo griff beiläufig, nachdenklich nach seinem Glas und stellte fest, dass es leer war. Er schloss die Finger um das Rautenmuster des Kristallglases und sah weiter zu. Die einzige Untersuchung, die er in den vergangenen zehn Jahren nicht angestellt hatte, war die, wie die intime Beziehung zwischen Mercédès und Fernand sich gestaltete. Über diese Einzelheiten wollte – und musste – er nicht Bescheid wissen.

Nun schien es, als würde er sie aus erster Hand erfahren.

Er hob die Flasche, um sich ein paar Fingerbreit einzugießen und ebenso in das Glas von Morcerf, während er zusah, wie dessen Hände die glatte goldbraune Haut ihres Rückens hinauf und unter das schwere dunkle Haar wanderten, das nach Maiglöckchen duftete. Mercédès hatte das Halstuch ihres Mannes aufgeknotet und fortgezogen und löste nun seinen Kummerbund, während er mit ihren Brüsten spielte.

Monte Christo schaute ungerührt zu und nippte an seinem Cognac, während sie den Kopf zurückwarf, sodass ihr Haar hinter ihr in gerader Linie herab und Morcerf über die Beine fiel, der sich vorbeugte, um an einem der dunkelroten Nippel zu nuckeln. Mehr Lippen und mehr Zunge und mehr Lutschgeräusche und ein leiser kleiner Lustseufzer von Mercédès.

Er verlagerte sich etwas in seinem Sessel, und sie sah ihn an und fing mutig seinen Blick auf, ehe ihre Lider zufielen und sie ihren Busen dichter an ihren Mann schmiegte. Ihre Hände lagen nun auf seiner entblößten Brust, und sein Hemd stand offen, um blasse Haut und einen dunklen Haarpelz zu zeigen, der sich oben über seinen Rumpf zog.

«Vielleicht könnten Sie es … beschleunigen», sagte Monte Christo, leerte sein Glas und stellte es mit dumpfem Klack auf dem Tisch ab. Er sah Mercédès an, die ihre Augen wieder aufgeschlagen hatte. «Es *wird* langsam spät. Und ich hatte schon etwas … Bemerkenswertes erwartet.»

Sie hob eine Braue in seine Richtung und drehte sich dann wieder zu ihrem Gatten um. «Vielleicht sollten wir den Grafen einladen, sich zu uns zu gesellen», sagte sie mit heiserer Stimme. «Oder glaubst du, er möchte nur zuschauen?»

Morcerf, den Mund voll mit Nippel und Warzenhof, nahm den Kopf in einer langen Bewegung zurück und zog ihre Brust in die Länge, um sie mit leisem Plopp freizugeben. Monte Christo betrachtete das rot angeschwollene, glänzende Fleisch, und seine Finger schlossen ihren feuchtheißen Griff um die Seide in seinem Schoß.

«Gäbe es etwas Sehenswertes, würde ich lieber zusehen», erwiderte er und griff erneut nach der Flasche.

Darauf wies Mercédès auf das Bett. «Nun kommen Sie aber, mein lieber Graf … sicherlich haben Sie nicht bloß fürs Zuschauen bezahlt. Dann könnten Sie dies tun …» Sie nahm Morcerfs Hände, schloss sie um ihre Brüste, gab ein schwaches Stöhnen von sich und bog ein wenig den Rücken durch, als seine Daumen über ihre Nippel schnippten. «Oder dies …» Wieder blickte sie Monte Christo an, löste eine Hand ihres Gatten von ihrem Busen und führte sie nach unten zwischen ihre Beine. Er sah das Muskelspiel im Arm des anderen, während sie seine Finger in jenem dunklen Schatten zwischen den beiden Körpern hin und her schlüpfen ließ, dann wieder hervorzog und, glänzend nun, zurück an ihre Brust führte.

«Wir könnten uns alle gemeinsam bewegen, mein lieber Graf … Ihre Haut an meiner, Ihre Hände mit denen Fernands verschränkt, unser aller Beine miteinander verflochten … zwei harte Schwänze … Haar und Muskeln und Hitze und Nässe.» Ihre leise, betörende Stimme kräuselte sich wie Rauch in der Luft.

Morcerfs Augen klebten auf Mercédès, als hätte er sie noch nie gesehen. Sein Atem ertönte krächzend und laut vernehmlich im Zimmer, und Monte Christo hielt es für gut möglich, dass der Mann jeden Augenblick seinen Samen vergoss.

«Ich sehe lieber zu», sagte er wieder, «wenn es etwas Sehenswertes gibt.» Er stellte sicher, dass seine Stimme zweifelnd klang und seine Finger nicht zitterten, als sie sich nach seinem Glas ausstreckten. Diesen Schluck behielt er im Mund und fühlte sein Feuer abklingen, eher er schluckte und in der sich anschließenden Wärme schwelgte. Sein Kopf fühlte sich schon leichter an, und er sah Mercédès dabei zu, wie sie ihren üppigen Körper vom Schoß ihres Gatten gleiten ließ.

Wie zuvor bückte sie sich in einer einzigen flüssigen Bewegung und überrumpelte ihn, als sich ihre Hände um seine Armlehnen schlossen und die kleinen Finger eines seiner Gelenke bedeckten. Falls er einen lockenden, verführerischen Kuss erwartet hatte, wurde er enttäuscht, denn dieser war ebenso wüst, tief und dreist wie der erste. Ihre Lippen waren weich, aufgedunsen und schlüpfrig, und sie nutzte sie, um seine zu necken, sie sich in den Mund zu ziehen, und ihre Zunge, um über und rings um die seine zu gleiten, und ihre Zähne, um seine Unterlippe zu beknabbern, während sie gleichzeitig zurückwich. Was versuchte sie da bloß?

«Sie dürfen gern zu uns stoßen, sollten Sie sich langsam ausgeschlossen fühlen», raunte sie an seinem Ohr. Dann schenkte sie ihm ein aufreizendes, katzenhaftes Grinsen, löste sich von ihm und nahm die Hand von seinem Gelenk. «Fernand wäre geradezu entzückt.»

Monte Christo wurde eng um die Brust, und das Blut raste durch seine Adern. Er war sich nicht ganz sicher, ob aus Wut oder von diesem verdammten Kuss und ihrer Stichelei und ihrem geschmeidigen, üppigen Leib. Seine Finger vergruben sich in die Armlehne, und er brachte ein gelassenes Lächeln zuwege. «Ich lass es mir durch den Kopf gehen … doch im Augenblick … sehe ich nichts, das wert wäre … dazuzustoßen.»

Mercédès' Lächeln schwankte nicht. Sie wandte sich von ihm ab und ließ ihn einen eingehenden Blick auf ihre lange, gerade Wirbelsäule und das dichte Haar werfen, das über eine Haut streifte, die wie die eines samtigen Pfirsichs aussah, gleich über den niedlichen Grübchen in ihrem Hintern und der Wölbung ihrer Hüften.

Danach schien es schnell zu gehen. Den einen Augenblick stand sie da, neckte ihn und stellte sich für ihn zur

Schau, und im nächsten hatten sie und Morcerf ihren Weg auf das Bett gefunden. Seine Kleider lagen in einem Haufen auf dem Boden, und Monte Christo fiel der weiche Leib des Mannes auf, blasser als die goldbraune Haut Mercédès', aber nicht so teigig wie bei den Engländern. Dunkles Haar wuchs ihm flächig auf der Brust, an zwei kleineren Stellen auf seinen Schulterblättern und auf den Beinen. Sein Schwanz war prall und steif, sah aber nicht danach aus, als würde er jeden Augenblick abspritzen.

Von seinem Platz aus hatte Monte Christo keine uneingeschränkte Sicht; sobald die anderen beiden auf dem Bett lagen, konnte er nur undeutlich sehen, was vor sich ging. Wichtiger aber war, dass *er* nicht gesehen werden konnte.

Er erhob sich aus seinem Sessel und schlenderte in einer Hose auf das Bett zu, die zu eng im Schritt saß. Als er sich näherte, glitt Mercédès nahe an ihren Mann heran, setzte sich an seinen Oberkörper und drückte das dunkle Dreieck ihrer Scham in die hellblaue Tagesdecke, als sie sich an sein angezogenes, behaartes Bein lehnte. Ihre Augen waren geschlossen, und sie stützte die Hände auf die Decke, während Morcerf herumrutschte, um noch einmal an einer ihrer Brüste zu saugen, und den Vorhang aus Haaren über ihre Schulter nach hinten schob.

Die andere Brust schaukelte wunderschön neben Monte Christo und dicht genug, dass er sie hätte berühren können. Er griff nach seinem Glas, führte es für einen Schluck an seine Lippen, schluckte … und ehe er sich's versah, kam er dem Bett näher. Seine freie Hand schloss sich um ihren Hinterkopf, schüttelte sie so lange, bis sie die Augen aufschlug, und drehte sie ihm zu. Während er sie am Kopf festhielt, presste er ihr, so wie er dastand, die Beine vors Bett gedrückt und in einer Hand das Cognacglas, einen

Kuss auf die Lippen. Als er sie küsste, spürte Monte Christo den Takt von Morcerfs Lippen, der wie ein Säugling an Mercédès nuckelte.

«Es wird schon interessanter», sagte er und gab ihren Mund jäh genug frei, dass sie leicht zusammenfuhr. «Gut.»

Und er trat zurück, hielt ihrem Blick stand, wollte sie daran erinnern, dass er da war. Zusah.

Zusah.

Dann plötzlich schnellte ihre Hand vor und griff nach seinem Hemd. Sie zog daran, und Monte Christo ließ sich von ihr nach vorn zerren, bis seine Beine wieder an das Bett stießen. «So früh ziehen Sie sich schon zurück?», murmelte sie, rutschte auf Knien an ihn heran, die Finger immer noch in sein Hemd gekrallt, Haarsträhnen um ihre Brüste gewickelt.

Als sie ihn diesmal küsste, schmiegte sie sich mit ihrem ganzen nackten Oberkörper an ihn und bedeckte mit den Händen seine Schultern. Ihre Brüste bohrten sich durch das feine Leinen seines Hemds, und Monte Christo fühlte unvermittelt heftige Lust aufwallen, als er die Arme um ihren warmen Körper schob, sie fest an sich drückte, die Augen schloss und den Duft nach ihr einatmete.

Mercédès.

Er zerrte sie mit sich auf das Bett, ließ sich neben Morcerf fallen, die Arme noch immer um ihre Taille verschränkt. Im Fallen verrutschten ihre Brüste zwischen ihm und ihr, und ihre langen Beine schlüpften zwischen seine Schenkel und streiften seine geschwollene Eichel unter der zeltförmig ausgestellten Hose. Er wälzte sie unter sich, nahm ihren Kopf mit dem Mund gefangen, strich ihr über die seidige Wange und bis an ihre Kinnspitze, gebrauchte Zähne und Zunge, um zu schmecken und zu necken, fühlte ihre Rundungen sich gleitend bewegen und die Wärme ihrer Haut durch seine Kleider.

Er legte Hand an die glatte Schwellung ihrer Hüften, ihre zarten Schultern. Er kostete das erhitzte, moschusduftende Salz in den Falten ihres Halses, den Cognac auf ihrer Zunge und schnupperte den würzigen, blumigen Geruch nahe ihrer Ohrmuschel.

Ihr Haar wickelte sich um seine Finger, verwirrte sich unter ihrem Körper und zwischen ihnen beiden, und er wuchtete sich von ihr los, zurück auf das Bett. Kaum hatte er sich an ihre Seite verlagert und seine Hand zwischen ihre Beine geschoben, um ihren schlüpfrigen, prallen Schamlippen nachzuspüren, als die Matratze einsank und eine weitere Hand auftauchte, sich um eine ihrer Brüste schloss.

Monte Christo fühlte einen kalten Schauder, blickte auf und fand Morcerfs Gesicht dicht an seinem. Die Augen des Mannes waren glasig vor Lust und seine Lippen voll und feucht.

Es rief ihm ins Gedächtnis, weshalb er hier war.

Monte Christo wich zurück, und Widerwille stieg jäh in ihm auf, als er den Augen des anderen eine Neigung ablas, die nicht nur der Frau zwischen ihnen, unter ihnen galt. «Vielleicht möchten Sie gern zusehen», sagte er.

Morcerf sah aus, als wollte er widersprechen, und Mercédès rührte sich unter den zweien, doch Monte Christos Finger lagen noch immer an der Hitze ihres Geschlechts. Er strich damit über ihre Vorderseite und schlüpfte in die Nässe, während er ihren Mann ansah und sagte: «Ich bin dran. Sehen Sie zu.»

Der andere musste seinen Gesichtsausdruck richtig gelesen haben, da er sich auf dem Bett zurückfallen ließ und auf die Hinterbacken hockte, den drängenden Schwanz zwischen seinen Schenkeln, im Schatten darunter die strammen Eier eng beisammen und angehoben.

Monte Christo schenkte ihm einen kühlen Blick und ließ sich auf Abstand von Mercédès wieder nieder. «Alsdann, meine liebe Comtesse», sagte er und sah auf sie hinunter, während er eine Hand auf ihrem Brustkorb behielt, zwischen ihre Brüste eingesunken. «Sehen wir doch mal, wie interessant es werden kann.»

Er konnte nicht anders, als zu spüren, dass ein Nippel roter und länger als der andere war und feucht schimmerte. Es kostete ihn seine ganze Selbstbeherrschung, sich nicht vorzubeugen und den anderen in den entsprechenden Zustand zu lutschen. Später.

Er hechtete an den Bettrand und stöberte in seinen Taschen, um die dünnen Seidenschnüre herauszuziehen, die er mitgebracht hatte … zu genau diesem Zweck. Er fing ihre Handgelenke ein und zog sie ihr, die sie breitbeinig quer über dem Bett lag, über den Kopf.

Dann setzte er sich hin, sah sie an und wunderte sich, dass sie sich nicht wehrte.

Doch sie schaute auf Morcerf. Als wäre er als Einziger da, und Morcerf hatte eine Hand um seinen langen Schwanz gelegt.

Den Mund trocken, die Lippen schmal, zerrte Monte Christo an der Seide um ihre Handgelenke, schlang die Schnur um den schweren hölzernen Bettpfosten und knotete sie fest. Diese Stellung hob ihre Brüste an, sodass sich ihre Nippel spitz in die Höhe reckten, und bettete die langgezogene, schlanke Biegung ihrer Arme in das Nest aus dunklem Haar.

Mercédès warf ihm einen Blick aus halbgeschlossenen Augen zu. «Und jetzt … wer soll der Erste sein?», fragte sie und wälzte sich halb auf die Seite, sodass ihre Schenkel züchtig zusammenfielen. «Der Gemahl oder der Kunde?»

Hölle auch, wenn da nicht ein herausforderndes Leuchten in ihren Augen war.

Morcerf bewegte sich auf sie zu, und Monte Christo sah die Feuchtigkeit an seiner Schwanzspitze glitzern. Er sah teilnahmslos zu, wie der Mann seine Frau wieder flach auf den Rücken drehte und sich seine Hände um ihre Beine schlossen und sie spreizten. Er rutschte dichter heran, eine Hand auf seiner Erektion, als lenke sie diese, hockte sich über sie und bückte sich, um am anderen, dem vernachlässigten Nippel zu nuckeln. Seine dunkelrote Eichel streifte durch die dunklen Löckchen an ihrer Scham, als ihre Knie vollends zur Seite fielen.

Das war es, wofür er gekommen war. Mit aller Kraft wünschte er sich, dass Mercédès ihn anschaue, sich ihm zuwende, damit er ihr Gesicht sehen könnte … damit sie ihn zuschauen sehen könnte, sähe, dass es ihm nichts ausmachte, er den Anblick genoss.

Monte Christo sah zu, zwang sich zur Ruhe, hörte, fühlte nichts als den eigenen dumpfen Herzschlag, während er das Lecken einer Zunge, Verlangen der Hände, die bereite, sich zwischen langen goldbraunen Schenkeln ausrichtende Länge sah. Die Muskeln seines schlaffen Hinterns spannten sich, als Morcerf sich verlagerte, eine Hand auf ihrer Schulter –

«Warten Sie.» Seine Hand schloss sich um Morcerf und zog ihn kraftvoll zurück. «Mir fällt etwas Besseres ein.»

Der andere Mann schien aufbegehren zu wollen, doch Monte Christo warf ihm einen unbeirrbaren Blick zu, und Morcerf sackte widerstrebend zurück. «Sie können dies» – er machte eine abschätzige Geste in Mercédès' Richtung –

«jederzeit haben. Ich werde mir das meine nehmen, während Sie zusehen.»

Das wäre, entschied er, weit besser. Sie vor ihrem Mann zum Stöhnen, Weinen und Aufschreien zu bringen.

Sie zum Betteln zu bringen.

ZEHNTES KAPITEL

Willenskampf

Später am selben Abend
Paris

Als Fernand sich aus seiner Stellung in der Schwebe zwischen ihren Beinen entfernte, empfand Mercédès ein überwältigendes Gefühl der Erleichterung. Nicht dass sie ihn nie zuvor in sich gehabt hätte, gewiss ... aber es war ihr weitaus lieber, es – wenn irgend möglich – zu vermeiden.

Und am allerwenigsten wünschte sie, ihrem Gast zuliebe einen Genuss daran vorzutäuschen.

Einen Moment lang glaubte sie, vielleicht doch den Ausdruck in Monte Christos Augen und seine unregelmäßige Atmung falsch gedeutet zu haben, und dass er es tatsächlich geschehen lassen würde. Doch das hatte er nicht.

Und nun ... war Fernand zurückgewichen, aus ihrem Blickfeld verschwunden, und Monte Christo richtete seine Aufmerksamkeit wieder auf sie.

Seine Miene schickte ein Frösteln ihr Rückgrat hinunter, und einen Augenblick lang hatte sie Angst. Er sah düster aus und ... in ihrem halberregten Zustand und zur Lenkung der Geschehnisse entschlossen, fiel ihr nur ein treffendes Wort ein: «gequält». Er sah düster und gequält aus: die eingefallenen Wangen im Schatten, der Mund ein fester Strich, die durchdringenden Augen in tiefen Höhlen … und doch waren sie leer. Ausdruckslos in ihrer Schärfe.

Oder vielleicht … darauf aus zu peinigen. Sie.

Mercédès schluckte schwer. Alle Feuchtigkeit hatte sich aus ihrer Kehle verflüchtigt, und ihre Lungen fühlten sich eingeschnürt und gepresst an. Ihr Herz schüttelte ihren Körper mit der Kraft seines Schlags, und ein Zwicken, in dem sich furchtsame und freudige Erwartung mischten, kniff ihr in den Magen.

Ihre über den Kopf gebundenen Arme waren weder unbequem lang ausgestreckt, noch war die Seide fest zugeknotet. Ihre Beine waren immer noch frei, und als Monte Christo sich über sie beugte, glaubte sie kurz, es sei absichtlich so … um ihr ein trügerisches Gefühl von Freiheit zu vermitteln.

Seine Hände – warm, groß, selbstsicher – senkten sich zu beiden Seiten auf ihren Körper, als er sich über sie beugte, und griffen sanft nach ihren Hüften, wie um sie still zu halten, während sein dunkler Kopf das Licht der Lampe hinter ihm verdeckte. Er bewegte sich zu langsam, zu bedächtig, als wolle er ihr Warten in die Länge ziehen – als wüsste er, dass sie sich fragte, ob er sie plötzlich schänden würde oder es seine Absicht war, sie wie zuvor schon nur zu locken und zu necken.

Anders als die bisherigen Küsse zwischen ihnen beiden heute Nacht fiel dieser weicher und zärtlicher aus. Seine Lippen feierten die ihren regelrecht – und auf eine Weise wie nicht mehr seit … Ihre Gedanken verschwammen, und sie ließ sich in die Flut langsamer, sinnlicher Bewegungen hinüberfließen … ihrer beider Münder, die sich aufeinanderschmiegten und wieder lösten, mit leichtem Schnalzen seiner Zunge über ihre zur Seite glitten. Sie fühlte, wie sie in seinen Mund zu atmen begann, ihm entgegen, fühlte seine Finger fester in ihr Fleisch greifen, die Spannung in ihrem Bauch anschwellen, erblühen und hinunter in ihre bereitwillige Scham fahren.

«Gefällt dir wohl, oder?», fragte er an ihrem Mund, die Lippen nur einen heißen Atemhauch weit entfernt. «Gut. Freu mich schon, dich nach mehr betteln zu hören.»

Plötzlich zog er sich zurück, ganz im Gegensatz zu der Art, wie er sich ihr genähert hatte, und seine Hände fuhren nun wohlüberlegt über ihren Körper.

Er hatte vor, sie zum Betteln zu bringen.

Das erste Mal, dass sie einen Mann wirklich angefleht, geweint und sich erniedrigt hatte, war auch das letzte Mal für sie gewesen.

Sie hatte gelernt, welche Hölle das Betteln heraufbeschwören konnte. Welche Macht und Gewalt es verlieh.

Nein. Monte Christo stand eine Enttäuschung bevor, falls er glaubte, sie noch einmal in solche Abgründe entführen zu können.

Als seine Hände emporglitten, um ihre Brüste zu bedecken, streifte sein Oberkörper, noch immer in das erlesene Leinenhemd gehüllt, über ihre Haut, und Mercédès schloss einfach die Augen. Sie öffnete die Lippen und hauchte den Genuss an seinem Mund auf ihrem Nippel aus, ohne dass es vorgetäuscht war.

Sie verlagerte die Hüften und rieb sie an seinen gebeugten Beinen gleich neben ihr auf dem Bett, während er behutsam ihren Nippel tief in seinen Mund sog und ihren ganzen Warzenhof einzog. Er war erhitzt, schlüpfrig und empfindsam und entließ mit jedem rhythmischen Ziehen eine träge schwappende Lustwelle. Langgezogen, träge und gleichmäßig … Sie fühlte ihre Atmung schneller und ihren anderen Nippel unter seiner Fingerkuppe stramm werden.

Der Finger zog winzige Kreise und reizte die oberste, empfindliche Nippelspitze, während ihr Warzenhof darunter schrumpfte und sich zusammenzog. Der zwiefache Sinnesreiz durch schlüpfrige Zunge und neckenden Finger brachte ihren Bauch zum Zucken, und stechende Sehnsuchtsschmerzen schraubten sich in ihr Geschlecht, das bereits empfänglich und bedürftig angeschwollen war. Er zog sich zurück, sein weißes Hemd blass gegen die sattbraune Haut und das dunkle Haar, seine Lippen voll und leicht geöffnet, sein Blick kühn und getrieben.

Ihr fest in die Augen schauend, bewegte er die Hand … strich sanft über ihr Fleisch, sandte in alle Richtungen Schauer über die flache Wölbung ihres Bauches … und hinunter an ihren Schamhügel, an das zarte Büschel Haare, die sich dort kräuselten. Er betrachtete sie, und sie konnte die Augen nicht schließen, konnte nicht fortschauen. Tief innen, hinter seinem abweisenden Blick, unter der Düsternis und Qual, sah Mercédès Edmond. Eine Ahnung seiner, des Mannes, den sie kannte.

Er glitt mit den Fingern die Vorderseite ihres Geschlechts hinunter, kaum dass sie die drahtigen Haarspitzen streiften, und löste leises Schaudern auf den Innenseiten ihrer Schenkel aus. Sie ließ die Lider sinken, während er das Dickicht durchkämmte, es anhob und durch die Nässe schlüpfte, die sich aus ihrer Muschi ergoss.

«Mach die Augen auf», sagte er leise und fuhr mit einem Finger tief hinein.

Lust durchströmte sie ob der jähen Bewegung, und Mercédès bewegte zur Antwort die Hüften, als sie die Augen aufschlug.

«Da … jetzt … da.» Befriedigung leuchtete in ihrem Gesicht, und er zog sich zurück, schob dann seine Finger wieder hinein, tiefer, vollständiger, und streifte dabei ihren Kitzler. Sie bäumte sich ein wenig auf, drückte sich gegen ihn, ließ die Lust sich in sich ausbreiten.

Dann zog er die Hand fort, ging ihr zwischen die Beine und spreizte sie mit einer einzigen, mühelosen Bewegung. Sie ließ ihre Knie zur Seite fallen und fühlte gleich darüber den festen Griff auf den Schenkeln, als er sich zwischen ihnen in Stellung brachte.

Die erste Berührung durch seine Zunge beförderte sie beinahe vom Bett hinunter. Sie war so leicht und behutsam auf ihrem geschwollenen, wartenden Kitzler, so schnell und so *nötig*, dass sie einen leisen Aufschrei von sich gab und ihre Hüften vor ihm einen Satz machten.

Mon Dieu.

Jener erste Zungenschlag war flüchtig, doch dann kam seine Zungenspitze wieder und reizte sie erneut mit leichtem Schnalzen, und noch einmal und noch einmal … und dann, als sie sich zu sammeln anfing, sich für ein weiteres Mal bereitmachte, das ihren willigen Körper über die Schwelle treiben würde … rückte er ab, küsste sich federleicht die Innenseite ihres Schenkels entlang, mit ein wenig Zungenspiel und sanftem Saugen.

Mercédès schloss die Augen, ihr Atem ging schneller, ihre Nippel wurden straffer, ihr Kitzler war am Pochen, entblößt und bereit. Natürlich. Er wollte, dass sie darum bat. Bettelte.

Sie spürte, wie Monte Christo den Kopf hob, und blickte hinunter in seine dunklen Augen gleich hinter der sanften Wölbung ihres Bauches. Ihrer beider Blicke trafen sich, als er die Nase wieder im Gestrüpp aus Haaren rings um ihr Geschlecht vergrub, mit den Lippen zärtlich an ihren geschwollenen Labien knabberte, mit Kinn und Kiefer neckisch ihren Kitzler streifte.

Er schien sie einzuschätzen, und sie ließ die Lider sinken, als die Lust erneut anschwoll, langsam … unaufhaltsam … während er sich an ihr labte, sie lutschte und leckte und seine Zunge tief in sie hineinschlängelte, langsam herauszog, ruckend, unter ihrer bedürftigen Mitte. Ein Höhepunkt baute sich auf, sank dann zurück, steigerte sich wieder und gipfelte beinahe … und jedes Mal schien er die Anspannung ihres Körpers zu spüren, seine Bereitschaft und das Zusammenziehen, und eben ehe sie in süße Erlösung hinüberfloss, zog er sich zurück, hielt den Takt an, brach die Verbindung ab und ließ sie unter heiserem Stöhnen ins Bodenlose rutschen.

Mercédès zuckte unter der sanften Berührung ihrer Knie durch seine Hände und schrie sich ihm entgegen, da alle Fasern ihres Seins sich zwischen ihren Beinen bündelten. Ihr Atem war lauter und harscher geworden und wurde jedes Mal von leisen kleinen Seufzern begleitet … und sie hörte ihn auch, hörte und fühlte die Verwandlung seines Atems an ihrem Geschlecht.

Sie wollte die Arme nach ihm ausstrecken, den Mann vor sich anfassen, ihre Wirkung auf ihn spüren und wissen, ob er ihr nah war und sie auch wollte … doch ihre Arme waren festgebunden, und ihre Finger konnten sich nur hilflos am Bettpfosten krümmen. Sie wagte nicht, etwas zu sagen, aus Furcht, die Worte könnten in ein Flehen umschlagen … und so kämpfte sie gegen sich an und gegen ihn, war darauf aus, dass er zuerst aufgab. Dass er sich bei ihr hole, was er brauchte, ehe sie ihrem verzweifelten Verlangen nachgäbe.

Dann hörte er auf, zog sich zurück und ließ ihre Beine

gespreizt und kalt, ihre Scham geöffnet, nass und bereit. Als das Bett schwankte und er sich bewegte, schlug sie gerade rechtzeitig die Augen auf, um Monte Christo sich an die Seite des Betts begeben zu sehen, die ihren gefesselten Händen gegenüberlag. Ihr Blick folgte ihm und streifte Fernand, der dort stand, mit einer Hand entfesselt seinen Schwanz bearbeitete und ins Leere starrte. Sie richtete ihre Aufmerksamkeit für einen Moment auf den schlaffen Unterkiefer und die glasigen Augen ihres abscheuerregenden Gatten, ein Mittel, sich der einlullenden Lust zu entziehen, die jetzt abflaute, aber auf ihre Wiedererweckung wartete.

Was Monte Christo gewiss auf irgendeine andere Weise im Sinn hatte.

Dann wurden Mercédès' Beine angezogen; Monte Christo zerrte sie übers Bett, bis sie quer zu einer Seite lag, die Arme lang ausgestreckt, die Hüften auf der Matratzenkante und ihre Füße beinahe flach auf dem Boden. Er stand zwischen ihren Knien, noch immer gänzlich bekleidet im Gegensatz zu ihrer Nacktheit, und schickte sich an, sich die Hose aufzuknöpfen.

Sein Gesicht war unergründlich wie stets, und eine dunkle Haarsträhne verdeckte ein Auge, aber sie war sich völlig sicher, dass seine geschickten Finger fahrig an den Bändern und Knöpfen auf Taillenhöhe nestelten … und es dauerte natürlich nicht lange, sie zu lösen … und sie fühlte seine Erleichterung eher, als dass sie sie hörte, als die purpurrote Erektion ins Freie schnellte und aus der dunklen Öffnung seiner Hose hervortobte. Mercédès verspürte jähes Verlangen in ihrer Muschi und gab ein leises Stöhnen von sich.

«Ah», sagte er mit tiefem, wissendem Ton. Und ein wenig heiser. Und leicht außer Atem.

Er stellte sich zwischen ihre Beine und packte ihre Hüften, um sie anzuheben, während er sich ausrichtete. Sie schloss die Augen, war bereit, wollte es, fühlte das tröpfelnde Begehren ihrer Scham.

Als er sich an sie schmiegte und tief eindrang, verschlug es ihr den Atem, und sie wurde von Not, Lust und Erfüllung überwältigt, und sie hielt den Atem an, war für den Ausbruch bereit ... für das Anschwellen und Aufflammen des Höhepunkts.

Doch er rührte sich nicht. Er hielt sie bloß, hielt mit seinen kräftigen Fingern ihre Hüften fest, blies ihr seinen Atem entgegen, zuckend und prall – so verdammt lang und prall und vertraut – in ihr, ihr nahe ... aber nicht nahe genug.

Nicht nahe genug.

Mercédès ertappte sich bei einem leisen Schluchzen, wollte sich eben so weit verlagern, dass er sich an ihrem wehen Kitzler reiben und sie hinüberstoßen würde ... doch er rührte sich nicht.

Sie öffnete die Augen und sah, dass seine geschlossen, seine Züge versteinert, die Schatten auf seinen Wangen tief und dunkel waren. Er atmete nicht, und dann wurde in der erstaunlichen Stille, die sich des Gemachs bemächtigte, plötzlich ein tiefes, ausdruckvolles Grunzen von der Seite laut.

Ihr Blick schnellte eben rechtzeitig zu Fernand, um seinen zurückgeworfenen Kopf und den Erguss aus seinem Schwanz peitschen zu sehen, auf den er mit einer Hand gnadenlos eindrosch.

Mercédès fühlte, wie sich ihr eigener Körper über eine solche Zurschaustellung von Lust anspannte, und verlagerte sich wieder, diesmal drängender. Verzweifelter. *Bitte.*

Monte Christo schlug die Augen auf und sah mit kaltem, wissendem Lächeln auf sie hinunter. «Benötigen Sie irgendetwas, Madame la Comtesse?»

Sie sah fort, ihr Blick huschte zu Fernand, und sie fühlte den Schwanz sich in ihrem Inneren regen … nur ein winziges bisschen, und ihr ganzer Körper verkrampfte sich, erwartungsvoll … und sank dann wieder zurück. Sie sammelte alle Entschlusskraft, besann sich auf ihren festen Vorsatz, seine Selbstbeherrschung zu brechen. «Wenn Sie nicht den Wunsch haben … die Dinge zu Ende zu bringen, sollte vielleicht mein Mann das übernehmen.»

Monte Christos Finger zuckten kaum merklich auf ihr, seine Miene aber blieb düster und unbewegt. «Ich denke», sagte er mit Blick über die Schulter auf Fernand, der in einen Sessel geplumpst war, «er ist für heute Nacht fertig. Aber … ich habe es nicht eilig.»

Mercédès verengte sich rings um ihn und las in seinem Gesicht die Wirkung dessen. Schwach zwar, aber eine Überraschung konnte sie erkennen. «Zu dumm, dass Sie es nötig finden, mich zu fesseln», sagte sie und wahrte angestrengt eine gleichmäßige Stimme. Sie hatte das Gefühl, würde sie nur einen Moment lang die Beherrschung und ihr Ziel aus den Augen verlieren, verlöre sie auch diesen Kampf. «Glauben Sie sich bei mir nicht in guten Händen?»

Zur Antwort zog er sich zurück und stieß einmal unvermittelt und wütend in sie hinein, und sie keuchte, weil es sich so schön anfühlte. *Dios. Mehr, o Dios mio, bitte …*

Mercédès verkniff sich ihren Aufschrei, sah ihn an und erkannte dasselbe Ringen in seinem Antlitz. *Gut … o Gott sei Dank.*

Sie ruckte beharrlich, schüttelte ihn beinahe ab – sie brauchte doch nur einen oder vielleicht zwei Stöße, und dann wäre sie da … *Bitte.*

«Nein, das lassen Sie», hauchte er, drückte ihre Hüften noch fester in die Matratze und ließ ihr keinen Spielraum mehr. «Bitten Sie darum … Flehen Sie mich an.»

«Nein», stieß sie zwischen zusammengebissenen Zähnen hervor, verengte ihre Vagina noch einmal um ihn herum und spannte leicht die Pobacken an, um ihre Hüften zu verrücken. «Feigling.»

Er lachte kurz und schroff auf und versetzte ihr einen weiteren scharfen, harten Stoß. Mercédès schrie auf, warf den Kopf auf die Seite und biss sich über das Aufwallen in ihr auf die Lippe. Sie würde nicht. Lange konnte er nicht mehr durchhalten.

Sie bog den Rücken durch, hob leicht die Brüste an, widmete sich ganz dem Pochen zwischen ihren Beinen. Er war dicht dran … sie fühlte, wie er sie noch stärker ausfüllte.

«Gehorchen Sie, Comtesse», sagte er mit gedehnter, angespannter Stimme. «Betteln Sie.»

«Nein», sagte sie wieder.

Er holte plötzlich und scharf Luft und bohrte sich noch tiefer in sie hinein. Sie seufzte leise und sinnlich und schaute zu ihm auf. Nun stand ihm flammende Sehnsucht ins Gesicht geschrieben, als könnte er sich nicht länger beherrschen.

«Niemals werde ich Sie um etwas anflehen», sagte sie mit kraftvoller Stimme und verwandte all ihre Selbstbeherrschung darauf, sie so klingen zu lassen. Um die Kräfte zu bezwingen, die verheißungsvoll in ihr stampften, zerrten, bohrten und sie einschnürten.

«Niemals?», fragte er und nahm kurze, kleine Stöße auf, bei denen er sich kaum in ihr bewegte und sie so festhielt, bei der er ihrem Kitzler nahe kam, ihn aber nicht berührte. Ihn neckte. «Oh, Sie … werden schon …», versprach er im Flüsterton.

«Oh …», rief sie. Sie stieg wieder an, ihre Lust, erblühte und bauschte sich auf wie ein windgeblähtes Segel, und Mercédès warf den Kopf hin und her, biss sich auf die Lippen, während er sich regte, sie festhielt und daran hinderte, sich ihm anzupassen, und von dem Druck, jenem entzückenden Druck fernhielt, der sie über die Schwelle heben würde. Sie sammelte sich, richtete ihren gesamten Willen auf die Stelle zwischen ihren Beinen, wo alles stieg und weiter stieg und wuchs und anschwoll und –

«O … nein … Sie … werden … nicht …», keuchte er, zog sich in einer jähen, verzweifelten Bewegung heraus und ließ sie zugeschwollen, glänzend und bedürftig zurück. *O Dios* … bedürftig. Sie schrie auf und biss sich wieder auf die Lippe, um nicht mit dem flehentlichen Bitten herauszuplatzen, und Tränen quollen ihr aus den Augen, als sie das Gesicht wegdrehte.

Bitte.

Er kletterte neben ihr auf das Bett, sein Schwanz dunkel und rosig, schlüpfrig und übersatt von ihren Säften, und sie leckte sich die Lippen, hielt den Atem an, unterdrückte ihre Bedürfnisse, schluckte hoffnungslos … und nahm einen langen, beruhigenden Atemzug. Kontrolle.

«Kommen Sie, Graf. Lassen Sie sich kosten und Erleichterung verschaffen.» Wieder leckte sie sich die Lippen, anzüglich, und senkte den Blick auf diesen wunderschönen Schwanz.

Unter wütendem Grollen schloss er die Hand hastig um seine dralle, drängende Latte, kam in zwei schnellen Bewegungen zum Ende und vergoss dicken weißen Samen über ihren Körper.

Er keuchte etwas hervor, als er kam. Sie konnte es nicht verstehen, nicht richtig … aber es klang wie ihr Name.

Mercédès.

Er ließ sie dort zurück, ans Bett gefesselt, das Geschlecht glänzend und prall zwischen ihren gespreizten Beinen, seine klebrige Hinterlassenschaft auf ihrer Haut. Er brachte Fernand dazu, sich ihm anzuschließen, und sie blieb unbefriedigt und bedürftig liegen, bis Charlotte sie am nächsten Morgen fand.

Doch trotz ihres dumpf klopfenden, erschöpften Körpers und der ungehörigen Lage, in der sie aufgefunden wurde, war Mercédès mit sich zufrieden.

Monte Christo hatte sich seinen Wunsch nach Rache nicht erfüllen können. Denn er war es gewesen, der zuletzt nachgegeben hatte.

ELFTES KAPITEL

Hinter dem eisernen Tor

Eine Woche später
Paris

Maximilien Morells Finger krümmten sich durch das eiserne Tor, und er presste ein Auge dagegen. «Valentine, meine Liebste», murmelte er und wünschte, seine Finger wären lang genug, um ihr weiches blondes Haar zu berühren. «Geht es dir gut?»

Sie saß natürlich auf ihrer Lieblingsbank, die ein Stück weit auf das eiserne Tor zugedreht worden war, seit sie sich das letzte Mal getroffen hatten – aber immer noch zu weit entfernt für ihn war, um sie berühren zu können. Ihre Wange rundete sich freudig, und kräftige Wimpern glitten herab, und wie stets war Maximilien von ihrer schlichten Schönheit wie erschlagen. «Ich habe dich vermisst, mein Liebster.»

«Und ich dich. Aber wie geht es dir? Wie geht es deinem Großvater?»

«Er hat seinen Segen zu unserer Heirat gegeben», sagte sie und wandte ihr Antlitz auf einmal dem seinen zu, sodass er den ganzen Liebreiz ihres Lächelns sehen konnte. «In achtzehn Monaten soll Hochzeit sein, mit seiner Billigung.»

Noch nie in seinem ganzen Leben hatte sich Maximilien so von Freude erfüllt gefühlt. «Ist das so? O Valentine! Ich bin der glücklichste Mann der Welt! Und was ist mit deinem Vater, Monsieur Villefort?»

Ihre Miene wurde zurückhaltender, das Glück darin verlor sich ein wenig. «Ihm geht es nicht so gut, aber … bei den drei Sterbefällen in unserem Haus ist das natürlich und dazu die Auflösung meiner Verlobung mit Franz d'Epinay … aber davon hast du ja gewiss gehört.»

Er nickte, spürte das kalte, raue Metall an der Stirn und wünschte sich mit aller Kraft, es wäre ihre seidige Haut, die sich an ihn schmiegte, und nicht die Eisenbänder zwischen ihnen. «Die Kunde ist durchgesickert, dass es dein *grand-père* Monsieur Noirtier war, der vor vielen Jahren, während der napoleonischen Erhebung, d'Epinays Vater im Duell getötet hat.»

«Ja, es stimmt. Und natürlich konnte mich d'Epinay danach nicht mehr heiraten – und so aufrichtig leid es mir für ihn tut, Maximilien, muss ich meinem Großvater dafür danken, diesen Umstand offenbart zu haben. Aber mein Vater ist am Boden zerstört darüber, dass eine so gewinnträchtige Heirat vereitelt worden ist.»

Maximilien konnte sich eines beklommenen Gefühls nicht erwehren, denn er wusste, dass Valentines Ehe mit ihm nicht annähernd so vorteilhaft wäre, wie ihr Vater es gern sehen würde. Aber Valentine war Monsieur Noirtiers Erbin, und wenn er seine Erlaubnis gab, würde alles gut werden. *Alles würde gut werden!* Sie würde die Seine sein.

«Ich habe von einem weiteren Verlöbnis gehört, das dieser Tage aufgelöst wurde», sagte er und hoffte, damit ihren traurigen Gesichtsausdruck zu mildern. «Komm her, bitte, Valentine … lass mich dich berühren, und ich werde dir erzählen, warum du nicht die Einzige bist, deren Vaters Hoffnungen zunichte gemacht wurden.»

Erleichtert sah er sie wieder lächeln, jene vollen rosa Lippen sich allerliebst, so entzückend heben, dass er von dem Drang überwältigt wurde, sie zu schmecken. Doch er musste sich mit ihren Fingerspitzen begnügen, die sich durch die kleinen Öffnungen im Tor unter seine eigenen schoben.

«Erzähle, Maximilien. Ich liebe den Klang deiner Stimme, und mir wurde diese letzte Woche so schwer, da ich sie nicht gehört habe. Es ist alles so ... befremdlich ... bei mir zu Hause seit diesen drei Todesfällen. Ich ... der Arzt ... als er das letzte Mal hier war, sah er mich so seltsam an. Als glaubte er, ich könnte etwas so Grässliches getan haben, wie meine eigenen Großeltern umzubringen!» Ihre letzten Worte drohten in einem Aufschluchzen zu ersticken, doch sie beherrschte sich und blickte ihn durch das Tor an.

«O liebe Valentine ... wer dich kennt, könnte niemals auf den Einfall kommen, du würdest irgendwem schaden, schon gar nicht denen, die du liebst. Sei bitte unbesorgt. Alles wird gut, und in weniger als zwei Jahren werden wir verheiratet sein und dieses schreckliche *Tor* nicht mehr zwischen uns haben!»

«Danke, Maximilien ... Jetzt erzähl mir, was geklatscht wird, damit ich auf andere Gedanken komme.»

Er drückte einen Kuss auf die Spitze eines ihrer lieblichen Finger, und während er daran knabberte und sie hinderte, ihn zurückziehen, sprach er: «Mein lieber Freund Albert de Morcerf hatte die Absicht, Eugénie Danglars zu heiraten, die Tochter des Bankiers. Anfang der Woche nun teilte Danglars dem Grafen Morcerf mit, dass es keine

Hochzeit der beiden Kinder geben werde, und weigerte sich, den Grund zu nennen. Albert, der Eugénie auf keinen Fall heiraten wollte, meinte zu mir, Danglars habe seinem Vater lediglich gesagt: ‹Seien Sie froh, dass ich Ihnen das Warum verschweige.›»

Er schlüpfte mit der Zunge zärtlich über das Gewebe zwischen ihren Fingern, und sie sprach mit einem herrlichen leichten Erschauern darauf an. «Maximilien», seufzte sie an das Eisentor gelehnt. Kleine Stückchen ihres Körpers und Kleids drückten sich durch die rhombenförmigen Löcher, und Maximilien schob sich das Gitter hoch und presste sich seinerseits dagegen.

«Küss mich, Liebling … bitte …», sagte er, als er eine Stelle fand, an der sein Mund gleichauf mit ihrem hindurchpasste.

«Maximilien …», seufzte sie, und sie küssten sich, so gut sie konnten. Lippen und Zunge, kalte Eisenbänder zwischen ihnen, tanzten, wichen zurück und prallten wieder aufeinander.

Er fühlte durch das Gitter hindurch, seine Finger streiften erst und krümmten sich dann in die Seide ihres Kleids, wo sie eng an ihrer Taille lag, und spürten darunter … darauf gab er seinen Eid … das Nachgeben ihres zarten Fleisches. «O Valentine», seufzte er an ihren Lippen, am kalten Eisen, und versuchte mit den Fingerspitzen, ihren Körper noch enger an das Tor zu ziehen. «Wie süß … wie süß du bist …»

Sie machte sich los, und ihrer beider Nasen stießen in einem Rhombus zusammen. Sie schauten einander an, und ihm war, als könnte er in ihren blauen Augen ertrinken. Sie leuchteten vor Liebe und Hoffnung, und nicht zum ersten Mal wünschte Maximilien, er hätte eine Eisensäge dabei, um das verdammte Gitter zwischen ihnen zu durchtrennen.

«Erzähl mir mehr», flüsterte sie mit sanftem, pfefferminzsüßem Atemhauch.

Er zeichnete ihre seidigen Wangenkuhlen mit den Fingern beider Hände nach und sagte: «Von Danglars heißt es, er habe rasch gehandelt und Eugénie mit einem Andrea Cavalcanti verlobt, einem mittellosen jungen Mann, der seit seiner Geburt von seinem Vater getrennt war und schließlich erfuhr, dass er ein italienischer Prinz sei. Der Graf von Monte Christo war es, der ihn mit seinem Vater wiedervereinigte.»

«Wie anständig von dem Grafen», sagte Valentine, doch zum ersten Mal hörte Maximilien ein leichtes Zögern aus ihrer Stimme heraus.

«Monte Christo ist ein guter Mann», meinte er zu ihr. «Er hat mir bereits versprochen, Himmel und Hölle in Bewegung zu setzen, sollten wir irgendeine Hilfe brauchen, um zusammenzukommen.»

Zu seiner Überraschung steckte sie die Finger durch das Gitter und berührte sein Gesicht. Maximilien seufzte und ließ die Stirn auf das Tor fallen, fühlte ihr leichtes, sinnliches Tasten, als sie über seine Wangen und seinen Kiefer strich, dann an eine andere Lücke wechselte und mit einem Finger seine Lippen nachzeichnete, die noch vom Küssen geschwollen waren.

«Es ist nur, dass … er so freundlich zu meiner Stiefmutter Héloise zu sein schien», sagte sie und stieß ein niedliches Keuchen aus, als er den Mund öffnete und ihr Finger hineinschlüpfte. «Als er … zu Besuch kam … vor einigen Wochen. Und … nun, ich weiß, dass sie mich nicht sonderlich gut leiden kann und es lieber sähe, würde Vater sich mehr um ihren gemeinsamen Sohn kümmern, und es scheint …» Sie hielt den Atem an, als seine Zunge um ihre beiden Finger herum und zwischen sie schnalzte, genau so, wie er es sich mit ihrer Muschi erträumte.

Der bloße Gedanke ließ seinen Schwanz sich ungestümer gegen den Hosenstoff aufbäumen, und er verlor beinahe den Faden ihrer Rede. «Es scheint …?», stieß er sie mit leisem Lachen an. «Na komm … lenke ich dich ab, Liebste?»

«Oh … fürwahr, das tust du …», seufzte sie, «aber wenn du nicht aufpasst, werde ich mit dir dasselbe tun.»

Ihre Stimme barg einen ungewohnt boshaften Unterton, und Maximilien fühlte sich von einer neuen Welle der Sehnsucht und Liebe durchströmt. Wunderschön, bezaubernd und unbeschwert. Was mehr könnte sich ein Mann bei seiner Frau wünschen?

«Es scheint einfach, dass sie … einander zu ähnlich sind, wenn er mit ihr befreundet ist und sie sich nichts aus mir macht. Ich weiß, dass du große Stücke auf den Grafen hältst …»

«Ich achte ihn mehr, als du dir vorstellen kannst», entgegnete er. Sie hatte ihre Finger zurückgezogen und Maximilien mit ärgster Sehnsucht nach mehr … noch einer Kostprobe, diesmal tiefer, länger, sinnlicher, allein gelassen. Doch dann merkte er, was sie tat, und ihm schwanden die Sinne. «Valentine!»

Sie zerrte bereits an ihrem Mieder und zog es an einer Brust nach unten, sodass … *mon Dieu!* … sodass mehr dieser wunderschönen Wölbung enthüllt wurde … und dann der obere Rand ihres dunkelrosa Warzenhofs … Maximilien fürchtete, gleich in Ohnmacht zu fallen, aber sie hielt inne und sah ihn an. «Bist du abgelenkt, mein Liebster? Bitte … fahr fort.»

«Ich … er … der Graf ist ein guter Mann, er ist scharfsinnig und gütig und mir liebevoll zugeneigt – dessen bin ich sicher.» Seine Worte schienen zwischen zwei sehr angeschwollenen Lippen und rings um eine Zunge, die sich nicht richtig bewegen konnte, hervorgepresst zu werden. Plötzlich hüpfte ihr Nippel aus dem engen Mieder hervor, und da war sie: ihre ganze herrliche, wunderschöne, apfelgroße, perlweiße, blaugeäderte Brust. Da. *Da.*

«Valentine …», stöhnte er. Seine Hand fuhr an die Eisenbänder, versuchte hindurchzulangen, doch sie stand eben weit genug entfernt, dass er gerade einmal die Spitze ihres Nippels streifen konnte. Seine bloße, flüchtige Berührung ließ sie scharf die Luft einatmen und sich aufrichten.

«Fahr fort», sagte sie. Ihre Stimme aber hauchte verführerisch, und als er emporschaute, sah er ihre Augen dorthin gerichtet, wo ihre Brust jungfräulich weiß im Schatten der Mauer und des Laubwerks ringsum leuchtete.

«Und … ich kann mich nicht erinnern, was ich gesagt habe, Valentine. Bitte! Hab Erbarmen mit mir …» Er sank vor ihr auf die Knie und hing mit den Fingern regelrecht am Tor, das Gesicht auf einer Höhe mit ihrer Brust … und als sie sich an eben dieses Tor drückte, schoben sich ihr weicher rosafarbener Nippel und beinahe der gesamte Warzenhof durch eine der Lücken … Maximilien glaubte, seinen Samen auf der Stelle in seine Hose zu vergießen.

Er wartete nicht erst auf eine Einladung … Er bewegte sich und pflanzte den Mund auf diese köstliche rosa Spitze. Versuchsweise zunächst wie bei einem ersten Kuss drückte er die Lippen darauf, dann schlüpfte er mit der Zunge ringsherum. Sie hielt den Atem an, keuchte dann, wich zurück, und beinahe hätte er aufgeschrien … doch dann, als begreife sie, auch ihre eigene Lust verhindert zu haben, kam sie zurück und drückte sich sogar noch fester an das Eisentor.

«Valentine», seufzte er und sog den zarten rosa Knubbel wie ein Säugling in den Mund ... ganz hinein, sanft, aber bestimmt, entzückte sich an ihrem leisen Wonnekeuchen, ihrem überraschten Schluchzer ... und fühlte den Nippel steif in seinem Mund werden, während er lutschte und leckte und an ihm nuckelte. Seine eigene Wollust pochte in Form eines gegen die Hose anstürmenden Schwanzes, der im Druck gegen das Eisengeflecht Erleichterung suchte.

«O Maximilien ...», seufzte sie und erschauderte am Gitter, sodass es leise in seinen Angeln und Ketten rasselte. «Bitte ...»

Sie konnte keine Ahnung haben, worum sie da bat, aber Maximilien wusste es. «Komm näher, Liebste», flüsterte er. «Deine Hüften ... näher ...»

Er langte durch den Rhombus, hinter dem sich ihre Scham befand, und versuchte, die vielen Stoffschichten zu durchdringen, um die Stelle zu finden, wo ihre Beine zusammentrafen, und sie half ihm, indem sie diese höchst undamenhaft spreizte, die Füße auseinandernahm. Maximilien blickte hoch und sah, dass sie sich mit ihren kleinen Fingern am Tor festklammerte und dagegensank, während er an ihrer Brust saugte und einen Weg an ihr Geschlecht zu finden versuchte. Das Gewicht des Rocks über der Krinoline über dem Unterkleid war zu groß, als dass seine Finger es bewegen konnten, so wie sie sich durch dieses verflixte kleine Loch hebelten.

«Bitte ...», flüsterte sie erneut, und wieder klirrte das Gitter, als sie sich fester dagegendrückte.

«Heb deine Röcke», raunte er mit trockenem Mund und heiserer Stimme. Lieber Gott, es war helllichter Tag hinten in Villeforts Garten … das Dach des Hauses war in einiger Entfernung, über den Bäumen, zu sehen … jeden Augenblick konnten sie entdeckt werden … aber … o Gott, es scherte ihn nicht.

Als die gewichtigen Unmengen Stoff – von Spitze und himmelblauer Seide und steifer Krinoline und feingewobenem Unterkleid –, als alles in ihren Händen gerafft, beiseitegeschoben und hoch gehalten war, während sie an das Tor gesackt stand, aus dem ihre Brust nicht länger hervorsprießte, war er imstande, seine Finger durchzuschieben und sie zu finden.

Mon Dieu.

Oh! So warm und weich und feucht … lieber Gott, sie tröpfelte, war geschwollen und heiß. Er schloss die Augen, stellte die Pein seines straffen, glänzenden, purpurroten Schwanzes hintan und schlüpfte mit den Fingern rings um und durch jene geheimen, lieblichen Falten und hinein in ihre tiefste Stelle … es raubte ihr den Atem, als seine beiden Finger in sie hineinschossen, dann behutsam wieder herausglitten und dann wieder einfuhren … Er gebrauchte seinen Daumen, um ihr winziges hartes Knötchen zu finden; er konnte es nicht sehen, doch als er es zwischen Daumen und Zeigefinger rieb, malte er sich aus, wie es schüchtern unter seinem Häubchen hervorlugte, und besudelte sogleich beinahe seine Hose.

«Valentine … süße … Valentine», sagte er, rüttelte mit der Daumenkuppe behutsam den kleinen Buckel, glitt ringsherum und drückte obenauf, und er fühlte, wie sie sich versteifte, und ihr Atem stockte, und sie schien zu warten … Er schnippte die Finger aus ihr hervor und um den harten, glänzenden Kitzler, und plötzlich keuchte sie auf und schauderte weinend, zitternd und lachend am Eisengitter …

Sein Atem ging angestrengt und schnell, und als er die Hand aus ihrer warmen Spalte zog, hielt er sie sich umgehend unter die Nase … er musste sie riechen, sie schmecken … ihre Moschussüße und Weiblichkeit … Valentine … o Valentine!

«O Gott!», sagte er und fiel vor das Tor. Er behielt die feuchten Finger an der Nase, sog ihren Geruch ein und kämpfte gegen seine beharrliche, zornige Erektion an, die er an den Eisenbändern niederdrückte.

«Maximilien», sagte sie schließlich. Ihre Stimme war ein raues, überraschtes Flüstern und kaum vom Blätterrauschen in den Büschen ringsum zu unterscheiden. «Ich … das war … Ich liebe dich.»

«Ich liebe dich auch, Valentine», sagte er und bewahrte sich mutig eine kräftige und gleichmäßige Stimme. Eines Tages würde die Zeit kommen … eines Tages würde er selbst die Erlösung erleben … doch heute war ihr Tag. «Nie werde ich achtzehn Monate überstehen, bis wir heiraten können», fügte er in einem jähen Verzweiflungsausbruch an. «Ich bete zu Gott, dass irgendetwas geschieht, um das zu ändern.»

Sie blickte durch das Gitter, die Augen sanft und glasig und stockrosenblau. «Ich auch, mein Liebster. Ich auch.»

An jenem Abend, als sie im Theater der Comtesse de Morcerf begegnet war, fuhr Haydée allein in der Kutsche Seiner Exzellenz nach Hause. Es hatte sie nicht überrascht, als er sich nach seinem Verschwinden während der ersten und noch einmal während der zweiten Pause (nachdem er der Comtesse finstere Blicke über die Bühne hinweg zuwarf) dafür entschied, eine Einladung des Comte de Morcerf anzunehmen, statt zu diesem Zeitpunkt nach Hause zu fahren. Und Seine Exzellenz war auch erst nach Tagesanbruch in sein Haus auf den Champs-Élysées zurückgekehrt und, Bertuccio zufolge, mit sehr übler Laune.

Somit war Haydée allein in der Kutsche heimgefahren – allein bis auf Ali, der es ablehnte, mit ihr zusammen *im* Gefährt zu fahren, und den Platz oben im Freien neben dem Kutscher vorzog.

Die folgenden zehn Tage über mied er sie weiterhin um jeden Preis. Tatsächlich fand Haydée es ziemlich erheiternd, dass er sofort einen Vorwand fand, wann immer sie beim Betreten eines Zimmers auf ihn traf, selbiges zu verlassen.

Und schickte sie aus irgendeinem zurechtgelegten Grund nach ihm, sah er stets zu, dass ihn ein weiterer Dienstbote begleitete.

Aber nach einer Weile hatte sie genug von seinen verfluchten, ehrbaren Ausreden dafür, sich nicht von ihr berühren zu lassen, und begann einen Plan auszuhecken, um diese Unnahbarkeit ein für allemal zu überwinden.

Da ihre Verführungskunst dabei versagt hatte, ihn zum Voyeur zu machen, der sie mit ihren Zofen im Bad beobachtete, oder sich nachts in sein Bett zu schleichen, war Haydée klar, dass sie zur letzten der weiblichen Listen greifen musste: Tränen.

Und wie der Zufall es wollte, trat ein unverhofftes Ereignis ein, das ihr eine ideale Entschuldigung dafür lieferte: Ein Mann brach eines Nachts in das Haus auf den Champs-Élysées ein, da der Graf seinen Haushalt in sein anderes Anwesen in Auteuil verlegt hatte. Der Eindringling wurde auf der Flucht getötet, und niemand hatte sich im Haus aufgehalten außer dem Grafen selbst, der offenbar den Mann verjagt hatte … Haydée aber beschloss, sich den Vorfall zunutze zu machen.

In der Nacht nach dem Geschehen, von dem sie nur durch Bertuccio und die anderen Dienstboten erfahren hatte, suchte Haydée mit äußerster Umsicht den Ort für ihre Falle aus. Sie war sich bewusst, dass Ali häufig spät nachmittags den Garten durchstreifte, während die übrigen Dienstboten mit den Vorbereitungen für die abendlichen Vorhaben des Grafen beschäftigt waren, und setzte sich in einem kleinen Pavillon im hintersten Winkel der Anlage zurecht.

Er war vortrefflich für ihre Zwecke geeignet, da schwere Weinranken und dichte Büsche rings um das kleine Bauwerk wuchsen und es sich etwas abseits der gekiesten Wege verbarg. Doch um sicherzustellen, dass niemand ihre Ränke durchkreuzen würde, hatte sie Bertuccio und Marie, der Haushälterin, strenge Anweisung gegeben, auf keinen Fall irgendwen anderes als Ali in den Garten zu lassen.

Als die Sonne den halben Weg an ihren Ruheort zurückgelegt hatte, noch hellgelb wärmte, aber nicht mehr mit ihrem stärksten Feuer herabstrahlte, ließ Haydée sich folglich in einer der großen, üppigen Chaisen nieder, die den Pavillon einnahmen. Schon recht seltsam, so etwas in seinem Gartenhaus stehen zu haben … aber vielleicht war sie ja nicht die Erste, die den kleinen Bau für ein Stelldichein wählte. Er war wirklich vortrefflich dafür geeignet.

Sie prüfte, ob alles bereit war, einschließlich des besonderen Rings, den sie trug, und fing dann zu weinen an. Laut. Herzzerreißend, schmerzlich, erbärmlich.

Statt es in den Kissen zu ersticken, schmetterte sie ihr Geheul lautstark heraus und mühte sich, echte Tränen zu produzieren und sogar rote Flecken im Gesicht erscheinen zu lassen. Ali ließ sich nicht leicht täuschen.

Und das war nur eins von den Dingen, die sie an ihm liebte.

Ein anderes war die dicke schwarze Latte, der er es – anders als andere Männer – verweigerte, ihn zu leiten und seine Entscheidungen zu beeinflussen. Zum Teufel mit ihm dafür, dass er so unerträglich ehrbar war.

Es dauerte nicht lange, bis Haydée zwischen keuchendem Geschluchze ein entferntes Knirschen von Kieseln vernahm, worauf sie ein besonders herzzerreißendes Gewimmer entließ. Und dann vergrub sie das Gesicht in ihren Händen und achtete darauf, dass ihre Schultern überzeugend bebten.

Da er nicht sprechen konnte, sorgte Ali stets für irgendein leises Geräusch, um seine Gegenwart anzuzeigen, und machte auch diesmal keine Ausnahme. Seine scharrenden Füße auf dem staubigen Holzboden des Bauwerks teilten ihr – zusammen mit dem erwartungsvollen Prickeln in ihrem Nacken – mit, dass er angebissen hatte.

Jetzt ging es nur noch darum, die Falle zuschnappen zu lassen.

Sie spürte ihn hinter sich und stellte sich vor, wie er dort hilflos und unsicher einer schluchzenden Frau gegenüberstand, die Finger öffnete und schloss, einen Schritt auf sie zu machte, dann zauderte und wieder zurücktrat. Nach einem kurzen Augenblick hob sie daher den Kopf und schreckte glaubwürdig auf, als sie ihn genau so vor sich stehen sah, wie sie es sich gedacht hatte.

Haydées Mund wurde trocken, als sie zu ihm hinüberschaute, der groß, kahl und schwarz, die Handgelenke in schimmerndes Gold gefasst, gleich neben ihrer Chaise dräute. Hinreißend. Unmenschlich schön und stark – und doch schaute er so voll Unbehagen drein und wirkte fehl am Platz, als würde ihm ein Korsett angepasst werden – und er würde ihr gehören. Ganz und gar ihr.

Was ist los?, machte er Zeichen.

Tapfer hielt Haydée einen weiteren Schluchzer zurück und benutzte den Ärmelsaum ihrer Tunika – ein weitgeschnittenes einteiliges Kleidungsstück, das sie eben dieser Eigenschaften wegen für diese Verführung ausgesucht hatte – um sich die Augen abzutupfen. Ihr Haar hatte sie locker zu einem langen, tief angesetzten Pferdeschwanz gebunden, der ihren Rücken hinunterfiel, und um den Scheitel trug sie nur eine schlichte Kordel, vorn auf der Stirn mit einer einzelnen, über ihrer Nasenwurzel baumelnden Perle.

«Ich … wusste nicht, dass irgendwer hier ist», sagte sie und duckte wie peinlich berührt das Gesicht. Sie wartete, bis er sie berührte, federleicht oben am Kopf. Federleicht und flüchtig, und sie schaute wieder auf.

Was stimmt nicht?

Sie stieß ein paar bebende Schluchzer aus, schien dann zur Besinnung zu kommen und setzte sich auf der Chaise auf. Sie deutete auf die andere – die sie für Ali hergerichtet hatte – und sagte: «Bitte setz dich. Du … das Reden fällt mir schwer, wenn du so hoch über mir aufragst.»

Mit verlegener Miene, aber auch Sorge in den dunklen Augen sank er auf die Chaise, die Füße fest auf dem Boden und die Arme auf die Knie aufgestützt.

Hat dir jemand wehgetan? Seine Handbewegungen bargen eine unterschwellige Wut, als warte sie nur auf die hässliche Bestätigung, um loszubrechen.

«Nein», erwiderte sie und schniefte der Vollständigkeit

halber ein paarmal. «Es ist nur, dass … letzte Nacht, der Mann, der ins Haus einbrach … Caderousse hieß er, nicht wahr?»

Ali nickte ruckartig, und sie bemerkte, dass sich seine große Hand etwas entspannte.

«Hätte er sich Einlass verschafft, während wir da gewesen wären … hätte er uns alle ermorden können», sagte sie angstvoll.

Nein. Ich – Hier hielt Ali inne, und es klatschten seine Hände aufeinander, um das Wort Unsinn anzudeuten, ehe sie fortfuhren. *Seine Exzellenz und wir alle würden das nicht zulassen. Du bist sicher.*

«Aber er hätte den Grafen töten können! Und das» – wieder betupfte sie sich die Augen – «fürchte ich am meisten! Dass er mir genommen würde.»

Sie bemerkte, wie Ali kaum merklich zurückwich und sich versteifte. *Seine Exzellenz ist kein Tor. Er lässt sich weder leicht töten noch übervorteilen. Er hat weit mehr überlebt, als du dir vorstellen kannst.*

«Aber es ist möglich … und was würde dann aus mir? Wohin sollte ich gehen? Was sollte ich tun? Ich fürchte mich vor dem Alleinsein.» Haydée fing wieder heftig zu schluchzen an und sackte so weit in ihrer Chaise ab, dass sie im Begriff war herunterzufallen … falls er sie nicht auffing.

Was er tat. Sanft, wie aus Furcht, sie anzufassen, nahm er ihre Schultern zwischen seine großen, kräftigen Hände. Haydée ließ ihm keine Gelegenheit nachzudenken, zurückzuweichen; sie rauschte regelrecht von ihrem Platz in seinen Schoß und kuschelte das Gesicht in den moschusduftenden Winkel zwischen seinem Hals und seiner Schulter. Ah. Sie schloss die Augen und nahm einen langen, tiefen, herrlichen Atemzug von dem Mann, den sie vor allen anderen haben wollte.

Sie gab ein paar weitere Schluchzer von sich, um ihr Ringen nach Atem, ihr wachsendes Gefühl von Behaglichkeit und Genuss zu tarnen. Das Gesicht in seiner Haut vergraben, konnte sie natürlich seine Handbewegungen nicht sehen, die er womöglich machte, und richtete sich daher nach einem Augenblick aus dieser angenehmsten aller Stellungen auf.

Nun saß sie auf seinem Schoß, die Beine züchtig auf einer Seite seiner Schenkel, seine Hände behutsam an ihrer Taille, kaum dass sie sie berührten. Die Beule in seiner Hose war für sie mehr Quell der Befriedigung als Überraschung, doch tat sie so, als hätte sie sie nicht bemerkt.

«Er ist wie mein Vater, Ali … ich kann den Gedanken nicht ertragen, einen weiteren Vater zu verlieren.»

Sollte irgendetwas Seiner Exzellenz zustoßen, werde ich mich um dich kümmern.

Eine Welle des Glücks rauschte über sie hinweg, als Haydée die Wahrheit sah, die blanke Rührung in seinen Augen. Gleich welche Mühe er sich gab, es zu verbergen, zu leugnen, er machte sich etwas aus ihr … sie war mehr für ihn als der Körper, den er als verboten ansah.

«Ali …», setzte sie an, doch er unterbrach sie mit nachdrücklichen Handbewegungen.

Aber ihm wird nichts zustoßen, Haydée. Ich hab ihn mit einer Pistole auf ein Karo-As schießen und die Kugel durchs mittlere Karo gehen sehen. Seine Exzellenz ist sehr wohl imstande, auf sich aufzupassen.

Alis Augen waren leer geworden, als wollten sie seine Gefühle verschleiern, und Haydée war über seine lange Rede vorübergehend verstummt. Noch nie hatte sie ihn so viel «sprechen» sehen … Er musste es für zwingend notwendig gehalten haben, dass sie ihn verstand.

Aber sie scherte sich nicht drum.

Ohne Vorwarnung beugte sie sich vor, bedeckte seine herrlich kräftigen Lippen mit den ihren und sog sanft, aber bestimmt seinen dunklen Geschmack ein. Ihre Hand glitt um seinen Hals, und sie zog sich aus seinem Schoß hoch, damit sie sich in den Kuss vertiefen konnte … dann aber ließ sie sich wieder auf ihren Platz nieder, ehe er der Sache ein Ende machen konnte.

Er atmete schwer, und seine Augen waren gar nicht mehr so verschlossen und leer. Haydée selbst fühlte sich atemlos … und unbefriedigt. Aber es war noch zu früh, um sich wieder in einen Kuss zu stürzen.

«Ich will nicht, dass Seine Exzellenz sich um mich kümmert», sagte sie an ihn gelehnt. Wie sie erwartet hatte, neigte er sich fort, wie um eine gewisse Distanz zu wahren, und kam aus dem Gleichgewicht, worauf sie einen kleinen Ausfall machte und ihn zurück auf die Chaise kippte. Dann fuhr sie mit rascher Drehung an ihrem Ring die kleine Nadel darin aus, langte hoch, um die Arme wieder um seinen Hals zu schlingen, und stieß den Dorn in eine seiner Halsvenen.

Er fuhr überrascht hoch, aber ein kleiner Pieks wie dieser fiel einem Mann wie ihm kaum auf, und sie tat so, als sei nichts passiert, denn das Schlafmittel würde einige Augenblicke brauchen, bis es wirkte.

Sie lächelte ihm zu, fuhr mit beiden Händen seine Brust hinunter, während er sich halb zurücklehnte, und sah Überraschung und Begehren in seinen Augen aufflackern. Rasch nutzte sie das aus, indem sie ihre Finger behutsam seine massigen Arme emporstreichen ließ, und glitt an seinem

Körper empor. «Du bist so stark, Ali», sagte sie dicht an seinem Gesicht. Ich will, dass du dich um mich kümmerst. Nie würde ich mir Sorgen machen, wäre ich mit dir zusammen.»

Als er die Hände hob, bedeckte sie mit gespreizten Fingern die Unterseiten seiner Oberarmmuskeln, glitt die mächtigen Arme hinauf – von den Schultern zu den Ellbogen zu den Handgelenken – und führte seine Hände über seinen Kopf. Sie beugte sich vor, um ihn aufs Neue zu küssen, und spürte im selben Augenblick, wie er sich unter ihrem Körper zu entspannen begann.

Ali schüttelte den Kopf, wie um sich wach zu halten, doch er kämpfte vergeblich. Das von ihr verwendete Mittel wirkte schnell und gründlich, selbst bei einem Mann seiner Größe, und Haydée musste nur noch einige weitere Atemzüge warten, ehe er schläfrig auf die Chaise sank, die Augen schloss und gemächlich Luft holte.

Darauf fiel es ihr leicht, seine schweren Arme zu heben, beide Handgelenke am oberen Ende der Chaise mit einer Lederschnur zusammenzuknoten und dann je einen Knöchel zu beiden Seiten des Fußendes festzubinden. All das hätte sie nie geschafft, wäre er wach und bei Bewusstsein gewesen, dachte sie, als sie einen Gürtel über seine Hüften schnallte, um ihn an allzu heftigem Aufbäumen und Bocken zu hindern.

Nachdem Haydée damit fertig war, musste sie noch ein Weilchen warten, bis die Wirkung des Schlafmittels nachließ. Sie half dem Vorgang nach, indem sie ihm eine kleine Phiole mit Eukalyptus und Minze unter die Nase hielt. Zehn Minuten, vielleicht eine Viertelstunde später begann er, sich zu rühren.

Sie saß da und verfolgte mit einer Mischung aus Beklommenheit und Vorfreude, wie das Bewusstsein in sein Gesicht zurückkehrte. Als er begriff, dass er gefesselt war, hielt sie tatsächlich für einen Augenblick den Atem an, während er sich gegen seine Fesseln sträubte.

Seine Muskeln wölbten sich, als er an den Lederschnüren zerrte, und Haydée schluckte heftig ... teils wegen der Wut in seinem Gesicht und teils weil ... Himmel auch, aber er war ja wunderschön und beängstigend stark.

«Es tut mir leid, Ali, aber ich musste es tun», sagte sie und beugte sich vor, um ihn zu küssen. «Nicht Seine Exzellenz will ich. Ich will dich. Nur dich. Für immer. Dich.»

Derart zornig bewegte er sich, mit tiefen, gurgelnden Grunzlauten aus seinem stimmlosen Mund, dass sie einen Moment lang glaubte, er könnte die Chaise in Kleinholz verwandeln. Das Möbelstück rüttelte und wackelte und ruckte über den Fußboden, und sie sah furchtsam zu.

Sollte er sich befreien, würde er sie umbringen?

Sie hätte ihn an eine schmiedeeiserne Chaise fesseln sollten statt an diese aus Bambusrohr, von dem sie wusste, dass es im Orient für Häuser und Dächer verwandt wurde, aber reichlich unter seinen Bewegungen knarrte ...

Haydée schlug das Herz heftig in der Brust, und sie schluckte beim Anblick seiner vortretenden Augen, dunkel und wutentbrannt, seines zusammengepressten Mundes, der gar nicht mehr so drall und sinnlich war, der ungeheuer schwellenden Muskeln seiner Oberarme und Brust – selbst in seinem Hals, wo die Sehnen straff waren und zuckten und ein kleiner roter Punkt die Stelle markierte, wo sie ihn gestochen hatte. Reue überkam sie einen flüchtigen Augenblick lang, aber sie schob sie beiseite. Es musste getan werden, wenn sie diesen Mann für sich haben wollte, für immer.

Denn das war es, was sie wollte.

«Bitte», sagte sie und strich mit ihren kleinen, olivenfarbenen Händen über seine schimmernde Ebenholzbrust, «Lass mich dir Lust bereiten, Ali. Ich will dich berühren. Ich will deine Haut auf meiner spüren. Und mir war klar, das dies hier ... der einzige Weg war.»

Und damit zog sie sich in einer einzigen geschmeidigen Bewegung ihre lockere Tunika über den Kopf und schleuderte sie quer durch den Raum. Damit war sie vollständig nackt, die Brüste erwartungsvoll fest und gestrafft, die Nippel emporgereckt, die Muschi geschwollen und prickelnd.

Nein.

Sein Mund formte das Wort; beinahe konnte sie es leise, tief und innig empfunden aus seinem Atemhauch heraushören. Sein Kopf fiel immer wieder auf das Kissen unter ihm, und er drehte sich schließlich von ihr weg, während seine kräftigen Beine vergeblich zappelten.

Haydées Mund war noch immer trocken, und ihr Herz pochte wie verrückt. Sie wollte ihn. Sie wusste, dass er sie wollte – und sich nur nicht traute, sie zu nehmen, wenn sie Monte Christo gehörte.

Doch sie gehörte Monte Christo nicht; er wollte sie nicht haben. Er wollte die Comtesse de Morcerf.

Gleich, was er sagte oder wie er sich der schönen Frau mit der goldbraunen Haut gegenüber verhielt, wusste Haydée, dass er einzig die Comtesse im Sinn hatte. Einzig sie konnte seinen Zügen diese Anspannung nehmen, seinen Augen die in ihnen lauernde Leere ... seinem Körper die Sprödigkeit. Wenn er sie ließe.

Und an jenem Abend im Theater hatte es Seine Exzellenz Haydée freigestellt, sich einen eigenen Liebhaber zu nehmen. Sicher, er hatte durchblicken lassen, dass seine Wahl ihres Liebhabers auf Maximilien Morell fiele, aber auch klar gesagt, dass sie einen jeden Pariser dazu ausersehen könne.

Somit wies Haydée jegliches Schuldgefühl, jegliche Furcht vor den Folgen von sich, schob eine Hand unter Alis lockeren Hosenbund und zog seinen gewaltigen Schwanz behutsam aus seinem dunklen, warmen Gefängnis. Erst einmal befreit, ragte er stolz und ungeheuer prall und bereit auf und bebte regelrecht vor Verlangen.

Haydée warf Ali einen Blick zu. Sein Gesicht war noch immer abgewandt, aber sie konnte sehen, dass seine Augen geschlossen waren. Sein Atem ging harsch, aber gleichmäßig, und sie nahm eine Bewegung unter seinen hochmütigen Wangen wahr, als knirsche er mit den Zähnen.

Sie legte eine Hand auf seine warme, pochende, mit jenen ungewöhnlichen dunklen Schnörkeln gesprenkelte Brust, kleine schwarze, über seinen Oberkörper verstreute Kreise, wunderschön, drahtig, gekräuselt und warm. Sie harkte mit den Fingernägeln hindurch und hob das Haar versuchsweise an. Dann hievte sie sich vorsichtig auf seinen Leib, der sachte unter ihren Fingern zu beben begonnen hatte, und ließ sich gleich hinter seinem massigen, purpurrot-schwarzen Schwanz nieder.

«Ali», sagte sie und rieb sich die triefende Muschi, bis auch ihre Finger tröpfelten, «ich bin eine Jungfrau und will, dass du der Erste bist.»

Er drehte ihr den Kopf zu und schlug die Augen auf. Sie hatte die Chaise und ihre Kissen so angeordnet, dass sein Haupt gestützt wurde und er sie sehen konnte, ohne es heben zu müssen. *Nein*, schüttelte er den Kopf. *Nein.*

Sie schloss die klatschnassen Finger um seinen Schwanz und fühlte ihn unter sich erst rucken und dann gewaltsam schaudern, was zu einem schwachen Zittern abflaute.

«Seiner Exzellenz ist an meinem Jungfernhäutchen nicht gelegen und mir genauso wenig. Ich wünsche es loszuwerden. Jetzt.» Sie versetzte der handgelenkdicken Säule seines Glieds einen raschen Stoß hinauf, dann hinunter, was neuerlich leichtes Schaudern bei ihm auslöste. Der Mund wurde ihr wässerig beim Gedanken, wie es sich anfühlen würde, brächte sie ihn in sich unter und glitte er satt in die Tiefe …

Wild zuckten seine Augen umher wie auch sein Gesicht, sein Kopf und sein stummer Mund, während er sich ihr ohnmächtig mitzuteilen versuchte. Er musste gar nicht sprechen – sie wusste, was er ihr sagen wollte.

«‹Er ist mein Herr. Deine Jungfräulichkeit gehört ihm … Du bist nur eine Sklavin …› Ja, Ali, ich kenne deine Einwände», sagte sie und hielt die Stimme geschmeidig und verführerisch. Sie hob die Brüste, beide Unterseiten in ihren Handkuhlen geborgen, und bot sie ihm dar. «Und wenn er seine Meinung ändert?», fügte sie an und schaute dann auf ihren linken Nippel hinunter, während sie den Daumen dazu gebrauchte, ihn vorn zu reizen und noch runzliger schrumpfen zu lassen.

«Aber er hat mir schon freie Hand bei der Suche nach einem Liebhaber gegeben», sagte sie und beugte sich vor, um seine klebrige, von Feuchtigkeit gekrönte Schwanzspitze zu küssen. «Und du bist der Mann meiner Wahl, Ali.»

Ruckartig holte er lange und tief Luft und schloss die Augen.

«Du willst mich, nicht wahr?», fragte sie, beugte sich wieder vor, schob die Hände auf seine Brust, und sein Schwanz drückte sich in ihren Bauch. Sie spürte das wilde Pochen seines Herzens unter den Fingern, rückte weiter voran und hob den Hintern, worauf sein klebriger Penis ihren Körper entlang auf ihre glatte, nasse Muschi zuschlüpfte. Kurz blieb er an der Fuge zwischen ihren Schenkeln gleich neben ihren geschwollenen Schamlippen hängen und rutschte weiter, als sie ihren Mund auf seinen hinabführte.

Er drehte das Gesicht fort, aber sie folgte ihm, und auf einmal waren diese prallen, herrlichen Lippen geöffnet und verschlangen die ihren … zogen sie hinein, sogen und schmeckten und formten sich um sie herum, während ihre Zunge zugleich in die feuchte Wärme seines Mundes schlüpfte.

Haydée stöhnte in ihn hinein, als er sich öffnete, sie gänzlich in sich aufnahm, und schraubte ihr schlüpfriges, pochendes Geschlecht in seinen Bauch, während ihre Zähne an seinen Mundwinkeln schabten und sie die Zunge so lange und tief in seinen Schlund schnalzen ließ, wie sie konnte.

Ja. O ja.

Ihre Hände bewegten sich die kraftvollen Umrisse seiner Schultern empor, über die Muskelwölbung hinweg, hinein in seinen straffen Nacken und über die tiefen, warmen Kuhlen seines Schlüsselbeins, als sie die Finger um seine breiten Schultern bog. Er war dunkel und würzig und bereit … Sie spürte das sanfte Stochern seines Schwanzes hinten an ihrem Arsch, als sie zurückrutschte, sich erhob und dann auf ihn hinabsenkte. Einen Augenblick hielt sie inne und fühlte die Breite seiner Eichel, als sie sich in die tiefe Ritze zwischen ihren Schamlippen presste.

Alis Augen waren wieder geschlossen, sein Hals angespannt, seine Lippen geöffnet, und seine Brust hob und senkte sich, als wäre er gerade meilenweit gerannt.

Haydée tunkte die Finger erneut tief in ihre Muschi und rieb dann das Gleitmittel über seine samtweiche Vorhaut. Dann richtete sie sich auf, ging in die Hocke und passte ihn in sich ein, nur die Spitze … bloß die äußerste Spitze dieses massigen Steifen.

Er erstarrte, sein Brustkorb verharrte, seine Nasenflügel weiteten sich, die Augen waren nun geöffnet und starrten zur Decke hinauf. Ihre Brüste bebten, ihr Herz klopfe heftig … ihr Mund wurde wässrig, und ihr Kitzler drängte scharf prickelnd vor.

Und dann rammte sie sich, so hart und schnell sie konnte, nach unten.

Genuss … o wunderbarer, nie gekannter Genuss … ein schneidender Schmerz und dann … Erfüllung. Fülle. Tiefe, wogende Fülle in ihrer Mitte.

Ali hatte den Mund zu einem tieftönenden Gurgeln geöffnet, und nun fühlte sie, wie er unter ihr schauderte und zitterte. Seine Lider waren wieder herabgesunken, seine Zähne kerbten sich in ihre entzückende Unterlippe, seine Nasenflügel waren gebläht, seine Haut glänzte feucht.

Der Schmerz pochte noch immer leise und tief in ihr vor sich hin, aber diese Fülle … dieses Gefühl, dass es richtig war, und dieses verlangende Prickeln brachten Haydée erneut auf die Knie, und sie ging über ihm wieder in die Höhe und glitt zurück an seine Schenkel.

O Himmel, sie glaubte, heulen zu müssen vor Lust … wieder … Sie hob und senkte sich, hob und senkte sich … ein Rammen und Rucken, Rammen und Rucken … und der Schmerz ließ nach, wich einer strudelnden, reifen, schwellenden Lust.

Tränen sammelten sich in ihren Augen, ihre Finger klammerten sich an seiner Haut fest, während sie ihn immer schneller bearbeitete, ihr Kitzler rund und prall, ihr Inneres straff und schlüpfrig, bis sie ihn aufschreien hörte und seine Hüften jäh zucken fühlte und dann das unbeherrschte Schaudern und Beben in ihr und unter ihr. Jenes tiefe Stöhnen zögerlicher Wollust, das Gefühl, wie er sich in sie emporrammte trotz des Gürtels um seine Hüften, trieb sie über die Schwelle.

Ein nie gekannter Orgasmus brach über sie herein, heiß und drängend und lang und tief … und Haydée sackte nach vorn, ihre Hände rutschten seine schlüpfrige Brust hinauf, das Herz schien ihre Brust zu zersprengen, ihr Mund stand offen, keuchte und schrie, ihr Kitzler pochte in Wellen gegen seinen Schwanz.

Nach einem langen Augenblick drückte sie ihm einen Kuss auf die salzige Kehle, hob den Kopf und sah in sein Gesicht.

Es war verschattet, verschwitzt und ausdruckslos. Bar einer Gefühlsregung, verschlossen, leer.

Und sie erstarrte, und die letzten Rückstände der Lust zerstreuten sich wie Spreu im Wind.

Was hatte sie getan?

ZWÖLFTES KAPITEL

Die Beleidigung

Am nächsten Tag
Paris

Befriedigung und eine Lust aus der tiefsten Tiefe schwemmten über Monte Christo hinweg, als er auf die Liste mit den vier säuberlich geschriebenen Namen blickte und dem einen gekritzelten, der aus der Reihe tanzte.

~~*Caderousse.*~~
Villefort.
Danglars.
Morcerf.
Mercédès.

Nur einer war ausgestrichen, durch eine einzelne gerade Linie mitten hindurch, und seine Befriedigung rührte vielmehr von dem Wissen, dass sich sein Netz zusammenzog. Es war eine bloße Frage von Tagen, ehe sich die Welten von Villefort, Danglars und Morcerf auflösen, über ihnen zusammenbrechen würden; jene Kartenhäuser, die jeder von ihnen errichtet hatte, um die eigene Gier und Verschlagenheit zu verbergen.

Caderousse war natürlich ein Narr gewesen, in das Haus

des Grafen von Monte Christo einzubrechen. Er hatte nicht ahnen können, dass jener zugleich Edmond Dantès war, der Mann, den er vor vierundzwanzig Jahren zu verraten geholfen hatte, indem er sich zurückhielt und seine Verhaftung zuließ. Doch der alte Dieb hatte die Saat für sein Schicksal selbst gesät: Als er Monte Christo erst als Dantès erkannte und begriff, dass der Mann gekommen war, ihn heimzusuchen, floh Caderousse aus dem Haus … und stürzte aus einem Fenster im ersten Stock in den Tod.

Es war nicht nötig gewesen, den Haushalt über den Diebstahlsversuch zu beunruhigen, war sich doch Monte Christo über die Absicht Caderousse', ihn zu bestehlen, völlig im Klaren gewesen. Tatsächlich hatte er alles geplant und vorsätzlich bekanntgemacht, alle werden in Auteuil sein, um Caderousse die Gelegenheit zum Einbrechen in sein Haus zu geben. Dies sollte eine raffinierte Probe sein, um festzustellen, ob der Mann seinen ehrlosen Lebenswandel aufgegeben hatte.

Offensichtlich war Caderousse der selbstsüchtige Dieb geblieben, der er seit seinem Verrat an Edmond Dantès gewesen war, und sein Ableben war somit angemessen.

Und Monte Christo hatte seine Hand nicht gewaltsam und im Zorn gegen Caderousse heben müssen; wie bei Danglars und Morcerf und Villefort war sein Unglück die Folge eigener Entscheidungen, eigener Geheimnisse, seiner eigenen Gier.

Einer von fünfen. Von der Liste gestrichen.

Und bald würde er bleibende Vergeltung an den Übrigen geübt haben – jenen, die sich aktiv gegen ihn verschworen hatten. Eine längere und dauerhaftere Vergeltung als der bloße Augenblick einer Hinrichtung und eine öffentlichere als die Einkerkerung.

Und doch … Monte Christo sah auf den gekritzelten Namen am Fuß der Liste und fühlte, wie die Befriedigung in dumpfe Wut umschlug. Tief im Inneren schwelende Wut … eine Trockenheit in der Kehle … ein Strudel erinnerter Bilder, Töne, Düfte, Oberflächen.

Anders als bei den anderen hatte sich sein Plan für sie nicht so entwickelt, wie von ihm vorgesehen.

Er hatte Erwartungen gehegt, sie sich weinend und um Verständnis, Mitgefühl, Gnade flehend … um Vergebung bettelnd … nach Erlösung keuchend vorgestellt.

Sein Schwanz, der elende Verräter, hob sich ein Stück, schwoll in seiner Hose an, als er an jene Nächte zurückdachte … an die unerwarteten Entwicklungen und seine eigene verdammte Schwäche. Seine Handflächen wurden feucht, sein Mund wurde trocken.

Er wusste, dass es eine rein körperliche Auswirkung war, ein leibliches Bedürfnis, eine schlichte Funktion, die ihn so auf sie ansprechen ließ, wie er es tat … er verlor den Kopf, vergaß sein Ziel, stürzte sich taumelnd in den Augenblick.

Aber es spielte nun keine Rolle mehr. In wenigen Tagen würde sein Rachefeldzug abgeschlossen sein. Er würde Paris mit Haydée verlassen, sie freilassen und Ali von seinem Gelübde entbinden, und nie wieder würde sein Auge auf Mercédès Herrera de Morcerf fallen.

Und wenn seine Absicht, sie körperlich zu beherrschen, sie durch Demütigung und den Verrat an ihrem eigenen Körper zu brechen – so wie sie Edmond Dantès verraten hatte, den Mann, den sie ewig zu lieben geschworen hatte –, auch nicht in der von ihm erwarteten Weise verwirklicht worden war … er *hatte* sie gedemütigt. Er *hatte* sie beherrscht.

Und er würde noch gerächt werden.

Denn die Sünden des Vaters würden auch den Sohn heimsuchen.

Und so würde es auch mit den Sünden der Mutter sein.

Jawohl, Albert de Morcerf würde den Stachel der Rache für die Missetaten seiner Eltern fühlen. Die Vereitelung seiner geplanten Ehe mit Eugénie Danglars war nur ein Teil seines Vorhabens, Alberts Vater zu vernichten, und diesen Schmerz würde der junge Mann ebenso erleiden.

Monte Christo sah auf, als es an seiner Tür klopfte, und bat Bertuccio herein. Er faltete den abgegriffenen Zettel zusammen und schob ihn zurück in die große polierte Granatnadel an seinem Hals, als der Diener eintrat.

«Eure Exzellenz, es ist alles für unsere Abreise in die Normandie bereit. Monsieur Albert de Morcerf ist unten eingetroffen, und wir erwarten Ihre Weisung an der Kutsche.»

Monte Christo nickte knapp, und neue Zufriedenheit erfüllte ihn mit Behagen. Er und Morcerfs Sohn würden weit entfernt von Paris Ferien machen, wenn die Welt unter Fernands Füßen versänke.

Es lag mehr als zwei Wochen zurück, dass Mercédès den Grafen von Monte Christo in ihrem Schlafgemach – mangels eines besseren Ausdrucks – zu Gast gehabt hatte, und zu ihrer Erleichterung hatte sie seither weder etwas von dem Mann gehört, noch gesehen. Augenblicklich war er nicht einmal in Paris; das wusste Mercédès, weil er Albert in noch ein weiteres seiner Anwesen eingeladen hatte, das in der Normandie lag, und die beiden waren bereits seit zwei Tagen fort.

Sie war sich nicht sicher, ob sie das Gefühl haben sollte,

die Dinge zwischen ihnen seien geklärt – denn was auch sein Ziel gewesen war, musste er doch zumindest ein gewisses Maß an Genugtuung verspürt haben, auch wenn sie sich nicht gänzlich in der von ihm verlangten Weise unterworfen hatte. Immerhin war sie unbefriedigt und zur Fundsache erniedrigt zurückgelassen worden.

Wundersamerweise hatte auch Fernand jene Nacht nicht mehr erwähnt. Mercédès war zwar durch sein Schweigen verblüfft, aber durchaus nicht enttäuscht von seiner Entscheidung, die Ereignisse jener Nacht auf sich beruhen zu lassen. Zuerst war er erzürnt über Baron Danglars' Weigerung gewesen, das bereits öffentlich angekündigte Verlöbnis zwischen Albert und Eugénie Danglars zu bestätigen – doch im Rückblick war es Danglars, der sich zum Narren gemacht hatte, da sich sein Ersatz für Albert als künftigem Schwiegersohn als ganz gewöhnlicher Dieb und Hochstapler in der Verkleidung eines Prinzen entpuppt hatte. Zu Danglars' Schmach war diese Entdeckung auch noch während der eigentlichen Verlobungsfeier gemacht worden. Mercédès hatte gehört, der Prinz sei vom Grafen von Monte Christo gefördert worden, und hatte sich gewundert, wie ein Mann vom Schlag des Grafen den Irrtum begehen konnte, einen gewöhnlichen Gesetzesbrecher mit einem italienischen Prinzen zu verwechseln. War es wirklich ein Irrtum gewesen?

In den letzten Wochen hatte Mercédès diese Freundschaften zu hinterfragen begonnen – oder zumindest diese Bekanntschaften zwischen Monte Christo und den drei Männern, die allesamt vor Edmond Dantès' Verschwinden eine Rolle in seinem Leben gespielt hatten. Fernand hatte Edmond als Nebenbuhler um Mercédès' Gunst angesehen, wenngleich Mercédès nie einen anderen als Edmond geliebt hatte, und die Freundschaft der beiden war schwierig gewesen. Danglars war mit ihm zusammen auf der *Pharaon* gefahren und dort Zahlmeister gewesen. Und Villefort … Mercédès verspürte das vertraute Unbehagen in der Bauchgegend, wenn sie an Villefort zurückdachte und daran, wie sie ihn aufgesucht und um Hilfe und Auskunft über Edmond gebeten hatte.

Flehentlich.

Sie schloss die Augen fest, als würde das die Erinnerungen auslöschen, und widmete sich wieder ihrem ursprünglichen Gedanken. Monte Christo hatte sich seit seiner Rückkehr nach Paris bei diesen drei Männern beliebt gemacht, und nun … war manches Seltsame passiert. Mehrfaches Unglück.

Danglars' Frau hatte eine große Geldsumme an der Börse verloren und, wenn die Gerüchte zutrafen, der Baron selbst sogar eine noch größere.

Mercédès war äußerst erleichtert über das geplatzte Verlöbnis zwischen Eugénie Danglars und Albert gewesen. Aber sie konnte nicht anders, als sich darüber zu wundern, zumal seit Danglars schnell gehandelt und seine Tochter mit einem vom Grafen von Monte Christo geförderten Mann verlobt hatte, der sich als gewöhnlicher Verbrecher entpuppte. Weitere Schmach und Schande für den Baron.

Und was Monsieur Villefort betraf … es gab Gerüchte, wonach die drei Todesfälle in seinem Haushalt keine Unglücksfälle, sondern tatsächlich Morde gewesen waren. Und das Verlöbnis seiner eigenen Tochter mit einem wohlhabenden jungen Mann war ebenfalls plötzlich rückgängig gemacht worden.

Das alles war während der letzten sechs Wochen geschehen, seit Monte Christo das Feld betreten hatte.

Und nun schien Fernand sich große Sorgen wegen eines Zeitungsartikels über Ali Pascha zu machen, den er geholfen hatte, zu beschützen, als er in Ioannina in der Armee war. Er verbrachte unmäßig viel Zeit in seinem Büro oder als Abgeordneter im Parlament, und sie hatte ihn kaum noch zu Gesicht bekommen.

Doch Mercédès kümmerten Fernands Schwierigkeiten und Sorgen nur wenig, und sie blieb ihm wie schon seit über zwei Jahrzehnten möglichst fern, beschäftigte sich mit ihrem Garten und besuchte ein paar enge Freundinnen. Sollte Monte Christo etwas mit diesen Missgeschicken zu tun haben – und sie konnte nicht recht glauben, dass er wirklich in solchem Ausmaß Macht und Mittel hatte –, war es nicht ihre Sache.

Denn sie hatte ihren eigenen Kampf mit ihm auszufechten.

Und was die vielen Erinnerungen an diese lange Nacht betraf, auf die sie sich lieber nicht besann, die sie aber nicht aus ihren Träumen verbannen konnte – Geräusche, Gerüche, Empfindungen; Haut an Haut, Lippen auf Lippen, Hitze und Reibung und Feuchtigkeit –, erlaubte sich Mercédès keine langwierigen Gedanken.

Sie sträubte sich dagegen, daran zu denken, wie sie zurückgelassen und von Charlotte aufgefunden wurde – Arme gefesselt, Beine klaffend gespreizt, straffe, kalte Brüste, die spitz zur Zimmerdecke aufragten. Und Charlotte, die an jenem Morgen bewies, dass sie ihren guten Lohn ohne Zweifel wert war, hatte lediglich die tauben Arme ihrer Herrin losgebunden und sofort ein warmes Bad einlaufen lassen.

Jene zwei Wochen lang, seit ihr Gatte und ihr einstiger Geliebter in ihr Schlafgemach eingedrungen waren, hatte Mercédès also entschieden alle Grübeleien zurückgedrängt und sich ganz ihrem in voller Blüte stehenden Garten gewidmet, der beschnitten und von welken Blumen befreit werden musste. Natürlich erledigten die Gärtner die meiste Arbeit, aber die Ernte einiger Lavendelzweige und die Freude über die sternförmigen gelben Blütenwinzlinge an den wenigen Tomatenstauden erinnerten sie an ihre unbeschwerten Tage in Marseille, als sie täglich im Garten gearbeitet und mit Edmond Dantès unter den Olivenbäumen gesessen hatte.

Und so geschah es, dass sie sich über einen duftenden, in Form geschnittenen Rosmarinstrauch beugte und mehrere Zweige zurück an ihren Platz bog, damit der dargestellte Vogel nicht aussah wie in der Mauser, als sie von drinnen die Rufe hörte, das laute Zuschlagen einer Tür und … Albert? Hob sich da seine Stimme vor Zorn und Bestürzung? Aber er sollte doch mit Monte Christo in der Normandie sein …

Mercédès richtete sich auf und bekam ohne ersichtlichen Grund heftiges Herzklopfen.

«Vater!», jetzt hörte sie Alberts Gebrüll von innen und das Stampfen rascher Schritte die geschwungene Treppe empor. Er war vorzeitig zurückgekommen.

Nicht wissend, warum sie sich auf einmal so benommen fühlte und ihr Mund staubtrocken war, raffte Mercédès die Röcke ihres ältesten Kleids, der Bequemlichkeit halber ohne Krinoline und jetzt mit lehmverkrustetem Saum, und hastete auf das Haus zu. Ohne sich um die Erdkrumen zu scheren, die von ihren Schuhen bröckelten, eilte sie im Laufschritt durch die französischen Türen zwischen Terrasse und Salon.

«Albert!», rief sie und bemerkte, dass das Haus besonders leer wirkte. Und still. Bis auf die dumpfen Tritte ihres Sohns.

«Verleumdung!», hörte sie ihn im Obergeschoss brüllen. «Und Beleidigung! Wie kann er es wagen! Vater!»

Als er die Stufen heruntergesprungen kam, war ihr Sohn allein. «Wo ist Vater?», fragte er, und Mercédès sah, dass er eine Zeitung bei sich trug, die sie als den *L'Impartial* erkannte. Fernand lehnte es ab, ihn zu lesen, da er ein Blatt der Opposition war.

Alberts Gesicht hatte rote Flecken vor Zorn, sein Haar war zerzaust und hing ihm struppig in die Stirn. Seine Augen traten hervor, die Lider waren blau geädert, und er sah aus, als sei er tagelang unterwegs gewesen.

«Ich weiß es nicht, aber Albert, was ist denn?», fragte Mercédès, und ihr war nicht klar, ob er Fernand der Verleumdung und Beleidigung bezichtigte oder einen anderen dieser Verbrechen.

«Hier steht es, in der Zeitung. Ich habe Beauchamp gewarnt, wenn er noch einmal so etwas druckt, verlange ich Genugtuung – und er hat es ein zweites Mal getan, diesmal mit offener Anschuldigung.» Speichel flog ihm von den Lippen, so erzürnt sprach er. «Der letzte Artikel war schon schlimm genug mit seiner Andeutung, Vater habe etwas zu verbergen, habe seinerzeit in Ioannina etwas Unmoralisches getan … aber dies! Dieser grauenhafte Artikel klagt Vater offen an, Ali Pascha rundweg verraten zu haben! Den Mann, den er beschützen sollte – Vater hätte das niemals getan! Niemals!»

Mercédès wusste nicht, was sie denken oder sagen sollte. Etwas in ihr wirbelte und strudelte, und sie fühlte sich unerklärlich matt. Was hatte Fernand getan? Was hatte er *getan*?

«*Maman*», sagte Albert, «du hast gar nichts von diesen Artikeln gewusst, nicht wahr? Du hast sie nicht gesehen –

den ersten von Anfang der Woche, und ich warnte Beauchamp im Verlagshaus … ich hab's ihn wissen lassen. Und dann erfuhr ich in der Normandie, dass dieser Artikel erschienen ist … Natürlich hat mir der Graf seine besten Pferde überlassen, damit ich umgehend zurückkehren konnte. *Maman*, du musst dich setzen. Und musst mir sagen, wo Vater ist.»

«Bei der Arbeit natürlich, im Parlament», antwortete sie. Ihr Gehirn arbeitete so langsam. Sie nahm Albert die Zeitung ab und sah es breit auf der Titelseite stehen: die Geschichte, wonach sich Fernand de Morcerf seinen Grafentitel durch Verrat und abscheulichen Mord an dem Mann erschlichen hatte, den er zu beschützen vereidigt worden war … dass er Frau und Tochter dieses Mannes in die Sklaverei verkauft hatte … dass man ihn für einen Helden gehalten hatte, als ihm der Grafentitel verliehen wurde … und er in Wirklichkeit ein Mörder war.

«Es ist nicht wahr, *maman*», tobte Albert. «Schau nicht so drein! Es ist nicht wahr, und man wird es zurücknehmen! Ich gehe jetzt hinunter zur Zeitung, und dann werde ich Vater finden. Mir ist schleierhaft, wie er das aufnimmt, aber er wird nicht allein sein. Auf der Straße ist von einer Anhörung die Rede, morgen vor beiden Kammern. Sehr schnell, aber es ist das Beste, um seinen Namen sofort reinzuwaschen.»

Mercédès konnte ihn nicht aufhalten. Sie sah seine Mantelschöße flattern, als er aus dem Raum stürzte, und es brach ihr das Herz.

Nicht Fernands wegen. Niemals um dieses Mannes willen.

Nicht um ihretwillen und der Umstürze in ihrem Leben wegen, sollten sich diese Anschuldigungen als wahr erweisen. Und sie hatte keinen Zweifel, dass sie zutrafen, denn sie wusste, was für ein Mann Fernand war.

Nein, es brach ihr das Herz ihres Sohnes wegen, der seinen Vater so liebte und nicht länger vor dem Wissen, wie dieser Mann wirklich war, geschützt sein würde.

Haydée spürte eine erwartungsvolle Aura rings um Seine Exzellenz, als sie sich in der Kutsche niederließen und einmal mehr auf dem Weg in die Oper waren.

Sie hatte das deutliche Gefühl, dass die Morcerfs, anders als bei ihrem letzten Opernbesuch, heute Abend nicht anwesend sein würden. Erst gestern war sie, Haydée, bei einer Anhörung vor dem Oberhaus im Palais du Luxembourg erschienen und hatte ausgesagt, dass der Comte de Morcerf tatsächlich ihren Vater ermordete und dessen Frau und Tochter in die Sklaverei verkauft hatte.

Der Comte de Morcerf war überführt und beschimpft worden und hatte den Palast in Schande verlassen. Soweit sie wusste, war er in einem schönen Haus irgendwo hier in Paris mit seiner liebenswerten Frau Mercédès eingesperrt.

Aber Seine Exzellenz hier bei ihr in der Kutsche strahlte etwas Gewisses aus, als rechne er mit etwas. Noch etwas anderem. Denn er war es gewesen, der ihr nach seiner vorzeitigen Rückkehr aus der Normandie aufgetragen hatte, vor dem Oberhaus zu erscheinen und endlich zu berichten, was mit ihrer Familie geschehen war. Und auf den Mann zu zeigen, der sie verraten hatte.

Monte Christo erschien heute Abend besonders beeindruckend, gutaussehend, dunkel und glänzend frisiert, aber jene Schroffheit, jene Eindringlichkeit schien mehr denn je unter der Oberfläche zu gären. Es war ein Teil von ihm, wie sie ihn von jeher kannte – der aber seit ihrer beider Ankunft in Paris spürbarer geworden war.

Haydée hatte das Gefühl, etwas Hässliches werde geschehen, und er warte nur darauf.

«Ich hoffe, Sie werden endlich glücklich sein», sagte sie unvermittelt in der trüb beleuchteten Kutsche.

Monte Christo kehrte ihr das scharfgeschnittene Antlitz zu, und selbst im schwachen Licht spürte sie den messerscharfen Blick. «Wie meinst du das, Haydée?»

Sie hatte keine Angst vor ihm, trotz der Kälte in seiner Stimme. Und seit sie sich vor dem Oberhaus ihre Last von der Seele geredet hatte, fühlte sie sich freier. Nun war ihr ganzes Unglück umfassend bekannt.

Wenn nur Ali nicht länger die Augen abwenden würde, sobald sie in sein Blickfeld kam.

Hätte er nur nicht diesen leeren Ausdruck im Gesicht.

Plötzlich füllten sich ihre Augen mit Tränen, und dann schob sie diese Sorgen beiseite. Darauf konnte sie jetzt nicht eingehen … obwohl ihr Herz sich, weiß der Himmel, jedes Mal bei seinem Anblick anfühlte, als würde es zerrissen, spürte sie, dass heute Abend noch etwas anderes, was mit ihrem Vormund zu tun hatte, auf dem Spiel stand … etwas Größeres.

«Ich meine, Eure Exzellenz», hob sie vorsichtig an und blinzelte rasch die Tränen weg, «Sie haben so lange auf diesen Racheplan gedrängt … dass Sie nun, da er verwirklicht ist, vielleicht das Glück finden.»

Gespanntes Schweigen dehnte einen ohnehin langen Augenblick, und Haydée fürchtete schon, etwas Unziemliches gesagt zu haben. Schließlich war sie eine Sklavin, auch wenn er sie eigentlich nicht wie eine behandelte.

«Ich glaube, ich weiß nicht, was Glück ist», sagte er

schließlich. Statt sanft und nachdenklich zu sein, waren seine Worte kühl und unbewegt. «Aber glauben muss ich, dass Gott mich mit gütigen Augen sehen wird, wenn ich nicht mehr auf dieser Welt bin, nachdem ich seinen Willen als sein Racheengel ausgeführt habe.»

Die Kutsche kam schwankend zum Stehen, wodurch die Unterhaltung jäh unterbrochen wurde. Als Haydée ausstieg, versuchte sie, Ali im Vorbeigehen zu streifen, einen Blick von ihm zu erhaschen … doch er hob seinen dunklen Blick entschlossen über ihren Kopf hinweg. Seine Miene war nüchtern und reglos, und sie verspürte einen weiteren Stich im Herzen.

Ihr Augenblick der Erfüllung, tiefer, packender Leidenschaft, war so flüchtig gewesen … und bedeutete nun rein gar nichts mehr.

Langsam verstand sie jene Leere, die den Grafen von Monte Christo zu durchdringen schien.

Was er auch immer erwartet hatte, es trug sich nicht auf dem Weg in ihre Loge zu – wie stets die außerordentlichste im Theater. Monte Christo begrüßte jeden höflich und sogar liebenswürdig, und natürlich war es Maximilien Morrel, den er auf beide Wangen küsste und herzlich umarmte.

Haydée sah nun, in Gegenwart Monsieur Morrels, ein wenig von der Schärfe aus dem Gesicht des Grafen weichen. Sie war froh, dass der einsame Graf wenigstens einen Menschen um sich hatte, der ihm wirklich etwas zu bedeuten schien und der seine Zuneigung in gleichem Maß erwiderte.

Es dauerte bis zur ersten Pause, ehe die Tür zu ihrer Loge krachend aufflog.

Haydée fuhr hoch und wirbelte in ihrem Sessel herum, doch der Graf machte bloß einen langen Hals. «Ah, Albert», sagte er ruhig, «hoffentlich haben dich meine Pferde rasch und sicher aus der Normandie zurückgebracht – wann doch gleich, vor zwei Tagen?»

«Ich bin nicht hier, um falsche Nettigkeiten auszutauschen oder eine vorgetäuschte Freundschaft zu verlängern», erwiderte der junge Morcerf. «Ich bin gekommen, um eine Erklärung zu verlangen.»

Haydée fiel auf, dass der Mann blass war und zitterte, als er mit herausfordernder Gestik die Loge betrat. Seine Stimme trug unschwer über die Brüstung hinaus, und andere Opernbesucher schauten neugierig zu ihnen herüber. Zwei weitere junge Männer, beide mit steifen, ernsthaften Mienen, folgten Albert de Morcerf in die Loge, und sie sah, dass Ali seinen Platz wechselte und sicherstellte, dass er ihrem Blick nicht entging.

«Eine Erklärung? In der Oper?», fragte Monte Christo.

«Da Sie sich verborgen gehalten haben, scheint dies hier der einzige Ort zu sein, wo ich Sie finden kann, um eine Erklärung für Ihre Niedertracht zu verlangen», entgegnete Albert de Morcerf noch immer mit einer Stimme, die er sich nicht zu senken bemühte.

«Ich bin den ganzen Tag zu Hause gewesen», gab Monte Christo milde zurück. «Ich würde ein Bad im eigenen Zuhause nicht als ‹sich verborgen halten› bezeichnen. Wenn du jetzt vielleicht so freundlich bist zu gehen, bis du deine Gefühle wieder im Zaum hast –»

«Lassen Sie die Wortspiele. Ich werde Sie aus Ihrem Zuhause treiben, und das auf eine Weise, wie ich es für richtig halte», erwiderte Albert, und Haydée bemerkte den weißen Handschuh in seinen Fingern, den er zornig und fahrig verdrehte. Sie nahm an, dass es irgendeine verborgene Bedeutung dafür geben müsse, denn sie sah den Blick des Grafen über diesen weißen Handschuh gleiten. «Ich verlange eine Erklärung für Ihr Handeln, für die Verbreitung dieser *Lügen* über meinen Vater – und Sie müssen verstehen, dass ich –»

«Und du solltest verstehen», unterbrach der Graf, sein Ton glatt wie Seide, «dass *du ihn bekommen wirst*, wenn du Streit mit mir suchst. Aber ich darf dich vielleicht ebenfalls erinnern, dass die Wahrheit die Wahrheit ist, und den Überbringer solcher Nachrichten zur Rede stellen ändert nichts daran. Und darf ich vielleicht auch nahelegen, Monsieur Morcerf, welch ebenso schlechte Gepflogenheit es ist, seine Forderungen von den Dächern zu rufen, dass alle sie hören können.»

Haydée vernahm ein Aufkeuchen der anderen außerhalb der Loge, die alle von ihren Plätzen aus zugesehen hatten. Es stimmte: Der Name Morcerf war während des letzten Tages von Haus zu Haus gerufen worden, als der Sturz des Comte de Morcerf öffentlich bekannt wurde. Und nun hatte der Graf von Monte Christo kaum weniger als vor der ganzen Stadt vermeldet, dass es eine Auseinandersetzung zwischen den beiden gab.

Plötzlich kam Bewegung in Albert, als wolle er, den weißen Handschuh schwingend, auf den Grafen zutreten, doch Maximilien Morrel packte ihn auf halbem Wege beim Handgelenk. Der weiße Handschuh fiel zu Boden, und tieferes Schweigen als bei irgendeiner Vorstellung senkte sich auf den Theatersaal. Monte Christo streckte die Hand aus und hob den zerknüllten Handschuh auf.

«Monsieur Morcerf», sagte der Graf mit furchtbar ruhiger Stimme, «ich betrachte Ihren Fehdehandschuh als geworfen. Nehmen Sie zur Kenntnis, dass ich ihn bei Morgengrauen zurückerstatten werde. Jetzt gehen Sie, oder ich lasse Sie hinauswerfen.»

DREIZEHNTES KAPITEL

Der Besuch

Später am selben Abend
Paris

Später an jenem Abend saß Haydée allein auf der rückwärtigen Terrasse von Haus Nr. dreißig auf den Champs-Élysées.

Vor nicht mehr als einer Stunde waren sie und Seine Exzellenz aus der Oper zurückgekehrt, nachdem sie während der zweiten Pause unter den bohrenden Blicken und dem Geflüster der übrigen Besucher das Gebäude verlassen hatten. Von Albert de Morcerf war nichts zu sehen gewesen, aber mitten im plätschernden Gemurmel ringsum waren die Silben seines Namens ihnen aus der Oper hinausgefolgt.

Hier draußen auf der Terrasse hatte sie sich einen Stuhl aus verschnörkeltem Schmiedeeisen ausgesucht, und seine Armlehne fühlte sich kühl unter ihren Fingerspitzen an, als sie eine Hand darum schloss. Ansonsten versuchte sie, gar nichts zu fühlen aus Angst, würde sie an das Geschehene denken ... und an das bei Morgengrauen Bevorstehende ... so müsste sie ersticken.

In ihrem Schoß lag das Papier, das Seine Exzellenz ihr bei ihrer Rückkehr gegeben hatte – und damit der eigentliche Grund für sie, die Mauern des Hauses zu fliehen und frische Nachtluft atmen zu müssen. Sonst hätte sie weinen und schreien müssen.

Es wäre unerträglich für sie, noch einen Vater zu verlieren.

Ein leises Geräusch erregte ihre Aufmerksamkeit, und sie blickte hoch, als sich eine der Türen auf die mit flachen Steinen gepflasterte Terrasse öffnete.

Ali.

Ein Feuer brannte in ihrem Magen, als sie auf das Papier in ihren Händen hinuntersah; es war zu dunkel, um die Worte darauf zu lesen, aber sie kannte den Inhalt.

Als er ihre Schulter berührte, schüttelte sie den Kopf und wünschte sich dringend, er möge gehen. Als er das nicht tat, als seine kräftigen Finger sich etwas fester in ihre Schulter gruben, sagte sie: «Ich möchte allein sein. Geh, Ali.»

Er nahm seine Finger fort, und ehe sie sich's recht versah, riss er sie vom Stuhl hoch, setzte sie auf seinen massigen Schoß und ließ sich zugleich auf einer Steinbank nieder. Seine Arme umschlangen sie so mächtig, warm und stark, und Haydée fühlte etwas in sich schwach aufwallen … tief drinnen in ihrem Bauch … aber sie verdrängte es.

Sie konnte es nicht zulassen, durfte keine neue Hoffnung aufkommen lassen.

Dann wurde ihr bewusst, dass der schwache Lichtschein vom Haus Alis und ihr eigenes Gesicht erhellte, wie sie dort auf der Bank saßen. Energisch drehte er sie zu sich um, sodass ihr Blick auf seine kraftvollen, fleischigen Züge und den ebenholzfarbenen Schimmer auf seinem Kopf, das Kinn und seine Wangen fiel. Seine Hände bewegten sich schnell und ruckartig.

Er wird nicht sterben.

Haydée schüttelte den Kopf, und wieder quollen die Tränen. «Es kann immer sein», sagte sie.

Er wurde gefordert, also wird er zuerst schießen. Er wird das Ziel nicht verfehlen. Er verfehlt es nie.

«Aber ... wenn nun Albert de Morcerf die Reihenfolge nicht einhält? Ich könnte es nicht ertragen und, Ali ... nicht weil ich ihn liebte wie –»

Sie fing sich, ehe sie den Satz beendete, sog die Lungen mit Luft voll und festigte ihre Stimme. «Er ist wie ein zweiter Vater für mich, und ich will ihn nicht verlieren.»

Er hat dich freigelassen. Er hat dich beschützt, indem er dich freiließ.

Sie schaute auf das Papier, das sie noch immer in der Hand hielt. Ja, er hatte immer gesagt, er werde sie freilassen, und es nun getan – aber freilassen wozu? Er hatte sie nie anders als wie eine Tochter behandelt, und es gab keinen anderen Ort, an dem, und niemand sonst, *bei* dem sie sein wollte –

Er hat mir erzählt, was du gesagt hast.

Haydée sah nun auf Ali, und ihr wurde klar, wie nah sein Mund dem ihren war – so nah, und sie konnte die warme Liebkosung seines von Kümmel frisch duftenden Atems spüren. Beinahe gab sie ihrem Bedürfnis nach, sich kurz an ihn zu schmiegen, doch sie ließ es bleiben. Nein, das konnte sie sich nicht noch einmal antun

Du batest ihn, mich anstelle deiner freizulassen. Seine Arme schlangen sich fester um sie, und sie fühlte die sanfte Berührung seiner Hand auf ihrem Haar, zu einem französischen Zopf geflochten und am Hinterkopf aufgewickelt. *Danke.*

«Aber er hat nicht auf mich gehört», entgegnete sie und

stieß ihm das Papier entgegen. Er schob ihre Hand zurück in ihren eigenen Schoß.

Es gibt Dinge, die du nicht verstehst. Dinge wie die Ehre zwischen Männern.

«Ich mache mir nichts aus Ehre», tobte sie und fühlte unvermittelt, dass Kummer und Angst aus ihr hervorbrechen wollten. «Ehre hat meinen Vater das Leben gekostet. Ihretwegen hat er an einen Mann geglaubt, der selbst keine kannte und ihn kaltblütig umbrachte. Ehre ist gar nichts.»

Auf einmal brüllte sie in Alis Tunika hinein, und ihr Körper schüttelte sich, obwohl er die Arme fest um sie gelegt hatte. Er roch so gut, fühlte sich so kräftig und warm und nah an, und diese leise, strudelnde Empfindung in ihrem Bauch begann, stärker zu werden und zu gären. Und sie hielt den Atem an und unterdrückte sie.

Ehe sie sich's versah, küsste er sie vorsichtig und zärtlich ... auf eine Weise, wie es nie zwischen ihnen vorgekommen war. Als wolle er ihr zeigen, wie sanft er sein konnte, schmiegten sich seine vollen Lippen weich auf ihre, legten sich seine breiten Hände flach gespreizt auf ihren schmalen Rücken und schoben sie dicht an ihn.

Haydée fühlte, wie sein Schwanz sich zwischen ihnen regte und sich in seiner dünnen Seidenhose unter ihrem Schenkel bewegte, und ein Stachel der Lust bohrte sich jäh in ihr Geschlecht, als sie sich an das Gefühl von ihm in ihr erinnerte. O Wunder.

Sie entwand sich ihm. Sie wollte mit ihm zusammen sein. Sie wollte ihn so dringend, dass ihre Finger zitterten, ihre Brüste sich straff spannten und ihre Scham erwachte ... doch nicht auf diese Art.

Nicht weil er glaubte, es ihr zu schulden. Nicht wegen seiner törichten Ehre, weil er glaubte, er müsse ihr dafür danken, um seine Freiheit gebeten zu haben – sich im Austausch anzubieten.

Sie wollte, dass er sie als Ebenbürtige wollte. Als seine Geliebte, und ohne Bedenken, Bedauern, abseitige Beweggründe.

«Nein», sagte sie und löste sich von ihm. Sein Geschmack war noch immer auf ihren Lippen, die jetzt prickelten und pochten, und sie wollte nichts lieber, als ihren Mund wieder in seinem vergraben.

«Nein, Ali, nicht … auf die Art», sagte sie.

Dann, ehe er antworten konnte, zog ein plötzlicher Streit im Haus ihrer beider Aufmerksamkeit auf sich.

«Ich muss ihn sehen», rief eine dringliche Stimme. Die Stimme einer Frau.

Haydée kletterte hastig, mit heftig klopfendem Herz, von Alis Schoß. Gott sei Dank. Sie war auf dem Weg ins Haus und strauchelte beim ersten Schritt über ihre nunmehr zerdrückte, verknitterte und verrutschte Robe, ehe sie die Röcke raffte.

«Es tut mir leid, Madame, aber –»

Haydée unterbrach Bertuccios ruhige Beschwichtigung, als sie in die Vorhalle eilte, die gleich hinter dem rückwärtigen, auf die Terrasse gehenden Salon lag. «Seine Exzellenz wird sie empfangen», verkündete Haydée leicht außer Atem – vielleicht eher der Küsse denn ihres Laufschritts wegen. Sie spürte, dass Ali an ihre Seite trat.

«Aber Mademoiselle Haydée –»

Sie legte eine Hand auf Bertuccios Arm und zog mit einem raschen, tröstlichen Blick zur Comtesse de Morcerf den Haushofmeister beiseite. «Wenn du dich erinnern willst, habe ich dir geholfen, Seiner Exzellenz beizustehen, als du mich brauchtest», sagte sie leise und weitaus ruhiger, als sie sich fühlte. «Du musst mir glauben, dass er die Comtesse de Morcerf empfangen wird.»

«Er hat Weisung gegeben, ihn nicht zu stören. Er wird wütend sein, wenn seine Befehle missachtet werden.»

«Das nehme ich auf mich, Bertuccio. Ich war es, die der Comtesse die Nachricht von der Forderung des Grafen geschickt hat, und ich werde sie zu ihm bringen. Sollte irgendein Zorn zu besänftigen sein, so durch mich.» Und damit wandte sie sich an Mercédès. «Kommen Sie mit mir. Ich werde Sie zu ihm bringen.»

«Danke, Haydée», entgegnete Mercédès. Für eine Frau, die entsetzt darüber sein musste, dass ihr Sohn in wenigen Stunden dem Grafen von Monte Christo im Duell begegnen würde, sah sie bemerkenswert gefasst aus. Bis auf die Anspannung rings um ihren Mund und eine ungewöhnliche Helligkeit ihrer dunklen Augen sah sie genauso schön und würdevoll aus wie seinerzeit im Theater.

Haydée verstand vollkommen, weshalb Seine Exzellenz diese Frau nicht vergessen konnte.

Mit raschem Blick zu Ali, der sich hinter sie gestellt hatte, nahm Haydée Mercédès' Arm und führte sie die Treppe hinauf, wobei sie die schweren Schritte Alis hinter sich auf den Stufen hörte. Sollte es irgendwelche Schwierigkeiten mit dem Grafen geben, würde Ali ihr helfen.

Aber Haydée glaubte nicht, dass Seine Exzellenz die Comtesse de Morcerf abweisen würde.

Nein, wirklich, denn dieses Zusammentreffen hatte sich schon lange abgezeichnet.

Das Haus Nr. 30 auf den Champs-Élysées war noch prächtiger und ausgefallener eingerichtet, als Mercédès sich hätte vorstellen können. Trotz ihrer Verzweiflung und des

Wissens, dass ihre Welt zusammenbrach, nahm sie die edlen Möbel, den stilvollen Zierrat und die Farben und Stoffe, die großen Reichtum und untadeligen Geschmack verrieten, ebenso wahr, wie den Zauber des Orients, der über allem lag – Es schien leichter, ihren Verstand mit diesen Details zu beschäftigen, als an die Zukunft zu denken. Sie bemerkte schwarze, mit goldenem Gras und leuchtend roten Vögeln bemalte Lacktische. Niedrige Tische, viele Kissen, flache Stühle und Teekannen. Kostbares, glänzendes Mahagoni und Olivenholz. Bambus und Seidenvorhänge. Und einiges Vertraute, spanische und französische Stücke als Kontrast zu den chinesischen und indischen Formen.

Natürlich ... denn Sindbad hatte die gleiche fernöstliche Aura verströmt. Er musste jahrelang dort gelebt haben.

Mercédès holte tief Luft, um ihren rasenden Puls zu beruhigen, als Haydée zwei breite, bis zur Decke reichende Türen am oberen Ende einer Treppe öffnete und ihr mit einer leichten Verbeugung bedeutete, einzutreten.

Die Türen schlossen sich lautlos hinter Mercédès, und sie war allein in dem riesigen Gemach. Ihr erster Eindruck war der eines würzigen Aromas in der Luft – ein angenehmer, warmer Duft schwebte darin. Sie löste sich von der Tür und sah sich um. Die Umgebung wurde von dem Mondschein beleuchtet, der auf der gegenüberliegenden Seite des Raums die Umrisse hoher Fenster erkennen ließ, und einigen wenigen verstreuten Lampen, die ein weiches gelbes Licht ausstrahlten, das die Polster von zwei niedrigen Sesseln neben einem kniehohen Tisch golden färbte. In der Nähe stand ein Schreibpult, dessen glatte Oberfläche von einem Tintenfass, Federn und einer kleinen Lampe unterbrochen wurde.

Sie sah ein großes Bett am entgegengesetzten Ende des Raums mit aufgezogenen Vorhängen und tiefblauen Seidenbezügen, die im Licht glänzten und mit Quastenkissen und üppigen Polstern bedeckt waren. Schlagartig begriff Mercédès, dass sie sich im Schlafgemach des Grafen befinden musste.

Und da geschah es, als ihr Blick zum ersten Mal über den gesamten Raum huschte, dass ihr zwei Sessel vor den hohen Fenstern auffielen. Und das kräftige Profil des Mannes, der in einem davon saß und auf das hinausschaute, was in wenigen Stunden Morgengrauen sein würde.

«Wie sind Sie hier hereingekommen?», fragte er. Tief und ruhig zwar, barg seine Stimme dennoch eine Spannung, die den Worten etwas Abgehacktes verlieh, als sie die Stille durchschnitten.

«Ist das wichtig? Ich bin jetzt hier.» Mercédès ging auf ihn zu, ihr Herz raste, ihre behandschuhten Hände wurden feucht. Sie *fühlte* ihn ... als würde sich auf einmal ein Band zwischen ihnen spannen, straff und vibrierend ... aber doch so fein und leicht zu zerreißen wie ein Spinngewebe. «Warum sitzen Sie denn da im Dunkeln?»

Er verlagerte sich etwas in seinem Sessel, nicht um sie anzusehen, sondern offenbar nur, um eine bequemere Lage für seinen Arm zu finden, denn seine Aufmerksamkeit schien auf das Fenster hinter ihm gerichtet zu bleiben. «Ist es dunkel? Ich kann alles recht gut sehen. Die Angst in Ihren Augen, Ihr stolz gehobenes Kinn. Ihre Robe ist blassgrün. Sie erinnert mich an den Grund der flachen Gewässer bei Singapur. Sie ist von zu viel Spitze bedeckt und zu viel – wie nennt man das? Dieses Zeug so wie kleine Wellen, da ganz unten?»

«Die Falbel.»

«Ah, Falbel. Ich kann sogar die winzig kleinen rosa Blumen auf der Falbel sehen, die Tresse von einem Dunkelgrün wie von Olivenblättern und den blassblauen Besatz um Ausschnitt und Ärmel. Ich sehe das alles ziemlich deutlich bis hin zum Muster der kleinen Flechten in Ihrem Haar. Aber dann … wer vierzehn Jahre in Dunkelheit verbracht hat, Tag und Nacht … das Augenlicht schärft sich im Dunkeln bemerkenswert.»

Mercédès war nahe an ihn herangetreten. «Vierzehn Jahre?»

«Vierzehn Jahre im Château d'If.» Die Bitterkeit in seiner Stimme schlug ihr auf den Magen. «Warum sind Sie hier?»

«Ich bin mir ziemlich sicher, dass Sie den Grund wissen», entgegnete sie. Ihr war klar, dass sie auf Knien betteln, ihn anflehen müsste … aber sie konnte es einfach nicht. Nicht … sofort. Nicht solange die Luft zwischen ihnen von dieser seltsamen Spannung zitterte und summte, bei der sich die Härchen auf ihren Armen aufrichteten, ihre Eingeweide schlotterten und ihr Herz heftig pochte. Nicht solange er so kalt und gefühllos war. «Wenn Sie schlau genug waren aufzudecken, was mein Mann mit so viel Mühe verbarg, und es zu entwirren, wie Sie es offensichtlich getan haben … öffentlich und folgenschwer … dann müssen Sie nicht fragen, weshalb ich hier bin.»

«Sie sind hier, um mich zu fragen, warum ich Ihren Mann vernichtet habe. Und um mich zu bitten, Ihrem Sohn nicht bei Morgengrauen gegenüberzutreten, mit Pistolen und mit meinen Sekundanten hinter mir.»

Die Feinheiten seines Gesichtsausdrucks konnte sie nicht ausmachen, aber er klang gelangweilt. Gleichgültig.

Mercédès ging zur nächsten Lampe hinüber und stellte

sie so, dass sie so hell wie möglich schien. Als sie sich darauf umwandte, konnte sie sein Gesicht sehen, die verschlossene Miene, die straffen Lippen, seine eindringlich blickenden Augen. Sie spürte die Spannung, die von ihm ausstrahlte. «Ich mache mir nichts aus Fernand. Und wenn Sie dafür sorgten, dass seine Falschheit öffentlich bekannt wurde, so verüble ich es Ihnen nicht. Und ich sehe sogar ein, dass Gerechtigkeit geübt werden sollte – und muss.» Sie sah Überraschung über sein Antlitz huschen, fuhr aber fort. «Doch ich bin hier und fl… bitte Sie, meinen Sohn zu verschonen. Ihm morgen nicht gegenüberzutreten.»

«Aber es war Ihr Sohn, der mich beleidigt hat, Madame.»

«Aber Sie werden ihn töten.» Mit Mühe hielt sie die Stimme von einem Aufschluchzen frei, hielt sie gefasst und kräftig.

«Natürlich werde ich das.» Nun drehte er sich zu ihr um, und sein Gesicht lag im warmen goldgelben Schein der Lampe, war aber von Schatten und Zorn scharf umrissen. Und von Schmerz. Schmerz, der dort, in den Tiefen seiner Augen, lauerte. Aber kein Erbarmen.

Mercédès wurde entsetzlich elend ums Herz. Er wollte es wirklich tun. «Aber … warum? Was hat Albert Ihnen jemals angetan? Er ist jung und an der Ruchlosigkeit seines Vaters unschuldig.»

«In der Bibel steht geschrieben, dass die Sünden der Väter die Söhne heimsuchen mögen – auf drei Generationen. Und außerdem wird der Verlust seines Sohnes Ihren Mann überdies verwunden.»

«Und mich», flüsterte sie, plötzlich leer. «Und *mich.*» Sie schaute auf ihn hinunter, und ihrer beider Blicke verfingen sich. Entschlossenheit und leiser Spott flackerten in seinen dunklen Augen; sie schauten nicht mehr so leer und ungerührt wie sonst. «Sie würden mir meinen Sohn nehmen?»

Sein Blick blieb unverwandt. «Ich habe viele Jahre darauf gewartet, diese Reise nach Paris zu machen. Ich werde mir das nicht ausreden lassen.»

Ihre Lippen wollten sich kaum bewegen, so kalt waren sie. Ihr ganzer Körper fühlte sich auf einmal an, als wäre sie in ein eisiges Meer geworfen worden, und ihre Hände, die neben ihrer Robe herabhingen, fingen zu zittern an. «Edmond, was ist dir zugestoßen, dass du so etwas tun kannst?» Sie wusste, dass ihre Stimme nur noch ein leises, von Grauen erfülltes Wimmern war, aber das kümmerte sie nicht. Es war ihr unbegreiflich. «Was ist mit dir geschehen, Edmond Dantès?»

Er schloss für einen Moment die Augen und durchschnitt jenes verstörende Band zwischen ihnen. «Edmond Dantès … es ist so lange her, dass ich diesen Namen gehört habe. Ausgesprochen habe.» Er schlug die Augen auf, und sie flammten zu ihr empor. «Edmond Dantès ist tot. Er starb vor einem Jahrzehnt.»

«Nein», sagte sie und sank neben ihm auf die Knie. Sie langte hinauf, griff nach seinem Handgelenk auf der Armlehne seines Sessels und schloss fest die Finger darum. «Lüg mich nicht an, Edmond. Ich weiß, dass du es bist. Ich weiß, dass du tief in dir immer noch derselbe bist – hinter dieser Maske, dieser engen, verschlossenen, düsteren Maske der Höflichkeit, undurchdringlicher Höflichkeit. Ich weiß, dass du da bist. Ich wusste es im ersten Augenblick, als ich dich sah … und du weißt, dass ich es bin, Mercédès. Die Frau, die dich immer geliebt hat.»

«Mich geliebt?» Er riss seine Hand mit solchem Ruck los, dass sie ihr Gleichgewicht verlor und auf den Sessel zutaumelte. «Wie lange hast du gewartet, ehe du für Morcerf die Beine breit machtest? Wie lange?»

Wut durchfuhr sie wie ein Schwert. Wut und Grauen und Abscheu. Und tiefer Kummer. Er konnte nicht wissen, was sie durchgemacht hatte.

Sie kam unbeholfen auf die Beine, strauchelte über ihre Robe, während sie antwortete: «Du weißt, wie lange ich gewartet habe, bis ich Fernand heiratete, Edmond. Du weißt es, weil ich es dir gesagt habe … Sindbad.»

«Sindbad?» Ein leiser Unterton von Bewunderung lag in seiner Stimme. «Seit wann wusstest du es?»

«Früh genug, um mich zu fragen, weshalb du mir nicht gesagt hast, dass du es bist, als du vor zehn Jahren verkleidet nach Marseille zurückkehrtest. Du hast es mir nicht gesagt, Edmond … Du bist nicht zu mir zurückgekehrt, als du es gekonnt hättest.» Auf einmal schüttelte sie sich vor Schluchzen, streckte blindlings eine Hand aus und schloss die Finger Halt suchend um einen der schweren Brokatvorhänge, während sie auf ihn hinabsah. «*Du ließest mich glauben, du seiest tot*. Vierundzwanzig Jahre lang.»

«Du warst mit Fernand verheiratet», entgegnete er schroff. «Was hätte ich denn tun sollen? Du hast ganze achtzehn Monate auf den Mann gewartet, den du ewig zu lieben behauptetest.»

«Ich habe, so lange ich konnte, gewartet … aber dann hatte ich keine Wahl mehr», sagte sie leise, noch immer an den schweren Samt geklammert, und schmiegte eine Wange daran. Sie konnte ihm nicht sagen, warum; es war besser, wenn er glaubte, sie sei des Wartens müde geworden, als die Wahrheit über sie zu wissen und ihre Entscheidungen und die Händel, die sie eingegangen war. «Ich hatte keine Nachricht von dir, nichts. Von Villefort *nichts* über dich, deinem Vater, Monsieur Morrel oder mir gegenüber. Es war, als hättest du dich in Luft aufgelöst, Edmond. Verflüchtigt. Dein Vater starb ein Jahr darauf an gebrochenem Herzen und überzeugt, du seiest tot. Ich hätte alles getan, um dich zu finden, Edmond. Ich glaubte …» Sie musste plötzlich Luft holen, ehe ihr die Worte entschwanden. Sie sammelte sich und fuhr fort. «Ich glaubte, wärest du am Leben, würdest du Verbindung zu mir aufnehmen –»

«Ich war im Château d'If. Es gab keine Verbindung. Es gab gar nichts, Mercédès – nichts als Dunkelheit und Ratten und madiges Brot und Brackwasser. Es gab kein Licht, keine Stimmen, nichts als Steinmauern und eine fadenscheinige Decke. Keine Hoffnung, keine Nachrichten, kein Leben. Nichts. Nichts als die Erinnerung an die Frau, die schwor, mich ewig zu lieben. Das war in den ersten vier Jahren das Einzige, was mich vor dem Wahnsinn rettete.»

Ihre Lippen bebten so heftig, dass sie kaum sprechen konnte. Ihr Magen rumorte und krampfte sich zusammen, und ihr war, als würde sie sich nie wieder erholen. O Gott. Welche Schrecken musste er durchlebt haben. «Aber warum, Edmond? Wie bist du dorthin gekommen? Und wie … wie bist du je wieder herausgelangt?»

«Zum Teil war es dein Mann, der mich dort hinschickte. Er, Danglars und Villefort.»

Villefort. Wieder verkrampfte sich ihr Magen. «Was – wie?»

«Ich wusste es nicht mit Bestimmtheit, solange ich dort war, konnte aber nach meiner Flucht den Verdacht erhärten, den ich durch einen Mitgefangenen, Abbé Faria, geschöpft hatte.» Ein Anflug von Kummer schlich sich in seine Stimme, ehe er in dem gleichmütigen Ton fortfuhr, den er bis dahin gepflegt hatte.

«Fernand und Danglars verschworen sich gegen mich – Fernand natürlich, weil er dich haben wollte, wenngleich ich das Warum nicht mehr verstehe, seit ich weiß, dass er Männer bevorzugt – und Danglars, weil er statt meiner Kapitän der *Pharaon* werden wollte. Gier und Eifersucht, Mercédès. Gier und Eifersucht brachten einen Unschuldigen für vierzehn Jahre in den tiefsten und dunkelsten aller Kerker.

Der Kapitän der *Pharaon*, der auf unserer letzten Reise starb, gab mir einen Brief, um ihn einem Mann in Paris namens Monsieur Noirtier zu überbringen. Du kennst ihn vielleicht als den Großvater von Valentine Villefort und Vater von Monsieur Villefort. Wie du weißt, konnte ich ihn nicht lesen und somit nicht wissen, dass der Brief eine Nachricht für die Unterstützer Bonapartes enthielt, die Napoléon bei seiner Flucht von Elba halfen. Doch irgendwie fanden Danglars und Fernand heraus, dass der Brief in meinem Besitz war, und richteten eine anonyme Anzeige an den Kronanwalt – der natürlich Villefort war.

Villefort verlangte nach mir – das war, als die Beamten mich von unserer Verlobungsfeier abholten – und befragte mich zu dem Brief, den ich ihm umgehend aushändigte und dazu sagte, dass ich seinen Inhalt nicht kannte. Er hätte mich freigelassen. Tatsächlich hatte er das bereits, und ich ging eben zur Tür hinaus, als er das Schreiben öffnete und den Namen seines Vaters las. Der Brief belastete seinen Vater als Unterstützer Bonapartes, und Villefort war klar, dass dieses Wissen nie ans Licht kommen dürfte, sonst würde es ihn seine eigene Stellung als Kronanwalt und seine Laufbahn als Königstreuer kosten – und da ich neben ihm der Einzige war, der vom Inhalt des Briefes auch nur wissen konnte, schickte er mich heimlich ins Gefängnis.

Es gab keine Verhandlung. Nie traf ich jemanden, vor dem ich mich hätte verteidigen können … und lange Zeit glaubte ich an einen Irrtum, der berichtigt werden würde. Aber das geschah niemals.»

Inzwischen hatte Mercédès ihren Griff um den Vorhang gelöst. Sie war zu Boden gesunken und starrte aus einem Bausch Röcke und Krinolinen voll Entsetzen und Unglauben zu ihm, dem Mann, den sie geliebt hatte, empor. Ihre Wangen und ihr Mieder waren triefnass von Tränen, und sie fühlte sie in stetem Strom auf ihre Hände tropfen und durch ihre Handschuhe sickern. «Mein Gott, mein Gott, Edmond …»

Er schien sie nicht zu hören, denn er fuhr unbeeindruckt fort, als könne ihn nichts von der Schilderung seiner Geschichte abhalten. «Dass ich fliehen konnte, hatte ich einzig und allein einem Mitgefangenen, Abbé Faria, zu verdanken. Ich danke Gott für den Tag, da ich ihm begegnete, denn er war es, der mich vor dem Abgleiten in den Irrsinn und dem Selbstmord bewahrte, als er einen Tunnel versehentlich bis in mein Verlies grub. Er glaubte sich auf einem Fluchtweg nach draußen und täuschte sich zum Glück fürchterlich.» Noch einmal trat eine besondere Note in seine Stimme, diesmal eine Prise bitterer Ironie, die sich aber sofort wieder verlor.

«Zehn Jahre lang besuchten wir einander heimlich in unseren Zellen, wobei er mir eine umfassende Bildung vermittelte und von einem geheimen Schatz erzählte, der auf der Insel Monte Christo vergraben sei. Als der Abbé starb, gelang es mir, mich anstelle seines Körpers in sein Leichentuch zu wickeln, und als die Gefängniswärter kamen, um seinen Leichnam wegzuschaffen, holten sie stattdessen mich ab. Ich dachte, sie wollten die Hülle begraben, doch dann wickelten sie mir Ketten um die Beine und warfen mich von einer Klippe, ohne zu ahnen, dass sie es mit einem Lebenden zu tun hatten. Und als ich irgendwie, wie durch ein Wunder, die Ketten abstreifen konnte, wusste ich, dass Gott mich am Leben sehen wollte.

Und dass es meine Aufgabe war, das mir zugefügte Unrecht zu rächen … und jene zu belohnen, die mir gut gewesen waren.»

«Deshalb hast du den Beutel mit dem Schuldschein und dem Diamanten verschenkt, um die Reederei Morrel zu retten», sagte Mercédès leise. «Als Sindbad und als Lord Wilmore.»

Er nickte knapp. «Ja. Und so … sind wir nun … hier zusammen.»

«Du bist nach Paris gekommen, um die Männer zu vernichten, die dich in den Kerker gebracht haben. Und … und mich.»

Monte Christo – denn selbst jetzt war sie sich nicht sicher, ob sie ihn je wieder als Edmond sehen konnte – hatte seinen Blick fest auf sie gerichtet. «Danglars' Kartenhaus, errichtet aus ein und derselben Summe verliehenen und immer wieder neu verliehenen Geldes, ist im Begriff, über ihm einzustürzen. Noch zwei Tage, und er ist erledigt, vollständig vernichtet. Alles seiner eigenen Gier und Unredlichkeit wegen.

Villeforts Tochter wird als Giftmörderin verdächtigt, und es dauert vielleicht noch einen Tag, dann wird ein junger Mann vortreten – du hast womöglich von ihm gehört, denn er war mit Eugénie Danglars verlobt. Er wurde für einen Prinzen gehalten, ist aber leider nichts anderes als ein gewöhnlicher Verbrecher. Und er wird vortreten, wahrscheinlich morgen, um sich als unehelicher Sohn von Villefort und der Baronesse Danglars zu erkennen zu geben, insgeheim zur Welt gebracht und lebendig begraben, *dem Tod überlassen*, vor zweiundzwanzig Jahren. Es ist nur eine Frage von Tagen, ehe Villefort erledigt ist.»

Mercédès konnte ein entsetztes Aufkeuchen nicht unterdrücken. Dem Tod überlassen? Lebendig begraben?

«Und dein Mann … er hat seine Arbeit und seinen Rang eingebüßt, und sein Reichtum wird bald folgen. Und seinem hitzköpfigen Sohn wird bald eine Lektion erteilt –»

«Edmond!» Sie neigte sich zu ihm, griff von ihrer gebeugten Haltung auf dem Boden aus nach seinem Arm. «Du würdest das wirklich tun? Einen Unschuldigen in den Tod schicken? Meinen Sohn? Bitte, Edmond, bitte. Ich flehe dich an … Ich … flehe … dich an.» Die Tränen fielen schnell und mit Macht, und sie hörte dieselbe Verzweiflung in ihrer Stimme wie damals, vor so vielen Jahren, als sie Villefort angefleht hatte. Elendig gebettelt hatte um eine Auskunft, etwas über Edmond. Irgendetwas.

Sie spürte, wie die Muskeln des Grafen sich unter ihren Fingern spannten, die leise Bewegung, das verhaltenste Beben. Dann schlagartig fiel alle Spannung von ihm ab. Er blickte zu ihr hinunter, die Miene düster und gesetzt. Aber nachdenklich und plötzlich – plötzlich – geradezu schelmisch und selbstgefällig. «Ich werde nicht auf ihn schießen. Aber du musst mir etwas dafür geben.»

«Was immer du willst. Sprich es aus, Edmond. Wie immer deine Rache an mir auszusehen hat, ich nehme sie bereitwillig auf mich im Austausch gegen das Leben meines Sohnes.»

«Achtzehn Monate hast du auf mich gewartet … und folglich wünsche ich mir achtzehn Monate von dir …» Seine Stimme war glatt und geschmeidig wie eine eingerollte Schlange. «Als meine Sklavin – meine willige, dienstbare, unterwürfige Sklavin. Achtzehn Monate Gehorsam einem jeden meiner Befehle gegenüber, dass du dich jeder meiner Launen fügst.» Er sah sie an, seine Augen brannten sich in ihre, und sie fühlte einen Schauder bis ins Mark. Ihre Handflächen wurden wieder feucht, ihr Mund trocknete aus, und die Kehle schnürte sich ihr zu.

So. Er würde es am Ende bekommen. Sie dazu bekommen, wie er sie haben wollte, seine Rache bekommen, sie in seine Gewalt bringen. Aber um das Leben ihres Kindes willen stand außer Frage, was sie tun würde.

«Ich werde es tun», teilte sie ihm ohne Zögern mit und ohne Furcht.

Denn nichts konnte schlimmer sein als das, was sie unter der Hand von Monsieur Villefort erlebt hatte. Nichts.

Er schien sich noch mehr zu entspannen, den letzten Rest seiner Verkrampfung zu verlieren. Er schaute aus dem Fenster, und sie sah die blasse Farbe des dämmernden Morgens über den massigen, sahnegelben Gebäuden. «Du wirst heute früh um acht hierher zurückkehren. Du wirst keine Garderobe brauchen, nur ein Kleid und vielleicht ein Nachtgewand. Du wirst keine Zofe benötigen. Und bestelle deinem Mann Grüße von mir.»

Sie erhob sich, kam, vom Gewicht und Umfang ihrer Röcke behindert, auf die steifen Beine. Er machte keine Anstalten, sie zu stützen.

VIERZEHNTES KAPITEL

Einwilligung und Bedauern

Früh am nächsten Morgen
Paris

Als der Morgen nahte, bereitete er sich auf den Tod vor.

Er trug einen dunklen Rock und darunter ein gestärktes weißes Hemd. Ein schlichtes Halstuch in gedämpftem Blutrot, sehr angemessen, und eine dunkelbraune Weste. Eine Hose aus edlem, tiefbraunem Stoff und butterweiche, tintenschwarze Lederstiefel.

Niemand würde sagen können, der Graf von Monte Christo sähe im Tod weniger vornehm aus als im Leben.

Er ging zu dem Sessel hinüber, in dem er nur wenige Stunden zuvor gesessen hatte – als Mercédès um das Leben ihres Sohnes gefleht hatte –, und schaute noch einmal hinaus auf die vor ihm ausgebreitet liegende Stadt. Er konnte nicht anders, als an den Tag seiner Ankunft hier in Paris zurückzudenken, da er an eben diesen Fenstern gestanden und den anbrechenden Sonnenaufgang betrachtet hatte.

Wie viel er in diesen letzten beiden Monaten geleistet hatte. Beinahe alle seine Vorhaben waren zur Reife gediehen … oder würden es bald tun. Caderousse war tot, wiewohl nicht durch Monte Christos Schuld. Danglars, Villefort und Morcerf trennten nur Tage – vielleicht Stunden – von ihrem endgültigen Verderben.

Und das Schöne an alledem lag für ihn im Wissen, dass diese Männer ihren eigenen Untergang betrieben hatten durch viele Jahre des Betrugs, der Unredlichkeit, der Gier und der Eifersucht – noch über das hinaus, was sie dem armen Edmond Dantès angetan hatten.

Monte Christo hatte nicht mehr getan, als die hässliche Kehrseite der von ihnen selbst gewählten Lebensläufe aufzudecken.

Bedauerlich fand er einzig, dass er es nicht mehr erleben würde, dass sie nie erfahren würden, wer ihr wahres Wesen bloßgelegt hatte. Dass Edmond Dantès zurückgekehrt war, um Rache zu nehmen.

Aber vielleicht war es auch zum Besten, dass sein Leben von der Hand Albert de Morcerfs ein Ende finden sollte. Monte Christo strich mit den Fingern über den Sesselrücken und ließ die Hand auf das glatte Holz der gebogenen Armlehne fallen, da er sich noch einmal darin Platz zu nehmen anschickte.

Im Rückblick konnte er kaum fassen, Mercédès sein Wort gegeben zu haben – nach alledem, all den Jahren seines von Rachedurst getriebenen Planens und Strebens hatte er diese kleine Schwäche gezeigt, war um dies Wenige von seinen Zielen abgerückt und hatte den vorgesehenen krönenden Abschluss umgewandelt. Er würde sterben und nicht der Sohn Morcerfs, und so würde sein leeres Leben enden.

Als der zum Duell Geforderte würde Monte Christo die Ehre haben, als Erster zu schießen. Er würde die Waffe hochhalten und harmlos in die Bäume feuern. Dann würde Albert, ein mehr als guter Schütze, zielen und eine Kugel in

Monte Christos Herz versenken, um die Vernichtung abzuschließen, die seine Mutter vor Jahren eingeleitet hatte.

Und doch … so weit er zurückdenken konnte, fühlte er sich zum ersten Mal … wohler. Unbeschwerter. Kaum merklich nur, doch ausreichend, um die nachlassende Spannung in seiner Brust wahrzunehmen, das Entspannen von Nacken und Unterkiefer.

An seinen Händen würde kein Blut kleben.

Als er auf sein Handgelenk schaute, wo es auf der Armlehne aus Mahagoni ruhte, glitten seine Finger herum auf die Unterseite, und er dachte daran, wie dort Mercédès seine Hand noch vor kurzem ergriffen hatte. Ihre blassgrünen Röcke waren rings um sie unvorteilhaft auf dem Boden aufgeworfen, ihr ovales Antlitz war tränenüberströmt, aber entschlossen, ihr volles, kräftiges Haar noch immer gewunden und geflochten und aufgewickelt gewesen zu einer dieser unwahrscheinlichen Frisuren … aus der nur einige wenige Strähnchen sich zu lösen gewagt hatten. Ihre Augen. Dunkel und gramerfüllt, hatten sie ihn durchbohrt … ihn gesehen.

Gesehen … doch was?

Ein schwaches Frösteln huschte über seine Schulterblätter, und er merkte, dass seine Hände zitterten. Er sah diese üppigen Lippen, rot, stets so rot und breit und einladend, ihr keckes Kinn, den etwas vorstehenden Zahn, diese glatte goldbraune Haut … fühlte solch warme Rundungen unter seinen Handflächen. Erinnerte sich des zarten Dufts mancher ihrer Lieblingsblumen.

Monte Christo schluckte, nahm seine Gedanken wieder zusammen, besann sich … und fühlte, wie schwelender Zorn die lockende Lust verdrängte, ihr Andenken, das ihm zugesetzt hatte. Ihn zu erweichen versucht hatte.

Sie war der Teil seines Plans, der unausgeführt bleiben, jener Rest Rachedurst, der nicht gestillt werden würde … und vielleicht jener, der am tiefsten wurzelte. Unter allen – Caderousse, Danglars, Morcerf, Villefort, Mercédès – war es ihr Gesicht gewesen, das ihn am ärgsten heimgesucht und verhöhnt hatte. Dasjenige, das ihn im Schlaf so nachhaltig heimgesucht hatte.

Sie alle waren abscheulich gewesen. Aber Mercédès …

Monte Christo schauderte in seinem Sessel, als die Dämmerung am Horizont anbrach.

Er hätte tun sollen, was er tun wollte: was ihn jede Sehne und jeder Muskel, jeder Fetzen Bewusstsein zu tun antrieb. Er hätte sie in seine Arme zerren und diese höhnenden Lippen küssen, dafür sorgen, dass sie nach ihm schrie, seufzte und bettelte, sie zum Bett bringen und sich in sie hineintreiben sollen, bis er vergessen konnte.

Bis er sicher wäre, dass sie es selbst niemals täte.

Dann vielleicht könnte er befriedigt in den Tod gehen.

Entschlossen stand er auf, trat an das Schreibpult und nahm den Kasten in die Hand, der seine Duellpistolen enthielt.

Sollte er durch die Gnade Gottes mit dem Leben davonkommen, dann wüsste er, dass seine Rache noch nicht vollendet war.

Und Gott steh ihr bei, sollte er davonkommen.

FÜNFZEHNTES KAPITEL

Die Bestrafung

Am Nachmittag desselben Tages
Paris

«Seine Exzellenz ist zurück.»

Mercédès blickte auf, und ihr Herzklopfen wurde jäh zu einem Stechen in der Brust. Sie war vor Stunden, um einiges nach Sonnenaufgang, zum Haus des Grafen zurückgekehrt wie gewünscht – wie verlangt – und wieder in seine Räume geführt worden, doch diesmal waren sie leer. Rochen noch so sehr nach ihm, waren noch von seiner Gegenwart erfüllt … aber leer.

Sich selbst überlassen, war sie auf und ab gelaufen, hatte sich hingesetzt und hatte ihre Wanderung wieder aufgenommen … Sie hatte die Fenster und die große Tür zum Balkon geöffnet und war für eine Weile hinausgetreten, hatte die sommerliche Luft geatmet, hinüber zur glitzernden, mit Booten gesprenkelten Seine geschaut … war dann zurück in seine prachtvollen Gemächer gegangen und fragte sich, was hier heute Nacht passieren würde.

Und jede Nacht, die nächsten achtzehn Monate lang.

Als sie zuvor vom Wohnsitz ihres Gatten aufgebrochen war, um zu Monte Christo zu gehen, hatte sie Fernand mitgeteilt, dass sie nicht mehr wiederkäme. Sie und Albert, heimgekehrt von seiner Begegnung mit Monte Christo, hatten beide die wenigen Dinge gepackt, die sie aus ihrer beider Leben als Morcerfs behalten wollten, und ihn mitsamt seiner Falschheit und Oberflächlichkeit hinter sich gelassen. Albert würde zur Armee gehen und sie … sie würde diese achtzehnmonatige Strafe bei Monte Christo durchstehen. Danach würde sie zurück nach Marseille ziehen und das einfache Leben führen, das sie immer gewollt hatte. Für das sie bestimmt gewesen war.

Nun war die Tür ohne vorheriges Klopfen aufgegangen – das erste Zeichen dafür, dass Monte Christo tatsächlich vorhatte, sie als Dienerin statt als Gast zu behandeln –, und Bertuccio trat ein und vermeldete seine Nachricht. Ihm folgte eine junge Frau in Dienstbotentracht, die einen Ballen kirschroter Seide trug.

«Er ist unverletzt», sagte der Haushofmeister nach kurzer Pause. Vielleicht hatte er ihre Frage danach abgewartet … doch Mercédès hatte sie nicht mehr stellen müssen. Sie wusste schon durch Albert, dass er lebendig heimkehren würde, wusste aber nicht, was im Einzelnen geschehen war. «Er ist unverletzt und erwartet augenblicklich Ihr Erscheinen bei sich. Gayla wird Ihnen zur Hand gehen.»

Mercédès nickte zur Bestätigung und bewahrte eine ausdruckslose Miene und würdevolle Haltung, bis Bertuccio die Tür hinter sich schloss und sie mit der Zofe allein ließ. Er musste keine weiteren Anweisungen geben, denn es war offensichtlich, dass die Zofe ihr helfen sollte, ein anscheinend einfaches rotes Kleid anzulegen, nicht viel mehr als ein langes Männerhemd, unförmig, abgesehen von einem schmalen Gürtel um die Taille.

Die Zofe war vielleicht seit zehn Minuten fort, als sich die Tür erneut öffnete. Mercédès hörte es in ihrem Rücken, hatte sich der Aussicht auf das Häusermeer zugewandt. Monte Christo mochte von ihr unbedingten Gehorsam erwarten, aber um ihn herumscharwenzeln würde sie nicht. Nicht, wenn er das Leben ihres Sohnes als Pfand benutzte, um ihr die Knechtschaft abzupressen.

Die Tür schloss sich mit einem leisen Klicken, in dem Endgültigkeit lag, und das eine kurze Weile in der Luft zu hängen schien, ehe es dem leisen Rascheln sich aneinander reibender Hosenbeine wich.

«Du hast ihm alles gesagt.»

Was immer sie erwartet hatte, diese halb verstörte, hab zornige Feststellung war es nicht gewesen. Da sie nicht recht wusste, was sie darauf erwidern sollte, schwieg sie und fuhr fort, über die Straßen und Häuser unter dem Fenster und, weiter entfernt, hinaus auf den schimmernden Fluss, die fliegenden Händler und ihre Karren mit Lebensmitteln zu starren ... während ihre Finger fahrig über die Vorderseite ihrer Seidentunika glitten. Es kribbelte ihr im Nacken, und sie spürte, wie er ins Zimmer trat, auf sie zu ... aber Abstand wahrte.

«Nachdem du letzte Nacht von hier aufgebrochen bist, hast du dich zu Albert begeben und ihm alles erzählt, was sie – Dantès – angetan haben. Was dein Mann, sein Vater, getan hat. Du wusstest, dass er das Duell absagen würde.»

«So hat sich das zugetragen?», fragte sie schließlich, ihr Blick noch immer auf die Segelboote weit draußen gerichtet. Eines mit weißem Segel und blauem Streifen kreuzte mit verblüffender Geschwindigkeit zwischen beiden Ufern hin und her. «Er hat das Duell abgesagt?» Albert hatte ihr keine Einzelheiten genannt, nur dass Monte Christo unversehrt war.

«Er verweigerte den Schuss. Er entschuldigte sich und bat mich um Verzeihung.»

«*Ihm* hast du also die Sünden seiner *Eltern* verziehen. Wie barmherzig von dir.»

«Ich habe ihm seine Beleidigung meiner Person verziehen.» Seine Worte fielen schnell und scharf.

Mercédès sagte nichts, blieb entschlossen von ihm abgekehrt und wartete weiter. Wartete auf einen Befehl, wartete auf eine Berührung, wartete auf irgendetwas. Wieder bewegte er sich, kam näher, und sie hörte es leise rascheln und dann sanft flattern, als sei ein Kleidungsstück geworfen worden, über einen Stuhl vielleicht.

«Doch bist du nicht überrascht. Du wusstest, dass ich wiederkommen würde, gesund und munter, und bist trotzdem hierher zurückgekehrt.»

«Um meinen Teil der Abmachung zu erfüllen. Um meine Strafe zu verbüßen, um dein Rachebedürfnis zu befriedigen. Um deinen Plan zu vollenden.» Nun drehte sie sich zu ihm um und wusste, dass ihre Augen erzürnt funkelten, wenngleich sie ein ruhiges und unerschütterliches Gebaren beibehielt. Sie wollte ihn nicht merken lassen, wie das Blut durch ihre Adern schoss, wie eine Mischung aus Besorgnis und Erwartung ihr den Magen umdrehte, wie selbst jetzt noch der Anblick dieses Mannes, der nicht länger Edmond Dantès war – und es *doch* blieb – sie anrühren konnte. Dass ihr Mund trocken wurde und ihr Herz heftiger schlug und es sie in den Fingern juckte, seine warme Haut zu betasten.

Er stand in der Mitte des Zimmers, doch es war, als presste er sich an sie. Seine Augen bohrten sich dunkel und stechend in sie hinein, als wolle er sie ergründen und begreifen, warum sie sich nicht vor ihm duckte. Er hatte seinen Rock und das Halstuch abgelegt und trug nur mehr die dunkle Hose, das weiße Hemd und dazu Stiefel und Weste. Das Haar fiel ihm unordentlich in langen, glatten Strähnen um Wangen und Kiefer und verlieh seinem Aussehen etwas Tierhaftes. Seine sinnlichen Lippen, die obere gerade und schmal, die untere voll, als habe er sich eben darauf gebissen. Sie schaute weg, hinunter auf seine Hände, die an den Knöpfen seiner Weste zugange waren, und drückte das Rückgrat durch. Sie durfte keine Sehnsucht erkennen lassen … sonst würde er sie vernichten.

«Wo hätten Sie mich gern, Eure Exzellenz? Auf allen vieren oder ausgebreitet auf dem Bett?», fragte sie kühl und langte nach ihren Haarnadeln.

Seine Finger verharrten kurz, setzten dann ihre Tätigkeit fort, und er schenkte ihr ein knappes Nicken. «Zieh das aus.»

«Wie Sie wünschen.» Ihr Blick maß sich kühn mit seinem, während sie den schmalen Gürtel löste und zu Boden fallen ließ. «Mir scheint bald, als hätten wir auf diesen Schritt verzichten können, wäre die Zofe entlassen worden, nachdem sie mir mein Kleid auszog – statt mir dieses zu tragen zu geben.» Ihre Finger bebten, aber sie nahm den Ausschnitt ihrer Tunika fest in die Hand und streifte sich die Seide rasch über den Kopf. Der Luftzug wehte als leichter, kühler Hauch über sie hinweg, straffte ihre Nippel und löste hier und da etwas Gänsehaut aus.

Monte Christos Blick wanderte über ihren nackten Körper, während er sich aus der Weste schälte. «Ausgezeichneter Vorschlag. Werde ich in Zukunft sicherstellen.» Er setzte sich aufs Bett und machte sich daran, sich einen seiner Stiefel auszuziehen – eine Aufgabe, bei der ihn gewöhnlich sein Kammerdiener unterstützte.

Seine dunklen Augen blickten zu ihr hoch, als der erste Stiefel auf den Boden polterte. «Was die Zukunft betrifft und meine anderen Erwartungen: Du wirst mich zu gesellschaftlichen Verpflichtungen begleiten. An meinem Arm, unter aller Augen – und täusche dich nicht, die Art unserer Beziehung wird allen klar sein.»

«Und wie werde ich bei solchen Anlässen gekleidet sein? Derart?» Sie deutete auf ihren nackten Körper. «Das würde ziemliches Aufsehen erregen.» Monte Christo zerrte seinen anderen Stiefel los und ließ ihn etwas lauter als den ersten zu Boden fallen, erwiderte aber nichts.

Mercédès verspürte das Bedürfnis, ihn noch mehr zu reizen; sie wollte, dass diese Spannung, dieses Warten aufhörte und er noch etwas anderes tat, als ihr diese leeren, ungerührten Blicke zu schenken. Sie wusste, dass ein Mehr darunter lauerte, und, bei Gott, sie wollte es offen sehen – mochte es Leidenschaft oder Zorn oder Kummer sein, sie wollte etwas von ihm … irgendetwas, um endlich zu wissen, wie sie fühlen sollte. «Und wirst du auch deine Freunde zu uns laden? Der Comte de Pleiurs wäre ziemlich angetan, wie ich glaube. Und Monsieur Hardegree, ehe er nach London zurückfährt.»

Er stand plötzlich auf, und sie sah seine Finger sich in seine Handteller graben. Dann entspannten sie sich, und er entgegnete: «Tut mir leid, dich zu enttäuschen, aber das wird nie geschehen. Komm her.»

«Soll ich Kammerdiener für Euch spielen, Herr?», fragte Mercédès und ging mit wahnsinnigem Herzklopfen auf ihn zu.

Doch als sie nach seinem Hosenschlitz langen wollte, schnellte seine Hand vor und schloss sich fest um ihr Gelenk. Er zog mit einem Ruck daran, und sie stieß frontal mit ihm zusammen. Eine kräftige Hand legte sich ihr in den Nacken, während er ihr Gelenk freigab, den anderen Arm um ihre Taille legte und darauf sein scharfgeschnittenes, zorniges Antlitz auf ihres herabstieß.

Seine Finger krallten sich in die weichen Flanken ihres Genicks, und ebenso hart und fest war sein Mund. Kein Wettstreit, kein Erbarmen, nur zügelloser Raub, der sie außer Atem und zum Zittern brachte. Genauso jäh wich er zurück, ließ sie los und machte sich ohne ein weiteres Wort, ohne die Miene zu verziehen daran, seinen Hosenschlitz aufzuknöpfen. Zwischen seinen Lippen – voll und dunkelrot – war ein Spalt, aus dem sie leise seinen Atem pfeifen hörte, während er auf sie herabstarrte und seine Finger an den Knöpfen fummelten.

Mercédès leckte sich die Lippen, trocken auf einmal, aber vom Kuss warm und angeschwollen. Sie konnte ihn nicht ergründen, aber Gott steh ihr bei, nach diesem Kuss begehrte sie mehr.

Mit ruppigen Bewegungen öffnete er seine Hose und schob sie zusammen mit der Unterhose seine strammen Hüften hinunter. Sein Schwanz erhob sich aus ihren Tiefen und war plötzlich vor ihr, zwischen ihnen, gierte purpurn und rot.

Ihr musste nicht erst gesagt werden, was er wollte … ihre Knie sanken auf den dicken Teppich, und ihre Hände schoben sich unter seine straffen, dunkel behaarten Hoden, ihre Finger bogen sich um die fordernde Erektion darüber. Er gab ein leises Seufzen von sich, und sie fühlte seinen Körper ihr sachte entgegenschwanken, als wäre er überrascht oder erleichtert, dass sie ihn anfasste.

Er war schwer und warm in ihren Händen, und Mercédès schloss die Finger fester um seine Latte und schob die Vorhaut mit sanfter, neckender Bewegung vor und zurück … eben weit genug, um den Scheitel seiner Eichel freizulegen. Als sie sich vorbeugte und die weiche, runde Schwanzspitze in ihren Mund schlüpfen ließ, erlebte sie das Gefühl dabei, wie er sich überall an ihr anspannte, als warte er auf … etwas. Dass sie innehalten, zurückweichen, ihn triezen würde – wie er es bei ihr getan hatte?

Doch dann vergaß sie die Spielchen und schmeckte das salzige Tröpfeln auf der Zunge, fühlte die Wärme seines Fleisches ihre Lippen dehnen und, als er ein tiefes, verzweifeltes Stöhnen von sich gab, den Wellenschlag derselben Erregung in sich. Er war drall und stramm und schwoll weiter an und seufzte aufs Neue, während sie sich an ihm hob und senkte, züngelnd zustieß, in gedehntem, gemächlichem, entspanntem Takt, der ihn an ihrem Gesicht zum Beben brachte, seine Hüften wegdrückte und anzog. Sein scharfer Duft nach Moschus und Mann, so vertraut und erregend, stieg ihr in die Nase, und die samtige Hitze seines Glieds schmeckte streng und salzig in ihrem Mund.

Mit plötzlichem Aufschrei aus tiefer Kehle trieb er ihr seinen Schwanz in die Schlundenge, dass sie keuchte und dabei fühlte, wie ihr seine Samenladung in den Rachen spritzte, während er gegen ihre Zunge, Lippen und Zähne anzuckte.

Als er sich verausgabt hatte, ließ er schroff von ihren Schultern ab und drehte sich von ihr fort, ehe sie etwas sagen konnte. Den klebrigen, salzigen Geschmack noch im Mund, kam Mercédès auf die Beine, stand da mit zittrigen Knien und war sich vollkommen bewusst, wie straff ihre Nippel und feucht ihre Scham geworden waren.

«Auf das Bett», sagte er barsch und sah sie noch immer nicht an.

Als sie mit Aufruhr im Magen und heftig schlagendem Herzen in der Brust hinüberging, hörte sie ein Rascheln hinter sich und wusste, dass er sich das Hemd ausgezogen hatte. Das leise Geräusch beim Abschütteln von Beinkleidern folgte, und ihr prickelten die Härchen im Nacken. Er war ebenso nackt wie sie.

«Was soll denn das?», fragte sie mit Blick auf das Bett, als sie über die aufs Geratewohl angehäuften Polster und Kissen glitt. «Ich sehe gar keine Fesseln? Nicht eine? Wie überraschend.» Sie drehte sich auf den Rücken und stützte sich auf einen Ellbogen, ein Knie angehoben und das andere Bein von sich gestreckt und zur Bettkante weisend.

Er trat näher heran, und nun konnte sie ihn sehen, völlig nackt und zum ersten Mal seid bald einem Vierteljahrhundert voll im Licht. Auf einmal konnte sie nicht mehr schlucken; ihr schnürte sich die Kehle zu, und ihre Zunge fühlte sich plump und trocken wie ein Stoffknebel an. Wenn Edmond Dantès mit neunzehn groß, drahtig und schlank gewesen war, die Arme und das V auf seiner Brust gebräunt, schütterer Haarwuchs dort und am Unterbauch ... all das mit der Verheißung, sich zum ganzen Mann auszuwachsen ... so hatte der Graf von Monte Christo dieses Versprechen mehr als eingelöst.

Noch immer straff und schlank in Rumpf und Hüften, war er nun dunkler behaart, mit dichtem Bewuchs auf dem Brustkorb und in einem langen, schmalen Streifen bis zum krausen Busch, der seinen Schwanz und den Sack barg. Seine Schultern waren breit und eckig, seine Arme stärker geworden und von Muskeln gewölbt, und seine Schenkel ... kraftvoll und breit standen sie unter kantigen Hüften und einem flachen, behaarten Bauch hervor. Als wäre Haut ein knappes Gut, fand sich nirgendwo auf seinem Körper ein Fettpölsterchen oder Speckansatz; er war sehnig, goldbraun und straff wie der eines Kriegers aus Bronze. Straffer als der irgendeines anderen Mannes, den sie schon nackt gesehen hatte.

«Dreh dich um», sagte er. Seine Stimme schwankte, und seine Augen mieden ihre.

Ihr Herz machte einen nervösen Hüpfer, aber Mercédès tat wie geheißen und drehte sich auf den Bauch, sodass sie quer über dem Bett lag, den Kopf zur einen Seite, die Füße auf der anderen und ihm zugewandt.

«Spreiz deine Beine. Deine Arme auch.»

Der Druck gegen ihr pochendes Geschlecht war eine Wohltat, und sie verlagerte sich, um ihre Hüften zu kippen und es fester in die Matratze zu drücken. Sie spreizte die Beine zu einem schmalen V, fasste über ihren Kopf, bis sich ihre Finger um die Matratzenkante krümmten, und zog sich gerade. Das Gesicht zur Seite gedreht, ruhte ihr Kopf auf der Wange, und sie versuchte, ihn zu sehen … doch er stand außer Sicht an ihren Füßen.

Einen langen Augenblick herrschte Stille, und ihre Besorgnis und Anspannung wuchsen, als er keine Anstalten machte, sie anzufassen. Ihr Rücken prickelte und wurde von einer Gänsehaut überzogen, während sie seiner harrte. Würde er ihr plötzlich seinen Schwanz in die Muschi schieben? Würde er sie in den Arsch nehmen? Würde er mit einer Peitsche auf sie eindreschen?

Ihr Herz schlug jetzt rascher, sie fühlte tief drinnen das Beben einsetzen und kämpfte, es sich nicht anmerken zu lassen. Nichts von alledem wäre neu für sie … alles war zuvor schon getan worden.

Sie hatte es überlebt. Sie konnte das hier überleben – was es auch sein würde.

Das Schweigen zog sich hin, und unvermittelt fragte sie sich, ob er lautlos davongegangen war und sie wartend und sorgenvoll zurückgelassen hatte. Eben wollte sie schon den Kopf heben, als er sprach. Seine Stimme war hart und spröde. «Nicht rühren.»

Sie sackte zurück auf das Bett, klammerte sich mit den Fingern daran fest, sträubte sich noch immer gegen die Schauder, die einzusetzen drohten … war sich jedoch ihres schwellenden Kitzlers, ihrer nassen Scham und gespitzten Nippel bewusst … die allesamt umso heftiger zu pochen schienen, je länger sie wartete.

Wartete.

Als er sie schließlich berührte, schreckte sie auf und stieß einen kleinen Schrei aus. Seine Hand schloss sich um ihren Nacken, wie um sie dort festzuhalten – nicht derb, nicht so kraftvoll, dass sie sich dem Ersticken nahe fühlte oder glaubte, um ihr Leben kämpfen zu müssen, doch es stellte klar, dass sie sich nicht rühren sollte. Dann strich seine andere Hand breit und träge ihre Wirbelsäule hinunter bis über ihre Pobacken und zog auf ganzer Länge Gänsehaut nach sich. Sie zitterte, als die Hand wieder hinaufwanderte, nun fast kitzelnd, sachte, aber es sandte Lustwellen in ihr Knötchen, das sich schwellend ins Bett drängte. Sie spreizte die Beine weiter, wollte den Druck dort vergrößern, irgendwie Erleichterung finden … seine Hand bewegte sich wieder, langsam, reizte und kitzelte, fuhr um die andere Seite herum. Und diesmal glitten seine Finger im V ihrer Hinterbacken hinab in die schlüpfrige Wärme dort unten. Sie stöhnte und ruckte, versuchte, diese forschenden Finger tief drinnen zu umschlingen.

Seine Hand legte sich ein wenig enger um ihren Hals, und er nahm die Finger aus ihrer Scham. «Halt still.»

Sie stöhnte zaghaft, biss sich auf die Lippe und schloss die Augen.

Er hob die Hand von ihrem Nacken, und sie wappnete sich innerlich … das Bett senkte sich ab, und sie fühlte ihn über sie hinwegsteigen, seine Beine zwischen ihren unterbringen. Plötzlich drückte sich sein Schwanz in ihre Arschritze und stießen seine Hüften an ihre Pobacken, während ihr seine beiden Hände unten herum um die Brüste fuhren.

Dann saß sein Mund auf ihrer Schulter, und beinahe fuhr sie wieder zusammen, als sie das leichte, sanfte Kitzeln von Lippen und Zunge auf der empfindsamen Haut in ihrer Halsbeuge spürte. Sinnesreiz brach über ihren Körper herein, und seine Finger krampften sich zwischen ihnen und dem Bett um ihre Nippel. Sie verlagerte die Hüften und fühlte seinen Penis weiterrutschen, sich der Stelle bei ihr nähern, wo sie ihn haben wollte.

Sein Mund wanderte seitlich ihren Hals hinauf, und seine Hände hielten ihre Brüste, hoben sanft ihre Schultern, krümmten ihm behutsam ihren Rücken entgegen, drückten ihre Muschi ins Bett hinein. Die Erregung wurde unerträglich; Mercédès biss sich auf die Lippe und kniff die Augen zu, als er jene Stelle küsste und gemächlich lutschte … die Stelle unter ihrem Ohr … die sie inwendig zum Schwingen brachte und ihren ganzen Körper in erwartungsvolles Erschauern und Beben versetzte.

Bettelte sie ihn jetzt an, würde es dies Spiel beenden? Ihr die nächsten achtzehn Monate erleichtern, und würde er sie ohne diese neckende Aufreizung nehmen? Sie befriedigen?

Hatte sie irgendeinen Grund zu warten? Sie hatte bereits verloren.

Gerade als sie den Mund öffnen und es aussprechen, ihn

anflehen, nach Erlösung rufen wollte, rührte er sich flink, rollte von ihr herunter und warf sie auf den Rücken. Ehe sie sich's versah, waren seine Lippen heftig und grob auf ihren, schnitten ihr das Wort ab, bevor sie irgendetwas sagen konnte, und stießen ihren Hinterkopf in den Kissenberg.

Als wollte er sie sich einverleiben, zur Gänze in den Mund schlingen. Seine Finger schlossen sich um ihre Handgelenke, zogen sie über ihren Schultern auseinander, drückten sie in die Polsterkissen, während er ihre Lippen verzehrte und sie den Kopf hob, um den Kuss zu erwidern, sich seine Zunge tief in den Schlund zu saugen, seinen Geschmack und Geruch und seine Berührung einzuatmen.

Sein Oberkörper wölbte sich über ihren, Beine und Hüften auf dem Bett gleich neben ihren gespreizten Beinen, da endlich gab er ihre Arme frei. Ihre Gelenke schmerzten von seinem Griff, aber sie hob die Hände, um sein Haar zu streicheln – sein weiches, langes Haar, das ihr als zottelige Rute ins Gesicht hing. Mit einem langen, lauten Schmatzer löste er sich von ihrem Mund, und sie sah für einen kurzen Moment sein Antlitz, ehe er über ihre Brust herfiel und den Nippel in langen, gierigen Zügen einsog, als wollte er auch ihn verschlingen.

Doch der flüchtige Ausdruck, den sie in seinem Gesicht erblickt hatte, trieb einen frostkalten Stachel unter die Lustmartern, die sich wohlig durch ihren Bauch zogen. Von schneidender Strenge, zeugte er weniger von Begehren denn von Entschlossenheit und Schmerz.

Dann ging sie neuerlich im Sog an ihrem Nippel auf, in den Fingern, die über ihren bebenden Bauch und zwischen ihre Beine glitten, um unten im schlüpfrigen Nass weiterzudrängen. Sie führte ihre Hände von seinem Hinterkopf über die breiten, warmen Schultern, spürte, hinweg über sich wölbenden Armen, die ihn auf dem Bett über ihr hochstemmten, ihren scharfen Kurven nach.

Ehe sie sich's versah, waren ihre Körper aneinandergeklatscht, miteinander verflochten und brutheiß, hatte er sich auf sie gewälzt, sie in die Arme gezogen und nahm das Gesicht hoch, um ihr den Hals zu küssen. Sein Schwanz drückte sich an sie, und sie hob die Hüften und fühlte ihn an ihre Scham reiben, was ihr einen heftigen Schauder einjagte.

Bitte. Jetzt.

Als läse er ihre Gedanken, kam plötzlich Bewegung in ihn, richtete er sich auf und rückte von ihrem Oberkörper ab, um sich auf die Hinterbacken zu hocken, ihre Hüften zu packen und sie seine Schenkel hinaufzuziehen. Den Blick nach unten gerichtet, die Finger in das zarte Fleisch ihres Rückens gekrallt, verlagerte er sich, während sein Schwanz, lang und stolz, zwischen ihnen tobte, und schob sich in sie hinein.

Mercédès schrie vor Lust auf und hielt doch tief im Inneren an sich, wappnete sich für seinen neckenden Rückzug, für eine neue Runde im Spiel.

Doch er hielt ihre Hüften fest und stieß zu, rein und raus, immer wieder, und so tief und hart, dass es ihren ganzen Körper Ruck auf Ruck in die Kissen trieb, bis sie ihr über das Gesicht fielen, ihre leisen Schreie dämpften und sich mit den Tränen tränkten, die aus ihren Augenwinkeln zu rinnen begonnen hatten. Die Begierde schwoll an, verdichtete sich, ergriff sie inwendig, während er auf sie eindrosch, dass es sie schüttelte … Sie fühlte seine klammernden Finger auf der Haut, war sich klar, dass es blaue Flecken geben würde, aber sie ruckte und bockte und bewegte sich mit ihm, vergrub die eigenen Finger in der Tagesdecke aus Brokat unter sich, bis sie zuletzt … zuletzt … mit leisem Aufschrei ihren Gipfel fand – er brachte sie so weit, nahm sie mit hinüber – und sie taumelte in einen Strudel markerschütternder Wollust und von außen und innen heranwogenden Schauders, dass sich ihre Zehen hinter ihm ins Bett krallten, ihre Finger die Tagesdecke zerknüllten und sich ihr Gesicht in die Fransen und Kissen grub.

Und dann, unter dumpfem, wütendem Grunzen, rammte er seine Hüften ein letztes Mal knallhart gegen die ihren, als wollte er sich hinauf in ihren Bauch treiben, und sie fühlte das Pulsen seines Höhepunkts kleine Wellen in ihr schlagen. Als seine Hände von ihr abfielen, verrutschten die Kissen und legten ihre Augen bloß. Er sackte zurück auf sein Hinterteil und rang keuchend nach Luft, als wäre er meilenweit gerannt … und jahrelang …

«Mer … cé … dès», flüsterte er mit hohler, verzweifelter Stimme. «Warum …?» Zu ihrem Schrecken, ihrem großen Entsetzen, sah sie die Tränenrinnsale auf seinem Gesicht glänzen, ehe er sich abwandte, sich aus ihr zurückzog und vom Bett fortwankte.

SECHZEHNTES KAPITEL

Die Entlassung

Später am selben Tag
Paris

«Edmond?» Mercédès setzte sich im Bett auf und sprach zaghaft seinen Namen.

«Geh.»

«Aber –»

«Mir ist die Lust vergangen … aber vorher musst du mir erzählen …» Er schien sich zusammenzureißen. Seine Stimme war immer noch heiser, doch nicht mehr so verzweifelt und gepeinigt wie noch vor Augenblicken.

Er hatte sich, weiterhin nackt, an seinen anscheinend bevorzugten Platz begeben – nahe dem Licht, den Fenstern. Er, der vierzehn Jahre in der Finsternis verbracht hatte, sehnte sich wohl bis heute danach. Die Sonne war übers Haus gewandert und stand nun wohl, würden sie nach Westen blicken, tief am nachmittäglichen Himmel, kaum dass sie schon die braunen Dachfirste in der Ferne berührte. «Morcerf ist nicht der Vater von Albert.»

Mercédès hielt den Atem an. «Nein.» Alberts tatsächliche Abstammung hatte sie ihm erst vergangene Nacht offenbart, als sie alles erklärte – über Fernand und Villefort und Danglars – und was mit Edmond Dantès geschehen war.

«Betrogen hast du … Dantès …» – seine Stimme zagte bei dem Wort, als könne er sich kaum zur Inhaberschaft dieses Namens, dieser Identität bekennen – «nicht nur mit Morcerf, sondern noch mit einem anderen? Wie viele? Wie lange hast du gewartet, bis du die Beine breit gemacht hast? *Wie lange?*»

Sie schaute zu ihm hinüber. Sie sah alles durch einen feuchten Schleier, sprach aber deutlich. «Ich habe Edmond Dantès nie betrogen. Was es auch war, ich tat es aus Liebe zu dir. Du aber glaubst mich vom selben Schmutz befleckt wie jene Männer, die dich zu Tode gebracht hätten. Fahren wir also damit fort – dieser deiner Rache, damit ich in achtzehn Monaten fortgehen und meine Hände von allen Dingen und Leuten reinwaschen kann, die mit Edmond Dantès verbunden sind.»

«Wer war es?»

Es hatte keinen Zweck, es ihm vorzuenthalten. «Villefort.»

Ein leiser, gequälter Aufschrei aus tiefer Kehle entfuhr ihm, und als er den Blick zu ihr umwandte, waren seine Gesichtszüge verheert. So verhärmt, so angespannt, so finster und kantig. Erschreckend. «Mein Gott … von allen …» Er fing sich, beruhigte sich, gewann seine berüchtigte Selbstbeherrschung zurück. Doch seine Stimme bebte noch immer. «Er hatte mich freigelassen … mich meiner Wege geschickt … Meine elende Hand lag auf dem verdammten Türknauf … *auf dem Türknauf* … als er den Brief öffnete und las. Und dann … rief er die Wachen … ich dachte, sie brächten mich heim … zurück zu dir … aber sie brachten mich stattdessen auf ein Boot. Ich glaubte an einen Irrtum … der berichtigt werden würde … einen dummen Fehler … Das Boot brachte mich nach d'If …»

Seine Schultern bebten, seine Hände ballten sich zu Fäusten und entspannten sich wieder, seine feuchten Augen glühten vor Abscheu. «Und du hast ihn gefickt? All die Monate und Jahre, die ich in d'If war, *lagst du bei dem Mann, der mich dort hinschickte*? Hast ihm Lust vom selben Leib geschenkt, den ich liebte? Den ich nicht vergessen konnte?»

Mercédès' Gesicht war tränenüberströmt. Sie streckte die Hand nach ihm aus. «Nein, Edmond ... so war es nicht. Ich ... ging zu ihm. Ich bat ihn flehentlich um Auskunft über dich ... irgendeine Nachricht. Er –»

«Geh weg. Du musst jetzt gehen, Mercédès», sagte er mit furchteinflößender Stimme. «Sonst kann ich nicht für deine Sicherheit bürgen. Ich kann nicht – *Geh weg!* Hätte ich gewusst ... hätte ich gewusst, dass er der Sohn des Teufels ist – *Geh!*»

Das letzte Wort brüllte er regelrecht. Mercédès hatte bisher noch nie Angst vor ihm gehabt – ob als Edmond Dantès, als Sindbad, selbst als Graf von Monte Christo von seiner abstoßendsten Seite. Aber jetzt ... sah er so mörderisch, sein Gesicht so streng, finster, wütend aus.

Aber sie musste es versuchen, es ihm verständlich machen. «Edmond, bitte», sagte sie, trat mit ausgestreckter Hand auf ihn zu. «Er zwang mich – im Austausch für Auskünfte brachte er mich dazu –»

«Geh!», rief er und stieß ihre Hand fort. «Geh mir aus den Augen!» Er schob sich so dicht an ihr vorbei, dass sie den Luftzug spürte, und zitterte sichtlich am ganzen Körper, als er aus dem Gemach schritt. Das laute Splittern der ins Schloss fallenden Tür untermalte seinen Abgang, und dann war alles still.

Mit bebenden Fingern streifte sie sich die Tunika über

und starrte auf die geborstene Tür. Sollte sie warten? Vielleicht … aber die Erinnerung an sein Gesicht, finster, gepeinigt und gewaltbereit, verfolgte sie. Edmond hätte niemals eine Hand gegen sie erhoben. Aber … sie war sich nicht mehr sicher, ob sie den Mann kannte, zu dem er geworden war.

Sie musste es ihm sagen … ob er verstehen oder ihr verzeihen – ihr gar glauben würde –, wusste sie nicht … aber sie musste es ihm verständlich machen. Irgendwie.

Mercédès öffnete die Tür und befand sich im Flur. Wie sie dort stand, näherten sich Schritte von unten, und im nächsten Augenblick tauchte Bertuccios Kopf auf. Seine Miene war ernst, und zunächst dachte Mercédès, er hätte die Auseinandersetzung und Monte Christos Weisung an sie, zu gehen, mitgehört.

Doch sein Gesichtsausdruck verriet ihr seine Überraschung, sie halb bekleidet im Flur stehen zu sehen, aber er war nicht so überrascht, dass er darüber die Nachricht vergaß, die er zu überbringen gekommen war.

«Verzeihen Sie, Madame la Comtesse, aber ich habe soeben eine unangenehme Nachricht erhalten. Ich … bedaure, Sie davon unterrichten zu müssen, dass der Comte de Morcerf in seinem Haus … infolge einer selbst beigebrachten Schussverletzung … verschieden ist.»

«Ich bin nicht sicher, ob Seine Exzellenz Sie empfangen kann», sagte Bertuccio zu dem jungen Mann an der Tür.

Haydée erkannte in dem Besucher Monsieur Maximilien Morrel, jenen besonderen Freund des Grafen. Scheinbar der Einzige, der die Augen Seiner Exzellenz mit Gelassenheit erleuchten und aufrichtige Zuneigung bei ihm auslösen konnte.

«Es ist eine ziemlich dringende Angelegenheit», entgegnete Morrel und knüllte mit sorgenvoll unsteten Fingern seine Wildlederhandschuhe. Weder trug er einen Hut, noch hielt er einen unlängst abgesetzten in Händen und ließ somit darauf schließen, dass er in großer Eile hierhergekommen war. «Ich wäre überaus dankbar, wenn Sie meine Anwesenheit melden und ihm ausrichten würden, dass ich ihn furchtbar dringend zu sehen wünsche. Es geht bei der Sache um Leben und Tod.»

Haydée trat vor und sagte zu Bertuccio: «Ich glaube, wenn irgendwen, so wird Seine Exzellenz Monsieur Morrel empfangen. Vielleicht möchten Sie mich begleiten?», fügte sie hinzu und sah den jungen Mann einladend an.

Der Haushofmeister schien widersprechen zu wollen, aber was konnte er überhaupt sagen? Der Graf hatte sich von dem gesamten Haushalt zurückgezogen, seit die Comtesse de Morcerf tags zuvor das Haus verlassen hatte. Allein Haydée war vor kurzem in seine Räume vorgelassen worden, um die Nachricht von Morcerfs Selbstmord zu überbringen. Sie hatte Monte Christo in seinem Lieblingssessel vorgefunden, wo er tief in Gedanken versunken auf die Stadt hinausgestarrt hatte.

Er hatte zu ihr aufgeblickt, sich von der Morgensonne abgewandt, und sein Gesicht war von Kummer und Reue zerfurcht gewesen. «Ich hatte unrecht, glaube ich, Haydée», hatte er leise gesagt. Ohne irgendein Gefühl in der Stimme. «All die langen Jahre über glaubte ich … glaubte ich, Gott hätte mich geschickt, Rache an ihnen allen zu üben. Doch es war sie – Mercédès –, die mich an Ehre gemahnte, an Selbstlosigkeit … und die mich daran erinnerte, dass unser Herrgott auch barmherzig ist.

Sie hat mir erzählt, was sie tat … für mich. Was sie aufgab, wie sie gelitten haben muss … aber ich hörte nicht auf sie. Ich hörte nicht *wirklich* auf sie. Seit gestern hallen ihre Worte in diesen Räumen wider, und erst jetzt habe ich sie wahrlich gehört. Und begriffen. Worte über Barmherzigkeit. Über Ehre und Selbstlosigkeit. Wie unrecht ich hatte, sie für ihre Entscheidungen zu verurteilen, die schwierigen Entschlüsse, die sie traf.

Und dass es nicht an mir ist, *irgendwen* zu verurteilen und zu verdammen – schon gar nicht Unschuldige.» Er hatte einen lauten Seufzer ausgestoßen und sich dann wieder dem Ausblick auf die Stadt zugewandt. «Dennoch … ist mir ein Leben ohne brennenden Rachedurst in mir unvorstellbar. Was bleibt mir jetzt noch?»

Doch als sie hatte sprechen, ihn trösten wollen, war sie mit freundlicher Bestimmtheit von ihm entlassen worden. «Ich brauch etwas mehr Zeit, Haydée … um herauszufinden, wie man leben soll. Und was ich tun kann.»

Sodass Haydée nun in Gestalt Maximilien Morrels einen ausgezeichneten Vorwand und die Gelegenheit begrüßte, neuerlich nach Seiner Exzellenz zu sehen. Vielleicht konnte ja der junge Mann, dem der Graf die aufrichtigste Zuneigung entgegenzubringen schien, diesen zurück ins Leben locken.

Niemand versuchte, sie von einer Störung des Hausherrn abzuhalten. Seit sie in die Freiheit entlassen worden war, schienen sie die verbliebenen Dienstboten als Hausherrin anzuerkennen.

Alle außer Ali, der seit dem Nachmittag des vergangenen Tages und dem Aufbruch der Comtesse vor den Privatgemächern des Grafen postiert war. Er schien beinahe ebenso so unleidlich zu sein wie der Graf selbst und mied den Blickwechsel mit Haydée, wann immer sie in seine

Nähe kam. Nicht dass sie ihn zu sprechen oder sonst auf ihn einzuwirken versucht hätte … nicht mehr seit der Nacht vor dem Duell, als er sie auf der Terrasse weinend – diesmal echte Tränen – angetroffen und zu küssen versucht hatte.

Sie war schlicht zu unsicher, wie sie es mit ihrem Liebsten halten sollte, sie nun eine Freie und er weiterhin ein Sklave. Sie hatte gelernt, dass ein unwilliger Mann, den sie zur Liebe mit ihr zwingen oder überrumpeln musste, das Letzte war, was sie wollte. Sie konnte nicht länger unterscheiden, was er begehrte und was sie glaubte – oder sich wünschte –, dass er es begehre.

Während sie Monsieur Morrel die breite, geschwungene Treppe vom Erdgeschoss hinauf ins erste Stockwerk führte, musste sie sich aufs Neue fragen, weshalb der Graf die Comtesse de Morcerf nach weniger als einem Tag fortgeschickt hatte. Haydée war mitgeteilt worden, die Frau bleibe für einen längeren Zeitraum, und sie hatte erwartet, dass der Graf nach einem Zusammensein mit ihr bei weitaus besserer Laune sein würde.

In der Tat war sie überzeugt gewesen, alles Strittige zwischen den beiden werde sich klären, wenn schon nicht nach dem unblutigen Duell, so nach mehreren Stunden gründlichen Fickens. Mit nichts hatte Haydée weniger gerechnet, als dass er sein Verhältnis mit der Frau, für die er offensichtlich immer noch tiefe Gefühle hegte, abkürzen … und sie vor die Tür setzen würde.

Am Ende der Treppe, unmittelbar vor der Tür, schob Ali, sein massiger Körper auf einen dem Anschein nach überaus unbequemen Stuhl platziert, Wache.

«Ich habe Monsieur Morrel in einer Angelegenheit zu Seiner Exzellenz gebracht, die er als Leben und Tod betreffend bezeichnet hat», teilte Haydée Ali in kühlem, geschäftsmäßigem Ton mit. Sie rauschte an ihm vorbei und griff nach dem Knauf einer der Flügeltüren, ohne seine Reaktion abzuwarten.

Ali schwang sich geschmeidig empor, ganz dunkel und glatt und kraftvoll, und warf seinen ausgedehnten Schatten auf sie und die Tür. Er schloss seine Finger um ihren Arm, nicht fest, aber fest genug, um ihre Aufmerksamkeit zu erlangen – denn sie hatte ihn kaum angesehen und seinen Blick gemieden. Sie konnte nicht … nicht jetzt gerade.

Mit scharfem Ruck entzog sie sich seinem Griff und drehte am Knauf, während sie die andere Hand zum Anklopfen hob. «Bitte warten Sie hier, Monsieur», sagte sie zu Morrel und behielt die schlanke Hand erhoben.

Ali versuchte nicht, sie aufzuhalten; vielleicht war es nicht einmal seine Absicht gewesen. Doch ihr Arm fühlte sich nach seiner Berührung warm und eigenartig an. Sie klopfte erneut an, diesmal etwas lauter, nicht nur, um die Aufmerksamkeit des Grafen zu erregen, sondern auch, um das Prickeln auf ihrer Haut zu verscheuchen.

Schließlich hörte sie es von drinnen «Herein» herrschen.

Sie öffnete die Tür und spähte hinein. Der Graf stand an den Fenstern, anscheinend die von ihm bevorzugte Stelle. «Eure Exzellenz, Monsieur Morrel ist eingetroffen. Er wünscht Sie in einer höchst dringlichen Angelegenheit zu sprechen.»

Monte Christo schien aus seinen Gedanken aufzutauchen und drehte sich zu ihr um. Das Licht der Nachmittagssonne glühte hinter ihm, flutete durch die Fensterscheiben und sickerte durch seinen dichten, ungekämmten Schopf.

Er trug nur ein schlichtes weißes Hemd und eine Hose. Die Ärmelmanschetten hingen ihm ungeknöpft über die dunklen Hände. Er war sogar barfuß, und die drei Knöpfe unter dem Halsausschnitt des Hemdes standen offen.

«Maximilien?» Was immer ihm aufgebürdet war, schien ein wenig leichter zu werden, und die Furchen in seinem Gesicht entspannten sich. «Sein Anblick wird mir guttun. Ich werde ihm alles erzählen, mein Herz ausschütten. Ja, schick ihn herein. Und … ich denke, ich werde vielleicht etwas essen, Haydée.»

Sie verneigte sich, ging rückwärts zur Tür hinaus und bedeutete Morrel, einzutreten. Das tat der Mann mit solchem Schwung und Eifer, dass es sie wunderte, wie er sich bisher hatte bändigen können. «Mein Gott, Monte Christo, sind Sie krank?», hörte sie ihn sagen, ehe sie hinter sich die Tür schloss.

Kaum war die Klinke eingerastet, da drehte sie sich um und bewegte sich zur Treppe – in der Absicht, Bertuccio persönlich zu bitten, eine Mahlzeit und Getränke für seinen Herrn anrichten zu lassen –, als Ali seine kräftige Hand erneut nach ihr ausstreckte.

Diesmal wehrte sie seine Berührung nicht ab, sondern blieb neben der Tür stehen, schaute auf ihre beschuhten Füße hinunter und wartete.

Zwei große schwarze, mit Goldreifen geschmückte Füße traten neben ihren eigenen, schmalen, in blaue Seide gehüllten in ihr Blickfeld. Sie rückten vor und nahmen ihre Füße zwischen seinen großen Zehen und den schönen Bögen, zu denen diese Zehen ausliefen, gefangen.

«Es tut mir leid, Ali», sagte sie mit leiser Stimme, den Blick noch immer niedergeschlagen. Die sahnefarbigen weiten Hosen, gesäumt mit einer Stickerei aus Goldfäden, deren Muster ihr bisher nie aufgefallen war, wirkten blass und schlicht neben dem satten Dunkel seiner Haut und dem Tiefblau ihres Kleides. «Ich hätte nie … es war falsch von mir, mich so zu verhalten.»

Seine andere Hand hatte sich um ihre Schulter geschlossen; nun hielt er sie mit beiden Armen fest. Doch sie schaute immer noch nicht zu ihm auf. Sie konnte nicht.

Er schüttelte sie leicht, nur damit sie es merkte, und endlich hob sie den Blick zu ihm empor. Seine Augen waren wachsam, verhangen … und doch sah sie darin noch etwas anderes. Hoffnung vielleicht. Oder eine Frage.

Er ließ sie los, um Zeichen zu machen. *Ich werde bald fortgehen.*

Es war wie ein Schlag in die Magengrube. Sie krampfte die Finger in die Flanken ihres Kleids. «Wo gehst du hin?»

Heim. Zurück in meine Heimat.

Ihr Mund war so trocken, ihr Magen so aufgewühlt, dass sie fürchtete, sich gleich hier erbrechen zu müssen. Sie hatte geglaubt, ihr bliebe mehr Zeit … mehr Zeit mit ihm, ihn zu sehen, mit ihm zu reden, ihn zu riechen … um ihnen beiden eine zweite Chance zu geben. Ihr eine zweite Chance zu geben.

Haydée wollte irgendetwas Unbeschwertes sagen, ihm alles Gute wünschen, doch die Worte wollten nicht heraus. Ihr blieb nichts zu tun, als zu diesen dicken rosa Lippen aufzuschauen und sich klarzuwerden, dass sie diese nie wieder schmecken würde.

Wirst du mit mir gehen?

«Mit … dir gehen?» Sie traute ihren Augen nicht; alles Mögliche schoss ihr durch den Kopf.

Doch ehe sie antworten konnte, sprangen die Türen zum Schlafgemach auf, und mit langen Schritten trat der

Graf von Monte Christo heraus. Vollständig angekleidet, gekämmt und gestiefelt. Maximilien Morrel folgte ihm mit weit heiterer Miene als bei seiner Ankunft.

«Dessen bist du auch sicher?», sagte Monte Christo. «Jemand versucht, Valentine Villefort zu vergiften?»

«Es gibt keinen Zweifel, nach drei Todesfällen durch Gift in diesem Haus», entgegnete der junge Mann, als sie auf dem Treppenabsatz stehenblieben. «Valentine und ich haben unsere Liebe so lange geheim gehalten, weil ihr Vater unser Zusammensein niemals erlauben würde – aber ich wusste, Ihnen könnte ich dies anvertrauen. Ich wusste, dass Sie uns helfen würden. Und da Sie mir nun gesagt haben, dass Sie Edmond Dantès ebenso wie Lord Wilmore und Sindbad der Seefahrer sind – jene Männer, die meinen Vater vor Ruin und Tod bewahrt haben –, weiß ich sicher, dass es recht von mir war, zu Ihnen zu kommen.»

«Unbedingt. Ich war so … töricht», sagte Monte Christo, und das letzte Worte war so leise, dass Haydée sicher war, es als Einzige gehört zu haben. «Ich könnte die Ursache für ihren Tod gewesen sein», murmelte er vor sich hin, während sein junger Begleiter in das Gemach zurückging, um seine Handschuhe zu holen, und keiner von beiden sie und Ali zu bemerken schienen.

«Die Söhne heimgesucht von den Sünden der Väter … Wie konnte ich nur daran geglaubt haben – an die Vernichtung unschuldigen Lebens? Nicht besser wäre ich gewesen als Morcerf und Villefort selbst. Gott sei Dank hat Mercédès mir die Augen geöffnet … wie töricht ich gewesen bin … und nun … ja, ich werde Valentine retten.» Das Letzte sagte er laut an seinen Freund gerichtet, als dieser mitsamt seinen Handschuhen wieder erschien. «Dies ist nun ein Grund zu leben. Liebe.»

Morrel wollte die Treppe hinuntergehen, aber Monte Christo hielt ihn auf. «Ich werde sie retten. Das gelobe ich. Aber du musst mir vertrauen. Wirst du?»

«Wie meinem eigenen Vater», antwortete ihm Morrel und griff nach dem Arm des Grafen.

«Jetzt werde ich selbst Valentine aufsuchen, denn du kannst dort natürlich nicht hin, wenn du eure Liebe geheim halten musst. Aber keine Angst. Am Ende wird alles gut.»

Monte Christo nickte nun; er schien zu sich selbst zu sprechen. «Alles wird gut.» Dann sah er zum ersten Mal auf Haydée und Ali und fragte: «Ali, ich brauche dich für eine weitere Aufgabe. Bist du willens, mein Freund?»

Ali verbeugte sich bereitwillig und wandte sich von Haydée ab, um seinem Herrn zu folgen. Als sie den Grafen die breite Treppe hinuntereilen sah, war sie erleichtert, dass er wieder ein Ziel vor Augen zu haben schien. Bloß ... waren ihrem scharfen Blick die von Kummer und Müdigkeit gegrabenen Furchen nicht entgangen, die sich seit dem gestrigen Tag vertieft zu haben schienen, und auch nicht das zornige Blitzen, das immer noch in seinen Augen zuckte.

Seine Exzellenz hatte ein neues Ziel gefunden, aber etwas Beunruhigendes fraß weiterhin an ihm.

Doch selbst diese unerfreuliche Erkenntnis verblasste neben der Tatsache, dass Ali mit ihr zusammen heimkehren wollte. Wo und wie immer es möglich wäre, er wollte mit ihr zusammen gehen.

Zum ersten Mal seit Wochen fühlte Haydée sich lebendig. Den Rest des Tages verbrachte sie mit einem strahlenden Lächeln im Gesicht und Sonne im Herzen. In jener Nacht sank sie mit dem Wissen ins Bett, dass Ali am folgenden Tag zurückkehren würde und sie ihm sagen konnte, wie erfreut sie sei, mit ihm heimzukehren. Es brauchte nicht viel, um sie in den Schlaf hinübergleiten zu lassen, denn die Zukunft bereitete ihr keine Sorgen mehr.

Plötzlich wachte sie auf.

Mondschein leuchtete zu den Fenstern herein und färbte ihr Schlafgemach in allen Schattierungen von Grau und Blau und Silber. Jemand war da … groß, geschmeidig und schweigend. Würzig und schwer.

Ihr Herz machte einen Freudensprung und ihr Bauch einen Purzelbaum, als die prallen, niedrigen Polsterkissen, aus denen ihr Bett bestand, sich leicht zur Seite neigten und er neben sie kletterte.

«Ali», murmelte sie, und der Glanz des Mondlichts lag auf seinem Kopf, der sich ihr näherte. Der Goldring in seinem Ohr funkelte, als er nach ihr griff, und begierig schlang sie die Arme um seinen dicken, muskulösen Hals. «Du bist zurück.»

Nachdem er mit Monte Christo fortgegangen war und sie Alis Einladung zur Heimkehr mit ihm nicht sofort hatte annehmen können, war der weitere Tag etwas unglücklich für sie verlaufen. Es kümmerte sie nicht, wo seine Heimat war oder wie es dort aussah, sie wollte nur bei ihm sein. Doch hatte er einen Befehl erhalten, während sie noch mit offenem Mund dagestanden und blöde seine Frage wiederholt hatte … und unschlüssig, ob er dachte, sie sei entsetzt oder abgestoßen statt entzückt, zurückgeblieben war. Unbedingt entzückt natürlich.

Sie war es auch jetzt, da seine drallen, weichen Lippen zu einem steifen, lange vernachlässigten Nippel gefunden hatten. Er lutschte bezaubernd fest, wobei seine Zunge ringsherum kreiste und aufreizend über die Runzeln des Hofes schlüpfte, ehe er beinahe ihre ganze Brust in seinen weiten, heißen Mund zog. Haydée erschauerte und zitterte unter ihm, während seine Finger über die flache Erhebung ihres Bauches hinweg abwärts, den glatten Hang ihres Hügels wieder hinauf und dann hinunter in die Hitze und Nässe ihrer Scham glitten.

Es gab nichts … *nichts* … das der Lust an, dem Wissen in der Berührung eines Mannes gleichkam, dachte sie benommen, während er jene wissenden Finger hinunter und ringsum und zwischen ihre Hautfalten schlüpften ließ und ihre dickflüssigen Säfte quälend langsam auf ihrem geschwollenen Fleisch verteilte. Als hätte er alle Zeit der Welt. Ihr Kitzler war hart und prall, und als er ihn unter seinem Häubchen fand, reizte sie der vollendete Druck seiner Fingerspitze, bis sie sich unter ihm wand und an seinem moschusduftenden Kiefer keuchte.

Sie spürte das Lächeln auf seinem Gesicht, als er sich vorbeugte, um sie wieder zu küssen, ihre Oberlippe tief in seinen Mund sog und weiterhin zwischen ihren Beinen spielte, rieb und fingerte. Der liebliche, erst flache Anstieg hin zu ihrem Höhepunkt kletterte immer steiler empor und schlängelte sich durch ihren Körper, während sie die Beine spreizte, ihre Nägel sich in seinen Arm gruben und ihr Mund Keuchlaute hechelte.

O mein … oh … Ihre Hüften rieben sich in verzweifelter Not an seiner Hand, und sie hörte sein tiefes männliches Glucksen neben ihrem Gesicht.

«Ali», keuchte sie und biss sich auf die Lippe, um nicht schreien zu müssen.

Zur Antwort nahm er die Finger von ihr fort und verlagerte sich rasch und geschmeidig, um das Gesicht zwischen ihren Beinen zu vergraben. Er fackelte nicht lange, ließ sich nicht behutsam in sie ein: vielmehr verschlang er sie, schloss sich sein voller, beweglicher Mund über den feuchten, geschwollenen Falten ihrer Muschi, lutschte, knabberte und leckte … O wunderbar, ein pausenloses Stupsen, Glitschen und Necken, als hätte er seinen Hunger ewig aufgestaut. Sie gab einen kleinen Schrei von sich, als er ihre Perle fand, prall und zum Platzen gefüllt, um lang und bebend daran zu ziehen, sie zwischen den vollen Lippen zu bewegen und zu bezüngeln, und Haydée fühlte alles, jeden Teil von ihr sich anfüllen, dann bersten und in einem langen, süßen, schaudernden Taumel zerfallen.

Ihr Mund war trocken vom Keuchen durch ihre geöffneten Lippen. Sie fuhr mit der Zunge darüber, benetzte sie, und auf einmal war er wieder auf ihr, sein Mund feucht und mit ihrem Moschusgeschmack an sich, verzehrte ihre Lippen, stieß die lange, schlüpfrige Zunge tief dazwischen. Er packte ihre Hüften, und sie hob sie an, schob eine Hand zwischen sich und ihn und schloss sie um jene unglaubliche Größe seines erhitzten, schweren Schwanzes.

Sie führte ihn zu sich und löste dann ihren Griff, als er sie mit langem, flüssigem Stoß ausfüllte. Tränen schossen ihr in die Augen über die Schönheit daran, die Empfindung, eins mit ihm, so tief und vollkommen mit ihm verbunden zu sein … und dann fing er an, sich zu bewegen, und sie auch, ihrer beider Atem heiß hervorgekeucht, während er sich über ihrem Körper aufstützte, seine Armmuskeln bauchig wie kleine Geröllblöcke, immer wieder vorstieß, mit geschmeidigem Gleiten in sie ein- und ausfuhr, tief und anhaltend und verzückend.

Er wurde schneller und sie auch, die mit ihren Fingernägeln über seine Arme schrammte, als sie sich enger an ihn heranzuziehen versuchte, hinauf- und in ihn hineinkriechen wollte, in seinen straffen, schweren Körper, würzig und nach Moschus duftend und glatt und kraftvoll … ein und aus und auf und ab ging es, bis sich beide rasend und wie verrückt bewegten und die einzigen Geräusche das Klatschen ihrer beider Leiber aufeinander und das leise Schmatzen ihrer an ihm haftenden Säfte waren.

Sie fühlte ihn loslassen, sich hart und schnell in ihr verschießen, und begegnete ihm mit dem eigenen Gipfel, einem letzten Vorstoß ihrer Hüften auf ihn zu, einem letzten Aufkeuchen, ehe sie zurück auf die Kissen fiel und ihr Körper träge hinüber in ein lusterfülltes Nichts floss.

Er hielt sich auf seinen starken Armen noch einen weiteren Augenblick über ihr in der Schwebe. Dann sackte auch er in sich zusammen, wälzte sich erzitternd auf die Seite und nahm sie dabei mit.

«Ich liebe dich, Haydée.»

Einen Moment lang teilte es sich ihr durch den Dunst, die lustvolle Sättigung nicht mit … aber dann … Sie wäre aufrecht in die Höhe geschnellt, hätte er nicht diese ungeheuer kräftigen Arme gehabt, die sie auf seinem gewaltigen Brustkasten festhielten. «Du kannst sprechen?»

Sie fühlte ihn nicken und die Arme noch fester um sie schmiegen, als sie sich aufs Neue aufzusetzen und ihn anzuschauen versuchte. «Das sind die ersten Worte, die ich seit mehr als drei Jahren gesprochen habe.»

Haydée lag da, eine Hand flach auf seiner warmen Brust, seine Haut feucht von der Anstrengung, das tiefe *Ka-wump* seines Herzens unter ihrem Ohr. «Warum … warum hast du drei Jahre lang nicht gesprochen? Weiß es Seine Exzellenz?»

«Jawohl, das tut er.» Für einen Augenblick ließ sich Haydée vom satten Ton seiner Stimme ablenken und ihrem fremdländischen Zungenschlag, der die Silben verkürzt und am Schluss beschnitten, aber doch tief und heiser klingen ließ. Sie war gewichtig und dunkel und passte vollendet zu ihm. «Ich stamme aus Nubien, wie du weißt – hingegen weißt du nicht, dass ich in diesem Land bin, was man einen Prinzen oder Herzog nennen würde. Meine Familie ist sehr mächtig und reich, und als wir – mein Vater, meine Mutter und meine Geschwister – vor gut drei Jahren auf dem Indischen Ozean unterwegs waren, wurde unser Schiff bei einem großen Sturm zerstört. Ich sollte nicht ‹Schiff› sagen», fügte er in seiner förmlichen, abgehackten Aussprache hinzu und gesellte ihr ein leises Auflachen bei, «da Seine Exzellenz mich von diesem Glauben abbrachte, als er die Überreste unseres Fahrzeugs sah. Tatsächlich war es wenig mehr als eine Segeljacht und außerstande, einen großen Wirbelsturm auf See zu überstehen. Monte Christo rettete uns – uns alle –, und im Gegenzug verpflichtete ich mich als der älteste Sohn unserer Familie, wie es bei uns zulande Brauch ist, ihm zehn Jahre lang zu dienen.

Zunächst wollte er mich von der Verpflichtung entbinden, aber ich beharrte auf der Tilgung der Schuld als einer Frage von Stolz und Ehre. Es wäre von jedem in unserem Land erwartet worden – und eine solch lange Dienstzeit beruhte darauf, dass er nicht nur mein Leben unter Einsatz des eigenen gerettet hatte, sondern gleich meine ganze Familie. Als er meine ernste Absicht erkannte, stimmte er schließlich zu, wenn auch nach einigen Änderungen, und bat mich darum, ihm so lange als persönlicher Wächter zu dienen, bis er seine Angelegenheiten in Paris geregelt hätte. Wie es in unserem Volk Brauch ist, legte ich für die Dauer meiner Dienste an ihm ein Schweigegelübde ab, und so gelangte ich hierher. Es kostete mich einige Zeit, ehe ich mich flüssig durch Zeichen verständigen konnte, doch da Seine Exzellenz meine Sprache und ich seine nicht beherrschte, nahmen wir unsere Beziehung von vornherein über Gebärden auf.»

Haydée konnte die Einzelheiten der Geschichte kaum bewältigen. «Und jetzt?»

«Jetzt», sagte er, und jene weichen, vollen Lippen glitten über ihre zarte Schläfe, «bin ich aus seinen Diensten entlassen worden, und ich wollte, dass meine ersten gesprochenen Worte jene seien, die dir sagen würden, wie ich mich fühle.»

«Und du hast nicht ... diese ganze Zeit über hast du nie gesprochen. Selbst als ... selbst ...» Ihre Stimme verlor sich, als sie daran zurückdachte, wie er im Pavillon an die Chaise gefesselt war, gekämpft und sich gesträubt und doch nicht ein Wort gesagt hatte. Obwohl er es gekonnt hätte.

Ein Mann, der seinem Gelöbnis unter solchen Zwängen treu blieb ... Ihr fröstelte bei der Erinnerung, wie sie ihm unrecht getan und ihn erschöpft hatte.

«Beinahe hätte ich», sagte er, und seine Lippen bewegten sich auf ihrer Haut, damit sie wusste, dass er wieder lächelte. «Aber ich dachte fest an den Tag, da ich dir alles würde sagen können, und dann ...» Er hielt inne und drückte ihr einen Kuss auf die Wange. «Beinahe hast du mich zugrunde gerichtet, Haydée. Ich konnte dir nicht begreiflich machen, dass meine Ehre auf meinem Dienst an Monte Christo beruhte ... von ihm konnte ich nichts nehmen. Andernfalls hätte ich nicht mehr mit mir selbst leben können.»

«Es tut mir leid, dass ich dich dazu zwang», sagte sie. «Ich habe es fast sofort, als es vorbei war, bedauert.»

«Ich weiß. Ich konnte es in deinem Gesicht sehen. Aber ich war wütend und wollte dich wissen lassen, dass du mich verletzt hattest. Aber ich hörte nie auf, dich zu lieben.»

«Und jetzt … steht es dir frei zu gehen?»

«Ja. Seine Exzellenz hat mich freigelassen. Ich kann zu meinem Volk zurückkehren oder auch bleiben und mit ihm zusammenarbeiten. Nicht als Diener, sondern als Ebenbürtiger.»

«Dann hat er seine Angelegenheiten hier in Paris geregelt», sagte Haydée, strich mit flacher Hand über seinen Brustkorb und kitzelte sanft die dichten schwarzen Haarwirbel darauf.

«Ja. Morgen, sagt er, soll ein Letztes geschehen, und dann könnte er frei seiner Wege gehen.»

«Gehen, wohin?»

Ali zuckte die Schultern und drückte sie mit beiden Armen fest an sich. «Ich weiß es nicht und bin auch nicht sicher, ob er es selbst tut.»

«Ich kenne ihn beinahe ein Jahrzehnt und habe ihn nie ungewiss oder über etwas unschlüssig erlebt», sagte sie traurig. Denn da sie nun ihre Ergänzung gefunden hatte, wurde sie sich deutlicher der Mängel im Leben ihres ehemaligen Herrn bewusst. «Aber du hast wohl recht. Er hat so lange mit nichts als seinem Rachedurst gelebt. Er wird nicht mehr wissen, wie man ohne ihn lebt. Er ist ein sehr unglücklicher Mann. Und ich glaube, der eine Mensch, der ihn glücklich machen würde …»

«Die Comtesse de Morcerf?», sagte Ali und fuhr mit der Hand ihre Hüfte entlang. «Ja, vielleicht … nur glaube ich nicht, dass er glücklich sein kann. Zumindest nicht so glücklich wie ich.» Seine Finger glitten herum, um die heiße Naht zwischen ihren Beinen zu finden. «Nein wirklich. Nun ist es mir eine Freude, Anteil an all den Schätzen zu haben, die du so kühn zur Schau gestellt und freizügig geteilt hast bis fast zu meinem Verderben. Ich liebe dich, Haydée.»

«Ich liebe dich, Ali.»

SIEBZEHNTES KAPITEL

Zusammenstoß im Garten

Eine Woche später
Marseille

Mercédès hockte in dem kleinen Garten und rupfte das zähe Unkraut aus, das die seit einem Jahrzehnt vernachlässigte Parzelle in Besitz genommen hatte. Der Monat Juni war schon zu spät für viele der Pflanzen, die sie gern hatte, aber es war immer noch Zeit genug, um Salbei und Estragon auszusäen, was beides rasch wuchs, könnte sie nur ein sonniges Fleckchen in diesem kleinen eingezäunten Garten jäten. Viel davon wurde von Olivenbäumen und Eichen, dem Haus und dem hohen Lattenzaun beschattet, der Rotwild und Kaninchen hindern sollte, sich an den zarten Sämlingen gütlich zu tun.

Ein neuer Schatten fiel auf die satte Marseiller Erde und brachte Mercédès dazu, herumzufahren und auf die Absätze zurückzukippen. Sie musste das Gesicht vor der Sonne beschirmen, als sie zu ihm aufschaute.

Es war nicht Albert – er hatte sich vor zwei Tagen freiwillig zur Armee gemeldet und zuvor geweigert, irgendeinen Anteil des Vermögens zu verwenden, das nach Fernands Tod an ihn gefallen war. Wie Mercédès wollte er sich lieber ein eigenes Leben aufbauen, als von einem solchen

Mann etwas anzunehmen. Selbst den Namen seines Vaters lehnte er ab und nahm Mercédès' Mädchennamen Herrera als seinen eigenen an.

Nein, es war nicht Albert, der über ihr stand. Auch wenn die hellen Sonnenstrahlen sein Gesicht in Schatten tauchten, kannte sie diese Schultern und stolze Haltung. Ihr Herz ließ einen Schlag aus, und plötzlich wurde ihr flau im Magen. «Edmond.»

Seine Stiefel waren ausgetreten und verschrammt, als er breitbeinig vor ihr stand, als brauche er Halt und Kraft bei seiner Haltung auf dem Steinweg hinter ihr. «Mercédès.» Er sprach ihren Namen aus, als hätte er ihn ewig aufgehoben und dann auf einmal auf der Zunge spüren müssen. Leise, versuchsweise.

Überraschung und Besorgnis hatten ihren Mund ausgetrocknet, und sie schluckte heftig. Sicherlich hatte sie mit irgendeiner Antwort seinerseits auf den Brief gerechnet, den sie ihm geschickt hatte, nachdem er sie seines Pariser Wohnsitzes verwiesen hatte – eine Vorladung vielleicht, die sie missachtet hätte ... aber sie hatte nicht damit gerechnet, der mächtige, zurückhaltende Graf von Monte Christo würde zu ihr reisen. Zu ihrem ärmlichen Häuschen in Marseille – auch wenn es einst ihrem Vater gehört hatte und nach seinem Tod auf sie übergegangen war.

Eigentlich war es gut, dass die Sonne sie blendete, als sie zu ihm aufblickte; so fiel es ihr leichter, gelassen und ungerührt zu bleiben. Sie wollte sein Gesicht nicht sehen, sich seiner kantigen Wangenknochen, der Fülle seiner Lippen, der Tiefe seines glühenden Blicks nicht erinnern. Es würde sie zu sehr schwächen und beeinflussbar machen.

«Du hast meinen Brief erhalten», sagte sie zur Erwiderung, schloss die Finger um eine widerspenstige Zichorie und zerrte sie aus dem Boden. Die Blume taugte dazu, sie in Kaffee ziehen zu lassen und außerdem bei Magenbeschwerden … aber an dieser Stelle sollte sie nicht wachsen, denn sie war gierig und würde den Garten überwuchern.

«Ja.» Seine Stimme war vorsichtig, als fürchtete er sich, zu viel preiszugeben. «Mercédès.» Diesmal war es ein Ersuchen, ein zärtliches, lockendes. «Ich –» Er brach ab und schüttelte den Kopf, wie um ihn von Gedanken zu befreien.

Und dann bewegte er sich auf sie zu und streckte die Hände aus, um sie auf die Füße zu ziehen, mit ihrem erdfeuchten Kleid, den lehmigen Fingern, der Zichorie und allem. «Mercédès», sagte er, als könne er es nie müde werden, und schloss sie in die Arme … und *oh Dios*, sie ließ ihn gewähren. Sie hörte nicht auf ihren Verstand, ihren Kopf, ihre Logik, ihren Kummer und Zorn … und ließ es zu, in seine Arme geschlungen, fest an ihn gedrückt zu werden.

Ihre Beine waren steif und wacklig vom Hocken, aber er schmiegte sie an seinen kräftigen Körper, und sie sog seinen Geruch ein – jenen nach Kardamom und Zimt und Moschus und schwach nach Edmond und Zitronenbäumen und Meersalz.

Doch das war vielleicht auch nur ihre Erinnerung an ihn.

Sie schloss die Augen, als sein Mund zu ihrem fand, wusste um ihre von der Sonnenhitze salzige und feuchte Oberlippe, und war sich bewusst, dass ihre Hände und die Erde an den Wurzeln der Zichorie sein maßgeschneidertes Wolljackett beflecken würden, war aber nicht willens, dies aufzugeben, diesen Augenblick.

Denn danach würde sie sich der Wahrheit stellen müssen und der Zukunft.

Hier und jetzt aber … jetzt waren es wieder Edmond und sein straffer, hungriger Mund über ihren begehrlichen

Lippen. Sie schloss die Augen vor der sengenden Sonne, sah die hellen Überbleibsel ihres Lichts als blaue Flecken auf den Innenseiten ihrer Lider, während kräftige Hände sie an einen großen, kraftvollen Leib pressten. Einen Leib, der sie heimsuchte, der von ihr genommen, sie herausgefordert und genarrt hatte.

Edmond.

Sie konnte seinen Namen nicht laut aussprechen, konnte diese Innigkeit nicht zulassen. Aber sie küsste ihn wieder, nahm seinen kräftigen Zungenschlag hin, als der Muskel tief in ihren Mund vorstieß, und umtanzte ihn mit ihrem eigenen, bis er stöhnte. Sie fasste in sein Haar, fuhr mit den Händen hindurch, ihre Finger warm von der Sonne, und fühlte unter den Kuppen seine saubere Kopfhaut.

Ehe sie sich's versah, war die blendende Sonne dem Schatten gewichen, und hinter ihr war die raue Rinde eines Baumes und verfing sich in ihrem Haar, das sie zu einem Zopf geflochten, aufgewickelt und am Hinterkopf festgesteckt hatte. Der Welt der Sämlinge, von Erde und Sonne war schlüpfriger Hitze und aufwallendem Gelüst, dem Nesteln von Fingern im Rücken ihres Kleids, glatt und stark auf der nackten Haut darüber, und dem kräftigen Druck zwischen ihren Schenkeln zuliebe entglitten.

Wieder beugte sie sich zu ihm vor, vergrub die Nase in der Wärme seines Halses, sog ihn noch einmal tief ein und schmeckte seine salzige Haut, während der Rücken ihres Kleids unter seinen Händen auseinanderfiel. Ihre Brüste waren straff und bereit, als er mit beiden Händen herumglitt, um sie zu berühren, unter die Enge des Korsetts stieß, das Mercédès seit kurzem lockerer trug, da es niemanden mehr zu beeindrucken galt, und sie heraushob, damit er sie fühlen und seine Daumen über steife Nippel reiben konnte.

Ihr Kleid fiel ihr auf die Hüften, und sie spürte das unbarmherziger Zerren hinten an den Stützen ihres Korsetts, die nachgaben und rutschten, und dann stand sie in ihrem Unterkleid da … Dort in ihrem kleinen Garten vor dem Häuschen in Marseille küsste sie Edmond … Monte Christo … Sindbad … und zerrte an seinen Kleidern.

Sie lagen dann am Boden unter dem Baum und wälzten sich über seine vorstehenden Wurzeln, die Münder zustoßend und die Hände forschend, auf einmal Haut an Haut von muskulösen, haarigen Beinen bis hin zu weichen, runden Schultern. Diesmal gab es kein Zurückhalten, kein Spiel, kein Necken oder Höhnen … Sie stöhnte, als sein Mund ihre Brust fand, zärtlich und sinnlich an ihrem Nippel saugte und mit der kräftigen Zunge ringsherum glitt, während seine andere Hand der Rundung ihres Hinterns nachspürte. Er verlagerte sich erneut und drückte sie sanft hinunter auf den unebenen Boden, bis schattiges Gras ihre Haut kühlte und ihr Scheitel den Fuß des Baums streifte.

Seine Hände fuhren von ihren Brüsten an ihre Hüften, und sein Mund folgte weich und voller Verehrung ihrem Bauch, der unter seiner sachten Berührung zart erschauerte. Die Hitze seines Atems wärmte sie, und als er sich ihrer Scham näherte, bäumte sie sich auf, hob sich ihm entgegen, schwer und hastig atmend, während sie zum Blätterdach und den kleinen grünen Äpfeln aufsah.

Sie las aus seiner Art, sie anzufassen, die Entschuldigung heraus, ebenso aus der Zärtlichkeit seiner Finger und seinen beständig und energisch kostenden Lippen, die sanft lutschend, ihre warme Haut schmeckend an den Innenseiten ihrer Schenkel entlangwanderten. Sie wand sich seufzend unter seinen Händen, schaudernd und bedürftig, nass und bereit. So bereit. Prall angeschwollen … und als seine

Zunge auf ihren strammen Kitzler stieß und derb darüberschnalzte, packte ihn Mercédès bei den Schultern und drängte sich in seinen Mund.

Er lutschte an ihrer kleinen Perle, glitt mit der Zunge darunter, schlüpfte pfeilschnell rein und raus und ringsherum, trieb sie mit ihrem Kreisen in den Wahnsinn, steigerte die in dieser winzigen, bedürftigen Stelle gebündelte Wollust. Sie zuckte und schrie, und der entzückend sanfte Wirbel der Lust verschärfte und entfaltete sich zu ausgewachsenem Genuss, der sich weitete und wuchs und anstieg, bis er sie ein letztes Mal lange und *kräftig* zog, dort am Abgrund festhielt und sie sich zuletzt über den Rand ergoss, ein Schreien und Rütteln und Stöhnen unter ihm.

«Mercédès», keuchte er, schnellte wieder empor, um ihren Körper mit seinem zu bedecken, und sein moschusduftender, feuchter Mund glitt über ihr Kinn und an ihre Lippen, nahm und schmeckte, während er seine Hüften an ihre schmiegte, verzweifelt in ihren Mund stöhnte und sie hinunterlangte, um die Hände um seinen Schwanz zu schließen. Sie rieb ihn, schob seine Eichel um und in ihre Muschi, fühlte ihn sich anspannen und an ihr erschauern, sein Körper feucht vom Zurückhalten, kräftig und schwer und derb an ihrer weichen Haut.

Sie hätte die Hüften angehoben, um ihn hineingleiten zu lassen, doch er zog sich plötzlich zurück, ließ sie kühl und weit gespreizt am Boden liegen, und einen Augenblick lang war sie verwirrt … doch dann schlang er sie in die Arme, und sie fiel an seine massige Brust, als er sich auf das Häuschen zu in Gang setzte.

Innen betrat er behände das Zimmer, in dem sie schlief, und legte sie auf das kleine Bett, sodass ihre Hüften auf der Kante ruhten und Füße auf dem Boden standen. Vor ihr aufgebaut, zog er ihre Beine lang und gerade hinter sich und schlüpfte mit den Händen unter ihren Arsch, um ihre Hüften vom Bett zu heben und sich zugleich daran abzustützen. Er sah hinreißend aus – lang und schlank, der Brustkorb mit dunklem Haar bedeckt, die glatten Rundungen von Schultern zu Beugemuskeln zu Unterarmen ein Schattenspiel im Licht des Spätnachmittags. Seine Hüften waren schmal unter der Breite seiner Schultern und sein Bauch flach. Sein Schwanz ragte waagerecht aus dem schwarzen Büschel Haare, während er auf sie hinunterblickte, die Augen glutheiß und Lippen voll und feucht.

Mercédès verlagerte die Hüften in seinen Händen, spürte im Hintern das leichte Kneifen seiner Finger, und plötzlich bewegte er sich, schlüpfte in sie hinein, und ihre Augen schlossen sich vor so viel durchdringendem Genuss. Er stieß ein leises, verzweifeltes Stöhnen aus, während er sich vollständig versenkte und dann innehielt … bloß atmend, seine Hände unter ihr, das leise Zucken seines Schwanzes in ihr.

Darauf schlug sie die Augen auf und sah sein Gesicht straff angespannt, den Mund gepresst und seinen Blick … *Dios* seinen Blick so tief und dunkel und getrieben. Er ängstigte sie.

Und dann bewegte er sich erneut, erst langsam wie mit größter Vorsicht, um es zu genießen, und Mercédès schloss die Augen wieder und fühlte die Lust in ihr frei werden, während sich ihre Finger über die warme, straffe Haut seines Rückens spreizten. Langanhaltend und locker bewegte er sich zurück – und dann derb und kräftig, um sie wieder auszufüllen. Sie gab einen leisen Schrei von sich, als er erneut vorstieß, und fühlte sein Stöhnen aus den Tiefen seiner Lungen grollen.

Und so blieb es dann; locker und langsam wiegte er sich an ihr, und sie stemmte sich ihm entgegen. Die Lust trieb ihr Tränen in die Augen, die sie fließen und auf die Flickendecke unter sich tropfen ließ. Es war ihr bittersüß vertraut und doch befremdend, ihn an sich zu fühlen, in sich, in geschmeidigem, langsamem Takt erfüllt und losgelassen zu werden. Ihrer beider Atmung steigerte sich, wurde keuchender … ihre Haut rötete sich warm, und seine Muskeln strafften sich unter ihren Händen … es reichte nicht … sie wollte mehr …

Mit einmal war es, als wäre ein Faden gerissen und hätte sie freigesetzt – er schwang sich auf das Bett, nahm sie mit sich, hob sie von der Kante fort und fiel über sie hinweg. Mercédès' Füße schlugen auf die weiche Matratze, und dann droschen beide wild aufeinander ein, schmetterten Körper an Körper, Hüfte an Hüfte, packten und kratzten und drängten und ritten, bis er aufschrie und sie stöhnte und beide gesättigt und erschlafft und verschwitzt in ihrer beider Moschusduft zusammenfielen.

Mercédès kam wieder zu sich, als sie den zärtlichen Kuss auf der Wange, das federleichte Streicheln über die Biegung ihres Rückens spürte. Sie begriff, was sie getan und erlaubt hatte … wie alles der Wehmut und Erinnerung zuliebe von ihr abgefallen war.

Monte Christo hob das Gesicht an, und sie sah Nässe seine Wangen hinunterlaufen. Sie konnte nicht sagen, ob es Rinnsale aus Schweiß oder Tränen waren, aber es spielte auch keine Rolle.

Sie würde es keine Rolle spielen lassen.

Ehe sie etwas sagen konnte, beugte er sich zu ihr vor, bedeckte ihren Mund mit einem zärtlichen Kuss, der ihr den Atem verschlug, die Lust erneut in ihrem Bauch zum Kreisen brachte, und sie schloss darüber die Augen. Als sie eine Hand übers Gesicht führte, roch sie die Spuren von Zichorie und Sex. Er zog sich zurück und sank mit einem leisen, innigen Seufzer neben sie aufs Bett.

Mercédès lag da, lauschte eine lange Weile seinem Atem, starrte auf den Deckenputz über sich, die hellbraunen Flecken von den undichten Stellen, die Risse in den sich setzenden Wänden, und gedachte eines Augenblicks, brachte sich selbst dorthin zurück, wo sie vierundzwanzig Jahre zuvor neben Edmond Dantès gelegen hatte.

Schließlich sprach er, brach ein mittlerweile gespanntes Schweigen. Ein Warten auf all das, was gesagt werden musste. «Er hat dich geschändet.»

Beim Klang dieser groben, wirklichen Worte lief ihr ein Schauder über den Nacken, aber Mercédès erlaubte es ihnen nicht, tiefer in ihr Bewusstsein einzudringen. Dies hier war nicht so, wie – oder wann – sie sich vorgestellt hatte, dass dieses Gespräch aufgenommen würde, aber nun war es zu spät.

Sie wappnete sich vor der Wirklichkeit dieser Aussage, denn jene Tage, jene Monate, da sie Villefort ausgeliefert war, konnte sie nicht noch einmal durchleben; zu hart hatte sie daran gearbeitet, eine Mauer rings um diese Erinnerungen zu errichten und sie von ihren Träumen fernzuhalten. Es war der einzige Weg für sie gewesen, um durchzuhalten und später, um ihr Leben in Paris zu meistern, den Umgang mit dem Mann, den alle bewunderten und begehrten und den sie in seiner abgrundtiefen Hässlichkeit kannte.

Doch er war nicht der einzige Mann, dessen Hässlichkeit ihr offenbart worden war. Fernand. Villefort. Sogar Monte Christo selbst.

«Er hat dich vergewaltigt, und doch bist du zu ihm zurückgekehrt.» Es lag keine Anklage in seiner Stimme, nur Ungläubigkeit und Schmerz und Kummer, als er sich auf einen Ellbogen stützte, um auf sie hinabzublicken. «Dein Brief – ich dachte, ich würde verstehen, nachdem du es mir erzählt hast, aber … dein Brief.» Er sog den Atem ein und schloss kurz die Augen. «Immer wieder bist du zu ihm zurückgekehrt … und er hat dich benutzt und geschändet. Du hättest ihm fernbleiben können. Du hättest es enthüllen, es jemandem erzählen können, Mercédès.»

Zuletzt konnte sie sich nicht mehr zurückhalten. Mit einem Ruck setzte sie sich auf, rückte ab, um sich an die Bettkante zu setzen, halb ihm zugewandt und halb dem Fenster mit dem geschlossenen Laden davor, der die Sommersonne abhielt. «Und dann hätte ich keine Hoffnung auf eine Nachricht von dir mehr haben können, Edmond. Ich ertrug es – die Schmerzen, die Demütigung, die Erniedrigung – über ein Jahr lang, weil er mich glauben machte, mir helfen zu können. Dass er Neues wisse, dich finden und zu mir zurückbringen werde. Damals war ich nur ein armes katalanisches Mädchen – unwissend und einfältig, und das hat er ausgenutzt. Aber ich ließ ihn, weil ich immer noch hoffte. Ich dachte, selbst wenn er mir nichts sagt, könnte ich immer noch etwas dadurch erfahren, in seinem Büro zu sein … seine Akten und Papiere zu durchsuchen, wenn er nicht da wäre. Wenn er mich mit blauen Flecken und Schmerzen – und manchmal blutend – im Lagerraum hinter seinem Büro zurückließ, wenn er sich mit seinen Kollegen treffen ging, nutzte ich die Gelegenheit, zu suchen.»

Sie merkte, dass ihre Hände zitterten und die Flickendecke geknüllt und zusammengepresst hatten. Sie nahm einen harschen, bebenden Atemzug, schluckte und schloss die Augen vor den drohenden Tränen. Es lag lange Zeit zurück. Das einzig Gute, was daraus erwachsen war, war Albert. Jawohl, der Sohn eines Mannes, den sie hasste, aber er war ihr Sohn. Und er hatte seinen Wert, seine Gesinnung bewiesen, als er alles ablehnte, was Fernand ihm vererbt hatte.

«Wusste Fernand Bescheid?»

«Er wusste, dass ich schwanger war und darin der einzige Grund für mich lag, ihn zu heiraten. Er wusste, dass er wahrscheinlich nie ein eigenes Kind zeugen würde – du hast ja beinahe am eigenen Leib erfahren, dass er Männer bevorzugte. Oder zumindest sehr anregende Episoden. Und ich hatte Angst … Angst, dass Villefort etwas Fürchterliches tun würde, erführe er, dass ich von ihm schwanger sei.»

«Wie mit dem Kind geschehen, dass er wenig später mit Madame Danglars zeugte? Er begrub es lebendig, um es geheim zu halten, und es war Bertuccio, der später mein Haushofmeister werden sollte, der den Säugling fand und aufzog. Nachdem der Junge groß geworden und fortgelaufen war, sein Glück suchen, machte ich ihn ausfindig und brachte ihn nach Paris zurück, damit er sich offenbare.»

Mercédès nickte, denn sie hatte die Nachricht durch Maximilien Morrel und seine Schwester Julie erfahren. «Und so wurde Villeforts Laufbahn durch die Offenbarung des ins Leben zurückgekehrten Sohnes vernichtet, den er ermordet zu haben glaubte. Und jetzt haben ihn der Tod seiner geliebten Tochter Valentine und der Selbstmord seiner zweiten Frau unwiederbringlich in den Wahnsinn getrieben. Danglars ist bankrott und nach Italien geflohen. Und Fernand starb durch eigene Hand – wiewohl das Gewicht deiner eigenen Hand bei alledem deutlich zutage tritt.»

Nun kam sie unbeholfen auf die Beine und stand schwach, mit zittrigen Knien über ihm, der aufrecht im Bett saß. «Und nun bist du also hierhergekommen, um deine Rache an mir zu vollenden? Der letzten derjenigen, die dir unrecht taten? Oh, natürlich … auch an unseren Kindern. Denn sie müssen gleichfalls die Bürde unserer Sünden tragen.»

«Nein, Mercédès, nein.» Seine Stimme war angespannt. «Nein. Ich bin fertig … fertig damit. Ich hatte unrecht. Ich bin deinetwegen gekommen. Um dir zu sagen, dass ich dich liebe. Konntest du das nicht sehen? Es fühlen?»

«Ah ja … du hast uns endlich beiden Lust zugestanden.» Ihre Lippen kräuselten sich, als sie sich daran erinnerte, wer er geworden war.

«Mercédès, ich bin gekommen, um dich um Verzeihung zu bitten.»

«Sie ist dir gewährt dafür, was du mir angetan, was du von mir gedacht hast. Ja, das kann ich dir verzeihen – denn wie konntest du gewusst haben, dass ich mich für dich zur Hure machte? Du konntest es nicht gewusst haben, und im Licht all dessen, was dir von Danglars und Fernand und Villefort angetan worden war, kann ich wenigstens verstehen, warum du es denken mochtest.

Doch ich gewähre dir *keine* Verzeihung dafür, dass du meinen Sohn töten wolltest. Und Valentine Villefort hast sterben lassen. Beide waren unschuldig – ohne Schuld an all der Abgefeimtheit ihrer Väter –, und dennoch wolltest du ihre Leben bedenkenlos vernichten. Und dein Freund Maximilien Morrel, der dir vertraut hat … der Hilfe suchend zu dir kam und den du verrietst, indem du ihn glauben machtest, du würdest Valentine retten. Alles wegen deiner

Rache.» Sie trat zurück, entfernte sich von der Verzweiflung in seinem Gesicht, behielt aber die Augen auf ihn geheftet. «*Ich habe Edmond Dantès geliebt.* Aber ich liebe nicht den Mann, zu dem er geworden ist – von Rachedurst verzehrt, erbarmungslos und zerstörerisch. Kalt und berechnend und gefühllos. Du bist nicht besser als Fernand oder Villefort.»

Er kletterte aus dem Bett, großgewachsen, dunkel und stark, und streckte die Hand nach ihr aus. «Mercédès, nein. Ich bin ans Ende all dessen gelangt. Es ist getan. Du … und dein Brief … haben mir geholfen zu begreifen, wie unrecht ich hatte.»

Sie wich zurück, bevor er sie berühren konnte. «Ja. Ja, das ist es. Es ist getan, Eure Exzellenz. Es ist getan, und jetzt empfinden Sie die Schuld, die Anteilnahme, die Reue.» Sie fühlte die Tränen in ihren Augen brennen, behielt aber ihre Gefühle für sich. «Aber es ist zu spät. Nichts wird etwas daran ändern, dass Sie meinen Sohn getötet hätten nur dafür, Fleisch und Blut eines Mannes – und einer Frau – zu sein, die Ihnen unrecht taten. Und dass Sie tatenlos zusahen, wie Valentine Villefort starb, um zur Vernichtung ihres Vaters beizutragen.

Doch das Schlimmste, Eure Exzellenz, ist Ihr Betrug an Maximilien. Sie machten ihn glauben, dass Sie seine Liebste retten könnten, und taten es nicht. Er schenkte Ihnen sein Vertrauen, weil Sie seine Familie schon einmal gerettet hatten, und Sie verrieten ihn ebenso, wie Sie in Ihrem Vertrauen in Villefort verraten worden sind. Somit, ja, es ist getan. Ich bin fertig.»

Sein Gesicht war eine Maske aus Stein. «Du verstehst nicht. Ich hatte –»

Sie stand an der Zimmertür, und ihr war klar, dass ihre

letzten Worte an ihn zwischen zwei nackten Körpern fallen würden. «Nein, Eure Exzellenz, ich verstehe nicht. Und ich habe nicht den Wunsch. Edmond Dantès habe ich geliebt und verloren … und wieder geliebt und ihn *wieder* verloren. Davon habe ich genug. Edmond Dantès ist tot, und der Graf von Monte Christo ist mir zuwider. Gehen Sie jetzt. Gehen Sie, und lassen Sie mich die Scherben meines Lebens aufsammeln und mir ein einfaches und der Mühe wertes Dasein suchen.»

Sie schloss die Tür hinter sich.

Mercédès saß auf dem einzigen Stuhl in der kleinen Kochnische, als er, vollständig bekleidet, heraustrat. Als sie hörte, wie er zum Sprechen ansetzte, hob sie eine Hand, um ihm Einhalt zu gebieten. «Nein.»

«Mercédès», sagte er mit kräftiger und schroffer Stimme. «Ich bitte dich, noch dies eine für mich zu tun – nein, nicht für mich. Für Edmond Dantès. Für den Mann, den du einst geliebt hast.»

Er wartete, und sie erwiderte nichts. Sie war so müde und verzweifelt!

Als sie nichts erwiderte, fuhr er mit jener drängenden, strengen Stimme fort. «Ich habe eine Übereinkunft mit Maximilien Morrel, dass er mich in drei Wochen aufsuchen soll, genau einen Monat nach dem Tod von Valentine Villefort. Er wollte sich unmittelbar auf die Nachricht von ihrem Tod eine Kugel in den Kopf schießen, doch ich nahm ihm das Versprechen ab, unser Treffen einen Monat später abzuwarten … und sollte er dann immer noch sterben wollen, würde ich ihm helfen, es schmerzlos zu tun.

Denn es war einmal … oftmals … dass ich mir selbst den Tod herbeisehnte. Und ich kann seine Anziehungskraft verstehen.»

«Du musst nicht befürchten, dass ich mein Leben zu beenden wünsche», sagte sie kalt und hoffte, er würde gehen. Gehen, ehe sie sich wieder erweichen ließ und die Hand nach ihm ausstreckte, ihren Körper um seinen schlang und ihn anflehte, nie wieder zu gehen … Edmond, Sindbad, Monte Christo. «Der Graf von Monte Christo hat keinen solchen Einfluss auf mich.»

«Nein», sagte er schroff, und sie spürte es eher, als dass sie ihn zusammenzucken sah, als wolle er sich auf sie zubewegen – doch dann besann er sich offensichtlich eines Besseren. «Nein, das habe ich nicht gemeint. Doch meine letzte Bitte an dich ist es, Morrel bei seinem Treffen mit mir zu begleiten. Und dann … und dann werde ich geloben, nie wieder deine Tür zu verdunkeln. Wirst du das tun? Mit ihm kommen?»

Mercédès hob, tief aufseufzend, die Schultern. «Ich werde es tun, aber nur für Maximilien. Nicht für dich. Niemals für dich.»

ACHTZEHNTES KAPITEL

Die Offenbarung

Drei Wochen später
Die Insel Monte Christo

Der Anblick der Felsklippe von einer Insel löste in Mercédès eine Woge der Erinnerungen aus. Sie stand an Deck der Jacht *Nemesis*, derselben, die sie neun Monate zuvor hierher gebracht hatte. Derselbe Seemann, Jacopo, befehligte das kleine Fahrzeug.

Mercédès hatte ihm das Versprechen abgenommen, nach ihrer beider Treffen mit Monte Christo die sterblichen Überreste von Maximilien Morrel gemeinsam mit ihr nach Marseille zurückzubringen. Ihr war bewusst, dass Jacopo in Diensten des Grafen stand, glaubte aber, dass er sein Wort halten würde.

Neben ihr auf dem kleinen Deck, die Finger wie Krallen an die Reling geklammert, stand Maximilien. Er hatte über den Horizont hinausgestarrt, seit sie vor zwei Tagen in Marseille an Bord der Jacht gegangen waren, und war seither nur kurz zum Schlafen unter Deck gegangen, wenn ihn seine Beine nicht mehr tragen konnten. Sein Gesicht war rot und sonnenverbrannt, sein Haar ein Filz aus windzerzausten Locken, und seine eingefallenen Wangen zeugten von seinem Kummer und seiner Sehnsucht.

Während Mercédès das bevorstehende Treffen mit Monte Christo fürchtete, wusste sie, dass Maximilien darauf brannte. Nur das Versprechen seinem Freund gegenüber hielt ihn am Leben. Trotz der Tatsache, dass Monte Christo bei Valentines Rettung versagt hatte, hörte Maximilien nicht auf, ihn dafür zu lieben und zu achten, was er in der Vergangenheit für seine Familie getan hatte, indem er Morrel & Cie. vor dem Zusammenbruch und seinen Vater vor dem Selbstmord bewahrt hatte. Der junge Mann hatte Mercédès erzählt, er werde dies nie vergessen, und empfand selbst jetzt aufrichtige Gefühle für Monte Christo.

Als das Boot über die vorspringenden Felsen schrammte, warf Jacopo Anker und half Mercédès wie schon einmal durch das Wasser ans Ufer. Maximilien folgte eifrig mit langen, wenn auch durch den jähen Wechsel von See auf Land etwas ungelenken Schritten. «Wo ist er?», fragte er und starrte zur niedrigen Felsklippe über ihnen hinauf. «Wo ist Monte Christo?»

Diesmal verband Jacopo den Besuchern nicht die Augen, vielmehr ging er lächelnd und schweigend voraus durch eine schartige, von Wind und Wasser gemeißelte Lücke in den Felsblöcken und bog um eine Ecke. Sie fanden sich vor einer gutversteckten, aus Steinen gefügten Tür wieder, und als sie sich öffnete, bedeutete Jacopo ihnen, einzutreten.

Maximilien besann sich auf seine guten Manieren und verneigte sich vor Mercédès, damit sie als Erste durch die Öffnung trete, die jedoch zögerte und eine Hand unter seinen Arm schob – wobei sie nicht recht wusste, wessen Behagen sie damit eigentlich befördern wollte.

Innen schritten sie einen abschüssigen Gang hinunter und fanden sich schließlich in derselben Grotte mit schweren Wandbehängen und einer langen Tafel voller Speisen wieder, in der sie Sindbad begegnet war.

Monte Christo war anwesend, wartete. Obwohl sie sich redlich bemühte, ungerührt zu bleiben, schlug es ihr auf den Magen, und ihre Augen weideten sich an ihm – so groß und beherrschend und gekleidet, als stünde ihm die Aufnahme in die *Académie Française* unmittelbar bevor. Das Haar trug er kürzer und vornehm aus der hohen Stirn und den gewölbten schwarzen Brauen gekämmt. Sein Gesicht war glatt rasiert. Sofort glitt sein Blick über sie hinweg, und sie fühlte sich von ihm beurteilt, wie um festzustellen, dass sie so geblieben sei, wie er sie zurückgelassen hatte.

Sie war es nicht. Aber sie würde ihn nicht wissen lassen, wie sehr sie getrauert hatte. Es war schwer genug gewesen, Edmond Dantès einmal zu verlieren ... aber ihn noch einmal an seinen Rachedurst zu verlieren, war ihr unerträglich.

«Hoffentlich hattet ihr eine angenehme Überfahrt», fragte er, riss sein Augenmerk von Mercédès los und richtete es auf Maximilien. «Ich bin überaus erfreut, dass ihr gekommen seid.» Er trat vor und zog den jungen Mann in eine dem Grafen von Monte Christo dermaßen ungemäße Umarmung, dass Mercédès der Mund offen stand.

Maximilien erwiderte die Zuneigung, das war deutlich zu sehen, wenngleich noch immer Gram an seiner Miene zerrte. «Es gibt kein anderes Gesicht – bis auf eines –, das ich vor meinem Dahinscheiden sehen wollte», sagte er mit Blick auf den Grafen.

«Bitte setzt euch», lud Monte Christo ein, und Mercédès war sich sicher, Tränen in seinen Augen glitzern zu sehen, verschloss aber ihr Herz vor seiner Gefühlsregung. Es war zu spät.

«Darf ich euch eine Erfrischung anbieten?»

Mercédès schaute auf den Tisch, der schwer an exotischen Früchten und vielerlei Brot- und Käsesorten trug, wollte aber nichts davon zu sich nehmen.

«Monte Christo, ich bin hier. Ich bin gekommen, wie von Ihnen erbeten, und nun bitte ich Sie, mich tun zu lassen, was ich tun muss … tun wollte, seit ich das marmorne Antlitz meiner geliebten Valentine sah. Bitte … lassen Sie mich zu ihr hinübergehen.»

«Dein Wunsch soll erfüllt werden», entgegnete der Graf, und wieder schnellte sein Blick zu Mercédès. «Doch vorher muss ich dich fragen … Wie fühlst du dich?»

«Aber selbstverständlich wissen Sie, wie ich mich fühle! Ich fühle den tiefsten, unerbittlichsten Kummer, den man sich nur vorstellen kann. Dass ich nie wieder zum Licht zurückfinden werde. Dass meine Lungen nie wieder einen Atemzug nehmen werden. Dass mein Herz es nicht erträgt, weiter zu schlagen. Ich möchte nur, dass alles ein Ende nimmt.» Tränen strömten ihm über die Wangen, und Mercédès, die genug von dem hatte, was Monte Christo da trieb, sprang auf.

«Edmond, hör auf!», rief sie, und ihre eigenen Augen drohten, sich mit Tränen zu füllen. «Was auch dein Spiel sein mag, du brauchst es nicht länger zu treiben. Wir sind hier, wie du erbeten hast – es ist klar, dass Maximilien vollkommen am Ende ist … warum verlängerst du es noch? Du tust weder dir noch ihm einen Gefallen.»

Monte Christos Augen blitzten ihren zu, als sie ihn beim Namen nannte, und seine Lippen formten sich zu einem unfrohen Lächeln. «Ich bin also wieder Edmond», sagte er. «Ist es müßig von mir zu hoffen, es bedeute, deine Liebe zu ihm könnte wiederauferstehen?»

«Müßiger noch, als zu hoffen, Valentine Villefort könnte diesen Raum betreten», wetterte Mercédès.

Und daraufhin trug sich das Allererstaunlichste zu. Das Gesicht des Grafen büßte etwas von der granitenen Härte ein, die niemals aus seinen Zügen zu schwinden schien, und sein flüchtiges Lächeln wurde echter. «Wie Sie wünschen, Madame.»

Und im selben Augenblick wurde der schwere Wandteppich, auf dem die heilige Mutter Maria mit ihrem Stab und einer kleinen Weltkugel in der Hand abgebildet war, zurückgezogen und die schlanke Gestalt einer jungen Frau enthüllt.

Es kostete Maximilien einen Moment zu begreifen, was seine Augen sahen, den Bruchteil einer Sekunde, ehe er einen Satz auf sie zu machte, ihren Namen ausrief und sie in die Arme schloss, lachte und ihr Gesicht mit Tränen nässte.

Mercédès sah sich zu Monte Christo um. Ihr Mund stand offen, ihre Augen traten hervor, und ein Anflug von Milde erleichterte ihr Herz. Er verfolgte die Wiedervereinigung des jungen Liebespaares und hatte tatsächlich einen feuchten Schimmer in den Augen.

Als er ihr den Blick zuwandte, floss eine einzelne Träne und lief ihm als winziges Rinnsal die Wange hinunter.

«Edmond», sagte sie, sich kaum bewusst, wieder seinen Namen gesagt zu haben, «ich verstehe nicht.»

«Ich wusste, wer Mademoiselle Villefort zu vergiften plante – es war ihre Stiefmutter, Villeforts zweite Frau, die Selbiges auch allen anderen Unglücklichen angetan hatte, die in ihrem Haus starben. Sie wollte, dass ihr eigener Sohn und nicht Valentine das Vermögen Villeforts erbt, und wollte dies sicherstellen – nachdem sie dafür sorgte, dass Valentines Großeltern starben und zunächst ihr das Geld vermachten.»

Inzwischen lauschten Valentine und Maximilien, die eng umschlungen, dass kein Blatt zwischen beide gepasst hätte, auf einem Polstersessel saßen, Monte Christos Erzählung. «Insgeheim sprach ich am selben Abend, als du mich aufsuchtest, Maximilien, mit Valentine und hielt Wache über ihrem Bett, neben dem ein Glas Wasser stand. Als ihre Stiefmutter kam und das Wasser mit Gift vertauschte, nahm ich es an mich und gab Valentine eine andere Arznei – die sie in tiefen Schlaf versetzen und ihr Herz so verlangsamen würde, dass sie wie tot erschiene.»

«Er sagte mir, ich solle ihm vertrauen und mich nicht fürchten, was ich dann auch tat», warf Valentine ein und strahlte den Grafen in einer Weise an, die Mercédès noch stärker rührte. «Er versprach, dass alles gut und Maximilien und ich für immer vereint werden würden – sobald er sicher wäre, dass mein Vater mich nie findet.» Wieder sah sie ihren Liebsten an. «Und somit hat der Graf von Monte Christo zwei Leben gerettet – zwei Leben, die den Tod gefunden hätten, wäre er nicht eingeschritten.»

«Aber …», setzte Maximilien an, doch was immer er sich zu sagen anschickte, wurde von einem derart überglücklichen Lächeln geschluckt, dass Mercédès sich von der eigenen Freude tief in ihrem Inneren berührt fühlte.

«Warum hast du es ihm nicht erzählt?», fragte Mercédès und begann zu begreifen, dass sich alles gewandelt hatte. «Warum hast du es zugelassen, dass er vier Wochen lang Todesqualen ausstand?»

Monte Christo – Edmond – sah sie unverwandt an. Seine Augen waren traurig und alt. «Ich habe gelernt, dass der einzige Weg, das Glück zu verstehen, es vollauf kennenzulernen – ungeachtet jemandes Los und Stellung im Leben –, in der Erfahrung bodenlosen Kummers liegt. Im Verlust jeglicher Hoffnung. In unvergleichlicher Niedergeschlagenheit und Trauer. Nur dann kann man das Glück schauen und finden, gleich wo und wie man lebt. Denn wirkliches Glück oder Unglück gibt es nicht – nur den Vergleich zwischen beidem.»

Ihrer beider Augenpaare trafen einander und verharrten, und sie fühlte, wie sich ihre letzten inwendigen Fesseln lockerten.

«Mercédès», sagte er und bewegte sich auf sie zu, fiel vor ihr auf die Knie, «ich habe die unvergleichliche Trauer und den bodenlosen Kummer empfunden. Ich habe die letzten zehn Jahre damit verbracht, meine Rache zu leben und zu atmen und mich von Zorn und Hass befeuern zu lassen … doch ich habe dazugelernt … Du hast es mich gelehrt.» Seine Stimme brach. Er schluckte, nahm ihre Hände und schaute auf sie hinunter. «Du warst es, die mich den Irrtum in meiner Rache erkennen ließ – auch wenn ich einige Zeit brauchte, um nicht mehr dagegen anzukämpfen. Kannst du mir vergeben, Mercédès? Das alles?»

Während sie auf sein glattfrisiertes dunkles Haupt herabblickte, streckte sie eine Hand aus und zog sein Gesicht hinauf zu ihrem. Ihre Lippen bedeckten die seinen in einem Kuss der Vergebung, und sie schloss die Augen.

Edmond Dantès war zurückgekehrt.